Deutschbuch

Gymnasium
Berlin, Brandenburg, Mecklenburg-Vorpommern,
Sachsen, Sachsen-Anhalt, Thüringen

Orientierungswissen

Methoden und Arbeitstechniken

Sprechen, Zuhören und Schreiben

Umgang mit Texten und Medien

Rechtschreibung und Zeichensetzung
Grammatik
Sprachbetrachtung

Herausgegeben von
Andrea Wagener

W0292545

Cornelsen

1 Methoden und Arbeitstechniken

2 Sprechen, Zuhören und Schreiben

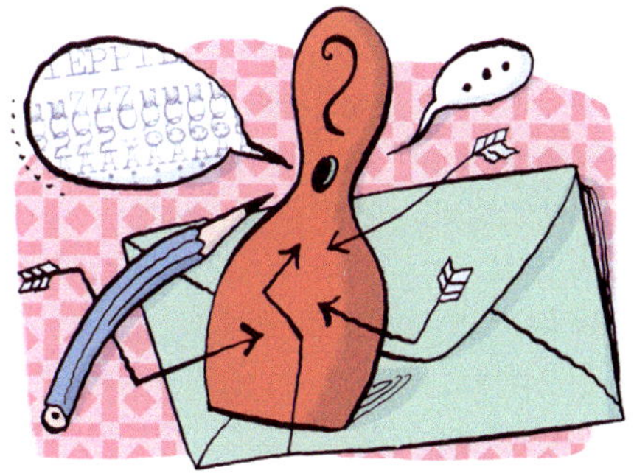

3 Umgang mit Texten und Medien

5 Zeichensetzung

6 Grammatik – Nachdenken über Sprache

7 Sprachbetrachtung

Anhang

Dieses Symbol weist auf Erklärvideos hin, die über die *Cornelsen Lernen App* zugänglich sind. Sie können deine Arbeit mit dem Buch begleiten und unterstützen.

1 Methoden und Arbeitstechniken

1.1 Hausaufgaben richtig machen

Arbeitsplatz

- Du solltest einen festen Arbeitsplatz haben, an dem du ungestört und konzentriert für die Schule arbeiten kannst.
- Dein Tisch sollte an einem hellen, gut beleuchteten Platz stehen.
- Er sollte groß genug für die von dir benötigten Arbeitsmittel (Schulbücher, Hefte, digitale Medien zur Recherche ...) sein.
- Dinge, die dich vom Lernen ablenken, solltest du vorher wegräumen. Und natürlich: Smartphone ausschalten!

Vergiss nicht, deinen **Arbeitsraum** hin und wieder zu lüften. Zum Nachdenken brauchst du ausreichend Sauerstoff.

Hausaufgabenheft

Aufgaben	
Fach	Montag, den 14.10.20..
Deutsch:	Einen Tiersteckbrief verfassen
Bio:	Zeichnung einer Blütenpflanze
Erdkunde:	Karte auf S.15 abzeichnen und beschriften
Englisch:	Buch S.130: Fragen zum Text beantworten, Vokabeln lernen
Fach	Dienstag, den

Ein Hausaufgabenheft ist das bewährteste Mittel gegen Vergesslichkeit.
Du kannst die Aufgaben bei dem Tag eintragen, an dem du sie aufbekommst, oder bei dem Tag, für den du sie zu erledigen hast.

Tipps zum Erledigen der Hausaufgaben

- Lege **nach dem Mittagessen eine Erholungspause** ein (frische Luft, Musik hören ...).
- Mache deine Hausaufgaben zu möglichst **festen Zeiten.**
- Erledige **zuerst** das, was **am nächsten** Tag fertig sein muss, danach die Aufgaben für die folgenden Tage.
- Du kannst **Aufgaben nach der Schwierigkeit sortieren:** Du machst zuerst das, was dir schwerfällt, dann die leichten Aufgaben oder umgekehrt.

Meine Reihenfolge

1. Englisch: Vokabeln lernen
2. Deutsch: Test auf Seite 225 lernen
3. Mathe: Seite 23, Aufgaben 17–19

- Lege eine **kleine Pause ein,** wenn du die Hausaufgaben für ein Fach beendet hast.
- Lerne nicht in den Abendstunden, denn dein Körper stellt sich dann schon auf das Schlafen ein.
- Lass dich nicht ablenken. Gefährliche **Hausaufgabenfeinde** sind das **Smartphone,** der **Fernseher** oder der **Computer** bzw. das **Tablet.**

1.2 Hefte übersichtlich gestalten

Du kannst dir das, was du im Unterricht lernst, besser einprägen, wenn deine Hefteinträge **übersichtlich** gestaltet sind. Wichtiges sollte sofort ins Auge springen und du solltest schnell erkennen, was inhaltlich zusammengehört.

- Notiere zu jedem Hefteintrag ein **Datum** und eine **Überschrift.**
- Unterstreiche die Überschrift mit einem Lineal.
- Schreibe nicht über den **Heftrand** hinaus.
- Gliedere deine Einträge durch **Absätze.**
- Markiere oder **unterstreiche** wichtige Wörter, Sätze oder **Regeln** mit farbigen Stiften.
- Schreibe **leserlich** und **sauber.** Streiche Fehler mit dem **Lineal** durch und verbessere sie dann.

> Märchen 03.04.20..
> Das Märchen ist eine alte Erzählform, die es bei allen Völkern gab.
>
> Merkmale
> – Ort und Zeit: Ort und Zeitpunkt sind nicht genau festgelegt, z. B.: Vor langer Zeit ...
>
> – Figuren: Es treten typische Märchenfiguren und Fantasiewesen auf, z. B. Königin, Prinz, sprechender Frosch.
>
> – Handlung: Meist siegt am Ende das Gute und das Böse wird bestraft.

1.3 Klassenarbeiten vorbereiten

Gut geplant ist halb gelernt

Der Erfolg einer Klassenarbeit hängt auch von der Vorbereitung ab. Bei den folgenden Lern-Etappen gibt es einige, die du auch an einem Tag erledigen kannst.

Den Lernstoff wiederholen

Die folgenden Schritte helfen dir, dich optimal auf Klassenarbeiten und Tests vorzubereiten:

1. Lernstoff ordnen

- Verschaffe dir einen **Überblick** über den Lernstoff.
- **Gliedere** den Lernstoff in **kleinere Einheiten** und finde geeignete Überschriften.

2. Lernstoff verarbeiten und behalten

Es gibt viele verschiedene Methoden, um den Lernstoff zu wiederholen und zu üben:

- Lege dir einen **Stichwortzettel** (siehe unten) an.
- Denke dir **Eselsbrücken** oder **Merkverse** aus und sprich sie dir laut vor.
- Fertige **Schaubilder** an, in denen du den Lernstoff veranschaulichst. Oder erstelle ein **Lernplakat.**

3. Lernstoff wiederholen

Neuer Lernstoff muss oft wiederholt werden. Nur dann behältst du das Gelernte.

- Gründe eine **Lerngruppe,** in der ihr euch gegenseitig abfragen könnt.
- Lege dir eine Lernkartei an (▸ Rechtschreibkartei, S. 196).
- Halte vor deinen Eltern oder Geschwistern oder Freunden einen Kurzvortrag über das Thema, mit dem du dich beschäftigt hast.

Einen Spickzettel zur Wiederholung anlegen

Ein guter Spickzettel ist die beste Vorbereitung auf eine Klassenarbeit oder einen Test.

1 Schreibe den gesamten Lernstoff in Stichworten auf und präge ihn dir ein.
2 Schreibe den Lernstoff noch einmal auf. Notiere dabei nur das Wichtigste, sodass sich der Umfang verkleinert.
3 Verkleinere deinen Spickzettel noch einmal, sodass er auf eine Karteikarte passt. Du kannst auch Zeichnungen, Symbole usw. verwenden, z. B. Pfeile, Unterstreichungen, verschiedene Farben.

> Prüfe bei jeder Zusammenfassung, ob die **Reihenfolge** deines Lernstoffs auch **sinnvoll** ist.

Fehler bei Klassenarbeiten vermeiden

Bevor du deine Klassenarbeit abgibst, solltest du sie noch einmal durchsehen und sie gegebenenfalls überarbeiten. Die folgende Checkliste hilft dir dabei:

1. Alles vollständig?
- Hast du alle Blätter mit deinem **Namen** versehen und die **Seiten durchnummeriert?**
- Hast du **alle Aufgabenteile bearbeitet** (Abhaken auf dem Aufgabenblatt)?
- Hast du wichtige Ideen aus deinem **Schreibplan** oder deiner **Gliederung** umgesetzt?

2. Inhalt und Gedankengang (Aufbau) schlüssig?
- Ist der **Gedankengang schlüssig** und für die Leser/-innen nachvollziehbar?
  Wo gibt es Lücken oder Gedankensprünge, die du überarbeiten musst?
- Ist der Text **übersichtlich gegliedert,** z. B. nach Einleitung, Hauptteil, Schluss?
  Sind die einzelnen Sinnabschnitte durch Absätze kenntlich gemacht?
  (Falls nötig, nachträglich mit diesem Zeichen ⌈ für einen Absatz markieren.)
- Hast du interpretierende Aussagen anhand des Textes belegt (▶ Zitieren, S. 214)?

3. Ausdruck, Satzbau und Stil korrekt?
- Sind die **Sätze vollständig** und **grammatisch korrekt?**
- Können die **Sätze stilistisch noch verbessert** werden, z. B. aus einem „Schachtelsatz" zwei Sätze machen oder zwei Sätze logisch miteinander verbinden?
- Gibt es missverständliche oder **unpassende Wörter (z. B. Umgangssprache)?**
- Werden unnötige **Wiederholungen vermieden?**

4. Zeichensetzung und Rechtschreibung korrekt?
- Zeichensetzung (▶ Checkliste, S. 217)
- Sind alle **Kommas richtig gesetzt?**
  Achte vor allem auf die Nebensätze, insbesondere auf die *dass*-Sätze.

***das* oder *dass?* Mach die Ersatzprobe.**
Das lässt sich immer durch ***dieses* oder *welches*** ersetzen. Funktioniert das nicht, handelt es sich um die Konjunktion ***dass,*** die mit *ss* geschrieben wird, z. B.:
- *Das (Dieses) Modell, das (welches) du ausgesucht hast, bestätigt das (dies).*
- *Wichtig ist, dass (~~diese~~/~~welches~~) wir jetzt weitermachen.*

- Hast du überall **Satzschlusszeichen** gesetzt (häufiger Flüchtigkeitsfehler)?

Rechtschreibung (▶ Checkliste S. 207)
- Überprüfe die folgenden Bereiche:
  - *dass/das*
  - Groß- und Kleinschreibung (▶ Nominalisierungen beachten, S. 201)
  - Getrennt- und Zusammenschreibung (▶ S. 203 f.)

1.4 Besondere Prüfungen – Lernstandserhebungen, Kompetenztest, Vergleichsarbeiten

In einer Lernstandserhebung, einem Kompetenztest oder bei einer Vergleichsarbeit sollst du zeigen, was du in einem Fach, z. B. Deutsch, gelernt hast. Bei diesen Prüfungen gibt es bestimmte Aufgabentypen, die du hier kennenlernen kannst. Die Beispielaufgaben auf ▶ Seite 14 beziehen sich auf den folgenden Text.

Julia Ruhnau, dpa

Vertrauter und Lehrer zugleich: Haustiere tun Kindern gut

Der Wunsch nach einem Haustier kommt in fast jeder Familie auf. Wenn die Voraussetzungen stimmen, kann das für die Kinder viele positive Effekte haben. [...]

[...] Während Eltern zunächst vor allem an den Dreck, die Kosten und die Arbeit denken, kann ein Haustier den Jüngeren sehr guttun. Es bringt Abwechslung in den Alltag und kann ein toller Spielkamerad für Kinder sein, erklärt Kathrin Fichtel vom Forschungskreis Heimtiere in der Gesellschaft. [...] Der Kontakt zum Tier hilft, Stress zu reduzieren, und wirkt sich damit positiv auf das Wohlbefinden des Kindes aus. „Der Hund kann die Rolle eines engsten Vertrauten übernehmen“, erklärt Fichtel. Schließlich hört er geduldig zu und verrät garantiert keine Geheimnisse.

Am Tier können Kinder außerdem lernen, auf ein Gegenüber einzugehen. „Tiere sind nicht nur zum Streicheln da, sondern haben eigene Rechte“, sagt Cornelia Nitsch, die Sachbücher zum Thema Kindererziehung schreibt. Um die Bedürfnisse des Tieres zu erkennen, braucht es Sensibilität und Einfühlungsvermögen. [...] „Man sollte Kinder da möglichst selbstverständlich heranführen“, sagt Nitsch. [...] So lernen Kinder, die Bedürfnisse eines anderen zu akzeptieren: Zum Beispiel, wenn die Katze einfach geht, sobald sie keine Lust mehr auf Streicheleinheiten hat. Und dann im Zweifelsfall die Krallen ausfährt. Wenn Kinder sich ein Haustier wünschen, steht aber meist ein anderes Thema im Vordergrund: Wer kümmert sich darum? „Ein Kind allein kann kein Tier halten“, macht Fichtel klar. Die Verantwortung liegt am Ende immer bei den Eltern. Trotzdem lässt sich der Nachwuchs, je nach Alter, in die Pflege einbeziehen. [...] So kann ein Dreijähriger zwar nicht alleine füttern – das Futter holen kann er aber schon. [...]

Welches Tier am Ende das richtige ist, hängt nicht nur von Platz, Zeit und Geld ab, sondern auch vom Charakter des Kindes. Ein Hund kann schüchternen Kindern zu mehr Selbstbewusstsein verhelfen, Fische wirken auf viele beruhigend. Mit Ratten lässt sich wunderbar spielen und schmusen, ein Hamster braucht dagegen tagsüber seine Ruhe.

Die Lebenserwartung des Tieres spielt natürlich ebenfalls eine Rolle: Hamster werden nur wenige Jahre alt; das Kind wird den Tod des Vierbeiners also recht früh verkraften müssen. Schildkröten leben dagegen mehrere Jahrzehnte – hier ist langfristige Planung nötig. Das Wohlbefinden des Tieres sollte dabei immer im Vordergrund stehen, betont Fichtel: „Das Tier kann nur positive Effekte haben, wenn die Haltung artgerecht ist.“

Auf dieser Seite findest du **Aufgabentypen,** die dir in einer Lernstandserhebung, einem Kompetenztest oder bei einer Vergleichsarbeit begegnen können. Die Aufgaben beziehen sich alle auf den Text von ▶ Seite 13.

1. Auswahlaufgaben (Multiple-Choice-Aufgaben)
Zu einer Frage werden verschiedene Antwortmöglichkeiten vorgegeben, du wählst die richtige Antwort aus.

Kreuze die richtigen Aussagen an:
Bei der Anschaffung von Haustieren denken Eltern meistens zunächst an ...
- ☐ den Dreck, den Tiere machen.
- ☐ das Kuscheln mit den Tieren.
- ☐ die Kosten, die Tiere verursachen.

2. Richtig/Falsch-Aufgaben (True/False-Aufgaben)
Du musst entscheiden, welche der vorgegebenen Aussagen (z. B. zu einem Text) richtig oder falsch sind.

Welche Aussagen treffen auf die Wahl des richtigen Haustiers zu?
Kreuze jeweils an, ob der Satz richtig oder falsch ist.

		richtig	falsch
a	Die Wahl hängt von Platz, Zeit, Geld und vom Charakter des Kindes ab.	☐	☐
b	Ein Hund kann schüchterne Kinder noch mehr einschüchtern.	☐	☐
c	Ratten brauchen tagsüber ihre Ruhe.	☐	☐
d	Das Wohlbefinden des Tieres sollte immer im Vordergrund stehen.	☐	☐

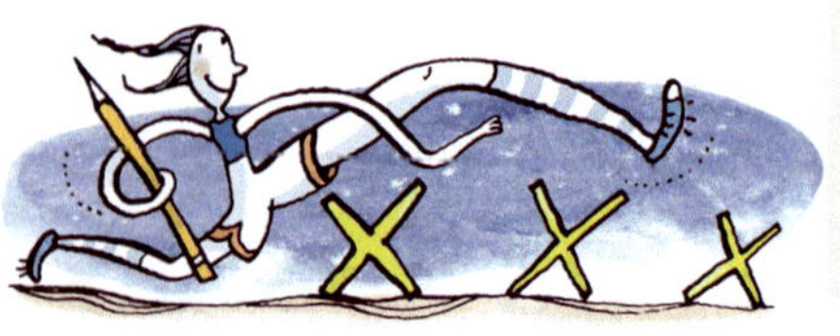

3. Zuordnungsaufgaben (Matching-Aufgaben)
Hier ordnest du vorgegebene Informationen einander zu, indem du jeweils passende Aussagen miteinander verbindest.

Wobei unterstützt der Umgang mit einem Haustier?
Verbinde jeweils einen Buchstaben mit einer Zahl.

a	den eigenen Stress	1	akzeptieren
b	die Bedürfnisse anderer	2	eingehen
c	auf das Gegenüber	3	reduzieren

4. Lückentextaufgaben (Einsetzaufgabe)
In einen vorgegebenen Text mit Lücken setzt du die richtigen Wörter oder Wortgruppen ein.

Bestimme die unterstrichenen Satzglieder, indem du die Lücken mit den passenden Bezeichnungen füllst.
Die Verantwortung [...] liegt am Ende immer bei den Eltern [...]. Trotzdem lässt sich der Nachwuchs [...], je nach Alter, in die Pflege [...] einbeziehen.

5. Kurzantwort
Zu einer Frage formulierst du eine kurze Antwort oder Stellungnahme.

Erkläre in ein bis zwei Sätzen, wen oder was das Foto zum Text zeigt.

1.5 Informationen übersichtlich festhalten

Die Informationen eines Sachtextes lassen sich grafisch darstellen, indem man den Text auf wenige zentrale Aussagen reduziert und visualisiert, wie diese Aussagen zusammenhängen. Darstellungsformen wie Mind-Maps und Diagramme bieten einen schnellen, einprägsamen Überblick über Themenfelder, Sachverhalte, Abläufe oder begriffliche und logische Zusammenhänge.

1. Die zentralen Informationen erschließen

- Lies den Sachtext (mehrmals) gründlich und erfasse das Thema.
- Markiere beim Lesen Schlüsselwörter oder zentrale Aussagen.

2. Die gedankliche Struktur klären

- Überlege, z. B. mit Hilfe einer ersten Skizze auf Papier, welche Möglichkeit der grafischen Darstellung zu deinem Thema passt:

Stichwortliste:
In einer Stichwortliste hältst du Informationen in der Reihenfolge fest, in der sie im Text vorkommen.
Eine Listenfunktion findest du im Menü „Start“ unter „Aufzählungszeichen“.

Werbung
– Information 1
– Information 2
– Information 3

Tabelle:
Eine Tabelle eignet sich, wenn du z. B. Aspekte gegenüberstellen willst.
Eine Tabelle findest du im Menü „Einfügen“.

Vorteil	Nachteil
– ...	– ...

Mind-Map:
In einer Mind-Map ordnest du Informationen übersichtlich. Ausgehend vom Thema im Zentrum bildest du Oberbegriffe und ordnest diesen weitere Begriffe zu.
Eine Mind-Map kannst du im Menü „Einfügen“ mit „SmartArt“ gestalten.

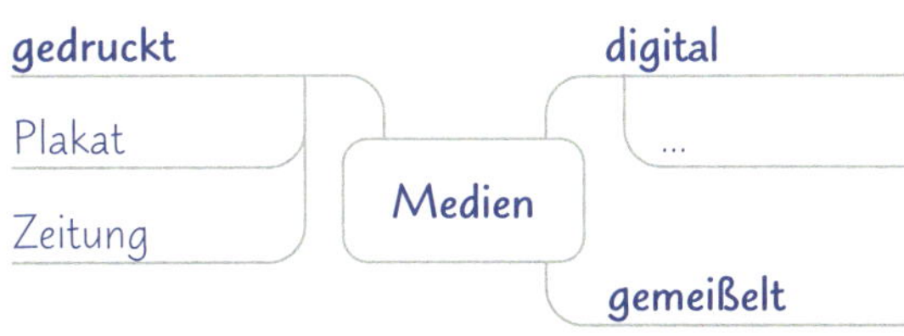

Fluss-, Struktur- oder Kreislaufdiagramm:
Mit einem Fluss-, einem Struktur- oder einem Kreislaufdiagramm kannst du logische Abfolgen und Schrittfolgen verdeutlichen, z. B. bei einem Experiment.
Ein Flussdiagramm kannst du im Menü „Einfügen“ mit „SmartArt“ gestalten.

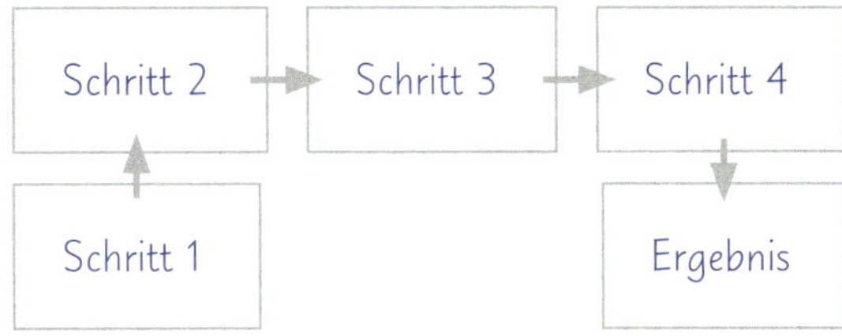

Zeitstrahl:
Mit einem Zeitstrahl veranschaulichst du zeitliche Abläufe, z. B. die Geschichte der Werbung. Pfeile für den Zeitstrahl findest du im Menü „Einfügen“ unter „Formen“.

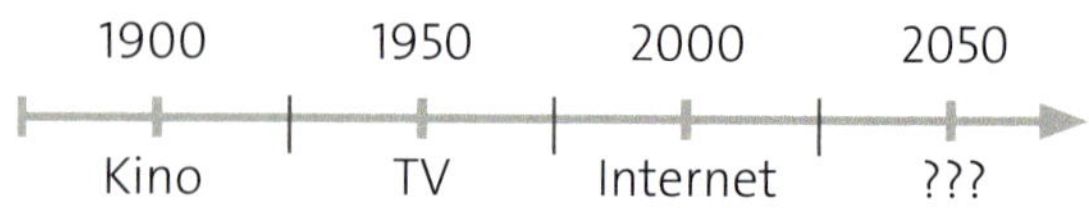

3. Die Informationen visualisieren

- Erarbeite auf der Grundlage deiner Vorarbeiten eine digitale Visualisierung. Nutze dafür eine App auf dem Tablet, dein Textverarbeitungsprogramm oder installiere kostenlose Software. Darin findest du nützliche Vorlagen, z. B. für Begriffslandkarten oder Flussdiagramme. Verwende sinnvolle Schriftarten, Schriftgrößen oder Farben, um dein Schaubild aussagekräftig zu gestalten. Mit Pfeilen, Gegensatzpfeilen, Hervorhebungen usw. kannst du die Leserichtung lenken und Beziehungen zwischen den Schlüsselwörtern oder Aussagen veranschaulichen.

4. Die Grafik präsentieren

- Präsentiere deine Grafik vor der Klasse.
- Gebt euch gegenseitig Rückmeldungen zu folgenden Aspekten:
  - Auswahl zentraler Aussagen,
  - Strukturierung der Informationen,
  - grafische Visualisierung,
  - Gesamtwirkung.

1.6 Ein (digitales) Portfolio anlegen

Ein Portfolio ist eine selbst zusammengestellte Sammelmappe, in der du eigene Beiträge und Materialien zu einem Thema, z. B. „Mittelalter", sammelst. Diese Mappe wird während einer Unterrichtseinheit nach und nach ergänzt. Du kannst das Portfolio digital am Computer oder an einem Tablet erstellen, oder du nimmst einen Ordner oder einen Schnellhefter, in dem du deine Materialien sammelst.

1. Aufbau

Ein Portfolio ist wie folgt aufgebaut:

- ein interessantes **Deckblatt,** das zum Thema passt (z. B. zum Mittelalter),
- ein **Inhaltsverzeichnis,** das einen Überblick über alle Materialien gibt,
- **selbst geschriebene Texte** rund um das Thema,
- **recherchierte Materialien,** die abgespeichert und eingefügt werden oder die ausgedruckt, kopiert oder ausgeschnitten wurden (z. B. Texte und Bilder aus Zeitungen, Büchern oder aus dem Internet).

2. Inhalt

- Fülle dein Portfolio mit **selbst geschriebenen Texten** und **recherchierten Materialien.** Denke bei den recherchierten Materialien an die Quellenangaben:
  - bei Büchern: Name der Autorin / des Autors, Titel, Erscheinungsort und -jahr,
  - bei Internetquellen: oben im Feld die HTTPS-Adresse mit der linken Maustaste markieren, dann kopieren und einfügen. Vermerke auch das Datum, an dem du die Internetseite aufgerufen hast.

Inhalt

3. Bewertung

Außerdem kannst du auch deine Lernergebnisse bewerten. Du kannst z. B. festhalten,
- was du bereits gelernt hast und wie gut du das Gelernte beherrschst,
- welche Regeln und Tipps besonders hilfreich waren und
- was du noch üben solltest.

Du kannst dazu mit einem solchen **Bewertungsbogen** arbeiten:

Was ich gelernt habe	Das beherrsche ich … ☺	😐	☹	Was mir geholfen hat (z. B. Regeln, Tipps)	Üben sollte ich noch
Eine Person beschreiben	x			Merkwissen auf S. 41 Wortmaterial auf S. 40	…
Einen Vorgang beschreiben		x		…	Aktiv und Passiv verwenden

4. Das Portfolio digital anlegen

Um ein digitales Portfolio anzulegen, kannst du einen entsprechenden Webdienst oder eine App nutzen.

Du kannst dein Portfolio aber auch als Word-Dokument anlegen. Dabei gehst du so vor:
- Lege zunächst eine **Textdatei** an und **speichere** sie unter einem geeigneten Namen.
- Erstelle ein **Inhaltsverzeichnis** (▶ S. 17), in dem du nach und nach die Überschriften aller Einheiten und die entsprechenden Seitenzahlen aufführst.
- Unter dem Menüpunkt Einfügen findest du wichtige Funktionen, z. B. den **Seitenumbruch,** um eine neue Seite anzufangen, und das Einfügen von **Seitenzahlen, Bildern** und **Tabellen.**
- Erstelle im Verlauf der Arbeit für dein Portfolio auch ein schönes, passendes **Deckblatt.**
- Wenn dein Portfolio fertig ist, kannst du es unter dem Menüpunkt Speichern unter als **PDF-Dokument** speichern. Dann können alle es lesen, aber niemand kann etwas verändern.
- Am Schluss kannst du das Dokument per E-Mail **verschicken** oder **ausdrucken.**

5. Weitere Themen für ein Portfolio

Mögliche andere Themen für ein Portfolio könnten sein:
- die **Vorstellung eines Autors** oder **einer Autorin** (Biografie, Werke, Weltanschauung, Rezensionen/Kritiken, Buchverfilmungen usw.),
- Materialien rund um das Thema **Berufswahl.**

1.7 Zu einem Thema recherchieren

Mit Suchmaschinen recherchieren

1. Eine Suchmaschine sinnvoll nutzen

Schränke die Menge der **Suchergebnisse durch Suchbegriffe** sinnvoll **ein,** z. B. indem du **mehrere Suchbegriffe** eingibst, z. B. Weltveränderer + Menschen. Wenn du einen Suchbegriff in **Anführungszeichen** setzt, sucht die Maschine nach Seiten mit genau diesem Wortlaut.
Überfliege den **Inhalt** der aufgerufenen Internetseite und entscheide, ob der Beitrag brauchbare Informationen zum Thema liefert.

2. Suchergebnisse beurteilen und speichern

1. Prüfe, ob die **Texte für dich verständlich** sind. Wikipedia-Artikel sind z. B. häufig in einem wissenschaftlichen Stil verfasst und deshalb nicht immer einfach zu erschließen.

> – Suchmaschinen sind z. B.: **Google, Bing, Yahoo** oder **Ecosia.**
> – Suchmaschinen für Kinder und Jugendliche sind, z. B. **Helles Köpfchen** oder **Blinde Kuh.** Auf diesen Internetseiten findest du auch Wissenswertes zu verschiedenen Themen, z. B. Nachrichten, Spiele, berühmte Menschen usw.

2. Prüfe die Zuverlässigkeit der Quelle: Prüfe die **Quelle,** indem du ins **Impressum** schaust. **Zuverlässige** Informationen bieten meist seriöse Online-Zeitungen und -Zeitschriften, Online-Lexika, Seiten öffentlich-rechtlicher Fernsehsender, Seiten öffentlicher Institutionen, z. B. der Arbeitsagentur.
Vorsicht bei Seiten, die etwas verkaufen wollen, und Seiten, auf die jede/-r ungeprüft Inhalte stellen kann, z. B. Videoportale und Hausaufgabenseiten.
TIPP: Überprüfe die Informationen mit Hilfe anderer Websites.

3. Prüfe, ob die Websites oder Texte zu deinem Thema passen:
Überfliege die Inhalte und orientiere dich an Menüpunkten auf der Website oder an Links im Text.

4. Speichere Texte, Textausschnitte, Bilder und Screenshots von Videos in deinem Textverarbeitungsprogramm. **Wichtig:** Speichere auch die **Internetadresse,** damit du später die **Quelle** angeben kannst, und das **Datum,** an dem du die Seite aufgerufen hast.

3. Geeignete Materialien auswerten

> Geeignete Internetseiten lassen sich **speichern,** indem man sie zu den **Favoriten** hinzufügt oder ein **Lesezeichen** setzt.

Texte und Materialien, die dir brauchbare und sachliche Informationen liefern, kannst du **ausdrucken** oder **in einem Textverarbeitungsprogramm abspeichern. Wähle** Texte, Menüpunkte und Links aus, die dich interessieren.
Werte Materialien **aus,** indem du sie **intensiv liest** und (digital) **markierst und kommentierst,** z. B. mit dem Stift auf dem Tablet, mit der Markierfunktion deines Browsers oder mit Hilfe deines Textverarbeitungsprogramms. **Vergleiche** Informationen mit anderen Quellen, um sie abzusichern.

Im Online-Lexikon Wikipedia recherchieren

Hier siehst du, wie ein Wikipedia-Artikel aufgebaut ist.

Nicht angemeldet Diskussionsseite Beiträge Benutzerkonto erstellen Anmelden

Artikel | ① Diskussion | Lesen | ② Bearbeiten | Quelltext bearbeiten | Versionsgeschichte | Wikipedia durchsuchen ③

④ Bertolt Brecht

Inhaltsverzeichnis [Verbergen] ⑤

Leben im Exil [Bearbeiten | Quelltext bearbeiten]

1930 begannen die Nationalsozialisten, Brechts Aufführungen vehement zu stören. Zu Beginn des Jahres 1933 wurde eine Aufführung von *Die Maßnahme* durch die Polizei unterbrochen. Die Veranstalter wurden wegen Hochverrats angeklagt. Am 28. Februar – einen Tag nach dem Reichstagsbrand – verließ Brecht mit seiner Familie und Freunden Berlin und flüchtete ins Ausland. Seine ersten Exilstationen waren Prag, Wien, Zürich, im Frühsommer 1933 Carona bei Kurt Kläber und Lisa Tetzner und Paris. Auf Einladung der Schriftstellerin Karin Michaëlis reiste Helene Weigel mit den Kindern voraus nach Dänemark auf die kleine Insel Thurø bei Svendborg. Brecht stand im April 1933 auf der von Wolfgang Herrmann verfassten „Schwarzen Liste"; deshalb wurden seine Bücher am 10. Mai 1933 von den Nationalsozialisten verbrannt und am Tag darauf seine gesamten Werke verboten. Brecht wurde 1935 die deutsche Staatsbürgerschaft aberkannt.

⑥ Literatur [Bearbeiten | Quelltext bearbeiten]

- Sabine Kebir: Ein akzeptabler Mann? Brecht und die Frauen. Pahl-Rugenstein, Köln 1989, ISBN 3-7609-7028-1; Aufbau Taschenbuch, Berlin 1998, ISBN 3-7466-8028-X.
- Marianne Kesting: Bertolt Brecht mit Selbstzeugnissen und Bilddokumenten. Hamburg 1959; Rowohlt, Reinbek 2003, ISBN 3-499-50037-X.
- Jan Knopf: Bertolt Brecht – Lebenskunst in finsteren Zeiten: Biographie. Hanser Verlag, München 2012, ISBN 978-3-446-24001-8.

⑦ Weblinks [Bearbeiten | Quelltext bearbeiten]

- Werke von und über Bertolt Brecht in der Deutschen Digitalen Bibliothek
- Kai-Britt Albrecht, Lutz Walther: *Bertolt Brecht.* Tabellarischer Lebenslauf im LeMO
- Bertolt Brecht in der Internet Movie Database
- Bertolt-Brecht-Archiv im Archiv der Akademie der Künste, Berlin

Quelle: http://webopac.stadtbibliothek-leipzig.de

① Link zur Diskussionsseite ② Links zum Bearbeiten des Artikels oder zum Sichten älterer Artikelversionen ③ Fenster zur Eingabe von Suchbegriffen ④ Artikelüberschrift (= Suchbegriff) ⑤ Inhaltsverzeichnis (Links zu den Überschriften des Artikels) ⑥ weiterführende Literaturhinweise (z. B. Bücher) ⑦ weiterführende Websites zum Artikel

Gehe bei der Wikipedia-Recherche so vor:

- Notiere **treffende Suchbegriffe** (Schlagwörter) zu deinem Thema und recherchiere diese im Online-Lexikon Wikipedia.
- Der Wikipedia-Artikel erläutert das Schlagwort und liefert **hilfreiche Zusatzinformationen,** die du für die weitere Recherche mit Suchmaschinen verwenden kannst. Meist gibt der Artikel auch Hinweise auf **weiterführende Webseiten** (Weblinks) und Literatur, z. B. Bücher.

Im Online-Katalog einer Bibliothek recherchieren

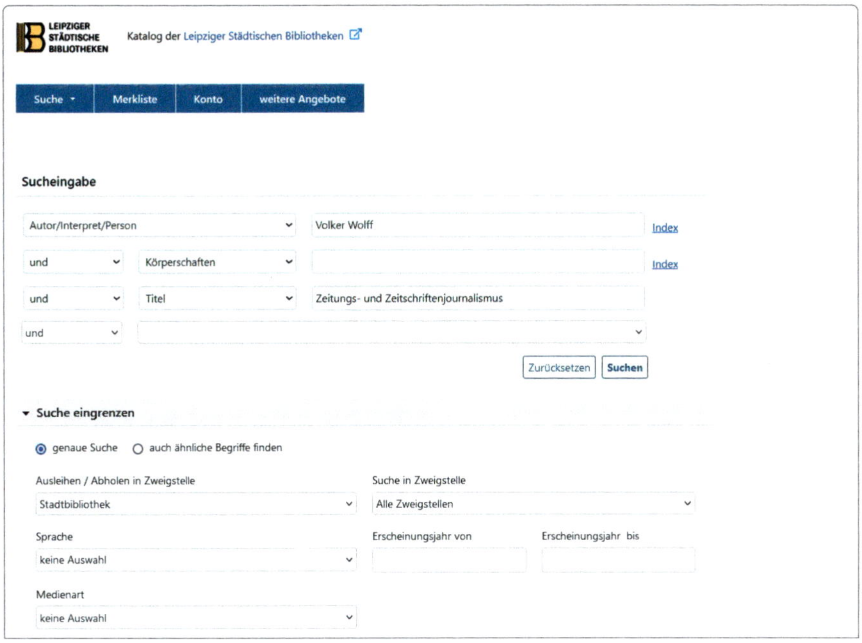

Quelle: http://webopac.stadtbibliothek-leipzig.de

Die meisten **Bibliotheken** verfügen über einen **Online-Katalog** (OPAC), der Auskunft über den gesamten Medienbestand der jeweiligen Bibliothek gibt. Der OPAC funktioniert ähnlich wie eine Suchmaschine und lässt sich per Internet, also auch von zu Hause aus, abfragen.
Gehe bei der Suche so vor:

- Gib in die **Suchmaske** der jeweiligen Bibliothek (siehe Abbildung oben) deine Suchbegriffe ein, z. B. den **Namen der Autorin / des Autors,** den **Namen eines Titels** oder einen bestimmten **Suchbegriff.**
- Du kannst deine **Suche** noch zusätzlich **verfeinern,** indem du einen bestimmten Medientyp, z. B. Buch, Zeitschrift, DVD, auswählst.

Du kannst die **Webadresse** eurer Stadtbibliothek z. B. mit Hilfe einer Suchmaschine (► S. 19) ermitteln.

Sich schnell in Büchern und Zeitschriften orientieren

Um sich einen schnellen Überblick über den **Inhalt von Büchern** zu verschaffen, kannst du Folgendes tun:

- Lies das **Inhaltsverzeichnis** des Buchs. Ist das Buch für deine Zwecke brauchbar?
- Lies den **Klappentext** und das **Vorwort** des Buchs. Welche Informationen liefert das Buch?
- Schlage im **Sach- oder Stichwortregister** nach, ob du deine Themen oder Stichpunkte findest.
- Überfliege einige **Textteile** (z. B. Kapitelanfänge). Ist das Buch ansprechend geschrieben?

Nachschlagewerke wie Lexika, Wörterbücher (auch digital) sind alphabetisch oder thematisch aufgebaut. Oft führen dich sogenannte **Querverweise** (→) zu anderen Artikeln, in denen du weiterführende Informationen findest. In einem elektronischen Nachschlagewerk nennt man diese Querverweise **Links.**

1.8 Referate verfassen, Präsentieren

In fünf Schritten zum Referat

Bei einem Referat oder einem Kurzvortrag bist du Experte oder Expertin für das Thema, über das du dein Publikum informierst. Wenn du dich in einem Themenbereich gut auskennst und gut vorbereitet bist, hast du schon die besten Voraussetzungen geschaffen, um deine Zuhörer/-innen für dein Thema zu interessieren.
Zur Beruhigung: Deine Zuhörer/-innen wissen dabei viel weniger als du!

1. Schritt: Vorüberlegungen anstellen

Stelle zunächst Vorüberlegungen an, z. B.:

- Wer ist dein **Publikum?** Welche **Interessen** hat es?
- Was könnte für deine Zuhörer/-innen **interessant** sein?
- Wie lange soll dein Referat dauern?

2. Schritt: Thema festlegen (Ideen sammeln, Schwerpunkte setzen)

Kläre das **Thema,** über das du informieren willst. Du kannst Stichpunkte zu deinem Thema, z. B. zum Thema „Werbung", in einer Mind-Map (▶ S. 15) sammeln.

- Worüber möchtest du deine Zuhörer/-innen **informieren?**
- Welche **Teilaspekte** sind bei deinem Thema interessant?
- Welches **Vorwissen** haben deine Zuhörer/-innen? Was musst du genau erklären?

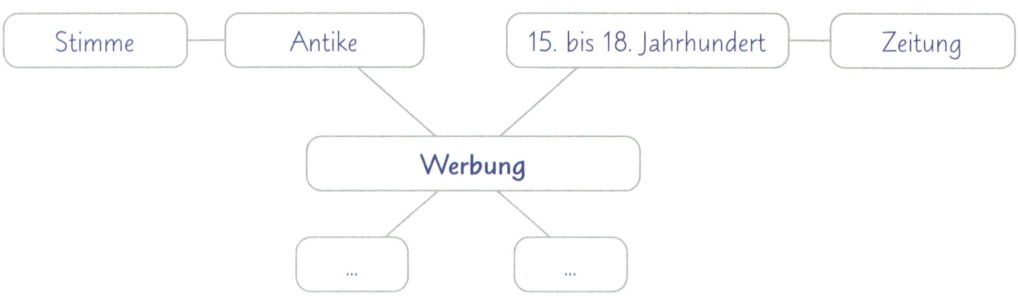

Sammle Leitfragen, die dein Referat beantworten soll, z. B.:

Leitfragen zum Thema „Werbung"
- Wie wirkt Werbung auf uns?
- Welche Zielgruppen hat Werbung?
- Welche Arten von Werbung gibt es?
- Wie hat sich die Werbung im Laufe der Zeit gewandelt?
- ...

3. Schritt: Material sammeln, Informationen recherchieren

Um Informationen zu deinem Thema zu sammeln und die offenen Fragen zu beantworten, kannst du **verschiedene Informationsquellen** nutzen, z. B.:

- Internet,
- Bibliothek (Bücher, Zeitschriften, Lexika, DVDs),
- eventuell Interview mit einer Expertin / einem Experten,
- ...

Auf den Seiten 19 bis 21 erfährst du,

- wie du dich im Internet, in der Bibliothek, in Büchern oder in Nachschlagewerken schnell über dein Thema informieren kannst,
- wie du die Suchergebnisse beurteilst und
- wie du Internetseiten abspeicherst oder Lesezeichen bzw. Favoriten anlegst.

4. Schritt: Das Informationsmaterial auswerten

Beim Auswerten deines Materials wendest du die üblichen Textbearbeitungsmethoden (▶ siehe unten) an:

- **Kerninformationen** markieren,
- am Rand **Notizen** machen (z. B. wichtige Begriffe, Fragen),
- Zitate **wörtlich herausschreiben,**
- Informationen **mit eigenen Worten zusammenfassen.**

Notiere, wo du das Material gefunden hast (▶ Quellenangaben machen, S. 215).

Werbung

Die Werbung hat sich im Laufe der Zeit verändert. Das heißt, dass sich die Art und Weise, wie Produkte beworben werden, verändert hat. Während früher die Menschen lediglich auf dem Markt laut herausschreien konnten, was sie anzubieten hatten, bekommen wir heute personalisierte Werbung auf unser Smartphone. Man unterscheidet verschiedene Arten der Werbung: Imagewerbung, Produktwerbung und Mitmachwerbung. Gemein haben sie alle: Sie wollen Aufmerksamkeit erregen. Dazu verwenden sie bestimmte sprachliche Mittel und sind meistens auch nach dem gleichen Schema aufgebaut.

gut für die Einleitung

personalisierte Werbung

Welches Ziel verfolgen diese Arten?

5. Schritt: Das Referat gliedern – Einleitung, Hauptteil, Schluss

Die Informationen, die du in deinem Referat vortragen möchtest, musst du strukturieren. Ein gutes Referat hat einen logischen Aufbau (einen „roten Faden") und besteht aus Einleitung, Hauptteil und Schluss.

Den Hauptteil strukturieren

Beginne bei deiner Gliederung mit dem Hauptteil:

- Überlege, **welche Fragen oder Teilaspekte** du im Hauptteil behandeln willst.
- **Ordne** deine **Informationen** nach sachlichen Gesichtspunkten. Überlege hierbei: Was sind **Oberpunkte,** was sind **Unterpunkte?**
- **Streiche überflüssige Informationen**, die nicht zu deinem Thema passen.

Frage dich bei der **Gliederung** immer wieder, ob du die **Informationen** so aufbereitet hast, dass dein **Publikum** sie **verstehen** kann.

A Einleitung
B Werbung
  1. Geschichte der Werbung
     – Unterpunkt
     – Unterpunkt
  2. Arten der Werbung
     – Unterpunkt
     – Unterpunkt
  3. ...
C Schluss

Einleitung und Schluss gestalten

Die **Einleitung** soll das **Interesse deiner Zuhörer/-innen wecken.** Es gibt ganz unterschiedliche Einstiegsmöglichkeiten, z. B.:

- ein **Zitat** vorlesen und/oder ein **Foto** zeigen,
- eine **überraschende Erkenntnis** oder ein interessantes Ereignis vorstellen,
- einen **Überblick** über das Referat geben,
- eine **persönliche Bemerkung** über das Thema machen.

Oft wird eine Werbefigur genutzt, um etwas zu bewerben. Diese muss man von einem Werbeträger unterscheiden. Werbeträger gibt es im echten Leben, während Werbefiguren erfunden sind. Beide müssen allerdings sympathisch sein und markentreu.

Der **Schluss** deines Referats sollte den Vortrag **abrunden.** Du kannst z. B. die wichtigsten Informationen noch einmal kurz und einprägsam **zusammenfassen,** deine **persönliche Meinung** zum Thema sagen oder einen **Ausblick** auf weitere Entwicklungen geben. Natürlich kannst du auch wieder an die **Einleitung anknüpfen,** z. B.:

Wir alle sind täglich von Werbung umgeben und sicher schon auf die ein oder andere hereingefallen, die uns nur zum Konsum verleiten wollte. Aber davor können wir uns schützen, indem ...

Anschauungsmaterial auswählen

Durch den Einsatz von Anschauungsmaterial wird dein Vortrag nicht nur abwechslungsreicher. Dein Publikum kann sich die Informationen auch **besser einprägen,** weil es diese nicht nur hört, sondern auch sieht.

- Überlege, **zu welchen Informationen** du **welches Anschauungsmaterial** präsentieren könntest, und suche nach geeignetem Material.
- Prüfe, welche **technischen Hilfsmittel** (Smartboard, Notebook etc.) du benötigst. Prüfe, ob die technischen Geräte verfügbar sind und du eventuell Hilfe bei der Bedienung brauchst.

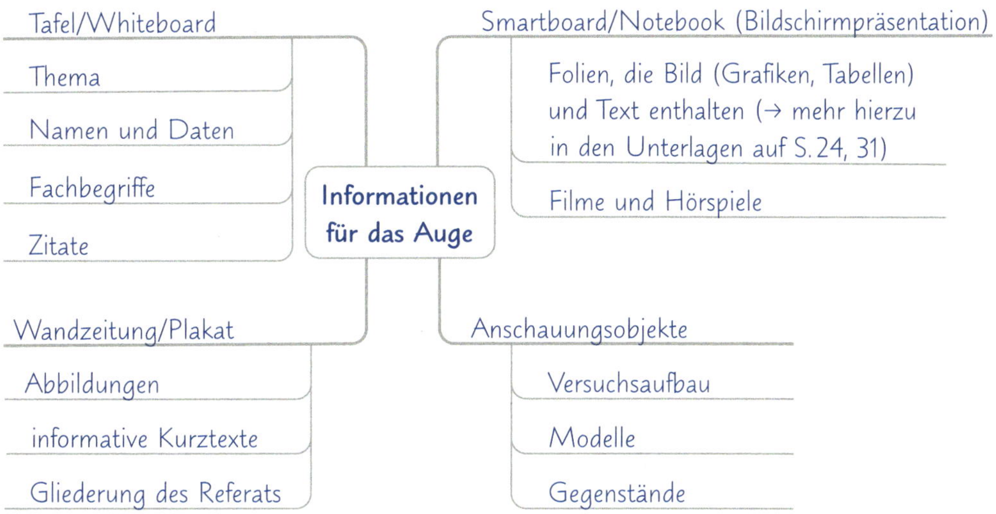

Vortragskarten erstellen

Referate sollen frei vorgetragen werden. Die ausformulierte Fassung kann dabei als Grundlage eher hinderlich sein. Besser ist eine Zusammenstellung der wichtigsten Stichworte auf großen Karteikarten (mindestens Postkartenformat). Die Notizen helfen dir, während des Vortrags nichts Wichtiges zu vergessen.

- Karteikarten im **Postkartenformat** (DIN A6) besorgen.
- **Einseitig beschriften,** dabei auf eine gut lesbare Schrift achten.
- **Wichtiges** auf den Karteikarten **farbig markieren.**
- Vergiss nicht, die Karteikarten zu **nummerieren.**
- Notiere deutlich **„Regieanweisungen“.**

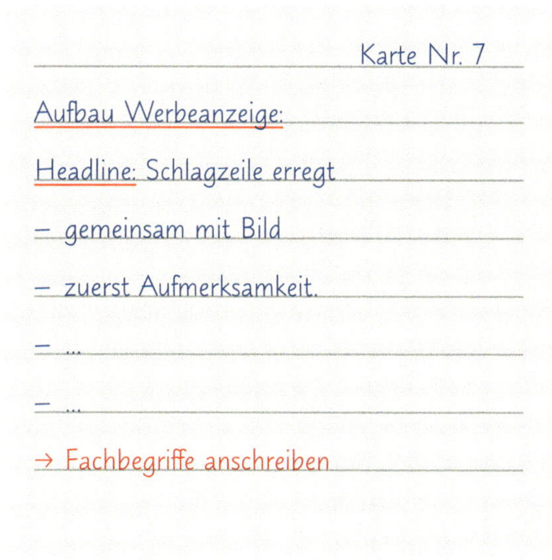

Folien für die Bildschirmpräsentation gestalten

Präsentationsprogramme

Präsentationsprogramme wie „Keynote" oder „PowerPoint" arbeiten mit Folien. Auf diesen Arbeitsflächen kannst du wichtige Informationen in Stichpunkten festhalten und anschauliche Bilder, Grafiken oder Tabellen zeigen.

Wie du eine **PowerPoint-Präsentation** erstellen kannst, erfährst du auf Seite 33.

Folien haben die Funktion, wichtige **Ergebnisse und Impulse zu visualisieren.** Dadurch können deine Zuhörer/-innen dem freien Vortrag deines Referats besser folgen.

Wahl zum Goldenen Windbeutel 2017

Rund 70 000 Teilnehmer/-innen stimmten online über die Produkte ab, die 2017 den „Goldenen Windbeutel" erhalten sollten.

Alete: Kinderkeks	49,94 %
Unilever: Becel Omega-3-Pflanzenöl	16,48 %
Kellog's: Urlegenden-Müsli	13,81 %

Folieninhalt

Folien dienen **zur Unterstützung** deines Vortrags. Sie geben ihm Struktur und ergänzen ihn um visuelle Inhalte wie Grafiken und Bilder, die man mündlich nicht darstellen kann.

- Mit einem Zitat oder einer Fragestellung kannst du dein **Publikum aktivieren.**
- Bei einer Präsentation solltest du **nur das Wesentliche** auf der Folie zeigen, z. B. das Thema und wenige, knapp formulierte Stichpunkte. Du kannst **abstrakte Inhalte veranschaulichen** sowie **Daten** und **Fakten mit Grafiken visualisieren.**
- **Lies** die Folien bzw. deine Notizen **nicht einfach ab,** sondern erläutere die Stichpunkte durch einen lebendigen, ausführlichen Vortrag.
- Nutze die **Notizfunktion** deines Präsentationsprogramms. Darin kannst du als „Spickzettel" für dein Referat Stichworte notieren, die nur du sehen kannst.

Folienlayout

- Vortragsfolien sollen gut lesbar sein. Deshalb **verzichtet** man am besten **auf ablenkende** oder **mehrfarbige Hintergründe.**
- Achte bei der Auswahl der **Schriftfarbe** auf einen guten **Kontrast zum Hintergrund.** Nimm eine **gut lesbare Schrift** (z. B. Arial). Die **Schriftgröße** solltest du so wählen, dass jede/jeder im Raum die Stichpunkte mühelos lesen kann **(mindestens 22 Punkt).**
- **Tabellen, Bilder** und andere Abbildungen müssen klar erkennbar bzw. **gut lesbar** sein.
- Präsentationsprogramme bieten nur grundlegende Funktionen zur Bildbearbeitung an. Gegebenenfalls musst du das grafische Material vorher in einem Bildbearbeitungsprogramm für die Präsentation vorbereiten.

Ein Handout verfassen

Referentin: Yasemin Sare
Datum: 18.01.20..
Fach: Deutsch

Werbung
1) Geschichte der Werbung
   - 15. bis 18. Jahrhundert
   - ...
2) Arten der Werbung
   - Imagewerbung
     • Produktwerbung
   - ...
3) Aufbau und Mittel der Werbung
   - ...
   - ...
   - ...
4) Werbung in den verschiedenen Medien
   - Energie sparen, z. B.: Stand-by-Betrieb von Elektrogeräten vermeiden
   - ...
   - ...

Quellenangaben:
ZEIT_ONLINE, dpa, AFP, lif
Werbung im Wandel der Zeit

Achte auf **gute Lesbarkeit:** Wähle daher für dein Handout eine normale **Schriftgröße (11–12 Pt.),** eine **einfache Schriftart** ohne viele Schnörkel (z. B. Arial oder Calibri) und einen **ausreichend großen Zeilenabstand.**

Ein **Handout** gibt den **Aufbau** und die **zentralen Informationen deines Referats** oder Vortrags knapp und übersichtlich wieder (möglichst auf einer DIN-A4-Seite). Außerdem bietet es den Zuhörenden **Platz für Notizen.**

Das Handout sollte:

- den **Namen** der/des Vortragenden, das **Datum,** das **Fach** und das **Thema** des Referats bzw. des Vortrags nennen,
- die **zentralen Informationen** deines Referats in Stichworten oder kurzen Sätzen zusammenfassen, und zwar in der Reihenfolge deiner Gliederung (▶ Gliederung des Referats, S. 24),
- **Quellenangaben** zu den verwendeten Materialien enthalten (▶ Quellenangaben machen, S. 215).

Ansprechend vortragen und präsentieren

Tipps für den Redner bzw. die Rednerin

- Versuche, **frei vorzutragen,** und orientiere dich dabei an deinen Vortragskarten.
- Verwende eine **einfache Sprache** mit möglichst **kurzen Sätzen.** Versuche, halb so schnell und doppelt so deutlich zu sprechen, wie du es gewöhnlich tust.
- **Blicke dein Publikum an,** dann siehst du, ob es Zwischenfragen gibt.
- Versuche, das **Publikum einzubeziehen,** indem du z. B. Fragen stellst oder Probleme benennst, die zum Diskutieren anregen.
- Nimm die **Fragen aus dem Publikum** auf. Beantworte sie entweder sofort oder am Ende des Vortrags. Das kannst du vorab festlegen.
- Prüfe, inwieweit du durch deine **Körpersprache** das Gesagte unterstreichen kannst (Haltung, Gestik, Mimik beachten).

Alles klar für die Bildschirmpräsentation?
Wenn du deinen Vortrag mit einer Bildschirmpräsentation (► S. 33) stützen willst, musst du prüfen:
- Funktioniert die Präsentationstechnik?
- Ist die Präsentation auf dem USB-Stick oder dem Notebook gespeichert und läuft sie ohne Probleme?
- Ist die Präsentation so eingestellt, dass die Folien auch von hinten im Raum gut lesbar sind?

Tipps für das Publikum

Auch dem Publikum kommt bei einem Vortrag eine zentrale Rolle zu. Es sollte aktiv zuhören, d. h. der Rednerin oder dem Redner zeigen, dass es den Vortrag aufmerksam mitverfolgt.
Auch hierbei gibt es Regeln zu beachten:

- **Blickkontakt** mit der Sprecherin oder dem Sprecher halten,
- den Vortrag **nicht** voreilig mit Fragen **unterbrechen,** besser: Fragen notieren, damit man sie nach dem Vortrag oder an geeigneter Stelle einbringen kann,
- durch Mimik und Körpersprache **Interesse** an der Präsentation **ausdrücken.**

1.9 Mit dem Computer umgehen

Datei anlegen und speichern

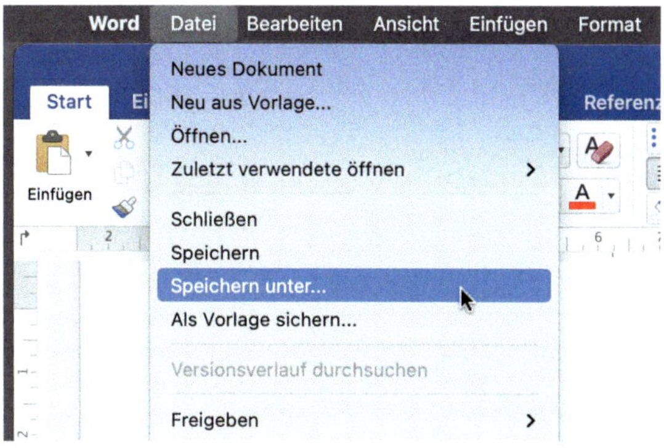

Wenn man einen Text am Computer schreiben möchte, muss man zunächst eine Datei anlegen, und das geht so:

- Computer starten, **Textprogramm** (z. B. Word) **auswählen,**
- in der Menüleiste auf **Datei** und **Neu** klicken,
- Text schreiben und die Datei unter einem Namen speichern (in der Menüleiste **Datei** anklicken und **Speichern unter** auswählen).

Einen Text am Computer gestalten (Layout)

In der Menüleiste deines Computers findest du die folgenden Befehle, mit denen du einen Text gestalten kannst:

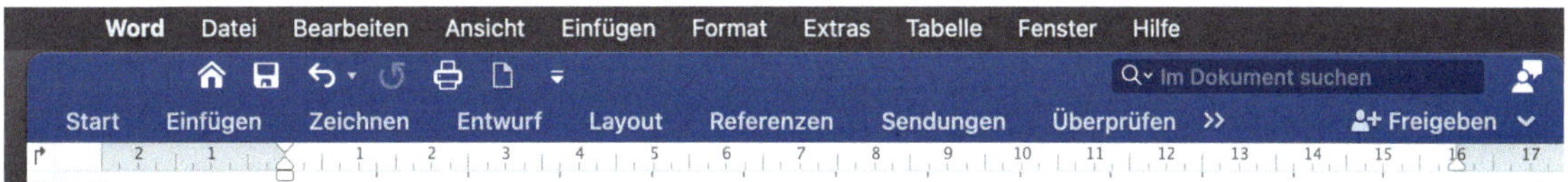

Ausschneiden und einfügen: Text mit der Maus markieren, auf die Schaltfläche Ausschneiden klicken und an anderer Stelle wieder einfügen (Symbol Einfügen).

Kopieren: Text markieren, auf die Schaltfläche Kopieren klicken und an anderer Stelle wieder einfügen (Symbol Einfügen).

Schriftart verändern: Text/Textstelle markieren, auf den Pfeil neben dem Auswahlfeld für Schriftarten klicken und Schriftart durch Anklicken auswählen.

Schriftgröße verändern: Text/Textstelle markieren, auf den Pfeil neben dem Auswahlfeld für die Schriftgröße klicken und die Schriftgröße durch Anklicken auswählen.

Fett, *kursiv* schreiben und <u>unterstreichen</u>: Text/Textstelle markieren, dann auf die Schaltfläche für fette, kursive oder unterstrichene Schrift klicken.

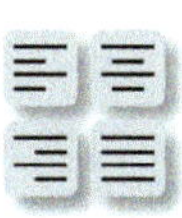

Textausrichtung festlegen: Text markieren, dann auf die Schaltfläche für linksbündige, zentrierte oder rechtsbündige Textausrichtung klicken oder Blocksatz auswählen.

Schriftfarbe festlegen: Text markieren, dann auf die Schaltfläche für die Schriftfarbe klicken und die Farbe durch Anklicken auswählen.

Die Rechtschreibprüfung am Computer nutzen

Das Textverarbeitungsprogramm Word hilft dir auch, bei einem Text falsch geschriebene Wörter zu finden und zu korrigieren:

- Aktiviere das Rechtschreib- und Grammatikprogramm des Computers. Wähle hierzu im Menü Extras das Werkzeug Rechtschreibung und Grammatik aus. Das Programm markiert nun mögliche Rechtschreibfehler rot und mögliche Grammatikfehler grün.
- Überprüfe bei den rot und grün markierten Wörtern, ob diese tatsächlich falsch geschrieben wurden. Wähle dann aus dem Fenster Vorschläge das richtige Wort aus und klicke auf Ändern. Das Wort wird korrigiert und Word springt dann automatisch zum nächsten falsch geschriebenen Wort.

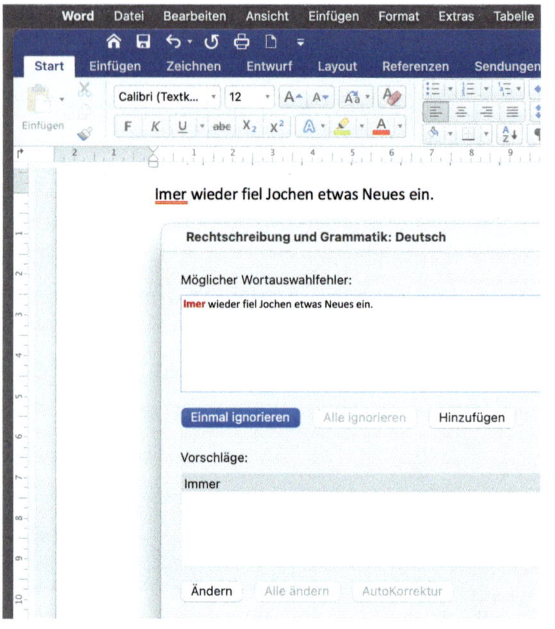

Beachte: Das Programm kann nicht alle Fehler finden und ist nicht immer zuverlässig. Zeichensetzungsfehler sind z. B. mit dem Programm nicht aufzuspüren und auch *das/dass-Fehler* werden nicht gefunden.

Umgekehrt kann es vorkommen, dass korrekt geschriebene Wörter (z. B. Eigennamen) als Fehler markiert werden. Schlage in Zweifelsfällen in einem Wörterbuch nach.

Den Thesaurus am Computer nutzen

Der Thesaurus (griech. = Wortschatz) ist eine Art Wörterbuch sinnverwandter Wörter, mit dessen Hilfe man häufig benutzte Wörter wie *sagen* durch sinnverwandte Wörter ersetzen kann:

- Markiere das Wort, zu dem du bedeutungsähnliche Wörter ermitteln willst. Aktiviere dann den Thesaurus. Du findest ihn im Menü Überprüfen → Thesaurus.
- Um das markierte Wort zu ersetzen, klickst du mit der rechten Maustaste auf ein Wort, das das Programm vorschlägt.

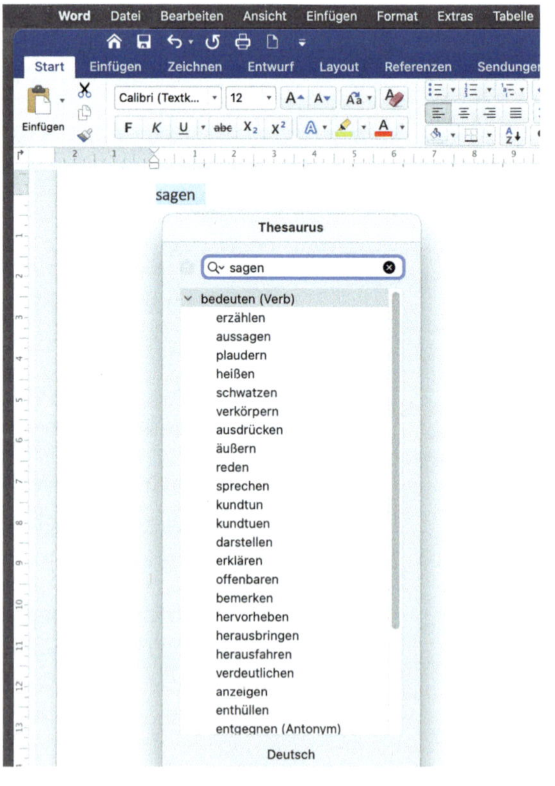

Beachte: Nur manche Wörter, die das Programm vorschlägt, entsprechen dem Wort, das du ersetzen willst. Überprüfe genau, ob das Wort wirklich passt.

Seitenzahlen und Tabellen in ein Textdokument einfügen

Seitenzahlen einfügen

Das Textverarbeitungsprogramm Word übernimmt das Einfügen von Seitenzahlen automatisch. Klicke hierzu in der Menüleiste auf Einfügen, dann auf Seitenzahl.

Tabellen einfügen

Klicke mit der Maustaste an die Stelle in deinem Textdokument, wo die Tabelle stehen soll. Klicke dann in der Menüleiste auf Einfügen, danach auf Tabelle, dann auf Tabelle einfügen. Wähle jetzt aus, wie viele Spalten und Zeilen deine Tabelle haben soll.

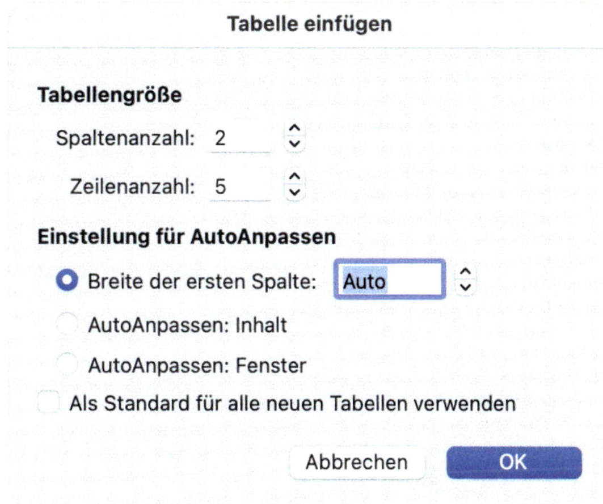

Bilder in Textdokumente einfügen

Wenn du in ein Textdokument Bilder einfügen willst, musst du das Bildmaterial vorher auf dem Computer als Bilddatei abspeichern. Beachte den Datenschutz und das Urheberrecht.

Bilder speichern

Klicke mit der rechten Maustaste auf das Bild. Wähle dann im Kontextmenü Bild speichern unter aus (Kontextmenü öffnet sich durch Anklicken der linken Maustaste). Wähle hier den Ordner aus, in dem du das Bild abspeichern willst. Klicke dann auf Speichern.

Bilder in Textdokumente (Word) einfügen

Klicke mit der Maustaste an die Stelle in deinem Textdokument, wo das Bild stehen soll. Klicke dann in der Menüleiste auf den Reiter Einfügen, danach auf den Unterpunkt Grafik, dann auf Aus Datei. Wähle den Ordner aus, in dem du das entsprechende Bild abgespeichert hast, klicke das entsprechende Bild an und bestätige mit Einfügen. Danach siehst du das Bild im Dokument.

Größe des Bildes verändern

Verändere die Größe des Bildes: Mache dazu einen Doppelklick auf das Bild, das Fenster Grafik formatieren erscheint. Klicke dann auf Größe und verändere die Höhe (die Breite des Bildes verändert sich dann automatisch auch).

Bild in den Text einbinden

Wenn das Bild in den Text eingefügt ist, kann man den Zeilenumbruch so einstellen, dass das Bild vom Text umgeben (umflossen) wird. Mach dazu einen Doppelklick auf das Bild, das Fenster Grafik formatieren erscheint. Klicke auf Layout und dann auf Passend. Das Bild verschiebt sich an die gewünschte Stelle.

Dateien ordnen und archivieren

Damit du auf deinem Computer oder Tablet einen Überblick über deine Dokumente und Dateien behältst, solltest du dir ein übersichtliches Ordnungssystem aufbauen. Das funktioniert mit dem jeweiligen Dateimanager für dein Betriebssystem, als „Explorer“ für „WINDOWS“, „Finder“ für „iOS“ (Apple) oder der entsprechenden App für „Android“.

Ordner und Unterordner

Ein Ordner ist ein Ort zum Speichern von Dateien, z. B. Textdokumenten, Bildern, Musikdateien. Du kannst eine beliebige Anzahl von Ordnern erstellen und in diesen wieder andere Ordner (Unterordner) abspeichern.

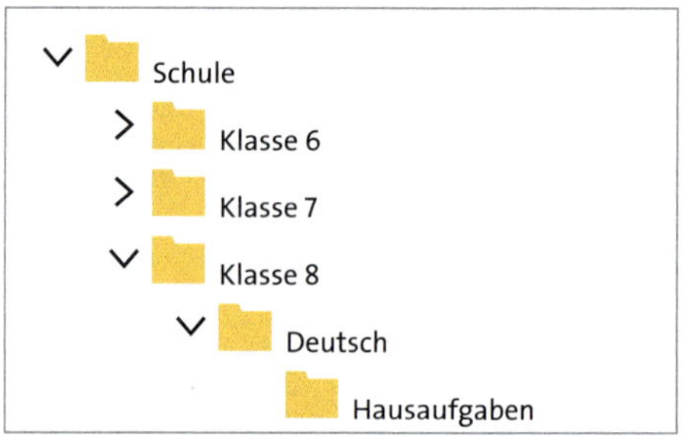

> Es empfiehlt sich, z. B. für die Schule einen **Ordner** „Schule“ mit **Unterordnern** auf der Festplatte anzulegen.

Neuen Ordner erstellen

Zum Erstellen eines neuen Ordners gehst du so vor:

- Navigiere zu dem Ort (beispielsweise zu einem Ordner oder zum Desktop), an dem du einen neuen Ordner erstellen möchtest. **Klicke** für „WINDOWS“ mit der **rechten Maustaste** auf einen freien Bereich auf dem Desktop oder im Ordnerfenster, es öffnet sich das Kontextmenü. Klicke hier auf Neu, dann auf Ordner. Wähle für „iOS“ Ablage, dann Neuer Ordner.
- Gib einen **Namen** für den neuen Ordner ein und bestätige die Aktion mit der Enter-Taste.

Verschieben von Dateien oder Ordnern

- Öffne den Ordner (das Laufwerk), der die Datei oder den Unterordner enthält, den du verschieben möchtest.
- Klicke mit der rechten Maustaste auf die Datei oder den Ordner, den du verschieben willst. Das Kontextmenü öffnet sich.
- Klicke im Kontextmenü auf Ausschneiden, öffne dann den Ordner (das Laufwerk), in den du die Datei verschieben möchtest, klicke danach auf Einfügen.
- Der Ordner oder die Datei wird im Zielordner oder Ziellaufwerk abgelegt.

Dateien oder Ordner suchen

- Wenn du ein Dokument nicht mehr findest, hilft dir die Suchfunktion: Diese rufst du mit der Tastenkombination „WINDOWS“ und „S“ auf. Gib in das freie Feld den Dateinamen oder einen Begriff ein, den die gesuchte Datei enthält. Öffne für „iOS“ Spotlight, gib dann den Namen der Datei oder des Ordners in das Suchfeld ein und klicke in den Ergebnissen doppelt auf die Datei.

Dateiendungen

- Über die Art der Datei (Text, Bild, Musik usw.) gibt die Dateiendung Auskunft. Sie ist der letzte Teil des Dateinamens und wird in der Regel mit einem Punkt abgetrennt, z. B.: *.doc*/*.docx* (Textdokument), *.xls*/*.xlsx* (Tabellendokument), *.tif*, *.jpg* oder *.img* (Bilddateien), *.ppt*/*.pptx* (Präsentation), *.pdf* (nicht veränderbare Datei), *.htm*/*.html* (Webseiten), *.mp3* oder *.wav* (Tondateien), *.mp4* (Videodateien).

Eine PowerPoint-Präsentation erstellen

Viele Referate oder Vorträge werden von einer Bildschirmpräsentation begleitet. Mit Hilfe eines Präsentationsprogramms, z. B. PowerPoint, kannst du hier Folien (▶ S. 26) erstellen.

Arbeitsbereiche

Wenn du das Programm PowerPoint öffnest, erkennst du drei Bereiche:

- Die Seitenleiste **links** 1 zeigt eine **Übersicht aller Folien** im Kleinformat an.
- Der **Arbeitsbereich** in der **Mitte** 2 zeigt dir die aktuell ausgewählte Folie. In diesem Bereich erstellst du den Inhalt der Folien.
- Unterhalb des Arbeitsbereichs 3 kannst du **Notizen** zu der jeweiligen Folie machen.

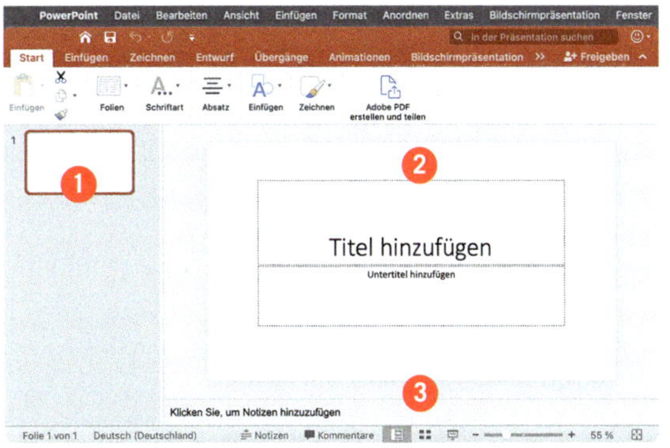

Folien erstellen und sortieren

- Klicke in der Menüleiste oben auf die Schaltfläche Neue Folie. Hier bietet dir PowerPoint verschiedene Musterseiten (Layoutvarianten) an. Wähle ein Layout aus, das zum Inhalt deiner Präsentation passt.
- Die Folie soll wenig Text in einer großen Schrift (mindestens 22 Punkt) enthalten (▶ mehr hierzu S. 26).
- Grafiken oder Fotos, die als Datei vorliegen, fügst du ein über Einfügen → Grafik → Aus Datei.
- Speichere die Folie mit Datei → Speichern unter → Dateiname.
- Überprüfe am Ende alle Folien mit Ansicht → Foliensortierung. Hier kannst du auch die Reihenfolge der Folien beliebig verändern, indem du die Folien anklickst und verschiebst.

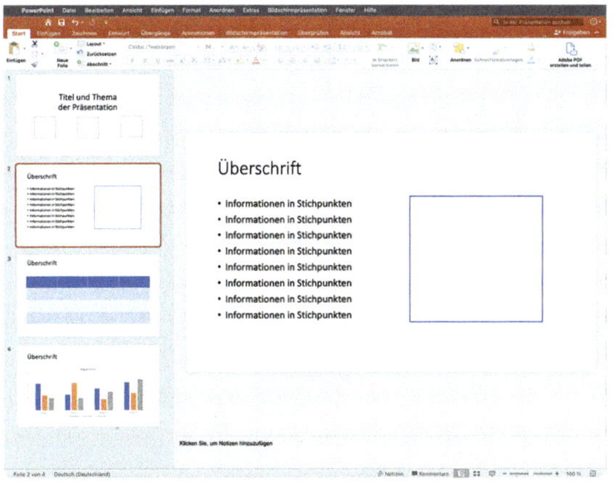

Folien gestalten (Layout) und Bildschirmpräsentation einrichten

- Unter Format kannst du z. B. Schriftarten und -farben sowie die Hintergrundfarbe deiner Folien auswählen. Achte bei der Wahl der Farbe darauf, dass Hintergrund und Schrift in deutlichem Kontrast stehen (▶ mehr hierzu S. 26).
- Auch verschiedene Animationen kannst du hier festlegen. Markiere den Text, den du animieren willst, und klicke auf Animation. Im Menü werden dir jetzt verschiedene Effekte zur Verfügung gestellt. Aber auch hier gilt: Weniger ist mehr!
- Unter der Schaltfläche Bildschirmpräsentation richtest du die Präsentation ein. Mit der Enter-Taste klickst du dich von Folie zu Folie, mit der Escape-Taste (Esc) beendest du die Präsentation.
- Die PowerPoint-Präsentation kannst du ausgedruckt als Handout (▶ S. 27) verteilen oder elektronisch per E-Mail versenden.

1.10 Bewerbung und Praktikumsmappe

Das Bewerbungsanschreiben

Mit einer Bewerbung machst du Werbung für dich selbst. Deshalb sollte deine Bewerbung optisch und inhaltlich überzeugen. Gestalte deine Bewerbung **mit Hilfe des Computers** und achte auf eine **korrekte Rechtschreibung** und **Zeichensetzung.**

- Stelle überzeugend dar, warum du dich auf die konkrete Stelle bewirbst:
  – Welche Fähigkeiten und Erfahrungen hast du, die für die Stelle wichtig sind?
  – Wo konntest du diese Fähigkeiten bereits unter Beweis stellen?

① Antonia Sommer
Baumweg 23 a
1xxxx Neustadt
Tel.: 0123 xxxxxxx
E-Mail: AntoniaSommer@beispiel.de

② Landesbetrieb Wald und Holz
Forstamt Neustadt
z. H. Herrn Markus Maurer
Waldweg 2–6
1xxxx Neustadt

③ Neustadt, 29.10.20..

④ **Bewerbung um eine Praktikumsstelle als Forstwirtin vom 13.04. bis 28.04.20..**

⑤ Sehr geehrter Herr Maurer,

⑥ da mein Onkel Förster ist und ich ihn schon häufig auf seinen Rundgängen durch den Wald begleiten durfte, interessiere ich mich schon sehr lange für die Arbeitsmöglichkeiten im Berufsfeld „Landwirtschaft, Natur und Umwelt“. Aus diesem Grund bewerbe ich mich um eine Praktikumsstelle als Forstwirtin im Forstamt Neustadt in der Zeit vom 13.04. bis 28.04.20..
Ich bin 14 Jahre alt und besuche die 8. Klasse des Marie-Curie-Gymnasiums in Neustadt, wo ich seit dem Beginn des 7. Schuljahres auch der AG „Technik und Werken“ angehöre. Dort habe ich gelernt, mit Werkzeug und verschiedenen Werkstoffen, z. B. Holz und Metall, zu arbeiten.
In der Schule sind Biologie und Chemie meine Lieblingsfächer. In meiner Freizeit lerne ich Saxofon und engagiere mich seit zwei Jahren in der THW-Jugend.

⑦ Sehr gern würde ich mich persönlich bei Ihnen vorstellen.

⑧ Mit freundlichen Grüßen
Antonia Sommer

⑨ **Anlagen:**
Lebenslauf
Zeugnis 7. Schuljahr
Bescheinigung des THW

Das Bewerbungsschreiben hat folgende Bausteine:

1 Adresse des Absenders / der Absenderin
2 Adresse des Empfängers / der Empfängerin
3 Ort und Datum
4 Betreffzeile mit dem Thema des Schreibens
5 Anrede
6 Hauptteil: Gründe (Erfahrungen, Fähigkeiten) für deine Bewerbung
7 Schluss: Bitte um Vorstellungsgespräch
8 Grußformel und Unterschrift
9 Hinweis auf Anlagen (z. B. Lebenslauf, Zeugnis)

Der Lebenslauf

Der Lebenslauf wird in tabellarischer Form verfasst und sollte übersichtlich (mit Zwischenüberschriften) gegliedert sein.

- Er schließt mit Ort, Datum und einer handschriftlichen Unterschrift.
- Du kannst ein Porträtfoto hinzufügen, musst es aber nicht.

Lebenslauf

Persönliche Daten	Antonia Sommer Baumweg 23 a 1xxxx Neustadt Tel.: 0123 – xxxxxxx E-Mail: AntoniaSommer@beispiel.de	
Geburtsdatum und -ort:	31. Mai 20.., Neustadt	
Schulbildung	seit 08/20..	Marie-Curie-Gymnasium, Neustadt
	08/20..–07/20..	Mutter-Teresa-Grundschule, Neustadt Lieblingsfächer: Biologie (Note: sehr gut), Chemie (Note: gut)
Praktika und weitere Qualifikationen	seit 08/20..	Mitgliedschaft in der AG „Technik und Werken“ der Schule
	seit 03/20..	Engagement in der THW-Jugend
Freizeit	seit 09/20..	Saxofonunterricht

Neustadt, 29.10.20..
Antonia Sommer

Bei einer **Bewerbung per E-Mail** kannst du das Bewerbungsschreiben als E-Mail-Text oder als Anhang verschicken. Die Betreffzeile in der E-Mail muss eindeutig formuliert sein. Lebenslauf und gescanntes Zeugnis werden als Anhang beigefügt.

Das Vorstellungsgespräch

Ein Vorstellungsgespräch sollte der Bewerber oder die Bewerberin **aktiv mitgestalten.** Du solltest darauf vorbereitet sein, **frei von dir zu berichten** und **Fragen zum Unternehmen** oder zum Beruf **beantworten** zu können.

Tipps für das Vorstellungsgespräch:

- pünktlich sein und mögliche Verzögerungen vorher einplanen
- mit Blickkontakt und ggf. angemessenem Händedruck begrüßen
- Fragen nicht nur mit „Ja“ oder „Nein“ beantworten, sondern in ganzen Sätzen (ohne abzuschweifen)
- nachfragen, wenn man etwas nicht verstanden hat
- Interesse für das Unternehmen zeigen, indem man z. B. Fragen stellt
- flapsige Bemerkungen und Jugendsprache vermeiden
- Handy ausschalten oder stumm stellen

Eine Praktikumsmappe erstellen

In der Regel machst du in der 8. oder 9. Klasse ein Berufspraktikum. Die Erfahrungen, die du während des Praktikums gesammelt hast, hältst du in einer Praktikumsmappe fest.

Die Praktikumsmappe kann folgende Elemente enthalten:

1 **Deckblatt** mit dem Namen des Praktikumsbetriebs (z. B. *Berufspraktikum bei der Firma „Alles fürs Rad“*), dem Namen des Praktikanten / der Praktikantin, der Schule sowie Angaben zum Zeitraum des Praktikums,

2 **Inhaltsverzeichnis** mit genauen Überschriften der einzelnen Kapitel und Seitenangaben,

3 **Bewerbungsanschreiben** und **Lebenslauf** des Praktikanten / der Praktikantin,

4 **Vorstellung des Praktikumsbetriebs** mit Beschreibung des Arbeitsplatzes,

5 **Dokumentation des Arbeitsalltags** mit ausgewählten Tagesberichten,

6 **Vorstellung des Berufs** mit anschaulichen Abbildungen, z. B. Ausbildungsmöglichkeiten, Perspektiven im weiteren Berufsleben,

7 **Schlussbetrachtung** mit einer kritischen Reflexion des Praktikums,

8 **Anhang** mit weiteren Informationen und Dokumenten wie **Werkproben, Flyern** oder **Prospekten.**

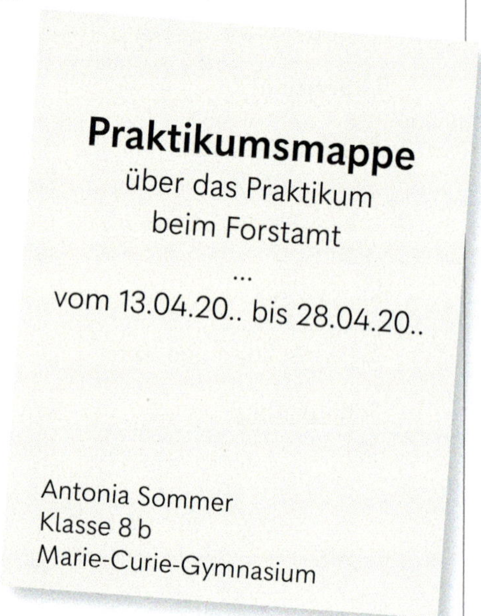
Praktikumsmappe
über das Praktikum
beim Forstamt
...
vom 13.04.20.. bis 28.04.20..

Antonia Sommer
Klasse 8 b
Marie-Curie-Gymnasium

Der **Tagesbericht** ist ein Bestandteil deiner Praktikumsmappe. Er informiert sachlich und in chronologischer Reihenfolge über die Tätigkeiten eines typischen Arbeitstages.

Mache dir während des Praktikums, am besten jeden Tag, **Notizen.**

Tagesbericht: Montag, 20.04.20..

Am heutigen Tag begleitete ich die Mitarbeiter des Forstamts Neustadt bei ihrem wöchentlichen Kontrollgang durch den Stadtwald. Herr Mathis, einer der Forstwirte, und ich übernahmen ab 8:00 Uhr die Entfernung von kleineren Hindernissen, z. B. Ästen, auf den Waldwegen, während die anderen das Wachstum der Pflanzen kontrollierten und sich der Schädlingsbekämpfung widmeten ... Größere Hindernisse, ein entwurzelter Baum und eine vom nächtlichen Sturm umgestürzte Hinweistafel, wurden per Funk an das Forstamt gemeldet, sodass ... Dabei zeigte Herr Mathis mir zunächst, dass auch modernste Technologien eingesetzt werden, z. B. eine Drohne, damit ... Nach der Mittagspause durfte ich bereits unter Anleitung selbst ... Bei dieser Arbeit habe ich gelernt, dass sich die Forstwirte nicht nur mit der sogenannten Holzernte und dem Pflanzen neuer Bäume beschäftigen, sondern auch mit der Pflege und dem Schutz des Waldes allgemein.

Sich bewerben

1. Inhalt der Bewerbungsunterlagen

- Das **Bewerbungsanschreiben** (▶ S. 34) mit dem **Computer** verfassen (Umfang: eine Seite)
- Vollständigkeit der **Bausteine** prüfen: Briefkopf (Absender/-in, Empfänger/-in, Ort und Datum), Betreffzeile **mit dem Thema des Schreibens,** höfliche Anrede, Hauptteil, Grußformel, Unterschrift, Auflistung der Anlagen (z. B. Lebenslauf, Zeugnis)
- Auf eine **übersichtliche Gliederung** achten (Absätze und Leerzeilen)
- **Rechtschreibung** prüfen (z. B. Anredepronomen wie *Sie*, *Ihnen*, *Ihre* usw. großschreiben) und **Zeichensetzung** kontrollieren
- Tabellarischen **Lebenslauf** (▶ S. 35) mit dem **Computer** erstellen
- Vollständigkeit der **Bausteine** prüfen, z. B.: persönliche Daten, schulische Ausbildung, besondere Kenntnisse und Interessen (z. B. Sprach- oder PC-Kenntnisse, Hobbys, praktische Erfahrungen)
- Auf eine **übersichtliche Gliederung** achten, z. B.: Absätze oder Leerzeilen zwischen den einzelnen Blöcken einfügen und Überschriften durch Fettdruck oder Unterstreichungen hervorheben
- Ort, Datum, handschriftliche Unterschrift, eventuell Porträtfoto einfügen/einkleben
- Die **Anlagen**, also Zeugnisse, Bescheinigung(en) über Praktika, Sprachkurse usw., nie im Original, sondern als Kopie beilegen; dabei auf Lesbarkeit und Druckqualität achten

2. Äußere Form und Versand

Per Post:

- Unliniertes, **weißes DIN-A4-Papier** verwenden, Papier nur einseitig bedrucken
- Bewerbungsunterlagen dürfen keinerlei Fehler, Flecken, Eselsohren oder handschriftliche Verbesserungen enthalten.
- Bewerbungsunterlagen in der **richtigen Reihenfolge** ordnen und in eine Bewerbungsmappe einlegen: **1.** Bewerbungsanschreiben, **2.** Lebenslauf, **3.** Anlagen: zuerst Kopien der Zeugnisse (das letzte kommt zuerst), dann Praktikums- oder Sprachkursbescheinigungen usw.
- Bewerbungsunterlagen in einem **DIN-A4-Umschlag** mit verstärktem Rücken versenden
- **Absender/-in und Adresse des Empfängers / der Empfängerin überprüfen,** Brief ausreichend frankieren (am besten direkt am Postschalter)

Per E-Mail:

Bei einer Bewerbung per E-Mail gibt es einige Unterschiede:

- Angaben zum **Empfänger** / zur **Empfängerin** stehen als E-Mail-Adresse in der Adresszeile – dabei unbedingt eine seriöse E-Mail-Adresse verwenden.
- Das **Datum** erscheint automatisch und muss nicht hinzugefügt werden.
- Der **Betreff** steht in der Betreffzeile.
- Unter der **Grußformel** stehen zuerst dein Vor- und Nachname (ohne Unterschrift) und danach deine Kontaktdaten mit Adresse, Telefonnummer und E-Mail-Adresse.

Das Anschreiben enthält das Angebot, die Unterlagen in gedruckter Fassung zu schicken. Alle **Anlagen** werden im PDF-Format an die Mail angehängt. Dafür werden sie mit einem aussagekräftigen Dateinamen bezeichnet, z. B.: *tabellarischer Lebenslauf, Zeugnis Klasse 7.*

2 Sprechen, Zuhören und Schreiben

2.1 Mündlicher und schriftlicher Sprachgebrauch

Sprache verwenden wir beim Sprechen (in mündlicher Form) und beim Schreiben (in schriftlicher Form). Mündlicher und schriftlicher Sprachgebrauch unterscheiden sich.

Mündlicher Sprachgebrauch	Schriftlicher Sprachgebrauch
Beispiele: Gespräch, Diskussion, Vortrag, Referat (in mündlicher Form)	Beispiele: Brief, Aufsatz, Bewerbungsschreiben, Zeitungsbericht
▪ Beim Sprechen verwenden wir meist Umgangssprache, d. h.: Die **Sätze** sind **kurz,** der **Satzbau** ist **einfacher** gestaltet. Häufig bleiben die Sätze auch **unvollendet,** insbesondere wenn die Sprecherin / der Sprecher merkt, dass das Gegenüber bereits verstanden hat, was sie/er sagen will. ▪ Beim Sprechen werden auch **Dialekte** und **Jugendsprache** verwendet. ▪ Die **Hörerin** / Der **Hörer** kann unmittelbar auf das Gehörte reagieren und gegebenenfalls **nachfragen,** wenn sie/er etwas nicht verstanden hat. ▪ Beim Sprechen kann man durch **Gestik** (Körperbewegung), **Mimik** (Gesichtsausdruck) und **Stimme** (Betonung, Lautstärke, Pausen usw.) seinen Aussagen Nachdruck verleihen. ▪ Die Vergangenheit wird überwiegend im **Perfekt** ausgedrückt.	▪ Beim Schreiben verwenden wir die Standardsprache (auch Schriftsprache oder Hochsprache), d. h.: Die **Sätze** sind meist **länger** und der **Satzbau** ist **komplexer.** Zudem sollten die Sätze **grammatisch korrekt** sein. ▪ Die Leserin / Der Leser kann nicht nachfragen, wenn ihr oder ihm etwas unklar ist, deshalb muss man sich **exakt** und **eindeutig** (logisch widerspruchsfrei) ausdrücken. ▪ Die Vergangenheit wird in der Regel durch das **Präteritum** ausgedrückt.

2.2 Erzählen – Nacherzählen – Schildern

Erlebnisse erzählen

Der Aufbau einer Erzählung

Eine Erzählung braucht einen roten Faden und gliedert sich meist in drei Teile: Einleitung, Hauptteil und Schluss. Da beim Lesen einer Erzählung das Lesefieber steigt, spricht man von einer Lesefieberkurve.

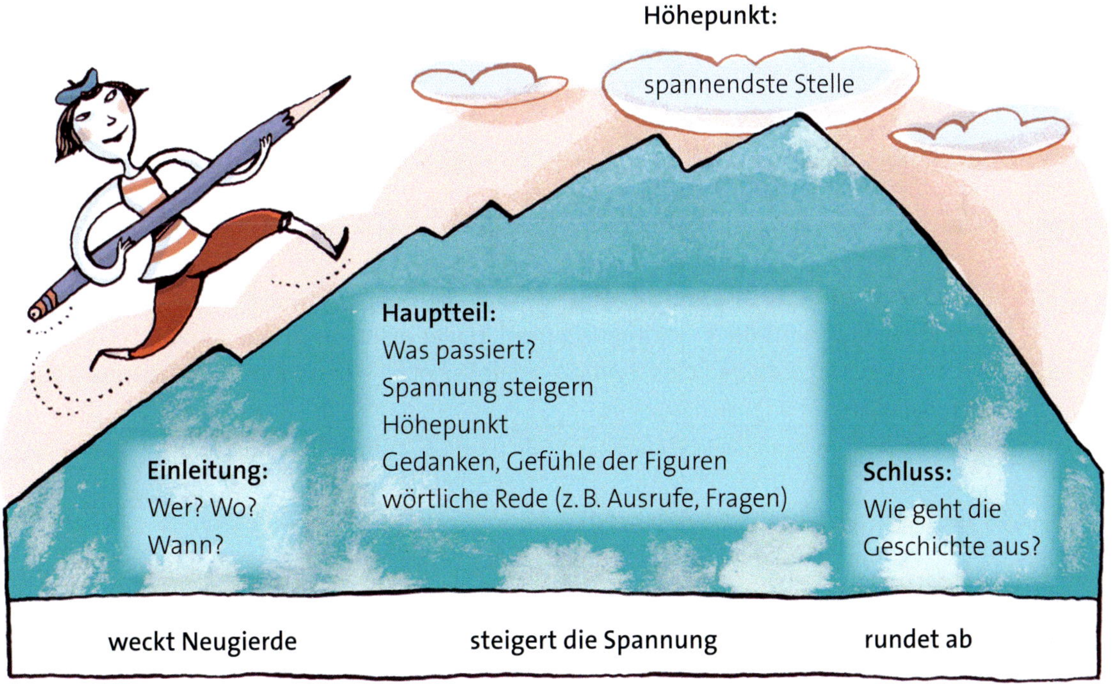

Einleitung

Mit der Einleitung weckst du die Neugier der Leser/-innen. Hier informierst du in der Regel über Ort (Wo?) und Zeit (Wann?) des Geschehens und stellst mindestens eine Hauptfigur (Wer?) vor.

Hauptteil

Der Hauptteil ist der Kern der Geschichte und enthält das Geschehen, um das es in der Erzählung geht. Er besteht aus mehreren Erzählschritten (Handlungsschritten). Hier wird die **Spannung schrittweise bis zum Höhepunkt** der Geschichte **gesteigert.** Die Leser/-innen sollen mitfiebern, was als Nächstes passieren wird.

Schluss

Der Schluss einer Erzählung kann unterschiedlich gestaltet sein. Du kannst

- den Ausgang der Geschichte erzählen und das **Erlebnis abschließen,**
- am Schluss der Geschichte **Fragen offenlassen,** um den Ausgang des Erlebnisses im Ungewissen zu lassen,
- auf die **Einleitung zurückgreifen,** sodass Einleitung und Schluss einen Rahmen um den Hauptteil bilden,
- einen **abschließenden Gedanken** äußern.

Erzähltricks für die Einleitung

Gute Erzählende fesseln ihre Leserinnen und Leser gleich mit der Einleitung. Sie verraten nicht schon am Anfang, wie die Geschichte ausgeht, sondern machen neugierig. Dazu gibt es einige Erzähltricks:

Erzähltricks für die Einleitung	Beispiele
Kündige ein spannendes Ereignis an.	*Zu diesem Zeitpunkt ahnten wir noch nicht ...* *Hätten wir gewusst, dass ...*
Erzähle mit wörtlicher Rede lebendig.	*„Ich steige niemals in diesen Keller!“, sagte Kai.* *„In dieser Geisterbahn spukt es!“, witzelte Jan.*
Bewirke mit beruhigenden Worten das Gegenteil.	*„Macht euch keine Sorgen!“* *„Euch passiert schon nichts!“*

Spannend und anschaulich erzählen

Mit deiner Erzählung willst du die Aufmerksamkeit deiner Leser/-innen wecken und erhalten. Sie sollen sich in die Figuren und die Situation hineinversetzen können, sollen mitzittern oder schaudern, schmunzeln oder sich gruseln.
Mit folgenden Erzählmitteln kannst du anschaulich und spannend erzählen:

1. Alle Sinne einbeziehen

Versetze dich in die Figuren und in die Situation hinein, male sie dir aus und schreibe,

- wie etwas **aussieht,** wie jemand sich **bewegt,** z. B.: *Leise schlich ich ...*
- welche Geräusche zu **hören** sind, z. B.: *Ich hörte ein lautes Knacken.*
- wie etwas **riecht** oder **schmeckt,** z. B.: *Ein fauliger Geruch drang durch die Tür.*
- wie sich etwas **anfühlt** oder was auf der Haut zu **spüren** ist, z. B.: *Ein kalter Wind blies mir ins Gesicht.*

2. Treffende Verben und anschauliche Adjektive verwenden

- Verben, z. B.: *wimmern, flüstern, stolpern, schleichen*
- Adjektive, z. B.: *rasch, panisch, hastig, schmal, winzig*

3. Anschauliche Vergleiche und bildhafte Ausdrücke

Minuten zogen sich wie Kaugummi • *feuchte Hände bekommen* • *vor Neugier platzen* • *der Atem stockt* • *Herz schlägt bis zum Hals* • *seinen Augen nicht trauen* • *wie von Geisterhand* • *mit gebrochener Stimme sprechen*

4. Wörtliche Rede verwenden

Durch wörtliche Rede kannst du deine Geschichte lebendiger und spannender gestalten, z. B.:
„Jetzt oder nie!", schrie Ingo.
„Halt! Nicht da lang!", brüllte ich verzweifelt.
„Vorsicht!"

5. Gedanken und Gefühle (innere Handlung) mitteilen

Wenn du die Gedanken, Gefühle, Ängste, Wünsche und Hoffnungen der Figuren (innere Handlung) wiedergibst, können sich die Leser/-innen noch besser in die Figuren hineinversetzen, z. B.:
Ich fühlte mich hundsmiserabel.
Wie sollte ich das bloß Max erzählen?
Ich merkte, wie sich in mir eine riesengroße Verzweiflung breitmachte.

6. Spannungsmelder einbauen

Baue Signalwörter ein, die ein spannendes oder überraschendes Geschehen ankündigen, z. B.:
plötzlich
in diesem Moment
völlig unerwartet

Erzähltempus (Erzählzeit)

Eine Geschichte wird im **Präteritum** (1. Vergangenheit) erzählt, z. B.: *Ein nasskalter Tag im November ging zu Ende und ich freute mich schon auf den Abend.*
Noch weiter zurückliegende Ereignisse werden im **Plusquamperfekt** erzählt, z. B.: *Bevor ich diese Reise antrat, hatte ich meinen Rucksack gepackt.*

Wechsel vom Präteritum ins Präsens (szenisches Präsens)

An besonders spannenden Stellen kannst du vom Präteritum kurz ins Präsens wechseln. Dieses Präsens nennt man auch szenisches Präsens, weil es den Lesenden das Geschehen noch unmittelbarer vor Augen führt, z. B.:

Gemütlich lag ich im Bett, hörte Musik und blätterte in dem neuen Spiele-Katalog. Plötzlich hörte ich etwas. War da jemand?	Präteritum (Erzähltempus)
Nachdem ich den Ton leiser gestellt hatte, drehte ich ihn jetzt ganz ab. Was war das?	Plusquamperfekt (noch weiter zurückliegend)
Glas klirrt, das Fenster schlägt auf und zu. Ich sitze kerzengerade im Bett. Knarrte da nicht die Wohnungstür?	Präsens (szenisches Präsens)

Eine Erzählung schreiben

1. Die Aufgabenstellung richtig verstehen

Untersuche die Aufgabenstellung genau und mache dir klar, was von dir verlangt wird, z. B.: *Schreibe eine Erzählung zum Thema „Ein abenteuerlicher Klassenausflug". Erzähle spannend und anschaulich.*

2. Ideen sammeln

Sammle erste Ideen zum Thema, z. B. in einem Cluster.

abenteuerlicher Klassenausflug

- Ausflug auf den Drachenfels
- Waldarbeiter fällen Bäume
  - Schild „Betreten verboten"

3. Einen Schreibplan entwerfen

Plane den Aufbau deiner Erzählung mit Hilfe eines Schreibplans. Denke auch an den roten Faden.

- Gliedere deine Erzählung in drei Teile: Einleitung, Hauptteil, Schluss.
- Überlege, welche Erzählschritte im Hauptteil deiner Geschichte vorkommen sollen.
- Was soll der Höhepunkt (spannendste Stelle) deiner Erzählung sein?

Thema: Ein abenteuerlicher Klassenausflug

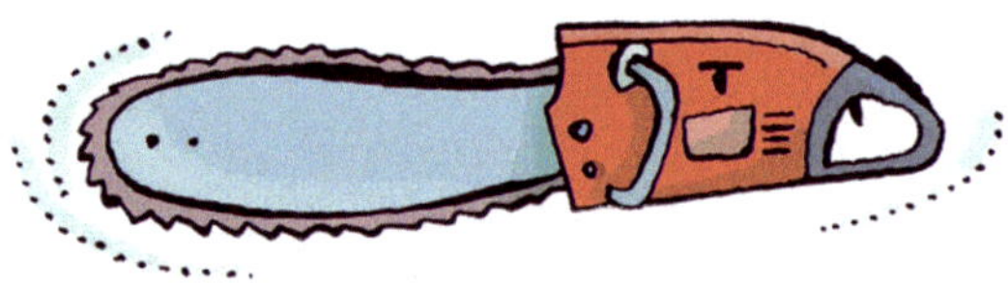

1. Einleitung
– Klassenausflug auf den Drachenfels
2. Hauptteil
– Wir übersehen das Schild „Betreten verboten" und wandern durch ein Sperrgebiet.
– Waldarbeiter wollen uns warnen. Wir denken, es sind Menschen, die uns freundlich zuwinken.
– Gefällter Baum stürzt nieder und erschlägt uns fast. (Höhepunkt)
– Wir kommen mit dem Schrecken davon.
3. Schluss
– Lehre: Wer lesen kann, ist klar im Vorteil.

4. Die Geschichte schreiben

- Schreibe **spannend und anschaulich,** sodass sich die Leser/-innen gut in die Geschichte hineinversetzen können und mitfiebern, was nun passieren wird (▶ Spannend und anschaulich erzählen, S. 40 f.).
- Erzähle im **Präteritum** (▶ S. 41).
- Wähle zum Schluss eine **Überschrift,** die zum Inhalt der Erzählung passt und die Leser/-innen **neugierig macht,** aber noch nicht zu viel verrät.

Eine Erzählung zum Thema „Ein abenteuerlicher Klassenausflug“ könnte so aussehen:

Wer lesen kann, ist klar im Vorteil

„Habt ihr Lust, nächste Woche einen Ausflug zum Drachenfels zu machen?“, fragte unser Klassenlehrer, Herr Schneider. „Ja!“, schrie die ganze Klasse im Chor. Am Morgen des Wandertages strahlte die Sonne und der Himmel war knallblau. „Wenn Engel reisen“, meinte Herr Schneider, als wir uns am Fuße des Siebengebirges trafen. Zu dem Zeitpunkt konnten wir ja nicht ahnen, dass wir noch einen Schutzengel brauchen würden.
Entlang der Bahnstrecke ging es erst einmal steil den Berg hinauf. Plötzlich rief Adrian: „Guckt mal, die Leute dahinten. Die winken uns freundlich zu.“ Erst begannen zwei oder drei von uns zurückzuwinken, schließlich winkte die gesamte Klasse. Als Nia und ich etwas näher kamen, merkten wir, dass die Männer gar nicht winkten, sondern wild mit ihren Armen fuchtelten. Es waren Waldarbeiter. Sie wollten uns deutlich machen, dass wir sofort stehen bleiben sollten. Noch bevor Nia und ich die anderen warnen konnten, hörten wir plötzlich ein ohrenbetäubendes Knirschen und Knacken. „Was war das?“, flüsterte Nia. Ich zuckte nur mit den Schultern. Sagen konnte ich nichts, denn die Angst schnürte mir die Kehle zu. Verflixt! Irgendetwas stimmte hier nicht, ahnte ich dunkel. Was ich dann sah, konnte ich kaum glauben. Ein gewaltiger Baum stürzte auf uns zu. Ich schrie auf und wollte panisch weglaufen, aber vor Schreck blieb ich wie angewurzelt stehen. Sekunden später starrte ich auf den Baum, der jetzt direkt vor uns auf dem Waldweg lag. Im gleichen Augenblick rasten mehrere aufgeregte Männer auf uns zu und schrien durcheinander: „Habt ihr denn unsere Motorsägen nicht gehört? Da stand doch ein riesiges Schild: Betreten verboten!“ Mittlerweile war die gesamte Klasse herbeigeeilt und wir berichteten, was geschehen war.
„Ja“, bemerkte einer der Waldarbeiter, „wer lesen kann, ist klar im Vorteil.“ Eilig machten wir uns auf den Rückweg. Als wir das Sperrgebiet verlassen hatten, atmeten wir alle auf.

wörtliche Rede

unerwartetes Ereignis wird angekündigt, macht neugierig

Spannungsmelder

passende Adjektive und Verben

Gedanken und Gefühle

Vergleiche und bildhafte Wendungen

5. Die Erzählung überarbeiten

Überarbeite deine Geschichte mit Hilfe der folgenden Checkliste:

- Ist die Geschichte in **Einleitung, Hauptteil, Schluss** gegliedert? Hat sie einen **roten Faden?**
- Macht die **Einleitung** neugierig auf die Geschichte (▶ Erzähltricks für die Einleitung, S. 40)?
- Ist die Geschichte **spannend und anschaulich** erzählt (▶ S. 40)? Zum Beispiel durch:
  - darstellen, was die Figuren denken und fühlen, z. B.: *Jetzt ist alles vorbei, dachte ich.*
  - wörtliche Rede: *„Vorsicht!“, schrie Lisa.*
  - aussagekräftige Verben und Adjektive, z. B.: *panisch, zittern, rennen.*
  - Vergleiche und bildhafte Wendungen: *Ich war wie gelähmt.*
  - Spannungsmelder, z. B.: *plötzlich, in diesem Moment.*
- Macht die **Überschrift neugierig und verrät nicht zu viel?**
- Ist die Geschichte im **Präteritum** geschrieben?

Eine Geschichte nach Bildern erzählen

Auch Bilder können die Grundlage für eine Erzählung sein.

Ideen sammeln

- Die vorgegebenen **Bilder zeigen die wichtigsten Momente** der Geschichte. Schau dir die Bilder genau an und finde heraus, worum es in der Bildergeschichte geht. Die Handlung vor, zwischen und nach den Bildern musst du meist sinngemäß ergänzen.
  Betrachte auch die **Mimik** (Gesichtsausdruck) und die **Gestik** (Körpersprache) der Figuren. Sie verraten dir, was die Figuren denken und fühlen.
- Notiere Stichpunkte:
  1. Einleitung: Wer? Wo? Wann?
  2. Hauptteil: Was ist passiert? Höhepunkt …
  3. Schluss

1. Einleitung
Wer? Mädchen, Papagei, Mutter, Feuerwehrmann, Passanten
Wo? in der Wohnung
Wann? …

2. Hauptteil
Was passiert?
Mädchen füttert Papagei mit Obst …

Die Geschichte schreiben

- Erzähle die Ereignisse in der abgebildeten Reihenfolge. Überlege, ob du in der **Ich-Form** oder in der **Er-/Sie-Form** erzählen willst.
- Gestalte den **Höhepunkt** deiner Geschichte besonders lebendig aus.
- Gib den Figuren (auch dem Papagei) **treffende Namen.**
- Finde eine **Überschrift,** die neugierig auf die Geschichte macht, aber nicht zu viel verrät.

Auch für die Bildergeschichte gilt:
- Achte auf die **Lesefieberkurve** (▸ S. 39).
- Schreibe **spannend und anschaulich** (▸ S. 40 f.).

Eine Geschichte nach Reizwörtern erzählen

Ähnlich wie bei den einzelnen Bildern einer Bildergeschichte stellen die **Reizwörter verschiedene Schritte einer Erzählung dar.** Dabei kannst du die einzelnen Reizwörter (Erzählschritte) nach eigenen Ideen verknüpfen:

- Die Reizwörter sollen alle in der Geschichte vorkommen und eine besondere Rolle spielen.
- Du darfst die Reizwörter in der vorgegebenen Reihenfolge verwenden, kannst sie aber auch umstellen.

- Achte auf die **Lesefieberkurve** (▶ S. 39).
- Schreibe **spannend und anschaulich** (▶ S. 40 f.).

Ein Schreibplan zu den Reizwörtern **Mutprobe – Baum – Krankenhaus** könnte so aussehen:

Reizwörter: Mutprobe – Baum – Krankenhaus

1. Einleitung
Wer? ich, Robert, Marta, Hamid und Anne
Wo? auf einer Wiese
Wann? gestern Nachmittag

2. Hauptteil
1. Erzählschritt: Ich will in die Clique aufgenommen werden.
2. Erzählschritt: Die anderen erklären mir die Mutprobe.
3. Erzählschritt: Ich klettere auf den Baum und falle hinunter.

3. Schluss
Ich komme mit gebrochenem Bein ins Krankenhaus. Robert, Marta, Hamid und Anne ...

Eine Fantasiegeschichte schreiben

Grundsätzlich ist eine Fantasiegeschichte genauso aufgebaut wie eine Erlebniserzählung (▶ S. 39 ff.). Aber im Unterschied zu einer Erlebniserzählung passieren in einer Fantasiegeschichte **ungewöhnliche (fantastische) Dinge,** wie sie in Wirklichkeit nicht geschehen können. Häufig treten Fantasiewesen (Zauberer, Drachen, Aliens) auf oder Tiere sowie Gegenstände können sprechen.
Beim Schreiben einer Fantasiegeschichte musst du auf Folgendes achten:

- In deiner Geschichte sollte nicht zu viel Außergewöhnliches geschehen, denn das macht deine Geschichte unübersichtlich und unverständlich. Schweife also nicht vom Thema ab und **erzähle nur von einem Erlebnis,** das zum Thema passt.
- Auch in einer Fantasiegeschichte muss die Handlung einen **roten Faden** haben und für die Leser/-innen logisch nachvollziehbar sein.
- Überlege, **aus welcher Sicht** (z. B. Ich-Form) du das Geschehen erzählen willst.

Einen Erzählkern ausgestalten

Ein Erzählkern (z. B. ein kurzer Zeitungsbericht) enthält wie eine Art Inhaltsangabe eine **kurze Darstellung des Geschehens,** das du für die Leser/-innen zu einer spannenden Geschichte ausgestalten sollst.

Schulklasse gerät im Wattenmeer in Sturm

Hamburg. In der Nähe der Nordseeinsel Neuwerk ist eine Schulklasse gestern bei einer Wattwanderung in ein heftiges Unwetter geraten. Die Schüler/-innen einer fünften Klasse und ihre Lehrerin wurden im Wattenmeer von starkem Regen und Windböen überrascht. Nach einem Hilferuf per Handy wurden sie mit einem Traktor gerettet.

Arbeite aus dem Erzählkern alle Vorgaben für deine Geschichte heraus. Stelle hierzu **W-Fragen:** Wer war beteiligt? Wo spielte die Handlung? Was passierte?

- Überlege, **aus welcher Sicht** du die Geschichte **erzählen** willst. Du kannst z. B. aus der Sicht von jemandem erzählen, der alles miterlebt hat (Ich-Form).
- Versetze dich in diese Figur hinein und erzähle eine Geschichte mit **Einleitung, Hauptteil** und **Schluss.**
- Lass die **Figuren lebendig werden:** Gib den Figuren Namen. Erzähle, was sie denken und fühlen. Verwende wörtliche Rede.
- Finde eine **Überschrift,** die neugierig macht.

Überschriften in Zeitungsberichten sollen in aller Kürze über das Geschehen informieren. In deiner Geschichte soll die **Überschrift** neugierig machen, aber noch nicht zu viel verraten.

Eine Geschichte zum oben stehenden Zeitungsbericht könnte so beginnen:

In letzter Minute

Wenn ich an unsere Wattwanderung denke, zittern mir immer noch die Knie. Dabei fing alles ganz harmlos an, als wir gestern mit unserer Klasse in der Nähe der Nordseeinsel Neuwerk ins Wattenmeer aufbrachen. Ein schöner Sommertag am Meer, kein Wölkchen am Himmel, genau das richtige Wetter, um barfuß das Wattenmeer zu erkunden. „Stell dir vor, wir wandern jetzt über den Meeresboden", rief Elif vergnügt. Es herrschte eine Bombenstimmung und so merkten wir gar nicht ...

Eine Geschichte nacherzählen

Wenn du eine Geschichte nacherzählst, ist es wichtig, dass du die ursprüngliche Geschichte genau verstanden hast. Gehe so vor:

1. Die Textvorlage verstehen

- Lies die Geschichte mehrmals.
- Notiere in Stichworten Antworten zu den folgenden Fragen:
  - Wer sind die Hauptfiguren der Geschichte?
  - Wo (Ort) und wann (Zeit) spielt das Geschehen?
  - Was geschieht nacheinander (Handlung) und wo liegt der Höhepunkt der Geschichte?

2. Die Nacherzählung schreiben

- Versetze dich beim Nacherzählen in die **Ereignisse** und die **Figuren der Geschichte** hinein.
- Beachte die richtige **Reihenfolge der Erzählschritte.** Halte dich an den Handlungsverlauf der ursprünglichen Geschichte.
- **Lasse nichts Wichtiges weg und füge nichts hinzu,** was nicht in der ursprünglichen Geschichte steht.
- Erzähle mit deinen **eigenen Worten.** Texte, die in einer altertümlichen Sprache geschrieben sind, musst du dem Hochdeutschen anpassen.
- Erzähle **anschaulich und lebendig** (▶ S. 40 f.). Gestalte den Höhepunkt der Geschichte besonders aus.
- Teile die **Gedanken und die Gefühle** der Hauptfiguren mit und verwende die **wörtliche Rede.**
- Verwende die **Zeitform der Textvorlage** (meist das Präteritum).

Aus einer anderen Sicht erzählen

Wenn du ein Geschehen aus der Sicht (Perspektive) einer bestimmten Figur erzählen willst, ist es wichtig, dass du dich in diese Figur hineinversetzt.

- Markiere oder unterstreiche alle Textstellen, an denen du etwas **über die Figur erfährst,** z. B. über ihre Eigenschaften, ihre Gedanken und ihre Gefühle.
- **Versetze dich in die Figur hinein,** aus deren Sicht du erzählen willst: Was denkt und fühlt sie? Was könnte sie sagen? Was weiß sie, was weiß sie nicht?
- Um die Sicht der Figur zu verdeutlichen, darfst du die **Einzelheiten der Geschichte etwas verändern.** Den **Erzählkern** solltest du aber **beibehalten.**
- Wenn die Figur eine besondere Sprache hat (z. B. Jugendsprache), solltest du **diesen Stil beim Erzählen aufgreifen.**

> Beachte genau, was die Figur, aus **deren Perspektive** du erzählst, wissen und wahrnehmen kann.

Erzählen mit schildernden Elementen

Wenn man eine Situation oder Stimmung schildert, versucht man, **mit Worten ein anschauliches und lebendiges Bild** zu **„malen“.** Man beschreibt z. B. eine Landschaft, eine belebte Straße, die Stimmung bei einem Konzert so, dass die Leser/-innen sich die Situation und die Atmosphäre genau vorstellen können. Schilderungen sind **handlungsarm** und geben **Wahrnehmungen, Sinneseindrücke** (z. B. sehen, hören, riechen) sowie **persönliche Gedanken und Empfindungen** wieder. Sie beruhen auf genauen Beobachtungen und können im **Präsens** oder im **Präteritum** verfasst werden.
Folgende **Gestaltungsmittel** helfen dir, besonders anschaulich zu schildern:

- **anschauliche Adjektive** und **Partizipien,** z. B.: *stockdunkel, eiskalt, fröstelnd, frierend,*
- **ausdrucksstarke Verben,** z. B.: *kriechen, rascheln, knistern,*
- **sprachliche Bilder** wie Vergleiche, Metaphern und Personifikationen (▸ S. 130), z. B.:
  - Vergleiche: *leuchtet grell wie eine riesige Neonreklame,*
  - Metapher: *Die Sonne war von einer Wolkenmauer verdeckt.*
  - Personifikation (Vermenschlichung): *Ein Geruch von ... kriecht mir in die Nase.*

Schilderungen verbinden meist die Darstellung der Außenwelt mit den Gedanken und Empfindungen der Betrachterin / des Betrachters.
Die folgenden Fragen können dir helfen, eine Situation mit allen Sinnen wahrzunehmen:

- Was sehe ich? Was höre ich? Was rieche ich?
- Was empfinde ich? Was denke ich?

Hier ein Beispiel für einen Erzähltext mit schildernden Elementen:

Mark Twain

Tom Sawyer

Je eifriger Tom sich bemühte, seine Aufmerksamkeit auf das Buch zu konzentrieren, desto mehr irrten seine Gedanken ab. So gab er es schließlich mit einem Seufzer und Gähnen auf. Ihm schien, die Mittagspause werde nie kommen. Die Luft war totenstill. Nicht der leiseste Windhauch regte sich. Es war der schläfrigste aller schläfrigen Tage. Das einlullende Gemurmel der fünfundzwanzig lernenden Schüler umschmeichelte die Seele wie das magische Summen der Bienen. Fern im flammenden Sonnenschein stiegen die grünen Ränder des Cardiff-Hügels auf, hinter einem flimmernden Hitzeschleier, durch die Entfernung violett gefärbt. Auf trägen Schwingen schwebten hoch oben am Himmel ein paar Vögel. Sonst war kein Lebewesen zu sehen, außer einigen Kühen, und die schliefen.

2.3 Kreatives Schreiben

Schreiben zu Bildern

Unter kreativem Schreiben versteht man das Verfassen eigener Texte, die frei entwickelt oder aber auch von einer Vorlage inspiriert sein können, z. B. von einem Bild oder einem Text.

Pablo Picasso: Harlekin und seine Gefährtin

Eine kurze Geschichte schreiben

- Überlege, in welchem **Verhältnis** die Figuren zueinander stehen (z. B. Fremde, Freunde).
- Entscheide dich für eine **Erzählform** (Er-/Sie-Erzähler oder Ich-Erzähler).
- Zeige einen kurzen, aber wichtigen **Ausschnitt aus dem Leben** der Figuren.
- Spring mitten in das Geschehen hinein und lass das Ende offen.
- **Erzeuge Spannung** durch einen Wechsel von äußerer Handlung (das, was geschieht) und innerer Handlung (das, was die Figuren denken und fühlen).
- Lass die Figuren miteinander sprechen (direkte Rede) und gib ihre **Gedanken und Gefühle** wieder (▸ mehr Informationen zum anschaulichen Erzählen, S. 40 f.).

„Möchtest du noch etwas trinken? Ich bin müde und würde gern nach Hause gehen!" Sie seufzte, drehte sich auf ihrem Stuhl zu Harlekin um und schaute ihn aus ihren großen, dunklen Augen an. Der Duft des Essens vom Nachbartisch wehte herüber, Gelächter von der Bar und über allem lag die leise Musik aus den Boxen. Er stützte seine Hand weiter mit seinem Kinn ab, während er undeutlich vor sich hin nuschelte. Dann regte er sich, stand auf und …

Ein Mini-Drama schreiben

Ein Mini-Drama wirkt durch seine Kürze. Es zeigt einen Augenblick, in dem sich ein **Konflikt** in schneller Wechselrede auf eine **Pointe** hin zuspitzt. Es umfasst nur wenige Zeilen und weist häufig viele Stilmittel auf.

Ein Mini-Drama schreiben

- Überlege zuerst, warum die **Figuren** miteinander in einen Dialog treten: Was sind ihre Interessen? Wie fühlen sie sich? Worin liegt ihre Handlungsmotivation?
- Entwickle einen **Konflikt** oder deute ihn an: Welche Positionen vertreten die Figuren? Warum, wo und wie kommen sie sich in die Quere? Wird der Konflikt gelöst?
- Entfalte im **Dialog** (inkl. Regieanweisungen) die Handlung und die Charaktereigenschaften der Figuren (z. B. durch typische Sprüche, abwehrende/anbiedernde Haltung).

Innere Monologe und kurze Geschichten schreiben

Wenn du Geschichten zu Kunstwerken (z. B. einem Gemälde, einer Plasitk oder einer Skulptur) schreibst, dann gehst du am besten von den **Figuren** aus:
Was weißt du über sie? Gibt das Kunstwerk einen zeitlichen oder räumlichen Kontext vor oder musst du ihn dazuerfinden? In welcher Beziehung stehen die Figuren zueinander?
Nach diesen Vorüberlegungen kannst du einen **inneren Monolog** (Ich-Form und Präsens) schreiben oder eine **kurze Geschichte** mit einem unmittelbaren Anfang und einem offenen Ende, das deine Leserinnen und Leser zum Nachdenken anregt.
Nutze folgende Erzähltipps:

- Springe direkt ins Geschehen und fange die Atmosphäre ein.
- Mache Andeutungen zu den Figuren und ihrer Beziehung.
- Verwende wörtliche Rede. Aber insgesamt sparsam!
- Nutze die erlebte Rede, um die Gedanken der Figuren im Präteritum auszudrücken.
- Lass das Ende offen.

Schreiben zu Texten

Du kannst dich von einer Textvorlage (z. B. Gedicht, Erzählung) inspirieren lassen, indem du zu diesem Text einen **Gegentext** schreibst. Bei einem Gegentext behältst du wesentliche Motive des Textes bei, veränderst andere aber ins Gegenteil. Du kannst z. B.:

- die Figuren beibehalten, aber ihren **Charakter oder** ihre **Entwicklung ins Gegenteil** wenden,
- die Handlung beibehalten, aber die **Figuren ersetzen** oder vertauschen,
- **Zeit** und/oder **Ort** ändern (z. B. heute → Zukunft; Großstadt → Dorf),
- die **Stimmung ins Gegenteil** wenden (z. B. hoffnungsvoll, heiter → aussichtslos, düster).

Wichtig ist, dass du dir den **Stil des Ausgangstextes** genau ansiehst und ihn nachahmst, z. B.: nüchterne Sprache oder bildhafte Sprache; kurze Parataxen oder komplexe Hypotaxen; einen bestimmten Ton, z. B. Märchenton.

Botho Strauß

Rückkehr (2006)

Da gab es den Bäckermeister Alwin, der eines Morgens nicht mehr in seine Backstube kam, seine Frau Myriam verließ und nach Mexiko auswanderte. Dort kaufte er sich in eine Papierfabrik ein und wurde ein erfolgreicher Fabrikant. Schließlich gehörten ihm zwölf Papierfabriken in ganz Lateinamerika. Nach fünfundzwanzig Jahren kehrte er nach Hannover zurück. Dort lebte seine Frau immer noch in der kleinen Wohnung am Rande der Eilenriede …

Da gab es den Bäckermeister Alwin, der eines Morgens nicht mehr in seine Backstube kam, seine Frau Myriam verließ und nach Mexiko auswanderte. Dort fand er keine vernünftige Arbeit und fristete sein Leben als Tagelöhner. Schließlich musste er sein letztes Hemd hergeben. Nach fünf Jahren kehrte er reumütig nach Hannover zurück. Dort lebte seine Frau inzwischen in einer prunkvollen Villa im besten Viertel der Stadt …

Automatisches Schreiben

Das automatische Schreiben ist eine Methode, um fließend **Assoziationen** aufzuschreiben. Ohne den Stift abzusetzen und über das Geschriebene nachzudenken, wird ca. zehn Minuten lang durchgeschrieben. So kann man Unbewusstes, Zufälliges, Rätselhaftes, Absurdes aus der eigenen Gedankenwelt aufs Papier bringen.

- Man kann sowohl Sätze, Satzstücke, Wortketten als auch einzelne Wörter verwenden.
- Wenn die Gedanken nicht mehr fließen, wird die Schreibbewegung durch Kringel auf dem Papier fortgesetzt, bis aus den Kringeln wieder Wörter werden.
- Satzbau, Rechtschreibung oder Zeichensetzung sind beim Schreibprozess nebensächlich. Der Text kann später überarbeitet werden.

Satirisches Schreiben

Die Satire ist eine Darstellungsform, die durch beißenden Spott **Kritik an Personen oder gesellschaftlichen Zuständen** übt. Die Kritik wird nicht direkt ausgesprochen, sondern indirekt vorgebracht, z. B. durch **Stilmittel** wie extreme **Übertreibung, Untertreibung** (*ganz okay* statt *exzellent*), **Ironie** (gesagt wird das Gegenteil von dem, was gemeint ist), **Euphemismen** (Beschönigungen). **Vergleiche, Metaphern, Wortspiele** und **Neologismen** machen die satirische Darstellung besonders anschaulich.

- **Themenbereiche** von satirischem Schreiben können z. B. sein: Kritik an menschlichen Verhaltensweisen, gesellschaftlichen Missständen, einzelnen Personen, sozialen Gruppen, Typen von Menschen, einzelnen Ereignissen oder Situationen.
- **Mögliche satirische Darstellungsverfahren:** Steigerung von Einzelfällen, die immer skurriler werden, fremder Blick (als Außerirdischer die Welt besuchen), Rollenwechsel (Kind spricht und handelt wie Eltern), Verlegung der Handlung in die Zukunft, in die Vergangenheit, ins Tierreich usw.

„Es ist eh alles zu spät“ – Weltklimarat empfiehlt Menschheit, einfach fette Abschiedsparty zu feiern (2021)

Genf (dpo) – Das Ding ist durch! Der Weltklimarat hat der Menschheit heute in einem neuen Bericht empfohlen, keine weiteren Klimaschutzmaßnahmen mehr anzustreben, sondern einfach eine möglichst legendäre Abschiedsparty zu feiern – schließlich sei es völlig unrealistisch, dass es der Politik noch rechtzeitig gelingen sollte, sich auf wirksame Schritte gegen die Erderwärmung zu einigen.

„Im Hinblick auf die neuesten Daten sind wir nach sorgfältiger Abwägung der Zahlen zu dem Schluss gelangt, dass so ziemlich alles komplett im Arsch ist, haha!“, so ein sichtlich beschwipster Sprecher des Gremiums, während er immer wieder aus einem Flachmann trank. „Deshalb ist es jetzt wohl am besten, einfach noch mal eine richtig abartige Party zu schmeißen und unsere letzten Ressourcen konsequent zu verbraten.“ [...]

2.4 Einen persönlichen Brief schreiben

Briefe werden an eine bestimmte Empfängerin oder einen bestimmten Empfänger geschickt. Danach richten sich Inhalt und Wortwahl des Schreibens. Einen Brief an deinen Opa kannst du anders formulieren als den an deine Lehrerin oder deinen Lehrer.

Äußere Form und Anrede

- Achte auf die **äußere Form des Briefs:** Briefkopf (Ort, Datum), Anrede, Brieftext (Einleitung, Hauptteil, Schluss), Grußformel, Unterschrift.
- Nach der **Anrede** setzt du entweder ein Ausrufezeichen und beginnst danach groß oder du setzt ein Komma und schreibst klein weiter.
- Wenn du jemanden siezt, schreibst du die **Anredepronomen** groß, z. B.: *Sie, Ihnen, Ihr* usw. Sonst kannst du sie kleinschreiben, z. B.: *dir, dein, euch, euer.*

Brieftext

- Gliedere deinen Brief in Einleitung, Hauptteil und Schluss. Trenne die einzelnen Teile durch Absätze: Sprich im **Einleitungsteil** die Empfängerin oder den Empfänger direkt an. Beantworte Fragen und stelle selbst welche. Schreibe im **Hauptteil** über ein Erlebnis und teile Neuigkeiten mit. Sage auch etwas über deine Gedanken und Gefühle. Baue im **Schluss** Anreize ein, die die Empfängerin oder den Empfänger dazu anregen, einen Antwortbrief zu schreiben. Stelle z. B. Fragen. Sende gute Wünsche.

Grußformel und Unterschrift

- Die Grußformel und die Unterschrift stehen jeweils in einer eigenen Zeile. Man setzt am Ende weder einen Punkt noch ein Ausrufezeichen.

Delitzsch, den 15. 9. 20…	Ort und Datum
Liebe Frau Volk,	Anrede
nun bin ich schon seit einigen Wochen an der neuen Schule und mittlerweile kenne ich mich am Albert-Einstein-Gymnasium schon ganz gut aus.	Brieftext
In der ersten Schulwoche haben wir ein echtes Interview mit unserer Schulleiterin geführt. Wir haben zum Beispiel gefragt, warum die Schule „Albert-Einstein-Gymnasium" heißt und wie viele Schüler/-innen in diese Schule gehen. Insgesamt sind es …	mitgeteiltes Erlebnis
Wie geht es Ihnen? Hatten Sie schöne Sommerferien? Ich denke noch oft an Ihren Musikunterricht. Haben Sie wieder eine neue Klasse bekommen? Wie viele Kinder sind in dieser Klasse? Wer sitzt auf meinem Platz?	Fragen an die Empfängerin
Viele Grüße	Grußformel
Luisa	Unterschrift

2.5 Beschreiben

Beschreibungen sind im Alltag sehr hilfreich. Mit einem **Steckbrief** kann ein entlaufenes Haustier wiedererkannt werden. Eine **Wegbeschreibung** hilft uns, einen bestimmten Ort oder eine Adresse zu finden. Ohne **Spielanleitung** würden wir ein neues Spiel nicht verstehen. Ohne **Bedienungsanleitung** könnten wir viele technische Geräte gar nicht benutzen.

- Beschreibe die Merkmale in einer sinnvollen **Reihenfolge,** zum Beispiel vom Wichtigen zum Unwichtigen, von oben nach unten usw.
- Beschreibe **genau und anschaulich,** denn jemand, der das Beschriebene nicht kennt, muss es sich vorstellen oder erkennen können.

Mit folgenden sprachlichen Mitteln kannst du genau und anschaulich beschreiben:

- **anschauliche Adjektive,** z. B.: *eine hellgraue Katze, eine feuerrote Trinkflasche, ein stechender, fauliger Geruch,*
- **Vergleiche,** z. B.: *Schon ein junger See-Elefant ist so groß wie ein ausgewachsener Mann.*
- **treffende Verben:** Achte bei der Wortwahl darauf, nicht immer die Verben *haben* und *sein* zu verwenden, z. B.: *Der Rahmen des Fahrrads besteht aus ovalen Aluminiumrohren.*

Ein Tier beschreiben

Überlege, für welchen **Zweck** du deine Beschreibung anlegst: Willst du einen **Steckbrief** erstellen, eine **Suchmeldung** verfassen oder eine besondere Tierart in einem **Lexikonartikel** (▶ S. 54) vorstellen?

Einen Tier-Steckbrief erstellen

Beispiel für einen Tier-Steckbrief:

Name (Rasse)	– Totenkopfäffchen/Totenkopfaffe
Größe	– Körperlänge: 26 bis 36 cm – Schwanzlänge: 35 bis 43 cm
Gewicht	– 750 bis 1100 g
Lebensraum	– Mittel- und Südamerika
Lebenserwartung	– über 20 Jahre
Aussehen	– auffällige Gesichtszüge – mehrfarbiges Fell in Graugrün- und Brauntönen – langer Schwanz
Besonderheiten	– Männchen größer und schwerer als Weibchen – lebt in großen Gruppen

Ein Tier beschreiben (z. B. Suchmeldung, Lexikonartikel)

Inhalt und Aufbau:
Beschreibe das Tier möglichst genau. Achte hierbei auf eine Ordnung:

- Beginne mit dem **Gesamteindruck des Tiers** (z. B. Tierart, Name, ungefähre Größe und Gewicht sowie Alter).
- Beschreibe dann die **besonderen Merkmale** (z. B. Farbe und Länge des Fells, Kopfform, Form der Ohren, Augenfarbe ...) von oben nach unten, also vom Kopf bis zu den Beinen.

Überlege, für welchen **Zweck** du das Tier beschreibst. Für eine Suchanzeige musst du natürlich noch Name und Alter des Tieres, seine Eigenschaften (z. B.: *verspielt*) sowie deine Adresse angeben.

Sprachliche Mittel:

- Verwende **treffende Adjektive,** z. B.: *schneeweiß, winzig, kugelrund.*
- Verwende anstelle der Wörter *ist, sind* und *hat, haben* **abwechslungsreiche Verben,** z. B.: *tragen, besitzen, sich befinden, aufweisen.*
- Schreibe **sachlich,** also ohne persönliche Wertungen, z. B.: *Das Tier hat große, runde Augen* statt *Das Tier hat süße Augen.*
- Verwende **Fachbegriffe,** z. B.: *Schnauze, Pfote.*
- Formuliere deine Beschreibung im **Präsens** (Gegenwartsform).

Beispiel für einen Lexikonartikel:

Das Totenkopfäffchen

Das Totenkopfäffchen lebt in Mittel- und Südamerika und wird über 20 Jahre alt. Sein Körper kann bis zu 36 Zentimeter lang werden; hinzu kommt eine Schwanzlänge von 35 bis 43 Zentimetern. Das Äffchen wiegt zwischen 750 und 1100 Gramm. Sein feines, kurzes Fell ist in verschiedenen Grau- und Brauntönen gemustert; diese reichen von Graugrün bis zu Gelbbraun. Auffällig sind die schwarze Färbung des Mundes und dunkle Augenhöhlen, während das übrige Gesicht weiß ist. Deshalb ähnelt das Gesicht einem Totenkopf. Die kleinen, mandelförmigen Augen liegen tief und ziemlich eng beieinander, sie wirken aufmerksam. Der Scheitel weist eine dunkle, graugrüne Färbung auf. Die kleinen, rundlichen Ohren liegen eng an und sind weiß behaart. Mit kräftigen Armen und Beinen hält sich das Äffchen an Ästen fest. Sein Schwanz ist ebenfalls kräftig und im Ansatz mit graugrünem, am Ende mit schwarzem Fell bedeckt.

Eine Person beschreiben

Das Ziel einer Personenbeschreibung ist, dass man sich die beschriebene Person **genau vorstellen** kann.

- Mache in der **Einleitung** allgemeine Angaben zur Person (z. B. Geschlecht, Alter, Größe, Figur).
- Beschreibe im **Hauptteil** das Aussehen der Person in einer geordneten Reihenfolge, z. B. von oben nach unten. Dazu gehören Angaben zum Gesicht, zu den Haaren und zur Kleidung.
- Zum **Schluss** kannst du beschreiben, wie die Person auf dich wirkt.

Sprachliche Mittel:

- Suche **aussagekräftige Adjektive,** um die Person zu beschreiben, z. B.: *schlank, tiefschwarz.*
- Verwende nicht nur die **Verben** *haben* und *sein*. Achte auf eine **abwechslungsreiche Wortwahl,** z. B.: *tragen, aussehen, besitzen, aufweisen, wirken.*
- **Vermeide** im Hauptteil **persönliche Wertungen** wie *schön, süß, lieb* oder *hässlich.*
- Schreibe im **Präsens.**

Man sieht einen ca. 25-jährigen Mann, der als mittelalterlicher Ritter gekleidet ist. Er besitzt eine kräftige Figur, steht aufrecht und wendet den Kopf nach links. Unter dem Arm hält er [...].
Die schulterlangen blonden Haare werden von einem Reif zurückgehalten. Das schmale, kantige Gesicht weist ausgeprägte Wangenknochen auf. Unter buschigen Augenbrauen befinden sich blaue Augen. Eine gerade Nase ragt über den geschlossenen Mund. Auf dem kantigen Kinn [...]. Besonders auffällig wirken schwarze Tätowierungen [...].
Der Mann trägt mittelalterliche Kleidung. Über einem rostroten Untergewand [...]. Dieser Panzer [...]. Der Mann wirkt stolz und [...].

Die Angaben aus der folgenden Tabelle kannst du für deine Personenbeschreibung nutzen.

Allgemeine Angaben	Geschlecht: ... • Alter (geschätzt): *etwa ... Jahre* • Größe/Figur/Körperhaltung: ... • Tätigkeit: ...
Gesicht und Haare	Haarfarbe/Frisur: ... • Gesicht (Form, Farbe, Ausdruck): ... • Augen/Augenbrauen: ... • Nase: ... • Mund/Lippen: ... • Kinn: ...
Besondere Kennzeichen	...
Kleidung (evtl. Schmuck)	*kurzärmeliges Hemd* • *braune Hose* • *blaue Jacke mit Kapuze* • ...
Farben	*rostrot* • *rotbraun* • *orangerot* • *hellbraun* • *dunkelbraun* • *hellgrau*
Figur	*schlank* • *muskulös* • *kräftig* • *sportlich* • *dünn* • *zierlich*
Gesicht	*kantig* • *rund* • *oval* • *länglich* • *schmal* • *blass* • *gebräunt* • *gerötet*
Weiteres	*volle/schmale Lippen* • *breite/schmale Nase* • *kantiges/rundes Kinn*

Einen Gegenstand beschreiben

Bei einer Gegenstandsbeschreibung wird der Gegenstand (z. B. ein Fahrrad, eine Tasche, eine Jacke) so genau beschrieben, dass sich andere diesen genau vorstellen können.

- In der **Einleitung** nennst du den Anlass der Beschreibung (z. B. Suchanzeige, Verkaufsanzeige).
- Im **Hauptteil** beschreibst du den Gegenstand genau. Achte dabei auf eine Ordnung:
  - Benenne zuerst den **Gegenstand** (Name/Art des Gegenstands) und das **wichtigste Merkmal,** z. B.: *ein hellblaues Mountainbike.*
  - Beschreibe dann die **weiteren Merkmale** des Gegenstands (z. B. Material, Form, Farbe, Besonderheiten) **in einer sinnvollen Reihenfolge**, z. B. von oben nach unten, von links nach rechts, von innen nach außen.
- Je nach Anlass der Beschreibung formulierst du zum **Schluss** eine Bitte, sich zu melden, wenn der Gegenstand gefunden wird (z. B. bei einer Suchanzeige), oder du gibst weiterführende Informationen, z. B. zur Funktion des Gegenstands.

Suchanzeige: Mountainbike verschwunden

Gestern ist am Fußballplatz im Grunewald mein Fahrrad verschwunden. Wer hat es gesehen? Es handelt sich um ein hellblaues Mountainbike mit einem Leichtmetallrahmen. Der kurze, gerade Lenker endet in schwarzen Griffen. Das Rad besitzt einen schmalen schwarzen Sattel aus Leder, der an der Seite mit hellen Streifen verziert ist. Es verfügt über kurze Schutzbleche aus Kunststoff, wobei das hintere Blech verkürzt ist, sodass es nur einen Teil des Reifens abschirmt. Vorder- und Hinterrad ...

Wer das Mountainbike sieht, melde sich bitte in der Brahmsstraße 15 oder unter der Telefonnummer 0162 2081430.

Einen Weg beschreiben

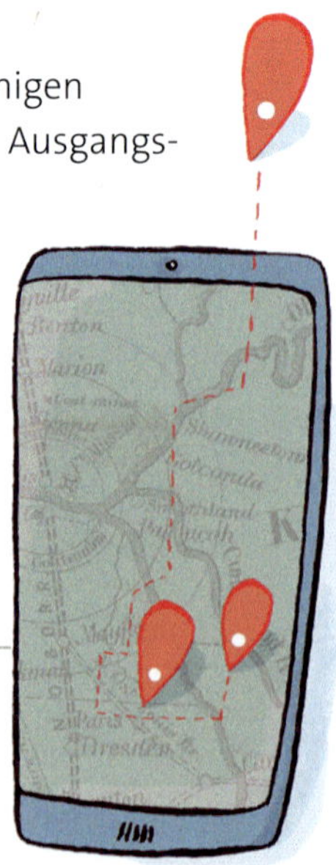

Eine **Wegbeschreibung** muss so **genau** und **anschaulich** sein, dass auch diejenigen ans Ziel finden, die sich in der Gegend nicht auskennen. Die Strecke wird vom Ausgangspunkt bis zum Ziel beschrieben. Dabei ist es hilfreich, wichtige Straßennamen, Kreuzungen, Ampeln oder auffällige Gebäude zu nennen.

- Verwende den **Imperativ** (*Gehe / Gehen Sie ...*) oder die **Man-Form** (*Man geht von der ...*) bzw. **Du-Form** (*Zuerst biegst du links ...*).
- Verwende neben dem Verb *gehen* auch andere **Verben der Bewegung,** z. B.: *laufen, überqueren, abbiegen.*
- Nutze **Orts- und Richtungsangaben,** z. B.: *links, rechts, geradeaus, vor, hinter, über, neben, an.*

Vom Bahnhof geht man zunächst links in die Eckhartstraße, auf der man dann zirka 100 Meter bis zum Kaiser-Wilhelm-Ring läuft. Hinter dem Kino biegt man rechts in die Kantstraße ein. Auf dieser Straße ...

Ein Bild beschreiben

- **Einleitung:** Mache Angaben zum Titel, zur Künstlerin oder zum Künstler, zum Erscheinungsjahr, zur Technik (z. B. Aquarell, Öl auf Leinwand), zum Format des Bildes (Hochformat oder Querformat) sowie allgemeine Angaben zum Bildinhalt.
- **Hauptteil:** Gehe vom **Gesamteindruck** des Bildes oder von dem **Hauptmotiv** aus (Was ist abgebildet?). Dann erwähnst du die **Einzelheiten.**
  - **Gehe** dabei **geordnet vor,** ohne zu springen: von der linken zur rechten Bildhälfte, von oben nach unten oder von vorn (Vordergrund) über die Mitte (Mittelgrund) nach hinten (Hintergrund).
  - Mache auch **genaue Angaben zu der Farbgestaltung** (Überwiegen helle oder dunkle Farbtöne? Welche Farben liegen vor und wie sind sie verteilt?) und eventuell zu den Formen (z. B. rund, eckig, weich).
- **Schluss:** Hier kannst du beschreiben, wie das Bild insgesamt auf dich wirkt.
- Schreibe im **Präsens** und vermeide persönliche Wertungen wie *schön* oder *langweilig*.

Hieronymus Bosch: „Der Gaukler“ oder „Der Taschenspieler“ (ca. 1500, 53 x 65 cm, Ölmalerei auf Holz)

Beschreibung des Bildes „Der Gaukler“

Einleitung: Das Bild ... von ... entstand um ... Das 53 x 65 cm große Bild hat ein Querformat und ist mit Öl auf Holz gemalt. Gezeigt wird ein Gaukler, der sein Publikum ...

Hauptteil:

- Der Gaukler lässt seine Zuschauer/-innen nicht aus den Augen und fasziniert sie mit ...
- Im Mittelpunkt des Bildes sieht man einen quadratischen Tisch, auf dem ...
- Der rechts vom Tisch stehende Gaukler blickt starr auf eine Person ...
- Vor dem Gaukler sitzt ein kleiner Hund, der ...
- Links vom Tisch befindet sich das Publikum des Gauklers, das aus ... besteht.
- Nahezu alle Figuren schauen gebannt ...
- Vorne im Publikum fällt ein Mann auf, der sich über ... beugt und wie hypnotisiert ...
- Hinter der vorgebeugten Figur steht ein Taschendieb, der ...
- Weitere Figuren im Publikum sind ...
- Der Hintergrund des Bildes ist farblich in ...
- Farblich ins Auge fallen die ...

Einen Vorgang beschreiben

Wenn du einen Vorgang (Arbeitsablauf) beschreibst, gibst du den **Ablauf** so **genau und anschaulich wieder,** dass andere ihn nachvollziehen und selbst ausführen können.

- In der **Einleitung** benennst du **den Arbeitsablauf und seinen Zweck** sowie die notwendigen **Materialien** und/oder **Vorbereitungen,** z. B.: *Man braucht Einmalhandschuhe, einen Rasierer, Desinfektionsmittel ...*
- Im **Hauptteil** beschreibst du **Schritt für Schritt den Ablauf des Vorgangs,** z. B.: *Bevor die Wunde versorgt werden kann, muss zunächst das Fell ... Danach ...*
- Zum **Schluss** kannst du einen **weiterführenden Hinweis geben,** z. B.: *Bei der anschließenden Versorgung der Wunde ist unbedingt darauf zu achten, dass ...*

Sprachliche Mittel:

- Verwende nur **eine Form der Ansprache:** *Man benötigt* oder *Du benötigst.*
- Verdeutliche die **Reihenfolge** der Arbeitsschritte, z. B.: *zuerst, dann, danach, zum Schluss.*
- Schreibe im **Präsens** und verwende eine **sachliche Sprache.**

Die Versorgung einer Wunde bei einer Katze

Einleitung – Zweck

Eine tiefe, verschmutzte Riss- oder Bisswunde muss durch einen Tierarzt oder eine Tierärztin versorgt werden, damit sie sich nicht entzündet und sich keine Blutvergiftung entwickelt. Für die fachgerechte Versorgung werden Einmalhandschuhe, ein Rasierer, Desinfektionsmittel, sterile Gaze, eine Pinzette, eine Betäubungsspritze, Näh- und Verbandsmaterial sowie eine Halskrause benötigt. Während der Behandlung durch die Tierärztin / den Tierarzt muss die Katze auf dem Behandlungstisch von einer weiteren Person, z. B. dem Tierhalter oder einer Tierarzthelferin, festgehalten werden, denn die Wundversorgung kann schmerzhaft sein.

Hauptteil – Schritte des Ablaufs

Bevor die Wunde versorgt werden kann, muss zunächst das Fell um die Wunde herum behutsam geschoren werden, damit die Tierärztin oder der Tierarzt genau beurteilen kann, wie schwerwiegend die Verletzung ist. Danach wird die Wunde desinfiziert und mit steriler Gaze abgetupft, um sie zu säubern. So soll eine Infektion durch Bakterien oder Keime verhindert werden. Anschließend können mit Hilfe einer Pinzette Fremdkörper, zum Beispiel Dornen oder Nägel, vorsichtig aus der Wunde entfernt werden. Dann erfolgt eine lokale Betäubung, damit das verletzte Tier keine Schmerzen verspürt, während die Ärztin / der Arzt die Wunde sorgfältig vernäht. Daraufhin wird ein Verband angelegt, um die frische Wunde vor Keimen und vor Nässe zu schützen. Schließlich wird der Katze eine Halskrause umgelegt, die verhindert, dass sie sich leckt und so Erreger aus ihrem Speichel in die Wunde gelangen. Zuletzt schreibt die Tierärztin oder der Tierarzt ein Rezept über Medikamente, zum Beispiel Antibiotika oder Schmerzmittel. Diese müssen der Katze verabreicht werden, damit die Wundheilung erfolgreich verläuft.

Schluss – weiterführender Hinweis

Bei der anschließenden Versorgung der Wunde ist unbedingt darauf zu achten, dass sich das Infektionsrisiko nicht durch mangelnde Hygiene erhöht. Deshalb muss das verletzte Tier innerhalb der nächsten Tage erneut in der Tierarztpraxis vorgestellt werden. Dort wird auch zum ersten Mal der Verband gewechselt, damit die Wundheilung fachmännisch beurteilt werden kann.

Einen Vorgang beschreiben

1. Die Aufgabenstellung richtig verstehen

Untersuche die Aufgabenstellung genau und mache dir klar, was von dir verlangt wird, z. B.: *Beschreibe und erkläre auf der Grundlage folgender Abbildungen den Arbeitsablauf für die Wundversorgung einer Katze.*

Die Versorgung einer Wunde bei einer Katze

2. Informationen sammeln und einen Schreibplan erstellen

Schau dir die Bilder an und mache dich mit dem Vorgang (dem Arbeitsablauf) vertraut. Beantworte hierzu die folgenden Fragen und halte deine Informationen in einem Schreibplan fest.

Überschrift: Was soll gezeigt werden?
Die Versorgung einer Wunde bei einer Katze
Einleitung: Welche Materialien/Vorbereitungen werden benötigt?
Einmalhandschuhe, ein Rasierer, Desinfektionsmittel ...
Hauptteil: Wie läuft die Versorgung ab? Welche Arbeitsschritte sind nötig?
1. Das Fell um die Wunde herum muss behutsam geschoren werden.
2. Die Wunde muss desinfiziert ...
...
Schluss: Welches weitere Vorgehen ist notwendig?

3. Die Vorgangsbeschreibung verfassen

Beschreibe den Ablauf des Vorgangs genau und verständlich.

Die Versorgung einer Wunde bei einer Katze

Für die Versorgung einer Wunde bei einer Katze ...

4. Die Vorgangsbeschreibung überarbeiten

Überarbeite deinen Bericht mit Hilfe der folgenden Checkliste:

- Hast du nur **eine Form der Ansprache** verwendet (*Man benötigt* oder *Du benötigst*)?
- Hast du die **Arbeitsschritte** genau und verständlich beschrieben? Wird deutlich, in welcher **Reihenfolge** die einzelnen Schritt erfolgen (*zuerst, dann, danach*)?
- Steht deine Beschreibung im **Präsens?**
- Hast du eine **sachliche Sprache** verwendet?

2.6 Berichten

Ein Bericht **informiert knapp und genau über ein vergangenes Ereignis**, z. B. eine Veranstaltung oder einen Unfall. Er beschränkt sich auf die wesentlichen Informationen und beantwortet die **W-Fragen.**

Ein Bericht ist nach einem festen Schema aufgebaut	
In der **Einleitung** informierst du knapp darüber, worum es geht.	**Was** ist geschehen? **Wann** geschah es? **Wo** geschah es? **Wer** war beteiligt?
Im **Hauptteil** stellst du das Geschehen Schritt für Schritt in der zeitlich richtigen Reihenfolge dar.	**Wie** lief das Ereignis ab? **Warum?**
Im **Schlussteil** nennst du die Folgen des Ereignisses oder gibst einen Ausblick.	**Welche Folgen** hatte das Ereignis?

- Finde eine **treffende Überschrift,** die das Ereignis genau benennt.
- Schreibe **sachlich und nüchtern.** Vermeide erzählende Ausschmückungen, Umgangssprache oder Vermutungen.
- Schreibe in der Zeitform **Präteritum** (*rannte, prallte … auf*). Verwende das Plusquamperfekt, wenn etwas vorher passiert ist, z. B.: *Nachdem die Schülerin ins Krankenhaus eingeliefert worden war, wurde ein Bänderriss festgestellt.*
- Mache die **Reihenfolge der Ereignisse** durch passende Satzanfänge deutlich, z. B.: *Zuerst … Anschließend … Später … Zum Schluss …*
- Verdeutliche die Zusammenhänge, indem du die Sätze durch **treffende Verknüpfungswörter** (Konjunktionen und Adverbien) verbindest, z. B.: *Weil der Torwart den Ball abfangen wollte, sprang er hoch.*

Unfallberichte schreiben

Wenn du einen Bericht über einen Unfall scheibst (z. B. für die Versicherung oder für die Polizei), beschränkst du dich auf die nötigsten Informationen.

Sportunfall am Friedrich-Schiller-Gymnasium in Jena

Am 28. September 20… kam es im Sportunterricht der Klasse 6 a des Friedrich-Schiller-Gymnasiums in Jena zu einem Unfall. Die 14-jährige Schülerin Meike Bäcker wurde verletzt.	**Einleitung** Wann? Wo? Was? Wer?
In der 5./6. Stunde fand auf dem Sportplatz ein Fußballspiel statt. Die Schülerin Meike Bäcker rannte mit hohem Tempo auf das Tor zu. Zuerst versuchte Bastian Fassbender aus der gegnerischen Mannschaft, ihr den Ball abzunehmen. Weil dies misslang, versuchte der Torwart, den Ball abzufangen, und verließ dafür den Torraum. Kurz darauf kam es vor dem Tor zu einem heftigen Zusammenstoß zwischen Meike Bäcker und Jubin Stüber, dem	**Hauptteil** Wie und warum? (Ablauf des Ereignisses)

Torwart, der aber laut Aussage des Schiedsrichters kein Foul war. Beide gingen zu Boden. Wenig später konnte Jubin Stüber wieder aufstehen, während Meike Bäcker verletzt am Boden liegen blieb.

Im Krankenhaus stellten die Ärzte fest, dass sich Meike Bäcker den Fuß gebrochen hatte. Sie wird vermutlich noch drei Tage im Krankenhaus bleiben.

Schluss
Welche Folgen?

Zeitungsberichte verfassen

Zeitungsberichte unterscheiden sich von Unfallberichten (▶ S. 60). Schreibst du zum Beispiel für die Schülerzeitung einen Bericht über eine Veranstaltung, kannst du **auch deine persönliche Meinung** wiedergeben. Zudem kannst du auch **Einzelheiten** erwähnen, wenn sie für die Leser/-innen interessant sind.

Zirkus-AG präsentierte ihr Können

Am Dienstag, den 28. August 20..., fand in der Sporthalle des Brecht-Gymnasiums eine Aufführung der Zirkus-AG statt. Unter dem Motto „Hereinspaziert und staunen" präsentierten 21 Schülerinnen und Schüler aus den Klassen 5 bis 8 ab 18 Uhr ihr Können.

Einleitung
Wann?
Wo? Was?
Wer?

Nachdem die Schulleiterin Frau Meidner die Gäste begrüßt hatte, übernahmen einige Clowns die Moderation. Sie trugen fantasievolle Kostüme und begeisterten das Publikum durch lustige Versprecher und Wortverdreher. Eine Tanzgruppe eröffnete mit einer eigenen Choreografie aus Hip-Hop und Modern Dance den Abend. Danach ließen Zauberlehrlinge Kaninchen verschwinden, zersägten ihre Mitschüler/-innen in der Messertruhe und zauberten schließlich Popcorn für das Publikum herbei. Nach der Pause zeigten die Akrobaten ihre Show: Zuerst balancierten die „Tellerkinder" auf dünnen Stäben sich drehende Teller, anschließend fuhren die „Tollkühnen Sieben" mit Einrädern und Waveboards durch die Turnhalle und jonglierten dabei mit Bällen und Keulen. Zum Schluss bauten alle Akteure der Zirkus-AG eine fast drei Meter hohe menschliche Pyramide.

Hauptteil
Wie und warum?
(Ablauf der Veranstaltung)
Wörter, die die Reihenfolge deutlich machen

Die Show der Zirkus-AG war ein großer Erfolg. Das Publikum dankte mit minutenlangem Applaus.

Schluss
Welche Folgen?

Einen Bericht schreiben

1. Die Aufgabenstellung richtig verstehen

Untersuche die Aufgabenstellung genau und mache dir klar, was von dir verlangt wird, z. B.:
Schreibe zu dem Unfall einen sachlichen Bericht für die Unfallversicherung. Entnimm aus der folgenden Zeugenaussage alle Informationen, die für einen Bericht wichtig sind. Gib deinem Bericht eine treffende Überschrift.

Polizistin: Herr Maier, was ist genau passiert?

Zeugenaussage von Herrn Maier: Gegen 18 Uhr bin ich mit meinem Mercedes auf der B2 in Richtung Potsdam von der Fahrbahn abgekommen. Es hatte den ganzen Tag geschneit und auf der Fahrbahn lag eine geschlossene Schneedecke. Ich lehnte mich gemütlich im Auto zurück und dachte daran, was ich noch alles einkaufen wollte. Zwischen Beelitz und Michendorf befindet sich eine gut ausgebaute Rechtskurve. Bei Tempo 60 geriet ich wegen der glatten Fahrbahn auf die linke Straßenseite. Das war vielleicht eine blöde Kurve! Mein Wagen machte eine halbe Umdrehung und rammte einen Fahrbahnbegrenzungspfahl. Ich fühlte mich echt wie in einem Karussell. Dann stürzte ich mit voller Wucht eine hohe Böschung hinunter. Gott sei Dank war ich angeschnallt, sodass nur meine Brille zerbrochen ist. Aber mein schönes Auto, das ich mir vor einem Jahr gekauft habe, ist jetzt völlig kaputt.

2. Informationen sammeln und einen Schreibplan erstellen

Halte die wichtigsten Informationen für deinen Bericht in einem Schreibplan fest.
Ein Schreibplan könnte so aussehen:

Einleitung:	Informationen
Wer?	Herr Maier
Was?	Autounfall
Wann?	ca. 18 Uhr
Wo?	auf der B2 in Richtung Potsdam zwischen Beelitz und Michendorf
Hauptteil:	
Wie und warum?	In einer Rechtskurve geriet der Mercedes bei Tempo 60 wegen der glatten Fahrbahn ins Rutschen und kam auf die linke Straßenseite, machte eine halbe Umdrehung, rammte einen Fahrbahnbegrenzungspfahl und stürzte die Böschung hinunter.
Schluss:	
Welche Folgen?	Fahrer unverletzt, weil angeschnallt hoher Sachschaden

3. Den Bericht schreiben

- Informiere in der **Einleitung** möglichst in einem Satz, worum es geht (Wer?, Was?, Wann?, Wo?).
- Stelle im **Hauptteil** den **Ablauf des Ereignisses** in der zeitlich richtigen Reihenfolge dar (Wie und warum?).
- Nenne im **Schlussteil** die **Folgen des Ereignisses** (Welche Folgen?).
- Finde eine **treffende Überschrift,** die das Ereignis genau benennt.
- Schreibe in der Tempusform **Präteritum.**
- Schreibe **sachlich** und nüchtern.

Autounfall auf der B 14	informative Überschrift
Am 16.02.20... um 18 Uhr ereignete sich auf der B2 in Richtung Potsdam zwischen Beelitz und Michendorf ein Unfall, bei dem der Autofahrer unverletzt blieb.	**Einleitung** Wer? Was? Wann? Wo?
Herr Maier geriet bei ca. 60 km/h auf schneeglatter Fahrbahn mit seinem Mercedes ins Rutschen. In einer Rechtskurve geriet er auf die linke Fahrbahn. Dabei kam der Wagen ins Schleudern, rammte einen Fahrbahnbegrenzungspfahl und stürzte eine Böschung hinab.	**Hauptteil** Wie und warum?
Weil der Fahrer angeschnallt war, entstand lediglich ein Sachschaden, wenn auch ein hoher.	**Schluss** Welche Folgen?

4. Den Bericht überarbeiten

Überarbeite deinen Bericht mit Hilfe der folgenden Checkliste:

- Beantwortet der Bericht alle **W-Fragen?**
- Ist das Geschehen in der **zeitlich richtigen Reihenfolge** wiedergegeben?
- Beinhaltet der Bericht **nur das Wesentliche** und ist er ohne Nachfrage verständlich?
- Ist der Bericht **sachlich** formuliert?
- Wurde als Zeitform das **Präteritum** verwendet und, wenn Ereignisse vorher stattgefunden haben, das Plusquamperfekt?
- Sind die **Rechtschreibung** und die **Zeichensetzung** korrekt?

2.7 Protokollieren

Das Protokoll ist eine Sonderform des Berichts. Es gibt **sachlich genau und übersichtlich** das Wichtigste einer Unterrichtsstunde, einer Diskussion, einer Sitzung oder eines Versuchs wieder. Protokolle haben eine **feste äußere Form:**

- **Protokollkopf:** Der Protokollkopf enthält folgende Angaben: Anlass (Titel der Veranstaltung), Datum/Zeit, Ort, Anwesende/Abwesende, Name der Protokollantin bzw. des Protokollanten, Thema (z. B. der Unterrichtsstunde) oder Auflistung der Tagesordnungspunkte (TOP).
- **Protokolltext:** Hier werden die **wichtigsten Informationen sachlich, knapp** und übersichtlich wiedergegeben.
- **Schluss:** Der Schluss des Protokolls enthält Ort und Datum der Abfassung sowie die Unterschrift der Protokollantin bzw. des Protokollanten.

Das **Tempus** des Protokolls ist in der Regel das **Präsens.** Wichtige Gesprächsbeiträge einzelner Teilnehmer/-innen werden in der **indirekten Rede** (▸ S. 234 f.) mit Angabe des Namens der Sprecherin oder des Sprechers wiedergegeben.

Tipps zum Mitschreiben

Da meist mündliche Situationen protokolliert werden, musst du das Gehörte zunächst mitschreiben. Diese Mitschrift ist die Grundlage deines Protokolls. Es gibt unterschiedliche Techniken, wie man mit möglichst wenig Aufwand mitschreiben kann. Die folgenden Tipps helfen dir, wichtige Unterrichtsinhalte mitzuschreiben:

Tipps zum Mitschreiben

- Schreibe nur das Wesentliche mit (häufig genügen Stichworte).
  Aber: Lieber zu viel als zu wenig mitschreiben.
- Halte wichtige Gesprächsbeiträge mit Angabe des Namens der Sprecherin bzw. des Sprechers fest.
- Verwende Abkürzungen und Zeichen.
- Lege deine Notizen übersichtlich an:
  - Beginne für jeden Gedanken eine neue Zeile (Absätze).
  - Verwende für Aufzählungen Spiegelstriche oder Nummerierungen.
  - Hebe Wichtiges durch Unterstreichungen hervor.
  - Mache logische Zusammenhänge durch Pfeile deutlich.

Abkürzungen, z. B.:
Bsp.: Beispiel
Def.: Definition
Erg.: Ergebnis
Ggs.: Gegensatz
s.: siehe
u.: und
v.: von
vgl.: vergleiche
wg.: wegen
Zeichen, z. B.:
→ daraus folgt
↔ Gegensatz
! wichtig

Beispiel eines Unterrichtsprotokolls

Protokollkopf

Protokoll über eine Deutschstunde der Klasse 8 a

Datum:	13. 1. 20...
Zeit:	10.20–11.50 Uhr
Ort:	R. 208
Anwesende:	26 Schülerinnen und Schüler der Klasse 8 a, Deutschlehrer Herr König
Abwesend:	Lukas Albert, Ardin Azevedo (Klassensprecherversammlung)
Protokollantin:	Marlene Tischer
Thema:	Heldinnen/Helden und Vorbilder

Hauptteil

1. Einstieg in das Thema „Heldinnen/Helden"

Zu Beginn der Stunde werden per Folie vier Bilder von verschiedenen Personen gezeigt, die als Heldinnen/Helden bezeichnet werden können, und zwar: ein Feuerwehrmann in den Trümmern des World Trade Centers, Martin Luther King (Bürgerrechtler), Sophie Scholl (Widerstandskämpferin gegen die Diktatur des Nationalsozialismus) und Superman (Superheld im Comic und Film).
Im anschließenden Unterrichtsgespräch werden Merkmale von Heldinnen/Helden benannt, z. B.:
- Einsatzbereitschaft für andere
- ...

2. Unterscheidung von verschiedenen Heldentypen

Anhand eines Lexikonartikels werden verschiedene Gruppen von Heldinnen/Helden unterschieden. Es gibt ...

3. Diskussion über aktuelle Heldinnen und Helden sowie Vorbilder

Im Anschluss daran diskutieren die Schülerinnen und Schüler, wer für sie eine Heldin / ein Held oder ein Vorbild ist. Dabei werden ...
Das Fazit der Diskussion: Es gibt unterschiedliche Vorstellungen darüber, wer eine Heldin / ein Held oder ein Vorbild ist. Als Vorbilder oder Heldinnen/Helden wurden zum einen berühmte Persönlichkeiten wie ... genannt, zum anderen aber auch unbekannte Personen, sogenannte „Heldinnen/Helden des Alltags", die ...

4. Hausaufgabe

...

Schluss

Chemnitz, 14. 1. 20...

Marlene Tischer

2.8 Materialgestütztes Schreiben eines Informationstextes

Beim materialgestützten Schreiben verfasst du auf Grundlage verschiedener Materialien (z. B. Texte, Diagramme, Schaubilder) einen eigenen Informationstext. Die Aufgabenstellung sagt dir, was Thema und Funktion deines Textes sein sollen und an welche Adressatinnen/Adressaten er sich richtet. Beim Sichten deiner Materialien kannst du unterschiedlich verfahren. Je nach Leseziel wendest du unterschiedliche Lesestrategien an. Du kannst so vorgehen:

Die verschiedenen Lesestrategien anwenden

Leseziel	Lesestrategie
Sich einen Überblick verschaffen	**Orientierendes (überfliegendes) Lesen** **Lies** den **Text** / die Texte **zügig,** ohne dich an Einzelheiten aufzuhalten, die du nicht verstehst. Achte hierbei vor allem auf die Überschriften (auch Zwischenüberschriften), Vorspänne, hervorgehobene Wörter und Abbildungen.
Eine bestimmte Information finden	**Suchendes (selektives) Lesen** Bei dieser Technik **„scannst“** du einen **Text nach bestimmten Themen, Begriffen oder Informationen,** z. B. nach einem Aspekt in der Aufgabenstellung. Bei dieser Lesestrategie kommt es nicht darauf an, den gesamten Text zu verstehen, sondern darauf, ob er verwertbare Informationen enthält.
Alle Informationen eines Textes verstehen	**Intensives (genaues, detailliertes) Lesen** **Lies** den Text **besonders gründlich** und **markiere wichtige Informationen.** Am besten nutzt du für die einzelnen Aspekte (Teilaufgaben) unterschiedliche Farben, z. B.: – Faktoren, die Zivilcourage befördern, und Bystander-Effekt, – Beispiele aus dem Alltag für Mut und Zivilcourage, – Warum ist Zivilcourage für die Gesellschaft wichtig? Nutze den **Rand für Notizen,** knappe Zusammenfassungen in eigenen Worten oder Fragen, die sich während des Lesens für dich ergeben.
Gemeinsamkeiten und Unterschiede finden	**Vergleichendes Lesen** Beim vergleichenden Lesen setzt du **zwei oder mehr Texte** und/oder eine Grafik / ein Bild **miteinander in Beziehung** und prüfst, ob sich die Informationen in den Texten ergänzen, bestätigen oder vielleicht auch widersprechen.

Einen Informationstext verfassen

1. Die Aufgabenstellung verstehen

- Kläre genau, was die Aufgabenstellung von dir verlangt: Was sind das **Thema** und die **Funktion** deines Informationstextes? Wer sind deine **Adressatinnen/ Adressaten** (Leser/-innen)? Musst du eine bestimmte **Textsorte** beachten?

Im Rahmen der Projektwoche „Training Zivilcourage“ sollst du einen Informationstext schreiben. Verfasse mit Hilfe der vorliegenden Materialien einen Informationstext, in dem du

- *beschreibst, welche Faktoren Zivilcourage befördern, und erklärst, was der Bystander-Effekt (Zuschauer-Effekt) ist,*
- *erklärst, warum Zivilcourage für unsere Gesellschaft wichtig ist.*

2. Die Materialien erschließen

- Verschaffe dir einen **ersten Überblick** über die Materialien, indem du sie zügig liest.
- Werte die Materialien aus, indem du sie **gezielt nach den Aspekten** in der Aufgabenstellung **liest: Welche Informationen sind relevant?** Was ist eher unwichtig für die Bearbeitung der Aufgabenstellung? Markiere wichtige Informationen und notiere Stichpunkte, z. B. am Textrand. Nutze die Lesestrategien (► S. 66).

Zivilcourage verbinden viele von uns mit dem Einsatz des eigenen Lebens für andere, mit blutigen Protesten, Gewaltakten und/oder Verbrechen. Aber in Wahrheit müssen wir uns einfach einmal in unserem Alltag umsehen. Schon in der Schule, an der Universität, im Sportverein oder am Arbeitsplatz finden sich täglich einige Möglichkeiten, um Zivilcourage zu zeigen. Es bedeutet manchmal auch, Mut zu zeigen, aber im Grunde müssen wir einfach unsere eigene Bequemlichkeit überwinden, um jemand anderem mit Worten oder Taten zu helfen oder ihn zu unterstützen. Wenn beispielsweise eine Mitschülerin oder ein Mitschüler gemobbt wird, kann man Zivilcourage zeigen, indem man zuständigen Personen Bescheid gibt oder der gemobbten Person beisteht. Auch wenn wieder einmal die Schaffnerin oder der Schaffner wegen der Zugverspätung verantwortlich gemacht wird, kann man als Mitreisende/-r laut sagen, dass man gerade sehr freundlich von ihr oder ihm behandelt wurde …	► Was ist Zivilcourage?
Doch gerade das Helfen, das Einschreiten, das laute Einsetzen für die angegriffene Person kommt in unserer Gesellschaft viel zu kurz. Dann greift der Bystander-Effekt. Von diesem spricht man, wenn die Verantwortung auf andere abgeschoben wird.	► Gründe für mangelnde Zivilcourage
Umfragen ergeben, dass viele Menschen einen Zusammenhang zwischen Gewalt in der Gesellschaft und mangelnder Zivilcourage sehen.	► Fakten aus Statistiken

3. Die Gliederung erstellen

Plane den Aufbau (die gedankliche Struktur) deines Textes und entwirf eine Gliederung.

1. Einleitung
– Einführung in das Thema (Beispiel s. u.)

2. Hauptteil
– Erklärung Zivilcourage
– Faktoren, die Zivilcourage befördern, und Bystander-Effekt
– Beispiele aus dem Alltag für Mut und Zivilcourage
– Warum ist Zivilcourage für die Gesellschaft wichtig?

3. Schluss
– Empfehlungen, wie und wo man Zivilcourage zeigen kann

Beachte bei der **Gliederung** die Aufgabenstellung. Die Abfolge der Teilaufgaben oder die genannten Aspekte geben oft Hinweise auf den Textaufbau.

4. Den Informationstext schreiben

- Nutze **eigene Worte,** formuliere **sachlich** und stelle die Informationen für die Adressatinnen/Adressaten **verständlich** dar. Schreibe im **Präsens.**
- Mache sprachlich deutlich, wenn du Meinungen oder Ergebnisse aus dem Ausgangsmaterial wiedergibst (Zitat, indirekte Rede, Paraphrase), z. B.: *Laut einer Grafik zum Thema ...*
- Mache **logische Zusammenhänge** auch sprachlich **deutlich,** z. B. durch Satzverknüpfungen und Überleitungen (*weil, obwohl, zudem, ein anderer Punkt ...*).
- Achte darauf, dass dein Text der **Gliederung** folgt, und gib ihm eine **treffende Überschrift.**

Zivilcourage
Um Zivilcourage zu zeigen, muss man nicht unbedingt sein eigenes Leben aufs Spiel setzen. Im Alltag bieten sich überraschend viele Möglichkeiten, um Zivilcourage zu zeigen. Oft reichen schon einfache Worte oder kleine Gesten aus, um der betroffenen Person Unterstützung zukommen zu lassen. Sobald jemand unfair behandelt wird, müssen wir unsere Bequemlichkeit überwinden und uns zu Wort melden. Und sollte uns dazu der Mut fehlen, da die Situation doch ein wenig gefährlich wirkt, kann man trotzdem immer jemand anderen ansprechen oder die Polizei verständigen.

5. Den Informationstext überarbeiten

Überarbeite deinen Informationstext mit Hilfe der folgenden **Checkliste:**

- Hat der Text eine **klare gedankliche Struktur** und beantwortet alle Aspekte der Aufgabenstellung? Hast du eine **treffende Überschrift** für deinen Text formuliert?
- Hast du die Informationen **sachlich** und **in eigenen Worten formuliert** und für deine **Adressatinnen/Adressaten** verständlich dargestellt? Hast du im **Präsens** geschrieben?
- Machst du sprachlich deutlich, wenn du Meinungen oder Ergebnisse aus dem **Ausgangsmaterial** wiedergibst (Zitat, indirekte Rede, Paraphrase), z. B.: *Eine Umfrage zu ... zeigt ...*
- Machst du **logische Zusammenhänge** auch sprachlich **deutlich,** z. B. durch Satzverknüpfungen und Überleitungen (*weil, obwohl, zudem, ein anderer Punkt ...*)?

2.9 Texte zusammenfassen (Inhaltsangabe)

Literarische Texte zusammenfassen

Eine Inhaltsangabe fasst den Inhalt eines Textes knapp und sachlich zusammen, sodass andere, die den Text nicht gelesen haben, über das Wesentliche informiert werden.

- In der **Einleitung** nennst du
  - die Art des Textes (z. B. Kurzgeschichte, Ballade),
  - den Titel des Textes,
  - den Namen der Autorin / des Autors,
  - falls angegeben das Erscheinungsjahr des Textes,
  - das Thema/Problem des Textes.
- Im **Hauptteil** fasst du **die wichtigsten Ereignisse** der Handlung (Handlungsschritte) in der **zeitlich richtigen Reihenfolge** zusammen.
- Mögliche **Rückblenden** oder **Vorausdeutungen** werden in den **zeitlich richtigen Handlungsverlauf** eingeordnet und zusammengefasst.
- Verzichte auf die Darstellung von Einzelheiten und beschränke dich auf das **Wesentliche.**
- Mache die Zusammenhänge der Handlung (z. B. zeitliche Zusammenhänge) durch **passende Satzverknüpfungen** und **Satzanfänge** deutlich, z. B.:
  Als Heinz die Blicke der anderen Restaurantbesucher/-innen sieht, hält er sich zurück, denn er will nicht als Rassist gelten. Zuerst wird Heinz wütend, dann ...

Sprache

- Schreibe **sachlich und nüchtern,** vermeide ausschmückende Formulierungen.
- Formuliere **in eigenen Worten** und übernimm keine Passagen aus dem Originaltext.
- Verwende als Zeitform das **Präsens** (bei Vorzeitigkeit das Perfekt), z. B.:
  Er sieht die Blicke der anderen Restaurantbesucher/-innen.
- Verwende **keine wörtliche Rede.** Besonders wichtige Äußerungen von Figuren werden in der indirekten Rede (▶ S. 234 f.) wiedergegeben oder umschrieben, z. B.:
  „Aber dann spendiere ich die Spaghetti!“ (wörtliche Rede)
  → *Heinz sagt, beim nächsten Mal spendiere er die Spaghetti.* (indirekte Rede im Konjunktiv)
  → *Heinz kündigt an, Marcel zum Spaghettiessen einzuladen.* (Umschreibung)

In der Erzählung „Spaghetti für zwei“ von Federica de Cesco geht es um einen Jungen, der Vorurteile gegen Schwarze hat und diese durch ein Missverständnis überwindet.
Heinz ist ein fast 14-jähriger Junge, der sich „cool“ fühlt, den Mädchen gefallen möchte und in der Schule nicht mitarbeitet. Da er keine günstige Busverbindung nach Hause hat, isst er mittags oft in einem Selbstbedienungsrestaurant, das in der Nähe der Schule liegt. Dorthin geht er auch an diesem Tag. Um Geld zu sparen, holt er sich nur eine Gemüsesuppe und setzt sich an einen freien Tisch. Doch er muss noch einmal aufstehen, weil er den Löffel vergessen hat. Als er zu seinem Platz zurückkehrt, sitzt dort ein Schwarzer und isst seine Gemüsesuppe.

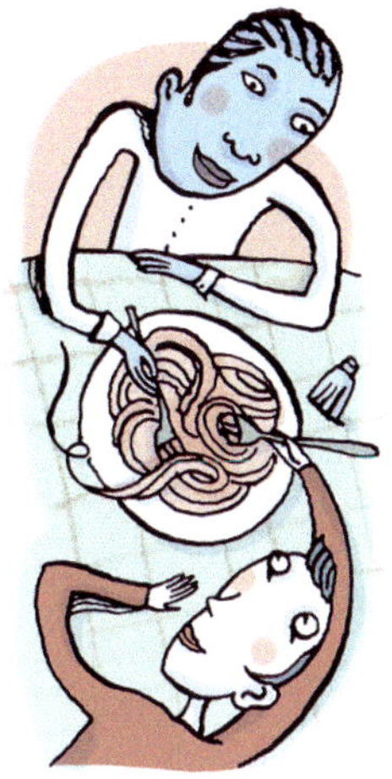

Darüber ist Heinz wütend und er möchte dem Fremden, den er für einen Asylbewerber hält, die Meinung sagen. Da er aber die merkwürdigen Blicke der anderen Restaurantbesucher/-innen spürt und nicht als Rassist gelten will, hält er sich zurück und setzt sich zu dem schwarzen Jungen. Schweigend essen sie aus demselben Teller. Zunächst glaubt Heinz, sein Tischnachbar sei ein armer Afrikaner, der kein Deutsch spricht. Dann aber bemerkt er, dass er nicht wie ein Obdachloser gekleidet ist. Als die Suppe alle ist, steht der Fremde auf und kehrt mit einem Teller Spaghetti und zwei Gabeln zurück. Einladend blickt er Heinz an, der immer unsicherer wird. Sie teilen sich auch die Spaghetti. Nach dem Essen bemerkt Heinz voller Schrecken, dass auf dem Nebentisch einsam ein Teller kalt gewordene Gemüsesuppe steht. Ihm ist die Situation sehr peinlich, aber als der Fremde in ein freundliches Gelächter ausbricht, lacht er mit. Der Schwarze stellt sich in bestem Deutsch als Marcel vor und die beiden verabreden sich für den kommenden Tag. Dann will Heinz Spaghetti spendieren.

Eine erweiterte Inhaltsangabe schreiben

Bei der erweiterten Inhaltsangabe fasst du den Inhalt eines Textes knapp und sachlich zusammen (▸ Inhaltsangabe) und bearbeitest zusätzlich eine weiterführende Aufgabe zum Text. Diese Aufgabe kann sich zum Beispiel beziehen auf:

- die Figuren und ihre Beziehung zueinander (▸ S. 109 f.),
- die sprachliche Gestaltung eines Textes (▸ S. 111) oder
- die Textsorte (z. B. die Merkmale einer Kurzgeschichte nachweisen).

Die weiterführende Aufgabe wird in einem zusammenhängenden Text bearbeitet. Die Aussagen, die du über den Text machst, belegst du durch Zitate (▸ Zitieren, S. 214).

1. Einleitung
Information über die Autorin/den Autoren, Titel des Textes, evtl. Quelle und Thema des Textes

2. Hauptteil
Textzusammenfassung (kurze, sachliche Darstellung des Textinhalts)

3. Beantwortung der weiterführenden Aufgabe
(z. B. Figurenbeziehungen, sprachliche Gestaltung des Textes, eigene Stellungnahme usw.)

Eine Inhaltsangabe schreiben

1. Die Aufgabenstellung richtig verstehen

Untersuche die Aufgabenstellung genau und mache dir klar, was von dir verlangt wird, z. B.:
Schreibe eine Inhaltsangabe zu „Achmed, der Narr" von Herbert Birken. Gehe so vor:

- *Formuliere eine Einleitung, die Angaben zum Text macht und das Thema benennt.*
- *Fasse im Hauptteil die wichtigsten Ereignisse der Handlung (Handlungsschritte) zusammen. Beachte dabei die sprachlichen Merkmale einer Inhaltsangabe.*

2. Die Erzählung verstehen und einen Schreibplan anlegen

- Lies den Text sorgfältig und verschaffe dir einen Überblick über den Inhalt. Beantworte hierzu die W-Fragen.
- Gliedere den Text in Abschnitte (Handlungsschritte) und halte die wichtigsten Informationen in Stichworten fest.

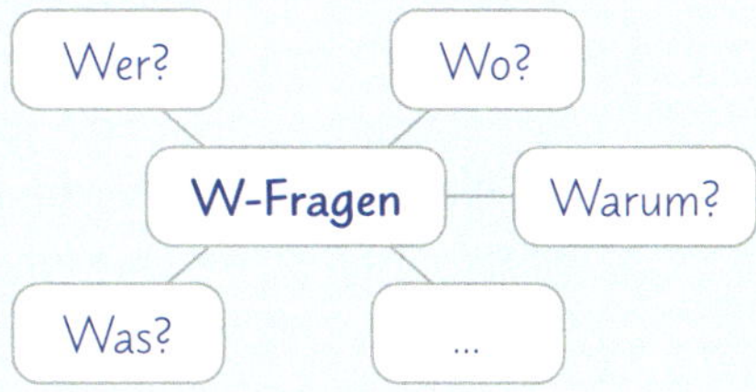

1. Handlungsschritt: Der Sultan befiehlt seinem Diener, das Frühstück zuzubereiten.
   - Der Sultan hat einen neuen Diener (Achmed); der soll Frühstück zubereiten.
   - Als der Sultan das Frühstück sieht, wird er wütend und droht Achmed ...
2. Handlungsschritt: Der Sultan befiehlt Achmed, ein Bad vorzubereiten.
   - ...

3. Die Inhaltsangabe schreiben

- Formuliere einen informierenden Einleitungssatz, in dem du auch das Thema der Erzählung benennst, z. B.: In der Erzählung „Achmed, der Narr" von Herbert Birken geht es um einen Diener, der dem Sultan eine Lehre erteilt.
- Schreibe den Hauptteil der Inhaltsangabe, die Textzusammenfassung (▶ S. 69).

4. Die Inhaltsangabe überarbeiten

Überarbeite deinen Text mit Hilfe der folgenden Checkliste:

- Ist die **Einleitung vollständig:** Art des Textes, Name der Autorin / des Autors, Titel, Thema?
- Hast du im Hauptteil **die wichtigsten Handlungsschritte** in der zeitlich richtigen Reihenfolge zusammengefasst? Wird nur das Wesentliche wiedergegeben?
- Werden die **Zusammenhänge der Handlung** durch passende Satzverknüpfungen und Satzanfänge **deutlich?**
- Hast du die Inhaltsangabe **sachlich und in eigenen Worten** formuliert?
- Hast du als Zeitform das **Präsens** verwendet (bei Vorzeitigkeit das Perfekt)?
- Erscheint in deiner Inhaltsangabe **keine wörtliche Rede?**
- Sind **Rechtschreibung** und **Zeichensetzung** korrekt?

Einen Sachtext untersuchen und zusammenfassen

Um einen Sachtext zu untersuchen, musst du ihn zunächst lesen und verstehen. Dann kannst du die Aufgaben zum Text beantworten.
Für die Zusammenfassung von Sachtexten gelten grundsätzlich die gleichen Regeln wie für das Zusammenfassen von literarischen Texten (▸ S. 69 f.). Gehe so vor:

1 Kläre, was die **Aufgabenstellung** von dir verlangt: Worum geht es in dem Text? Um welche Textsorte handelt es sich? Welche Funktionen sollen beschrieben werden?

2 Orientiere dich im Text. Notiere (z. B. aufgrund der Überschrift) eine Vermutung, welche Position die Autorin / der Autor einnimmt. Lies dann den Text genauer: einmal selektiv mit Bezug zur Aufgabe und einmal intensiv (▸ S. 66).

3 Beantworte die Aufgaben zum Text (z. B. die Textsorte bestimmen und die Merkmale mit Zitaten belegen oder Vorteile und Nachteile eines Aspektes erläutern.)

4 Schreibe den **Informationstext:** Gliedere ihn in **Einleitung** (Autor, Textsorte, Titel, Quelle, Thema) und **Hauptteil** (wichtigste Inhalte und Positionen).
Formuliere **sachlich, knapp** und in **eigenen Worten.** Schreibe vorwiegend im **Präsens.**

Beispiel für die Untersuchung und Zusammenfassung eines Sachtextes:

In dem Kommentar „Nur kein Salto zurück, bitte!", der in der Nordwest-Zeitung-Online erschienen ist, äußert der Autor Lars Laue seine Meinung zum Thema „Handyverbot in der Schule". Ein solches Verbot lehnt er ab.	Einleitung
Zu Beginn stellt der Autor fest, dass sich ein Handyverbot auch hierzulande durchsetzen ließe. Die Gründe dafür nennt er im Anschluss. Beispielsweise lenken Handys ihre Nutzerinnen und Nutzer ab, weil diese Angst haben, etwas zu verpassen, und deshalb ständig auf das Smartphone schauen. [...] Im nächsten Absatz erklärt der Autor, dass ein Handyverbot an Schulen das falsche Signal wäre, weil diese Technik zur zukünftigen Berufswelt der Schülerinnen und Schüler gehöre. Ein Verbot würde seiner Meinung nach also eher schaden. Zum Schluss resümiert Laue, dass es viel wichtiger sei, sich kritisch mit der Technik auseinanderzusetzen. Wenn man die Gefahren kenne, könne man die Vorteile des Smartphones besser nutzen.	Textzusammenfassung
Dass es sich bei dem Artikel um einen Kommentar handelt, erkennt man an mehreren Merkmalen. So äußert der Autor seine persönliche Meinung und wertet dabei: „Es wäre also ein fatales Signal, Handys in Schulen zu verbieten" (Z. 30 f.). Lars Laue sieht ein Handyverbot in der Schule als Rückschritt: „Da erscheinen Forderungen nach Handyverboten regelrecht rückwärtsgewandt" (Z. 35–37). [...]	Nachweis der Textsorte „Kommentar" mit Textstellen als Beleg
Ein Online-Text bietet den Lesenden mit unterschiedlichen Funktionen Vorteile, die ein Printmedium nicht besitzt. Beispielsweise enthält der vorliegende Online-Kommentar Verlinkungen: So ermöglicht es der erste Link (Z. 1 f.), Hintergrundinformationen zum Handyverbot an den Schulen in Frankreich zu lesen. [...] Die Kommentarfunktion von Online-Texten bietet den Leserinnen und Lesern die Möglichkeit, ihre ablehnende oder zustimmende Meinung zum Text oder zum Thema zu äußern. [...] Außerdem kann man den Artikel durch Anklicken des Drucker-Symbols ausdrucken.	Benennung von drei Funktionen, die nur ein Online-Text bietet

Einen Sachtext untersuchen und zusammenfassen

1. Die Aufgabenstellung richtig verstehen

Untersuche die Aufgabenstellung genau und mache dir klar, was von dir verlangt wird, z. B.:

Untersuche den Kommentar „Nur kein Salto zurück, bitte!":
1. *Schreibe eine Zusammenfassung mit Einleitung und Hauptteil.*
2. *Weise anhand von zwei Merkmalen nach, dass der Text ein Kommentar ist. Führe für jedes Textmerkmal eine passende Textstelle als Beleg an.*
3. *Suche drei Funktionen aus, die nur ein Online-Text bietet, und erkläre, welche Vorteile diese Funktionen für Leser/-innen haben.*

2. Den Text lesen und verstehen

- Beachte die Überschrift und notiere eine Vermutung darüber, welche Position die Autorin / der Autor vertritt.
- Lies den Text zweimal durch, einmal selektiv mit Bezug zur Aufgabe und einmal intensiv (▶ S. 66).
- Gliedere den Text in Sinnabschnitte. Formuliere Zwischenüberschriften und fasse den Inhalt in Stichworten oder kurzen Sätzen zusammen.

3. Die Inhaltsangabe schreiben

- Formuliere einen informierenden Einleitungssatz, in dem du folgende Punkte benennst:
  - die Autorin / den Autor,
  - die Textsorte,
  - den Titel des Textes,
  - die Quelle,
  - das Thema des Textes.
- Schreibe den Hauptteil der Inhaltsangabe, die Textzusammenfassung (▶ S. 69).

> In dem Kommentar „Nur kein Salto zurück, bitte!", der in der Nordwest-Zeitung-Online erschienen ist, äußert der Autor Lars Laue seine Meinung zum Thema „Handyverbot in der Schule". Ein solches Verbot lehnt er ab.

4. Die Inhaltsangabe überarbeiten

Überarbeite deinen Text mit Hilfe der folgenden Punkte:
- Ist die **Einleitung vollständig:** Name der Autorin / des Autors, Art des Textes, Titel, ggf. Quelle, Thema?
- Hast du im Hauptteil **die wichtigsten Inhalte und Positionen** knapp, sachlich und mit eigenen Worten wiedergegeben? Wird nur das Wesentliche genannt?
- Hast du die **Aspekte der Aufgabenstellung** beachtet (z. B. Merkmale der Textsorte mit Textbelegen begründet oder Vor- und Nachteiler einzelner Aspekte erläutert)?
- Hast du als Zeitform das **Präsens** verwendet?
- Sind **Rechtschreibung** und **Zeichensetzung** korrekt?

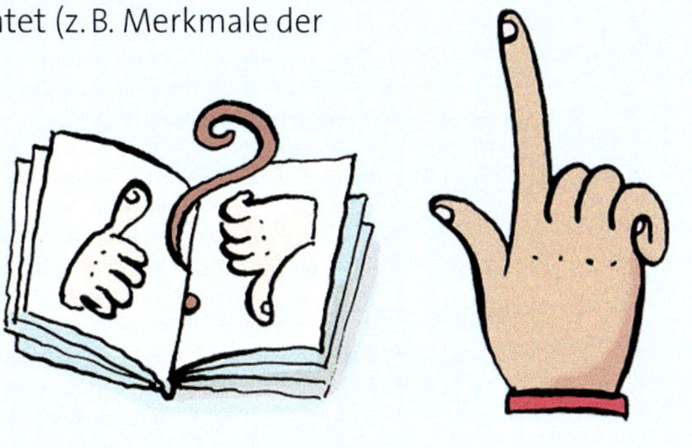

2.10 Diskutieren und Argumentieren

Gesprächsregeln

Gespräche, in denen verschiedene Meinungen zu einem Thema ausgetauscht werden, sollten nach bestimmten Regeln ablaufen.

Die wichtigsten Gesprächsregeln

- Wir lassen jede/jeden ausreden.
- Wir hören den anderen gut zu.
- Niemand wird wegen seiner Äußerung beleidigt oder ausgelacht.
- Wir sprechen nur, wenn wir an der Reihe sind.
- Wir versuchen, das Thema im Auge zu behalten.
- Wir geben uns Mühe, unsere Meinung zu begründen.

Darüber hinaus sollte man seinen Gesprächspartner **nicht mit Du-Botschaften kritisieren,** sondern **durch Ich-Botschaften eigene Gefühle,** Wünsche und Gedanken **ausdrücken,** z. B.: *Ich habe das Gefühl, dass du nicht ganz bei der Sache bist.* (Statt z. B.: *Du hörst mir nie richtig zu.*)
Ich-Botschaften vermitteln, dass es um die persönliche Wahrnehmung geht. Sie lassen dem Gegenüber daher die Freiheit zu entscheiden, ob es diese Rückmeldung annehmen möchte oder nicht.

Diskutieren

In Diskussionen geht es darum, sich mit anderen über eine bestimmte Frage auszutauschen oder andere von der eigenen Meinung zu überzeugen. Um andere für die eigenen Interessen zu gewinnen, muss man seine Meinung überzeugend begründen. Das nennt man Argumentieren.

- Beim **Argumentieren** äußert man eine **Meinung (Behauptung),** die man durch **Begründungen (Argumente)** stützt und durch **Beispiele** veranschaulicht bzw. erklärt, z. B.:
  Ich finde, dass wir den Klassenraum streichen sollten, weil die alte Farbe schon sehr fleckig ist.
- Eine Diskussion kann man durch sein **Gesprächsverhalten** fördern oder hemmen. Zu einer guten Diskussion gehören das Einhalten von Gesprächsregeln, das Nachfragen, wenn man etwas nicht verstanden hat, und das Vermeiden von Killerphrasen.
- Geübte Diskussionsteilnehmer/-innen gehen auf den **Beitrag der Vorrednerin / des Vorredners** ein.

Formulierungen, um einen Bezug zum Vorredner / zur Vorrednerin herzustellen

Wenn man gegenteiliger Meinung ist:
- Ich bin nicht der Meinung, dass ...
- Ich sehe das anders, weil ...
- Da muss ich dir widersprechen, denn ...
- Dagegen spricht aber, dass ...
- Es ist zwar richtig, dass ... Aber ...

Wenn man gleicher Meinung ist:
- Ich finde auch, dass ...
- Auch ich bin der Meinung, dass ...
- Das kann ich unterstützen, denn ...
- Du hast eben gesagt, dass ... Ich möchte ergänzen, dass ...

Diskussionsformen

Die Fishbowl-Diskussion

Bei einer Fishbowl-Diskussion werden die Teilnehmenden in eine Diskussionsgruppe und eine Beobachtungsgruppe eingeteilt.

Innenkreis – die Diskussionsgruppe:

- Im Innenkreis (in der „Fishbowl") sitzen die Diskutierenden (vier bis sieben Schüler/-innen) und die/der Diskussionsleiter/-in.
- Ein Stuhl bleibt frei, er kann von der Beobachtungsgruppe genutzt werden.

Außenkreis – die Beobachtungsgruppe:

- Im Außenkreis sitzt die Beobachtungsgruppe. Die Beobachter/-innen hören der Diskussion aufmerksam zu.
- Wer etwas zur Diskussion beitragen möchte, setzt sich auf den freien Stuhl im Innenkreis und tritt erst dann wieder in den Außenkreis zurück, wenn sie/er sich geäußert hat. Jede/-r darf, sooft sie/er will, in den Innenkreis treten.

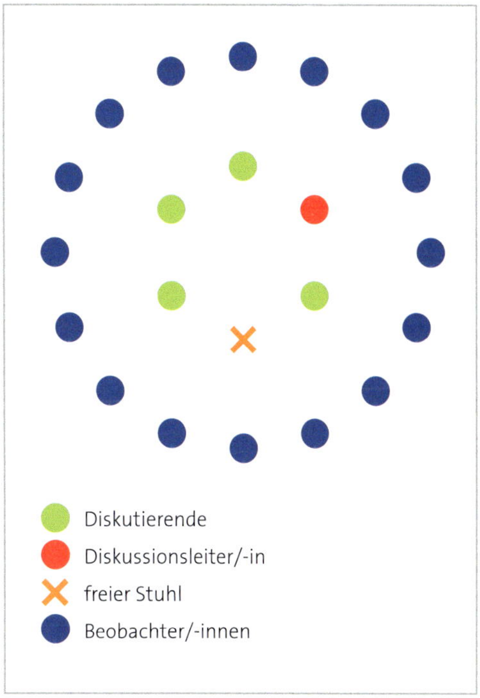

Eine Podiumsdiskussion durchführen

In einer Podiumsdiskussion diskutieren **Expertinnen und Experten** und/oder **Betroffene** vor Publikum eine Problemstellung. Die Zuhörer/-innen können sich anhand der verschiedenen – sich ergänzenden oder auch widersprechenden – Expertenmeinungen selbst eine Meinung zum Thema bilden. Oft hat das Publikum im Anschluss an die Expertenrunde Gelegenheit, Fragen zu stellen, Einwände zu formulieren oder mitzudiskutieren. Eine **Moderatorin** oder ein **Moderator** leitet die Diskussion.

- An einer Podiumsdiskussion sollten **nicht mehr als acht Diskutierende** teilnehmen, die unterschiedliche Positionen zum Thema einnehmen.
- Die **Moderatorin** oder der **Moderator eröffnet die Diskussion** und stellt das Thema und die Diskussionsteilnehmer/-innen vor.
- Jede/-r **Diskussionsteilnehmer/-in** gibt ein **kurzes Statement** zur eigenen Position ab.
- Die Podiumsteilnehmer/-innen diskutieren miteinander, die **Moderatorin** / der **Moderator** achtet darauf, dass die **Gesprächsregeln** eingehalten werden, hält **Zwischenergebnisse** fest, **beendet** schließlich die **Diskussion,** zieht Bilanz und verabschiedet die Teilnehmer/-innen.

Eine Pro-und-Kontra-Debatte führen

Die Debatte ist eine besonders streng geregelte Form der Diskussion:
In einer Debatte werden die Pro- und die Kontra-Argumente (Argumente dafür und dagegen) zu einer Streitfrage in kurzen Reden vorgetragen.
Das Ziel der Redner/-innen ist es, die Zuhörer/-innen bzw. im Wettbewerb die Jury von den eigenen Argumenten zu überzeugen.

- **Phase 1: Eröffnungsrunde (2 Minuten pro Statement)**
  Zu Beginn verdeutlicht jede/-r Teilnehmer/-in ihre/seine Position in einem zweiminütigen Statement.
- **Phase 2: Freie Aussprache (6 Minuten)**
  Die Debattanten der Pro- und der Kontra-Gruppe diskutieren miteinander (Zeitvorgabe: 6 Minuten). Sie nennen ihre Argumente und entkräften die Argumente der Gegenposition.
- **Phase 3: Schlussrunde (1 Minute pro Statement)**
  In der Schlussrunde hat jede/-r Teilnehmer/-in noch einmal eine Minute Zeit, die Streitfrage ein zweites Mal zu beantworten – jetzt im Licht der Argumente, die sie/er während der freien Aussprache gehört hat. Dabei darf sie/er seine Meinung ändern.

Formulierungshilfen für das Diskutieren

Einleitungen und Überleitungen
Ein Argument, das für/gegen ... spricht, ist ... • Hinzu kommt, dass ... •
Das entscheidende Argument für/gegen ... ist für mich ... •
Es gibt noch ein anderes Argument für/gegen ... • Besonders wichtig ist ... •
Außerdem sollte man bedenken, dass ... • Wenn man sich vorstellt, dass ... •
Dies belegt/zeigt ... • Damit meine ich zum Beispiel, dass ... • Das heißt, dass ... •
Ein Beispiel für ... • Darunter verstehe ich ... • zudem • außerdem • darüber hinaus •
daher • deshalb • weil • da • denn

Gegenargumente entkräften
Sicherlich kann man einwenden, dass ... Dennoch habe ich die Erfahrung gemacht, dass ... •
Viele meinen zwar, dass ... Aber das ist aus meiner Sicht ..., weil ... •
Ich kann zwar verstehen, dass ... Dagegen möchte ich jedoch einwenden, dass ... •
Gegen das Argument, dass ..., möchte ich einwenden, dass ... •
Es ist zwar nachvollziehbar, wenn ... Aber viel entscheidender ist doch, dass ... •
... hat recht, wenn er sagt, dass ... Aber ...

Eröffnung und Beendigung der Diskussion
In unserer Diskussion geht es um die Frage ... •
Jeder Mensch weiß / hat die Erfahrung gemacht, dass ... Deshalb stellten wir uns die Frage, ...? •
Ausgangspunkt unserer Diskussion war ... Der wesentliche Streitpunkt bestand darin, ... •
Einig waren sich die Diskutierenden ... Zu klären ist noch, ob/wie/warum ...

Argumentieren: These, Argument, Beispiel

Beim Argumentieren versucht man, seine Meinung überzeugend zu begründen. Man formuliert eine These (Meinung, Wunsch, Forderung), die man durch Argumente und Beispiele stützt.

These (Meinung)	*Ein Leben ohne digitale Medien ist heute nicht mehr denkbar.*
Argument	*..., weil die moderne Welt den schnellen Zugang zu Informationen und auch die digitale Kommunikation verlangt.*
Beispiel	*Zum Beispiel gehört bei der Vorbereitung eines Referats die Internetrecherche selbstverständlich dazu.*

Überzeugende Beispiele können sein:

- ein überzeugendes **Beispiel** aus deinem eigenen **Erfahrungsbereich** oder eine **nachvollziehbare Erläuterung,** warum etwas sinnvoll oder nicht sinnvoll ist, z. B.:
  In unserer Schule haben wir eine Medien-AG, in der wir einen Kurzfilm erstellt haben. Für ein solches Projekt braucht man zum Beispiel auch den Computer, mit dem man das Film- und Audiomaterial bearbeiten kann.
- ein **Beleg aus der Zeitung** oder ein **Zitat von einer Expertin / einem Experten,** z. B.:
  Der Medienpädagoge Thomas Welsch hat die Erfahrung gemacht, dass Medien Jugendliche zum Mitdenken anregen, die Kreativität fördern und sogar aufnahmefähiger machen können.

Gegenargument (Einwand) entkräften

Beim Argumentieren überzeugst du noch mehr, wenn du auch auf ein Argument eingehst, das gegen deinen Standpunkt spricht (Gegenargument), und dieses entkräftest. Erkläre zum Beispiel, warum dich das Argument nicht überzeugt, und nenne ein Argument, das für deinen Standpunkt spricht, z. B.:
Es ist zwar nachvollziehbar, wenn ..., aber viel entscheidender ist doch ...

Überzeugungskraft prüfen

Die **Qualität deiner Argumente** und Beispiele entscheidet darüber, ob deine Behauptung (These) überzeugend wirkt. Hüte dich vor allem vor **falschen Verallgemeinerungen,** z. B.:
Jedes Kind spielt gern am Computer.

Adressatenbezug berücksichtigen

Überlege, wem gegenüber du mit welcher Absicht argumentierst: Welche Interessen oder Einstellungen hat dein Gegenüber? Welcher Ton ist angemessen?

Argumenttypen

Beim Argumentieren kann man verschiedene Argumenttypen unterscheiden.

These
(Behauptung – Werturteil – Empfehlung bzw. Forderung)

Argumente
(Typen von Argumenten: Faktenargumente – normative Argumente – Autoritätsargumente – analogisierende Argumente – ggf. zusätzliche Erläuterungen)

Beispiele/Belege

- **Faktenargumente** ziehen überprüfbare Tatsachen (wissenschaftliche Fakten, Zahlen, Statistiken) zur Begründung heran, z. B.: *Einer Statistik zufolge sinkt die Jugendkriminalität dieses Jahr um 5 Prozent.*

> Sie sind **nicht stichhaltig,** wenn es sich um **Einzelfälle** handelt.

- **Normative Argumente** beruhen auf allgemein akzeptierten Wertmaßstäben oder Normen, z. B.: *Mord ist ein schweres Verbrechen.*

> Sie sind nicht stichhaltig, wenn sie auf **Wertmaßstäben** beruhen, die nur von **einzelnen Gruppen** vertreten werden.

- **Autoritätsargumente** beruhen auf Aussagen von anerkannten Autoritäten, die die eigene Meinung stützen, z. B.: *Auch der Kriminologe Christian Pfeiffer spricht von einem Zusammenhang zwischen dem Konsum von Killerspielen und einer erhöhten Gewaltbereitschaft.*

> Sie sind **nicht zwingend stichhaltig,** weil oft andere Autoritäten mit **Gegenpositionen angeführt** werden können.

- **Analogieargumente** beruhen auf einem Vergleich mit einem ähnlichen Sachverhalt, z. B.: *Aufklärung statt Verbote – das hat sich auch in anderen Bereichen bewährt, also müsste dies auch beim Thema „Killerspiele" Vorteile bringen.*

> Sie sind nicht stichhaltig, wenn der **Vergleich nicht überzeugt.**

- **Gegenargumente widerlegen**
  Beim Argumentieren überzeugst du noch mehr, wenn du auch auf ein Argument eingehst, das gegen deinen Standpunkt spricht **(Gegenargument),** und dieses entkräftest. Erkläre zum Beispiel, warum dich das Argument nicht überzeugt, und nenne ein Argument, das für deinen Standpunkt spricht, z. B.: *Es ist zwar nachvollziehbar, wenn ..., aber viel entscheidender ist doch ...*

Scheinargumente erkennen und kontern

In einer Diskussion werden auch unfaire Taktiken wie **Scheinargumentationen** eingesetzt, um die Gegenposition zu schwächen. Hier siehst du im Überblick, welche Scheinargumente es gibt und wie du am besten darauf reagierst.

1. Typische Scheinargumente erkennen

- **Das „Argumentum ad hominem“** (lat.: Beweisrede gegen den Menschen): Die wortführende Person nutzt kein Argument, sondern greift das Gegenüber persönlich an, z. B.: *Du prangerst die Folgen der Erderwärmung an, fährst aber selbst täglich mit dem Auto zur Arbeit. Deine Argumente kann ich überhaupt nicht ernst nehmen!*
- **Der „Whataboutism“** (engl.: Was ist eigentlich mit …?) ist ein rein rhetorisches Ablenkungsmanöver. Eine Person weicht einem Argument aus, indem sie vom Thema ablenkt und den Fokus auf einen anderen Missstand richtet, nach dem Muster „Aber was ist eigentlich mit…?“, z. B.: ***A:*** *Wir müssen unsere CO_2-Emissionen reduzieren, um den Klimawandel zu stoppen.* ***B:*** *Gute Idee! Aber was ist eigentlich mit China und den USA? Solange solche Länder unkontrolliert CO_2-Emissionen produzieren, bringt es doch gar nichts, wenn wir uns in Europa damit befassen.*
- **Falsche Verallgemeinerung:** Hier wird aufgrund von Einzelbeobachtungen und (zu) weniger Belege aufs Ganze geschlossen. Falsche Verallgemeinerungen werden so zu Grundlagen von Vorurteilen, z. B.: *In einigen Schulen gibt es am Veggieday nur Nudeln mit Soße. Das zeigt, dass die fleischlose Küche viel zu langweilig und zu einseitig ist.*
- **Das Strohmann-Argument:** Die Aussagen des Gegenübers werden absichtlich verzerrt, übertrieben oder falsch dargestellt, um sie dann zu widerlegen, indem man beispielsweise eine falsche Schlussfolgerung zieht, z. B.: ***A:*** *Eine fleischlose Ernährung ist ein Beitrag zum Klimaschutz.* ***B:*** *Du meinst also, dass wir alle vegetarisch leben sollen, um das Klima zu retten? Damit nimmst du also auch die Vernichtung von 80 000 Arbeitsplätzen in der Fleischindustrie in Kauf.*

2. Auf Scheinargumente reagieren

- **Ruhig bleiben, Emotionen rausnehmen:** Schaukeln sich die Emotionen hoch, landet die Diskussion schnell in einer Sackgasse. Also: Ruhig bleiben und Emotionen rausnehmen.
- **Verzerrung der eigenen Position nicht stehen lassen:** Lass die Verzerrung deiner Position nicht stehen. Korrigiere sie und komm zu deiner ursprünglichen Aussage zurück, z. B.: *Das habe ich so nicht gesagt. Meine Aussage …*
- **Zum Thema zurückkommen:** Viele Scheinargumente lenken vom Thema ab. Eine gute Strategie ist, das Gespräch aktiv und direkt zum Ausgangspunkt zurückzuführen, z. B.: *Um zum Thema zurückzukommen, …*
- **Scheinargumentation ansprechen:** Sprecht euer Gegenüber direkt an und weist es auf die Scheinargumentation hin, z. B.: *Du greifst mich gerade persönlich an. Eigentlich sollten wir über die Sache sprechen.*

2.11 Begründet Stellung nehmen (Leserbrief)

In einer begründeten Stellungnahme, z. B. einem Leserbrief, nimmst du persönlich Stellung zu einem Thema, das z. B. in einem Zeitungsartikel behandelt wurde.

- In der **Einleitung** stellst du knapp den Anlass des Leserbriefs dar. Dann leitest du zum Hauptteil über. Du kannst auch schon kurz deine Meinung zum Thema sagen (ohne Begründung).
- Im **Hauptteil** formulierst du deine Meinung zum Thema und nennst **Argumente und Beispiele,** die deine Meinung stützen. Mache den Zusammenhang deiner Argumentation deutlich und entwickle eine **Argumentationskette,** indem du die Argumente und Beispiele sprachlich gut einleitest und miteinander verknüpfst (► siehe Formulierungshilfen unten).
  - Deine Argumentation wird noch überzeugender, wenn du auf die Anordnung der Argumente achtest. So kann z. B. das erste oder das letzte Argument besonders schlagkräftig sein.
  - Mögliche Einwände **(Gegenargumente)** kannst du nennen, um sie zu entkräften.
- Fasse zum **Schluss** noch einmal deinen Standpunkt zusammen oder formuliere einen Vorschlag oder einen Wunsch für die Zukunft.

Beispiel für einen Leserbrief, in dem begründet Stellung genommen wird.

Sehr geehrte Damen und Herren,	
mit großem Interesse habe ich Ihren Artikel „Gehen wir heute zu Bohlen?" gelesen, in dem Sie sich mit den Castingshows im Fernsehen auseinandersetzen.	**Einleitung** Anlass des Leserbriefs
Auch ich finde den oft respektlosen Umgang mit den Menschen in den Medien, z. B. mit den Kandidaten in „Deutschland sucht den Superstar", problematisch. Dafür gibt es überzeugende Gründe.	**Hauptteil** Meinung
Besonders wichtig ist, dass das Verhalten der Jury ein schlechtes Vorbild abgibt. Beispielsweise werden Kandidatinnen und Kandidaten, die sich sehr bemühen, bloßgestellt und lächerlich gemacht. Das ist deshalb so problematisch, weil viele jüngere Zuschauer/-innen diese Sendung sehen und womöglich dem falschen Vorbild aus der Jury mit ihrem schlechten Benehmen nacheifern.	Argument 1 + Beispiel 1
Darüber hinaus fördern Castingshows die Konkurrenz untereinander. So treten zum Beispiel die Mädchen in meiner Klasse in einen regelrechten Schönheitswettbewerb und mobben weniger hergerichtete Klassenkameradinnen.	Argument 2 + Beispiel 2
Hinzu kommt, dass der Eindruck erweckt wird, am Ende würden eine große Karriere und viel Geld winken. Wenn man sich aber zum Beispiel die Gewinner/-innen von „Deutschland sucht den Superstar" aus den letzten Jahren ansieht, haben die wenigsten das erreicht.	Argument 3 + Beispiel 3
Viele meinen zwar, dass die Kandidatinnen und Kandidaten von Castingshows vorher wissen, worauf sie sich einlassen. Aber das rechtfertigt noch lange nicht, dass sie respektlos behandelt werden dürfen.	Gegenargument wird genannt und entkräftet

In Castingshows wird meiner Meinung nach mit den Sehnsüchten der Teilnehmer/-innen und der jungen Zuschauer/-innen gespielt. Ich würde mir daher wünschen, dass es mehr Castingshows gibt, die fair mit den Kandidatinnen und Kandidaten umgehen.	**Schluss** Zusammenfassung, Vorschlag, Wunsch
Mit freundlichen Grüßen	Grußformel
Mick Aurel Hinkel	Unterschrift

Der Leserbrief ist übersichtlicher, wenn du zwischen Einleitung, Hauptteil und Schluss **Absätze** setzt. Wie andere sachliche Briefe enthält er meist eine Betreffzeile (Bezug zum Zeitungsartikel), eine Anrede und endet mit einer Grußformel und deiner Unterschrift.

Formulierungshilfen für die Argumentation

Einleitungen und Überleitungen

Ein Argument/Beispiel für ... ist ... • Hinzu kommt, dass ... • Ein weiterer Grund für/gegen ... ist ... • Besonders wichtig ist ... • zudem/außerdem/darüber hinaus/daher/deshalb/weil/da/denn • Für/Gegen spricht außerdem die Tatsache, dass ... • Es darf nicht übersehen werden, dass ... • Außerdem sollte man bedenken, dass ... • Noch wichtiger ist ...

Einwände entkräften

Sicherlich kann man einwenden, dass ... Dennoch habe ich die Erfahrung gemacht, dass ... • Obwohl ... denken, dass ..., muss man berücksichtigen, dass ... • Es ist schon richtig, dass ... Es darf aber nicht übersehen werden, dass ...

Begründet Stellung nehmen

1. Die Aufgabenstellung richtig verstehen

Lies den vorliegenden Artikel über Internetschulen.
Verfasse selbst einen Leserbrief, in dem du deine Meinung (für oder gegen Internetschulen) mit zwei Argumenten und Beispielen begründest. Gehe in deiner Argumentation auch auf ein Gegenargument ein und entkräfte es.

Untersuche die Aufgabenstellung genau und mache dir klar, was von dir verlangt wird.
Überlege:

- Um welches Thema geht es?
- Kannst du dich zwischen zwei Positionen (dafür oder dagegen) entscheiden oder gibt dir die Aufgabenstellung klar vor, welchen Standpunkt du vertreten sollst?
- Gibt dir die Aufgabenstellung vor, wie viele Argumente (inkl. Beispiele) du anführen sollst? Sollst du auch auf Gegenargumente eingehen?

2. Ideen sammeln (Stoffsammlung anlegen)

- Bilde dir eine **Meinung zum Thema** und sammle Gründe (Argumente und Beispiele) für deine Meinung.

Meinung
Ich kann mir nicht vorstellen, eine Internetschule zu besuchen.

Argumente und Beispiele
- Man lernt allein, ohne Klassengemeinschaft, ohne Freunde und lernt nichts über das soziale Miteinander.
- Etwa die Hälfte der Internetschüler/-innen gibt einer Studie zufolge auf.
- Internetschulen sind nach wissenschaftlichen Erkenntnissen nicht für jede Schülerin/jeden Schüler geeignet.
- An regulären Schulen macht man Klassenfahrten und kann als Austauschschüler/-in an Schulen im Ausland lernen.
- An regulären Schulen gibt es viele AGs.

- Entscheide dich für die **überzeugendsten Argumente** (mit Beispielen) und markiere sie in deiner Stoffsammlung.
- Notiere einen **Einwand (Gegenargument),** der gegen deine Position spricht, und entkräfte ihn, z. B.:
  - *Natürlich besteht die Gefahr, dass man ...*
    Aber ...
  - *Es ist schon richtig, dass ...*
    Aber viel entscheidender ist doch ...

3. Die Stellungnahme (Leserbrief) ausformulieren

Plane den Aufbau (die gedankliche Struktur) deines Textes und entwirf eine Gliederung.

Einleitung mit Überleitung zum Hauptteil	– Ich habe mit Interesse Ihren Artikel über … gelesen, in dem … – In dem Artikel … vertritt … die Meinung, dass … – Weil ich selbst …, möchte ich Ihnen meine Position …
Hauptteil Meinung Argumente und Beispiele	Ich vertrete die Auffassung, dass … – Ein wichtiges Argument für/gegen … ist, dass … – Wenn man zum Beispiel … – Ein weiteres wichtiges Argument … – …
Gegenargument nennen und entkräften	– Viele meinen zwar, dass … Aber …
Schluss Zusammenfassung, Vorschlag	– Wenn man bedenkt, dass … – Daher möchte ich an Sie appellieren …

4. Die Stellungnahme überarbeiten

Überarbeite deine Stellungnahme mit Hilfe der folgenden Checkliste:

Schriftlich Stellung nehmen (z. B. in einem Leserbrief)

Einleitung

- Führst du in das Thema ein, indem du z. B. den Anlass deiner Argumentation nennst oder Interesse für das Thema weckst?
- Leitest du dann zum Hauptteil über?

Hauptteil

- **Meinung:** Hast du deinen Standpunkt deutlich formuliert?
- **Argumente:** Nennst du überzeugende Argumente für deine Meinung?
- **Beispiele:** Führst du für deine Argumentation treffende Beispiele an, z. B.:
  - ein Beispiel aus deinem eigenen Erfahrungsbereich,
  - eine nachvollziehbare Erläuterung,
  - einen Beleg aus der Zeitung oder
  - ein Zitat von einer Expertin / einem Experten?
- **Gegenargument:** Hast du ein Gegenargument genannt und überzeugend entkräftet?

Schluss

- Hast du deinen Standpunkt bekräftigt, einen Vorschlag oder eine Forderung formuliert oder eine Bedingung genannt (*Wenn …; Falls …*)?

Sprache

- Werden die Argumente und Beispiele sprachlich gut eingeleitet und miteinander verknüpft (▶ Formulierungshilfen, S. 81)?
- Sind Rechtschreibung und Zeichensetzung korrekt?

2.12 Erörtern

Die **schriftliche Form einer Argumentation,** in der du die Gründe für eine These nennst sowie häufig auch deren Gegengründe abwägst und dir so eine eigene Meinung zu bestimmten Problemen bildest, nennt man Erörterung.

Bei der Erörterung lassen sich verschiedene Typen unterscheiden:

- lineare (steigernde) Erörterung (▸ siehe unten),
- dialektische (Pro-und-Kontra-)Erörterung (▸ S. 85–88),
- Erörterung im Anschluss an einen Text (textgebundene Erörterung) (▸ S. 89–91).

Lineare (steigernde) Erörterung

Bei der linearen Erörterung geht es nicht um die Gegenüberstellung von Pro- und Kontra-Argumenten, sondern um die Begründung eines Standpunkts. Gegenargumente werden nur am Rande eingebracht, um mögliche Bedenken gleich auszuräumen.

A. Einleitung

Aktualität/Bedeutsamkeit der Problematik
Klärung der Fragestellung

B. Hauptteil

Formulierung der eigenen These (Meinung)
Argumente (inkl. Beispiele) für die These

- Argument 1 + Beispiel
- Argument 2 + Beispiel
- …

(Gegenargumente nennen und entkräften)

C. Schluss

Zusammenfassende, abschließende Stellungnahme
Vorschlag, Ausblick

Die Arbeitsschritte bei der linearen Erörterung sind die gleichen wie beim Verfassen einer begründeten Stellungnahme (▸ S. 80–83).

Dialektische Erörterung (Pro-und-Kontra-Erörterung)

Bei einer **dialektischen Erörterung** (Pro-und-Kontra-Erörterung) stellst du deine Position zu einer Streitfrage (z. B.: *Soll es an unserer Schule eine einheitliche Schulkleidung geben?*) dar. Du zeigst, auf welchem Wege du zu einem Urteil (Fazit) gekommen bist, indem du **Pro- und Kontra-Argumente** darstellst und gegeneinander abwägst.

- Die **Einleitung** soll die Lesenden in das **Thema einführen** und zum Hauptteil überleiten.
- Im **Hauptteil** führst du **Pro- und Kontra-Argumente** (inklusive Beispiele/Belege) an und ziehst dann ein **Fazit,** in dem du deinen Standpunkt deutlich formulierst.
  - Die Argumente für (pro) und gegen (kontra) die eigene Position können entweder **in Blöcken** gegenübergestellt werden (Sanduhr-Prinzip) oder fortlaufend **im Wechsel** angeführt werden (Pingpong-Prinzip). ▸ Mehr Informationen hierzu unten.
  - Der **Schluss** rundet das Thema ab und darf **keine neuen Argumente** enthalten.

Setze für die **Übersichtlichkeit Absätze** zwischen Einleitung, Hauptteil und Schluss.

Pro-und-Kontra-Erörterung: Die Gliederung

Die Argumente für und gegen die eigene Position können unterschiedlich angeordnet werden.

1 **Pro und Kontra in Blöcken**
Hier werden die Pro- und Kontra-Argumente (und Beispiele) blockweise gegenübergestellt: zuerst die der Gegenposition, dann die der eigenen Position.

2 **Pro und Kontra im Wechsel**
Hier führst du Argumente (und Beispiele) für und gegen deine Position im laufenden Wechsel an. Die Gegenargumente kannst du hierbei sofort entkräften, du kannst aber auch vor dem Wechsel mehrere Pro- oder Kontra-Argumente aufeinanderfolgen lassen.

Pro und Kontra in Blöcken
(Sanduhr-Prinzip)

Gegenposition
Argument 1
Argument 2
...

Eigene Position
Argument 1
Argument 2
...

Fazit

Pro und Kontra im Wechsel
(Pingpong-Prinzip)

Argument pro
    Argument kontra
Argument pro
    Argument kontra
...

Fazit

Eine Pro-und-Kontra-Erörterung verfassen

1. Das Thema klären

Bevor du dir zum Inhalt der Erörterung Gedanken machst, musst du dir klarmachen, was das Thema (die Aufgabenstellung) von dir verlangt. Überlege:

- Um welches Thema geht es? Wonach fragt das Thema genau?
- Gibt dir die Aufgabenstellung vor, wie viele Argumente du anführen sollst?

Einheitliche Schulkleidung liegt im Trend. Was hältst du davon? Soll es an deiner Schule eine einheitliche Schulkleidung geben? Nimm Stellung und verfasse einen Beitrag für die Schülerzeitung, in dem du erörterst, was für (pro) und was gegen (kontra) eine einheitliche Schulkleidung spricht. Ziehe dann ein begründetes Fazit, in dem du eine Empfehlung gibst.

2. Stoffsammlung und Gliederung anlegen

- Erstelle eine Stoffsammlung, indem du Gründe für (pro) und gegen (kontra) die eigene Position sammelst, z. B. in einer Tabelle.

Thema: Soll es an unserer Schule eine einheitliche Schulkleidung geben?

Gründe für (pro) Schulkleidung	Gründe gegen (kontra) Schulkleidung
– kein Markenwahn, kein Sozialneid	– Kleidung als Ausdruck der Persönlichkeit
– weniger Mobbing	– ...
– ...	

- Entscheide dich für ein Gliederungsschema (**in Blöcken** oder **im Wechsel,** ▸ S. 85).

> Meist wird der Hauptteil in Blöcken aufgebaut. Die Argumente für die eigene Position stellst du dann ans Ende des Hauptteils, weil sie den Lesenden besser im Gedächtnis bleiben.

- Erstelle anschließend mit Hilfe deiner Stoffsammlung eine Gliederung für den Hauptteil.

> Suche aus deiner Stoffsammlung zusammengehörende Punkte heraus und fasse sie unter einem Oberbegriff zusammen. Streiche Begriffe, die nicht exakt zum Thema passen.

Schulkleidung – ja oder nein?

I. Gründe für Schulkleidung
   1. Sozialneid entfällt
      a) kein Markenwahn
      b) weniger Statussymbole
   2. Besseres Schulklima
      a) Gemeinschaftsgefühl ...
      b) ...

II. Gründe gegen Schulkleidung
   1. Kleidung ist Ausdruck ...
      a) ...
      b) ...
   2. a) ...
      b) ...

III. Fazit: Eigene Kleidung besser als ...

Materialgestützte Pro-und-Kontra-Erörterung

Beim materialgestützten Argumentieren erhältst du verschiedene Materialien (z. B. Texte, Grafiken).

- Frag dich während des Lesens: Was ist für die Bearbeitung der Aufgabe wichtig, was nicht?
- Lege eine Stoffsammlung an: Suche aus den Materialien **Argumente und Beispiele** (pro und kontra) heraus, die du **für deine Erörterung** verwenden kannst.

3. Die Erörterung schreiben

Die **Einleitung** soll in das Thema einführen und zum Hauptteil überleiten. Um einen interessanten Einstieg in das Thema zu finden, kann man z. B. anknüpfen an

- ein persönliches Erlebnis,
- das Zitat eines Experten / einer Expertin oder
- an die Aktualität des Themas (z. B. Umfrageergebnis, Trend).

Einheitliche Schulkleidung liegt im Trend. Nicht nur in England, Frankreich und Amerika, sondern auch an vielen deutschen Schulen haben sich die Schülerinnen und Schüler mittlerweile für eine einheitliche Schulkleidung entschieden. Auch an unserer Schule wird über das Thema Schuluniform diskutiert.	Einleitungsgedanke: allgemeiner Trend
Aber was spricht eigentlich für und was gegen eine einheitliche Schulkleidung?	Überleitung zum Hauptteil

Im **Hauptteil** führst du **Pro- und Kontra-Argumente** (inklusive Beispiele/Belege) an und ziehst dann ein **Fazit,** in dem du deinen Standpunkt deutlich formulierst. Bei deinem Fazit kannst du dich eindeutig für (pro) oder gegen (kontra) ein Thema aussprechen oder du formulierst eine Bedingung oder Voraussetzung, unter der du dich für ein Pro oder Kontra entscheidest.

Die Befürworter/-innen von Schuluniformen meinen, dass es durch eine einheitliche Schulkleidung weniger Sozialneid unter den Schülerinnen und Schülern gäbe, weil Kleidung dann nicht mehr als Statussymbol wahrgenommen würde.	Argument (Beispiel) für die Gegenposition
Das Problem bei dieser Argumentation ist jedoch, dass Luxus und Markenbewusstsein nicht nur über Kleidung ausgedrückt werden. Es gibt viele andere Dinge wie Smartphones, PC-Spiele, angesagte Musik, tolle Urlaubsziele oder Schmuckstücke, die als Statussymbole gelten.	Entkräften der Gegenposition + Argument für die eigene Position
Eine einheitliche Schulkleidung würde aus meiner Sicht das Problem des Sozialneids nicht lösen, sondern nur verlagern.	Folgerung
Ein weiteres Argument dafür, dass ...	Neues Argument
Wenn ich die Argumente für und gegen eine einheitliche Schulkleidung abwäge, komme ich zu dem Ergebnis, dass ...	Überleitung zum Fazit

Formuliere einen **Schlussteil.** Du kannst

- einen weiterführenden Gedanken formulieren (z. B. einen Wunsch, Vorschlag oder eine Empfehlung zum weiteren Umgang mit dem Thema),
- einen Ausblick auf zukünftige Entwicklungen geben oder
- den Einleitungsgedanken wieder aufgreifen.

Wenn man bedenkt, dass selbst die beteiligten Wissenschaftler/-innen Nachteile von Schuluniformen sehen, wünsche ich mir, dass die Wirkung einheitlicher Schulkleidung nicht überschätzt wird.	weiterführender Gedanke:
Mein Vorschlag lautet daher, auch andere Faktoren für ein positives Schulklima zu untersuchen. Dafür könnte eine Arbeitsgruppe eingerichtet werden.	Vorschlag zum weiteren Umgang mit dem Thema

4. Die Erörterung überarbeiten

Überarbeite deine Erörterung mit Hilfe der folgenden Checkliste und den unten stehenden Formulierungshilfen.

Dialektische Erörterung (Pro-und-Kontra-Erörterung)

Einleitung:

- Führst du in der Einleitung zum Thema hin, ohne bereits Argumente vorwegzunehmen?

Hauptteil:

- Hast du im Hauptteil Pro und Kontra gegenübergestellt und dann ein Fazit gezogen?
- Hast du deine Thesen mit Argumenten und anschaulichen Beispielen begründet?
- Hast du die Zusammenhänge deiner Argumentation auch sprachlich gut dargestellt, indem du die Argumente und Beispiele sinnvoll verknüpft hast und zum nächsten Gedankengang überleitest? (▶ Formulierungshilfen unten)

Schluss:

- Rundest du am Schluss das Thema ab, indem du z. B. deine Meinung bekräftigst, einen Vorschlag, eine Forderung oder eine Bitte formulierst?
- Trennen Absätze Einleitung, Hauptteil und Schluss?
- Sind Rechtschreibung und Zeichensetzung in Ordnung?

Formulierungshilfen

Einleitung (Überleitung zum Hauptteil)

- Deshalb stellt sich die Frage, ...
- Im Folgenden möchte ich die Vor- und Nachteile ...
- Es lohnt sich, darüber nachzudenken, was für und was gegen ...

Hauptteil (Argumentation)

- Ein Argument für/gegen ...
- Ein weiterer Gesichtspunkt ist ...
- Hinzu kommt, dass ...
- Dass ..., zeigt sich auch darin, dass ...
- Untersuchungen/Umfrageergebnisse zeigen, dass ...
- Wenn man sich vorstellt, dass ...
- Dagegen möchte ich einwenden, ...
- Viele meinen zwar, dass ... Aber aus meiner Sicht ..., weil ...
- Den positiven/negativen Aspekten steht jedoch eine ganze Reihe ... gegenüber.
- Obwohl die angeführten Argumente deutlich zeigen, dass ..., gibt es gute Gründe für ...
- Obwohl es gute Argumente für/gegen ... gibt, ist meiner Meinung nach entscheidender, dass ...

Schluss

- Wenn man bedenkt, ..., würde ich mir wünschen, dass ...
- Die Frage, ob ..., hängt eng damit zusammen, wie ...
- Falls ..., könnte ich mir vorstellen, dass ...
- Wenn man sich vor Augen führt, welche Vorteile/Nachteile ...

Erörtern im Anschluss an einen Sachtext

Die Erörterung im Anschluss an einen Text (textgebundene Erörterung) entsteht in Anlehnung an eine Textvorlage (z. B. Zeitungstext), in der eine strittige Frage behandelt oder ein Problem angesprochen wird.

- **Einleitung:** In der Einleitung machst du Angaben zur Textvorlage (Titel und Thema des Textes, Autor/-in und Textquelle).
- **Hauptteil:** Im Hauptteil beantwortest du die konkrete Aufgabenstellung, die angibt, unter welcher Fragestellung du dich mit dem vorgegebenen Text auseinandersetzen sollst. In der Regel besteht der Hauptteil aus zwei Schritten: Texterschließung und Erörterung.
  - **Texterschließung:** Zusammenfassung der zentralen Gedankengänge, Thesen, Fragestellungen, Argumente und Beispiele, evtl. auch Schlussfolgerungen sowie Darstellung der Intention (Aussageabsicht) des Autors / der Autorin.
  - **Erörterung:** Kritische Auseinandersetzung mit der Position der Autorin / des Autors und den Hauptargumenten aus dem Text. Den Argumenten kann zugestimmt oder widersprochen oder auch nur teilweise zugestimmt werden. Je nachdem werden die genannten Argumente kritisiert oder bestätigt, oder es werden zusätzliche Argumente oder Gegenargumente angeführt und es wird Stellung bezogen.
- **Schluss:** Fasse deine Position zusammen und ziehe ein **Fazit,** das du nach der Auseinandersetzung mit der Textvorlage gewonnen hast.

Die Textvorlage erschließen

Die Erörterung im Anschluss an einen Sachtext verlangt eine gründliche Auseinandersetzung mit der gedanklichen Struktur des Textes. Erst dann ist eine fundierte Stellungnahme möglich.

Die folgenden **Leitfragen** helfen dir, den Text zu erschließen:

- Um welches **Thema/Problem** geht es? Welche Positionen (Thesen) werden vertreten?
- Welche **Argumente** werden für die Position genannt? Wie werden die Argumente gestützt? Werden **Gegenargumente** genannt?
- Enthält der Text eine **Schlussfolgerung?**
- Welche **Absicht** verfolgt der Text? Will die Autorin / der Autor zu einem Thema Stellung nehmen? Will sie/er auf ein Problem aufmerksam machen? Enthält der Text einen (versteckten) **Appell (Aufforderung)** an die Leser/-innen?

Erörtern im Anschluss an einen Sachtext

1. Das Thema klären

Jeder Erörterung im Anschluss an einen Text liegt eine konkrete Aufgabenstellung zugrunde.
Überlege:

- Unter welchen Aspekten sollst du den Text erschließen?
- Zu welchem Sachverhalt sollst du kritisch Stellung beziehen?

– *Stelle die wesentlichen Gedanken des Textes „Graffiti – Kunst oder Krawall?" dar und erkläre, welche Intention (Aussageabsicht) die Autorin und der Autor haben.*
– *Erörtere dann, ob Graffiti in deinen Augen Kunst oder Sachbeschädigung ist, und formuliere am Ende ein Fazit.*

2. Stoffsammlung und Gliederung anlegen

Erstelle eine Stoffsammlung: Berücksichtige hierbei die Aspekte „Texterschließung" und „Kritische Stellungnahme".

- Erschließe zuerst die Textvorlage. Die Leitfragen auf Seite 89 helfen dir, den Text zu erschließen.
- Setze dich kritisch mit den im Text genannten Argumenten (Zustimmung, Widerspruch) auseinander und ziehe dann ein Fazit.

1. **Texterschließung**
   a) Kerngedanken des Textes
      – Autorin und Autor positionieren sich zur Frage, ob Graffiti …
      1. Graffiti als Zeichen von Rebellion wäre in Ordnung, wenn es …
         Argumente: …
      2. Einschränkung: Obwohl Graffiti mittlerweile …
      3. Graffiti ist in Ordnung, wenn dabei nicht fremdes Eigentum …
   b) Intention des Textes
      – Autorin und Autor stehen dem Thema „Graffiti" kritisch gegenüber und wollen die Leser/-innen über … aufklären.
      – Diese Haltung wird auch sprachlich deutlich. Die Bezeichnung der Graffiti-Künstler als „kleine Jungs", die eine „kleine Rebellionsphase" durchmachen (Z. x–y) …
2. **Eigene Stellungnahme (Erörterung der im Text genannten Argumente)**
   Graffiti: Kunst oder Sachbeschädigung?
   – …
   – …
3. **Fazit**
   – …

3. Die Erörterung schreiben

- Mache in der **Einleitung** Angaben zur Textvorlage (Titel und Thema des Textes, Autor/-in und Textquelle).
- Im **Hauptteil** legst du die Ergebnisse deiner Texterschließung dar und setzt dich dann kritisch mit den Argumenten der Textvorlage auseinander (Erörterung).
- Zum **Schluss** ziehst du ein Fazit, in dem du deine Position zusammenfasst.

Einleitung	Was für manche Leute eine Verschönerung einer kargen Wand darstellt, ist für andere eine kriminelle Tat. Ist Graffiti Kunst oder Sachbeschädigung? In dem Artikel ...
Hauptteil Texterschlie- ßung	Die Meinung der Autorin und des Autors wird schon im ersten Absatz ...: Durch das ironische Lob der „kleinen Jungs", die sich nachts im Dunkeln trauen ... Graffiti-Schäden, so die Autorin und der Autor, kosten ... Obwohl Graffiti mittlerweile als fester Bestandteil der Kunst- und Kulturszene betrachtet wird, ...
Erörterung	Natürlich ist Graffiti häufig mit einer Sachbeschädigung verbunden, aber Graffiti ist – wie die Autorin und der Autor selbst sagen – auch ... Muss man normalerweise in ein Museum ...
Schluss (Fazit)	Obwohl ich verstehen kann, dass ..., bin ich der Meinung, dass ...

4. Die Erörterung überarbeiten

Überarbeite deine Erörterung mit Hilfe der folgenden Checkliste:

Einleitung: Machst du Angaben zur Textvorlage und führst du in das Thema ein?

Hauptteil:

A **Texterschließung** (► Leitfragen, S. 89):
- Hast du die zentralen Gedanken, Thesen und Argumente zusammengefasst?
- Hast du erklärt, welche Absicht (Intention) die Autorin und der Autor verfolgen?

B **Erörterung:**
- Hast du dich mit den Argumenten der Textvorlage kritisch auseinandergesetzt?
- Hast du überzeugende Argumente sowie passende Beispiele/Belege angeführt?
- Hast du die Zusammenhänge deiner Argumentation auch sprachlich gut dargestellt, indem du die Argumente sinnvoll verknüpft und zum nächsten Gedankengang übergeleitet hast? (► Formulierungshilfen, S. 88)

Schluss: Hast du ein Fazit gezogen, in dem du deinen Standpunkt zusammenfasst, den du nach der Auseinandersetzung mit der Textvorlage gewonnen hast?

Sprachliche Richtigkeit und Formales

- Verwendest du die indirekte Rede oder die Paraphrase (► S. 234 f.) für die Wiedergabe des Textinhalts? Hast du die korrekte Zitierweise (► Zitieren, S. 214) beachtet, wenn du etwas wörtlich aus dem Text übernommen hast?

3 Umgang mit Texten und Medien

3.1 Erzählende Texte (Epik)

Die erzählenden Texte (Epik) sind neben den Gedichten (Lyrik) und den dramatischen Texten (Dramatik) eine der **drei Gattungen der Dichtung (Epik, Lyrik, Dramatik).** Das **wesentliche Merkmal** für einen erzählenden (epischen) Text **ist der Erzähler,** der nicht mit dem Autor oder der Autorin verwechselt werden darf, sondern mehr oder weniger deutlich als Figur der Erzählwelt in Erscheinung tritt. Die Epik umfasst eine **Vielzahl an Textsorten,** darunter die Kurzgeschichte (▶ S. 95) mit geringem Umfang genauso wie den Roman (▶ S. 100) mit großem Umfang. Auf den folgenden Seiten (▶ S. 92–103) lernst du die wichtigsten Textsorten kennen.

Literarische Textsorten

Anekdote

Eine Anekdote ist eine **kurze Geschichte über eine bekannte Persönlichkeit.** Auf humorvolle Weise verdeutlicht sie das Verhalten oder die Eigenarten dieses Menschen. Wie der Witz enthält die Anekdote am Ende eine Pointe (überraschende Wendung).
Das, was über die Person erzählt wird, muss nicht unbedingt wahr sein. Wichtig ist vielmehr, dass in der Anekdote das Typische einer Person erkennbar wird.

Hermann Schreiber

Der alte Mantel

In New York besuchte Einstein[1] einmal einen Kollegen, der sehr auf sich hielt und dem Professor aus Europa beim Abschied zu bedenken gab, dass er sich doch hier in den Staaten einen neuen Regenmantel kaufen solle, in dem zerschlissenen alten Stück könne man in New York doch einfach nicht herumlaufen.
„Warum nicht?“, protestierte Einstein. „Hier kennt mich doch niemand!“
Ein Jahr später stattete der amerikanische Gelehrte Einstein einen Gegenbesuch ab und suchte ihn in dem kleinen Universitätsstädtchen Princeton auf. Einstein wartete höflich bereits am Bahnhof – und trug noch immer den alten Regenmantel.
„Aber, lieber Kollege“, sagte der Amerikaner entrüstet, „jetzt haben Sie dieses alte Stück noch immer am Leib! Was sollen denn die Leute von Ihnen denken?“ „Das spielt hier in Princeton doch keine Rolle“, wehrte Einstein ab. „Hier kennt mich längst jedes Kind!“

1 Albert Einstein (1879–1955): berühmter Physiker und Forscher

Erzählung

„Erzählung" ist ein **Sammelbegriff für unterschiedliche Kurzformen des Erzählens,** die nicht genauer durch bestimmte Textmerkmale gekennzeichnet sind. Im Unterschied zum Roman ist die Erzählung knapper und überschaubarer.

Fabel

Die Fabel ist ein **kurzer, lehrhafter Text,** in dem meist zwei **Tiere handeln und sprechen.** Dabei haben die Tiere **typische menschliche Eigenschaften.** Zum Beispiel gilt der Fuchs als schlau, der Esel als dumm, der Löwe als mächtig und der Wolf als gierig. Die **Tiere sind häufig Gegner/-innen** (z. B. Fuchs gegen Rabe, Wolf gegen Ziege) und führen ein Streitgespräch, an dessen Ende die/der Listigere oder die/der Stärkere siegt. In jeder Fabel steckt eine **Lehre,** die aber nicht immer direkt ausgesprochen wird. Aus ihr sollen die Menschen etwas für ihr Verhalten lernen. Fabeln können wie Gedichte in Versen oder in Form einer Erzählung geschrieben sein.
Meist haben Fabeln folgenden Aufbau:

1. **Ausgangssituation:** Mindestens zwei Tiere mit meist gegensätzlichen Eigenschaften begegnen sich.
2. **Konflikt und Dialog:** Zwischen den Tieren entsteht ein Konflikt (Problem oder Streit). Dabei versucht oft ein Tier, das andere zu überlisten oder hereinzulegen.
3. **Lösung des Konflikts/Lehre:** Am Ende kommt es zu einer Lösung des Konflikts. Meist gibt es dabei einen Gewinner und einen Verlierer, z. B. wird ein Tier hereingelegt. Oft wird die Lehre der Fabel am Schluss in einem Satz zusammengefasst (z. B.: *Hüte dich vor Schmeichlern!*).

Wichtige Fabeldichter sind Äsop (um 600 v. Chr.), Phädrus (20 v. Chr.–50 n. Chr.), Jean de la Fontaine (1621–1695), Gotthold Ephraim Lessing (1729–1781), James Thurber (1894–1961).

Äsop

Der Wolf und das Lamm

Ein Wolf kam an einen Bach, um dort zu trinken. Da gewahrte er ein Lamm, das ein Stück unterhalb von ihm seinen Durst löschte. „Warum trübst du mir das Wasser, das ich trinken will?", wollte er wissen. „Wie kann ich das Wasser trüben, das von dir zu mir herabfließt?", antwortete das Lamm. „Jedenfalls weiß ich, dass du vor fünf Monaten übel von mir geredet hast." „Wie sollte das möglich sein?", erwiderte das Lamm. „Damals war ich noch gar nicht geboren." „Dann ist es dein Vater gewesen", schrie der Wolf und zerriss das Lamm, um es zu verschlingen.

Kalendergeschichte

Eine Kalendergeschichte ist eine **kurze Erzählung, die unterhalten und belehren soll** und meist mit einer Pointe (überraschenden Wende) endet. Bis ins 19. Jahrhundert wurden diese Geschichten **in Jahreskalendern abgedruckt.** Neben der Bibel waren Kalendergeschichten für viele Familien oft die einzige Lektüre. Ab dem 20. Jahrhundert erschienen die Kalendergeschichten nur noch in Buchform. Der bekannteste Autor von Kalendergeschichten ist Johann Peter Hebel (1760–1826), dessen Geschichten in dem Sammelband „Schatzkästlein des Rheinischen Hausfreundes“ (1811) veröffentlicht wurden. Im 20. Jahrhundert löste sich die Kalendergeschichte vollkommen vom Kalender ab. Beispiele hierfür sind Bertolt Brechts (1898–1956) „Kalendergeschichten“ (1949) oder Erwin Strittmatters (1912–1994) „Schulzenhofer Kalender“ (1969), die direkt in Buchform veröffentlicht wurden.

Ludwig Aurbacher

Der Kaufmann und der Zimmermann

Um das Jahr 1406 begab es sich, dass ein Kaufmann gen Frankfurt auf die Messe ritt. Dabei fiel ihm unbemerkt sein Geldbeutel herunter, in dem genau 800 Gulden waren. Ein Zimmermann, der des Weges kam, fand den Beutel und trug ihn heim. Das Geld wollte er aber nicht ausgeben, sondern sicher verwahren, bis jemand danach fragen würde.

Schon am nächsten Sonntag verkündete der Pfarrer von der Kanzel: „Ein Kaufmann hat 800 Gulden verloren. Dem Finder winken 100 Gulden Belohnung, wenn er das Geld vollständig zurückgibt.“ „Ach“, seufzte die Frau des Zimmermanns, „hätten wir doch den Beutel gefunden, dass uns die hundert Gulden würden. Wir könnten das Geld gebrauchen.“ Da sprach der Mann zum großen Erstaunen der Frau: „Das haben wir!“ Und er holte den Beutel und ließ den Kaufmann herbeirufen, der überglücklich bei ihm erschien.

Nachdem der Kaufmann aber das Geld gezählt hatte, warf er dem Zimmermann fünf Gulden hin und sprach: „Diese fünf Gulden schenke ich dir! Du hast dich ja bereits selbst bedient und dir 100 Gulden genommen. Insgesamt sind es nämlich 900 Gulden gewesen.“ Der Zimmermann ward ungehalten und stritt es ab: „Dem ist nicht so; ich habe weder einen Gulden noch 100 genommen, ich bin in dieser Sache unschuldig!“

So kam die Sache vor Gericht und nach einigen Verhandlungen wurde der Tag für den Richterspruch festgesetzt. Da kamen viele Leute von weit her, um den Richterspruch zu hören. Und der Richter fragte den Kaufmann: „Kann Er einen Eid darauf schwören, dass Er 900 Gulden verloren hat?“ Der Kaufmann antwortete: „Ja!“ Danach fragte das Gericht den Zimmermann: „Kann Er einen Eid darauf schwören, dass Er nicht mehr denn 800 Gulden gefunden hat?“ Da sprach auch der Zimmermann: „Ja!“ Und beide, Kaufmann und Zimmermann, schwuren den Eid.

Da begann der Richter sein Urteil mit den Worten, dass sie beide recht geschworen hätten, der Kaufmann, der die 900 Gulden verloren, und der Zimmermann, der nur 800 gefunden habe. Die Leute im Gerichtssaal rissen darüber ungläubig die Augen auf und murmelten wild durcheinander. Da fuhr der Richter fort. Er sprach zuerst zu dem Kaufmann: „Er muss jemanden suchen, der 900 Gulden gefunden hat, denn es handelt sich offenbar nicht um den richtigen Geldbeutel.“ Zum Zimmermann aber sagte der Richter: „Er darf das Geld behalten und für sich verwenden, es sei denn, es findet sich jemand, der einen Beutel mit genau 800 Gulden verloren hat.“ [...]

Kurzgeschichte

Die Kurzgeschichte ist eine **knappe, moderne Erzählung,** die **eine Momentaufnahme,** einen krisenhaften Ausschnitt oder eine **wichtige Episode aus dem Alltagsleben** eines oder mehrerer Menschen zeigt. Kurzgeschichten haben meist folgende Merkmale:

- geringer Umfang,
- Ausschnitt aus einem alltäglichen Geschehen, der für die dargestellten Figuren von besonderer Bedeutung ist,
- **unmittelbarer Einstieg** in das Geschehen, der schlagartig eine Situation aufreißt,
- **zielstrebiger Handlungsverlauf** hin zu einem **Höhe- oder Wendepunkt,**
- **offener Schluss,** der viele Deutungsmöglichkeiten zulässt,
- eher **einfache Sprache,** oft kurze Sätze, Umgangssprache in der direkten Rede,
- oft ein **zentrales Bild** oder ein **Leitmotiv,** das in der Geschichte immer wieder auftaucht.

Die ersten deutschen Kurzgeschichten, die sich an dem Vorbild der amerikanischen „short story" orientierten, entstanden nach dem Zweiten Weltkrieg (1939–1945) und behandelten Themen der Kriegs- und Nachkriegszeit. Später kamen andere, aus dem Alltagsleben entnommene Themen hinzu.
Bekannte Kurzgeschichten verfassten u. a. Wolfgang Bochert (1921–1947), Heinrich Böll (1917–1985), Marlene Röder (*1940) und Gabriele Wohmann (1932–2015).

Siegfried Lenz

Die Nacht im Hotel (1949)

Der Nachtportier strich mit seinen abgebissenen Fingerkuppen über eine Kladde[1], hob bedauernd die Schultern und drehte seinen Körper zur linken Seite, wobei sich der Stoff seiner Uniform gefährlich unter dem Arm spannte.

„Das ist die einzige Möglichkeit", sagte er. „Zu so später Stunde werden Sie nirgendwo ein Einzelzimmer bekommen. Es steht Ihnen natürlich frei, in anderen Hotels nachzufragen. Aber ich kann Ihnen schon jetzt sagen, daß wir, wenn Sie ergebnislos zurückkommen, nicht mehr in der Lage sein werden, Ihnen zu dienen. Denn das freie Bett in dem Doppelzimmer, das Sie – ich weiß nicht aus welchen Gründen – nicht nehmen wollen, wird dann auch einen Müden gefunden haben."

„Gut", sagte Schwamm, „ich werde das Bett nehmen. Nur, wie Sie vielleicht verstehen werden, möchte ich wissen, mit wem ich das Zimmer zu teilen habe; nicht aus Vorsicht, gewiß nicht, denn ich habe nichts zu fürchten. Ist mein Partner – Leute, mit denen man eine Nacht verbringt, könnte man doch fast Partner nennen – schon da?"

„Ja, er ist da und schläft."

„Er schläft", wiederholte Schwamm, ließ sich die Anmeldeformulare geben, füllte sie aus und reichte sie dem Nachtportier zurück; dann ging er hinauf. Unwillkürlich verlangsamte Schwamm, als er die Zimmertür mit der ihm genannten Zahl erblickte, seine Schritte, hielt den Atem an, in der Hoffnung, Geräusche, die der Fremde verursachen könnte, zu hören, und beugte sich dann zum Schlüsselloch hinab. Das Zimmer war dunkel. In diesem Augenblick hörte er jemanden die Treppe heraufkommen, und jetzt mußte er handeln. Er konnte fortgehen, selbstverständlich, und so tun, als ob er sich im Korridor geirrt habe. [...] R

1 die Kladde: das Notizbuch

Lügengeschichten

Schon immer haben sich Menschen für unglaubliche und sensationelle Dinge interessiert. Deshalb sind seit vielen Jahrhunderten Lügengeschichten sehr beliebt. Berühmt sind die Abenteuer- und Reisegeschichten des Barons von Münchhausen. Im Gegensatz zu den Lügen im Alltag will der Erzähler einer Lügengeschichte seine Zuhörer/-innen oder Leser/-innen nicht wirklich täuschen, sondern unterhalten. Die Zuhörerinnen und Zuhörer dürfen also merken, dass ihnen nicht die Wahrheit erzählt wird.

- Lügengeschichten enthalten **Ereignisse, die wirklich stattfinden könnten,** und Ereignisse, **die eindeutig erfunden oder übertrieben sind.**
- Meist wird zu Beginn (in der Einleitung) von einer Situation erzählt, die wirklich so geschehen sein könnte. Im Hauptteil wird dann **eine Lüge an die andere gereiht (Lügenkette).** Einer kleinen Lüge folgt die nächstgrößere usw.
- Für die klassische Lügengeschichte ist ein **Ich-Erzähler** typisch, denn so hat das Publikum den Eindruck, dass der Erzähler die Geschichte wirklich selbst erlebt hat.
- Oft spricht der Erzähler sein Publikum direkt an und **betont, die Wahrheit zu sagen,** z. B.: *Das ist wirklich die lautere Wahrheit, so wahr ich Josh McBroom heiße.*
- Um seine Lügen anschaulich und glaubhaft zu machen, beschreibt der Erzähler häufig Einzelheiten (z. B. Ort, Zeit, genaue Umstände usw.) und verwendet **übertreibende Vergleiche,** z. B.: *Diese Präriestechmücken werden hier draußen so groß, dass jedermann Maschendraht als Fliegengitter verwendet.*

Heinz Janisch

Münchhausens wundersame Rettung aus dem Sumpf

[...] Ich galoppierte immer schneller auf dem Rücken meines Pferdes durchs Land, und wenn ein Fluss vor uns den Weg querte, so ließen wir die Brücke einfach links liegen und sprangen rechts davon mit einem großen Satz über das glitzernde Wasser.

Freilich, auch Wunderpferde werden müde. Bei einem gewagten Sprung über einen gewaltigen Sumpf, der sich plötzlich vor uns auftat, wurde der Morast unter uns immer größer und größer, und schon landeten wir beide unsanft im Schlamm. In Sekunden versanken mein Pferd und ich bis zum Hals im Schlamm, und ich dachte schon, unser Ende sei gekommen. Da fiel mir ein, was meine alte Großmutter oft zu mir gesagt hatte: „Man muss sich manchmal fest beim eigenen Schopf packen, damit man nicht untergeht!" Also griff ich nach meinem Haarzopf und zog so kräftig daran, wie ich nur konnte. Ich zog und zog, und weil ich meine Knie fest um den Rücken meines Pferdes gedrückt hatte, konnte ich uns beide langsam aus dem Sumpf herausziehen. Kurz machten wir auf trockenem Grund Rast, dann saß ich schon wieder auf meinem Pferd, und mit einem Satz – über eine tief fliegende Eule hinweg – sprangen wir hinein ins nächste Abenteuer.

Märchen

Märchen sind **frei erfundene Geschichten,** die über viele Jahre mündlich weitererzählt wurden. Sie sind lange vor der Zeit des Buchdrucks entstanden und von Generation zu Generation weitererzählt worden. Erst Anfang des 19. Jahrhunderts begannen Schriftsteller/-innen und Gelehrte, die Volksmärchen zu sammeln und aufzuschreiben. Die bekanntesten Märchensammler waren die Brüder Jacob Grimm (1785–1863) und Wilhelm Grimm (1786–1859). **Märchen haben immer wiederkehrende Merkmale,** an denen man sie gut erkennen kann. Ort und Zeitpunkt der Handlung sind nicht durch genaue Angaben festgelegt (z. B.: *vor langer Zeit*). Es treten **typische Märchenfiguren** auf, die häufig auf wenige Eigenschaften festgelegt sind, z. B.: *die gute Fee, die böse Hexe, die schöne Königstochter.* Die **Handlung folgt** meist einem **festen Muster:** Die **Heldin** / Der **Held** muss **Prüfungen bestehen** oder **Aufgaben erfüllen** (häufig drei) und erhält am Ende eine Belohnung. Hierbei spielen häufig fantastische Wesen (z. B. Zwerge, Riesen, Drachen) oder magische Gegenstände (ein Wundertisch, ein Zauberkästchen) eine Rolle. **Am Ende siegt meist das Gute** und das Böse wird bestraft.

Jacob und Wilhelm Grimm

Prinzessin Mäusehaut

Ein König hatte drei Töchter; da wollte er wissen, welche ihn am liebsten hätte, ließ sie vor sich kommen und fragte sie. Die älteste sprach, sie habe ihn lieber als das ganze Königreich; die zweite, als alle Edelsteine und Perlen auf dieser Welt; die dritte aber sagte, sie habe ihn lieber als das Salz. Der König war aufgebracht, dass sie ihre Liebe zu ihm mit einer so geringen Sache vergleiche, übergab sie einem Diener und befahl, er solle sie in den Wald führen und töten. Wie sie in den Wald gekommen waren, bat die Prinzessin den Diener um ihr Leben; dieser war ihr treu und würde sie doch nicht getötet haben, er sagte auch, er wolle mit ihr gehen und ganz nach ihren Befehlen tun. Die Prinzessin verlangte aber nichts als ein Kleid von Mäusehaut, und als er ihr das geholt hatte, wickelte sie sich hinein und ging fort. Sie ging geradezu an den Hof eines benachbarten Königs, gab sich für einen Mann aus und bat den König, dass er sie in seine Dienste nehme. Der König sagte es zu und sie solle bei ihm die Aufwartung haben: Abends musste sie ihm die Stiefel ausziehen, die warf er ihr allemal an den Kopf. Einmal fragte er, woher sie sei? „Aus dem Lande, wo man den Leuten die Stiefel nicht um den Kopf wirft." Der König wurde da aufmerksam. Endlich brachten ihm die anderen Diener einen Ring: Mäusehaut habe ihn verloren, der sei zu kostbar, den müsse er gestohlen haben. Der König ließ Mäusehaut vor sich kommen und fragte, woher der Ring sei. Da konnte sich Mäusehaut nicht länger verbergen, sie wickelte sich von der Mäusehaut los, ihre goldgelben Haare quollen hervor und sie trat heraus, so schön, aber auch so schön, dass der König gleich die Krone von seinem Kopf abnahm und ihr aufsetzte und sie für seine Gemahlin erklärte. Zu der Hochzeit wurde auch der Vater der Mäusehaut eingeladen, der glaubte, seine Tochter sei schon längst tot, und erkannte sie nicht wieder. Auf der Tafel aber waren alle Speisen, die ihm vorgesetzt wurden, ungesalzen. Da wurde er ärgerlich und sagte: „Ich will lieber nicht leben als solche Speise essen!" Wie er das Wort ausgesagt hatte, sprach die Königin zu ihm: „Jetzt wollt Ihr nicht leben ohne Salz und doch habt Ihr mich einmal wollen töten lassen, weil ich sagte, ich hätte Euch lieber als Salz!" Da erkannte er seine Tochter und küsste sie und bat sie um Verzeihung und es war ihm lieber als sein Königreich und alle Edelsteine der Welt, dass er sie wiedergefunden hatte.

Novelle

Die Novelle (ital. „novella“ = Neuigkeit) ist eine **Erzählung,** in deren Mittelpunkt eine **„unerhörte Begebenheit“** (Johann Wolfgang Goethe) steht, also ein außergewöhnliches Ereignis. Die Novelle ähnelt einem Drama darin, dass die Handlung um einen **zentralen Konflikt** kreist und sich **gradlinig auf einen Höhe- und Wendepunkt hin zuspitzt.** Im Verlauf der Handlung kehrt oft ein **zentrales Motiv,** ein sogenanntes **Dingsymbol** (z. B. ein Tier oder ein Gegenstand) wieder. Außerdem wird die Novelle häufig in eine **Rahmenhandlung (Rahmenerzählung)** eingebettet.
Bekannte Novellen sind zum Beispiel „Das Decamerone“ von Giovanni Boccaccio (1313–1375), „Die Marquise von O…“ und „Das Bettelweib von Locarno“ von Heinrich von Kleist (1777–1811), „Kleider machen Leute“ von Gottfried Keller (1819–1890) und „Der Schimmelreiter“ von Theodor Storm (1817–1888).

Theodor Fontane

Unterm Birnbaum

Vor dem in dem großen und reichen Oderbruchdorfe[1] Tschechin um Michaeli 20[2] eröffneten Gasthaus und Materialwarengeschäft von Abel Hradscheck (so stand auf einem über der Tür angebrachten Schild) wurden Säcke, vom Hausflur her, auf einen mit zwei magern Schimmeln bespannten Bauernwagen geladen. Einige von den Säcken waren nicht gut gebunden oder hatten kleine Löcher und Ritzen, und so sah man denn an dem, was herausfiel, dass es Rapssäcke waren. Auf der Straße neben dem Wagen aber stand Abel Hradscheck selbst und sagte zu dem eben vom Rad her auf die Deichsel steigenden Knecht: „Und nun vorwärts, Jakob, und grüße mir Ölmüller Quaas. […]“
Der als Jakob Angeredete nickte nur statt aller Antwort, setzte sich auf den vordersten Rapssack und trieb beide Schimmel mit einem schläfrigen „Hüh“ an, wenn überhaupt von Antreiben die Rede sein konnte. Und nun klapperte der Wagen nach rechts hin den Fahrweg hinunter, erst auf das Bauer Orth'sche Gehöft samt seiner Windmühle (womit das Dorf nach der Frankfurter Seite hin abschloss) und dann auf die weiter draußen am Oderbruch-Damm gelegene Ölmühle zu. Hradscheck sah dem Wagen nach, bis er verschwunden war, und trat nun erst in den Hausflur zurück. Dieser war breit und tief und teilte sich in zwei Hälften, die durch ein paar Holzsäulen und zwei dazwischen ausgespannte Hängematten voneinander getrennt waren. Nur in der Mitte hatte man einen Durchgang gelassen. An dem Vorflur lag nach rechts hin das Wohnzimmer, zu dem eine Stufe hinaufführte, nach links hin aber der Laden, in den man durch ein großes, fast die halbe Wand einnehmendes Schiebefenster hineinsehen konnte. Früher war hier die Verkaufsstelle gewesen, bis sich die zum Vornehmtun geneigte Frau Hradscheck das Herumtrampeln auf ihrem Flur verbeten und auf Durchbruch einer richtigen Ladentür, also von der Straße her, gedrungen hatte. Seitdem zeigte dieser Vorflur eine gewisse Herrschaftlichkeit, während der nach dem Garten hinausführende Hinterflur ganz dem Geschäft gehörte. Säcke, Zitronen- und Apfelsinenkisten standen hier an der einen Wand entlang, während an der andern übereinandergeschichtete Fässer lagen, Ölfässer, deren stattliche Reihe nur durch eine zum Keller hinunterführende Falltür unterbrochen war. […]

1 das Oderbruchdorf: Dorf im Ufergebiet des Flusses Oder
2 Michaeli 20: Tag des Heiligen Michael = 29. September, im Jahr 1820

Parabel

Eine Parabel (von griech. „parabole“ = Gleichnis) ist eine kurze, meist **lehrhafte Gleichniserzählung,** die einen Sachverhalt bzw. eine **Erkenntnis** (z. B. eine Lebensweisheit, eine allgemeine Wahrheit) **bildhaft darstellt.** Ähnlich wie in der Fabel soll auch bei der Parabel das Erzählte nicht im wörtlichen, sondern im übertragenen Sinn verstanden werden. Die **Sprache** der Parabel ist **meist nüchtern** und ihr **Ende ist offen.** Die Parabel bietet zwar häufig Vergleichsansätze an, aber sie verbindet das **Erzählte (Bildbereich)** nicht durch einen direkten Hinweis mit dem **Gemeinten (Sachbereich).** Weil dieser **Übertragungsprozess** der Leserin / dem Leser selbst überlassen bleibt, sind Parabeln vieldeutig; häufig wirken sie auch rätselhaft und sind schwer zu entschlüsseln. Die Parabel verlangt also in besonderer Weise ein Nachdenken und Deuten. Sie fordert auf, sich ein eigenes Urteil zu bilden, und will in manchen Fällen auch ein Appell zum Handeln sein.
Die Parabel ist eine sehr alte Gattung, die Wurzeln in verschiedenen kulturellen Traditionen hat. In der **Bibel** gelten insbesondere die **Gleichnisse Jesu,** die zur Veranschaulichung seiner Lehre dienen, bis heute als Musterbeispiele der Gattung, wie etwa die Parabel vom verlorenen Sohn. Beliebt waren die Parabeln im **18. Jahrhundert,** im Zeitalter der **Aufklärung,** denn die indirekte Sprechweise der Parabel ermöglichte es, auch kritische Gedanken zu äußern, ohne sich angreifbar zu machen. Berühmt aus dieser Zeit ist z. B. die **Ringparabel** im Drama „Nathan der Weise“ von **Gotthold Ephraim Lessing** (1729–1781). Auch in der **modernen Literatur** seit dem Beginn des 20. Jahrhunderts spielen Parabeln eine wichtige Rolle, z. B. bei **Franz Kafka** (1883–1924) oder bei **Bertolt Brecht** (1898–1956) die „Geschichten von Herrn Keuner“.

Franz Kafka

Der Aufbruch (1922)

Ich befahl, mein Pferd aus dem Stall zu holen. Der Diener verstand mich nicht. Ich ging selbst in den Stall, sattelte mein Pferd und bestieg es. In der Ferne hörte ich eine Trompete blasen, ich fragte ihn, was das bedeutete. Er wusste nichts und hatte nichts gehört. Beim Tore hielt er mich auf und fragte: „Wohin reitet der Herr?“ „Ich weiß es nicht“, sagte ich, „nur weg von hier, nur weg von hier. Immerfort weg von hier, nur so kann ich mein Ziel erreichen.“ „Du kennst also dein Ziel“, fragte er. „Ja“, antwortete ich, „ich sagte es doch: ‚Weg-von-hier‘ – das ist mein Ziel.“ „Du hast keinen Essvorrat mit“, sagte er. „Ich brauche keinen“, sagte ich, „die Reise ist so lang, dass ich verhungern muss, wenn ich auf dem Weg nichts bekomme. Kein Essvorrat kann mich retten. Es ist ja zum Glück eine wahrhaft ungeheure Reise.“

Roman

Der Roman gehört neben dem Epos zu den **Großformen der Epik.** Von den epischen Kleinformen wie der Kurzgeschichte oder der Parabel unterscheidet sich der Roman durch seinen **großen Umfang (epische Breite)** und die **komplexe Gestaltung der Handlung** (z. B. mehrere Handlungsstränge oder Episoden). Es gibt eine Vielzahl von Möglichkeiten, die Gattung „Roman“ einzuteilen. Einteilungen sind z. B. möglich nach dem Thema, z. B. Zeitroman (Roman, der versucht, die Lebensbedingungen und die Gesellschaft der jeweiligen Zeit darzustellen), Bildungs- und Entwicklungsroman (Roman, der die Entwicklung, Erfahrungen und Erlebnisse einer Hauptfigur schildert), Reiseroman, Schauerroman usw. Man kann Romane auch nach dem literarischen Genre (Kriminalroman, Science-Fiction-Roman, Abenteuerroman) einteilen.

Jenny Valentine

Das zweite Leben des Cassiel Roadnight

„Ich bin ein Niemand“, ist das Gefühl des 16-jährigen Ich-Erzählers Chap, der seine Eltern nie kennengelernt hat und bei seinem Großvater aufgewachsen ist. Seit zwei Jahren lebt Chap auf der Straße und ist halb verhungert, als er sich eines Nachts in eine Londoner Notunterkunft rettet. Nach einer Prügelei mit einem anderen Jugendlichen wird er dort in einen Abstellraum gesperrt. Die beiden Mitarbeiter Ginny und Gordon versuchen jetzt, herauszufinden, wer er ist. Weil Chap seinen Namen nicht angeben will, gehen die beiden die Vermisstenanzeigen durch.

„Warum willst du uns deinen Namen nicht nennen?“, sagte er.
Ich tat, als ob er nicht da wäre, als würde er nicht sprechen.
„Ich bin Gordon“, sagte er. „Und die Frau heißt Ginny.“
„Gut gemacht“, sagte ich. „Schön für Sie.“
„Und du bist?“
Ich blickte auf meine Schuhe, die Schuhe von jemand anderem, schwarz und klobig und zerkratzt. Ich fragte mich, wie viele Niemande sie getragen hatten. Ich spürte den Stoff des Hemdes von jemand anderem auf meiner Haut, der Hose noch so eines Niemands. Woher sollte ich das wissen?
Ich lächelte. „Ich bin niemand“, sagte ich.
„Nun komm schon“, sagte er. „Jeder ist jemand.“
Es war wirklich verblüffend, wie er sich da so sicher sein konnte.
Diese Ginny kam zurück, mit etwas in der Hand, einem Blatt Papier. „Kann ich dich mal kurz sprechen?“, sagte sie.
Gordon stand auf, und sie ließen mich wieder allein in diesem Raum zurück. Ich konnte sie draußen vor der Tür hören. Sie flüsterten, aber ich konnte sie hören.
Sie sagte: „Ich hab das erst heute Morgen gesehen. Reiner Zufall.“
„Zum Teufel noch mal.“
„Er wird seit fast zwei Jahren vermisst.“
„Also. Mensch. Nicht zu fassen.“
„Glaubst du, er ist es?“
„Schau dir das an. Er muss es sein.“
Der Türknauf bewegte sich. Ich schloss die Augen und wollte vorbereitet sein. Ich versuchte, die Zeit anzuhalten. Als sie hereinkamen, waren sie anders, behutsam, als wäre ich eine Bombe, die hochgehen könnte, ein schlafender Tiger, eine kostbare Vase, die gleich runterfallen könnte. Ich dachte, sie hätten mich gefunden. Ich fragte mich, wie weit ich kommen würde, wenn ich einfach losrannte. Ginnys Hand schwebte über meiner, ohne sie zu berühren. Gordon versuchte zu lächeln. Ich hatte Angst. [...]

Sage

Sagen sind **Erzählungen,** die vom Anfang der Welt, **von Göttinnen** und **Göttern, Helden** und ihren Taten handeln. Häufig geht es in ihnen um **Kämpfe und Prüfungen,** um Sieg und Niederlage und um abenteuerliche Reisen, die die Heldin / der Held erlebt. Ob das Abenteuer einer Heldin / eines Helden ein gutes oder ein böses Ende nimmt, hängt oft von dem Willen der Götter ab, die in die Handlung eingreifen und aus den gleichen Beweggründen wie die Menschen handeln, z. B. aus Eifersucht, Liebe, Rache.

In Sagen steckt **meist ein wahrer Kern:** Sie spielen häufig an Orten, die es wirklich gibt, verweisen manchmal auf Ereignisse, die tatsächlich stattgefunden haben, und erzählen oft von Figuren, die an wirkliche Personen erinnern. **Vieles** an den Sagen ist aber **auch erfunden:** So verfügen Menschen über unermessliche Kräfte und es tauchen Ungeheuer, Zauberinnen, Riesen und andere Fantasiewesen auf.

Sagen wurden **zunächst mündlich weitererzählt,** bevor man sie schriftlich festhielt.

Je nach ihrem Inhalt kann man die Sagen in verschiedene Gruppen einteilen:

- Stehen im Mittelpunkt der Sage die Taten einer Heldin / eines Helden, spricht man von **Heldensagen,** z. B.: „Die Abenteuer des Odysseus", „Die Siegfried-Sage", „Die Herakles-Sage".
- Erzählen sie von Ereignissen, die an einen bestimmten Ort gebunden sind, spricht man von **Orts- oder Lokalsagen,** z. B.: „Der Rattenfänger von Hameln".

Odysseus und das Trojanische Pferd

Seit zehn langen und entbehrungsreichen Jahren belagerten die Griechen die Stadt Troja. Eines Tages aber klagten sie, dass dieser Krieg niemals ein Ende finde und zu viele Opfer koste. Der tapfere und listenreiche Odysseus entgegnete ihnen darauf: „Ja, Männer, ihr habt recht, mir dauert das auch alles zu lange. Lasst uns diesen elenden Krieg beenden, aber mit einem Sieg für uns!" „Und wie sollen wir das plötzlich anstellen?", riefen die erstaunten Griechen. „Mit einer List!", antwortete Odysseus und begab sich in sein Zelt, um nachzudenken.

Am nächsten Tag verkündete der kluge Odysseus den Griechen seinen Plan: „Hört mir gut zu, ihr tapferen Krieger! Um diesen Krieg zu gewinnen, müssen wir die Trojaner täuschen! Ich schlage daher folgende List vor: Wir brechen unsere Zelte ab und bringen unser Heer und unsere Schiffe außer Sichtweite der Trojaner, sodass sie glauben, dass wir die Belagerung ihrer Stadt endlich aufgegeben haben. Gleichzeitig aber bauen wir noch in dieser Nacht ein riesiges Pferd aus Holz, in dessen hohlem Bauch Platz für 30 mutige Krieger ist. Dieses Pferd stellen wir heimlich vor das Stadttor Trojas, und ihr werdet sehen: Sie halten das Pferd für ein Geschenk der Götter und ziehen es nichts ahnend in ihre Stadt hinein. Sind wir aber erst mal drin, öffnen wir das Stadttor für das griechische Heer und gewinnen diesen Krieg endgültig." Als die Trojaner am nächsten Morgen von ihrer Stadtmauer auf das griechische Heerlager hinabschauten, glaubten sie zu träumen. Nach zehn Jahren der Belagerung waren die griechischen Truppen verschwunden. Nichts und niemand war mehr da, nur ein riesiges Holzpferd stand direkt vor dem Stadttor. „Das ist ein Geschenk der Götter!", jubelten sie und wollten das Pferd schon in die Stadt ziehen, als der Priester Laokoon ihnen warnend Einhalt gebot: „Ihr Narren", schrie er, „traut den Griechen nicht! Dieses Pferd bringt uns allen schreckliches Unheil!"

Satire

Die Satire ist eine Darstellungsform, die durch Übertreibung, Ironie und beißenden Spott **Kritik an Personen oder gesellschaftlichen Zuständen** übt. Sie zieht ihre Gegenstände ins Lächerliche, entlarvt Missstände, zeigt das Auseinanderklaffen von Anspruch und Realität und zielt damit auf Veränderung ab. Die Kritik wird nicht direkt ausgesprochen, sondern indirekt vorgebracht, z. B. durch **Stilmittel** wie extreme **Übertreibung, Untertreibung** (*ganz okay* statt *exzellent*), **Ironie** (gesagt wird das Gegenteil von dem, was gemeint ist), **Euphemismen** (Beschönigungen). **Vergleiche, Metaphern, Wortspiele** und **Neologismen** machen die satirische Darstellung besonders anschaulich.

Harald Martenstein

Gemüse (2001)

Wie bekommt man Gemüse in die Kinder hinein? So lautet unsere heutige 500 000-Euro-Frage.

Ist es:

A. Die Methode „New Economy"? Das Gemüse wird gekocht, püriert, sodann mit viel Zuckersirup, am besten „Grafschafter Goldsaft", gesüßt und braun gefärbt. Anschließend erklären beide Eltern dem Kind, es handle sich um einen schokoladehaltigen neuen Brotaufstrich, besser als das beste Nutella.

Oder ist es:

B. Die psychologische Methode? Man zeige dem Kind historische Kupferstiche von skorbutkranken Seeleuten, aus denen schwarze Galle herausfließt, dazu erschütternde Aufnahmen von Mangelerkrankungen aus der Dritten Welt. Man sage: „Diese Menschen wollten kein Gemüse essen. Jetzt müssen sie halt sterben." [...]

Dann hätten wir noch:

D. Die pseudodemokratische oder stalinistische Methode. Man lege vor das Kind eine Möhre, einen toten Vogel und einige Pfefferkörner. Man sage: „So, du bist jetzt groß, du bist der Chef, du darfst heute mal ganz alleine entscheiden, was du essen möchtest."

Oder:

E. Die kapitalistische Methode. Man bezahle dem Kind für jedes halbe Möhrchen zwanzig Cent oder gewähre pro Scheibe Zucchini zehn Minuten zusätzliche Fernsehzeit. Schon bald wird das Kind versuchen, den Gemüsepreis zu erhöhen, während die Eltern ihrerseits versuchen, die Gemüsestückchen für den gleichen Preis unauffällig größer werden zu lassen. So findet eine spielerische Einübung in die Mechanismen der Marktwirtschaft statt.

Schließlich:

F. Die moderne Methode. Man produziere einen Werbespot, in dem eine Persönlichkeit mit hohem Prestige und hoher Glaubwürdigkeit in Kinderkreisen – zum Beispiel Oliver Kahn, Pikachu oder Britney Spears – mit sichtbarem Genuss Gemüse verzehrt.

Oder:

G. Die unrealistische Methode. Man versuche, das Kind mit vernünftigen Argumenten, freundlichen Worten und Schmeicheleien zum Verzehr von Gemüse zu bewegen. [...]

Schelmengeschichte (Schwank)

Eine Schelmengeschichte (auch Schwank genannt) ist eine **kurze, lustige Erzählung.** Sie handelt von einem witzigen Ereignis oder von einem Streich, der jemandem gespielt wird.
Die **Heldinnen/Helden sind Schelme und Narren,** die ihre Mitmenschen **mit einer List** hereinlegen und ihnen damit **eine Lehre erteilen.**
Wie ein Witz hat auch die Schelmengeschichte einen **lustigen Höhepunkt (Pointe),** der meist darin besteht, dass die/der Schwächere (z. B. Schelme, Knechte) die Stärkeren (z. B. Gelehrte, Reiche, den Herrn oder den König) an der Nase herumführt.
Besonders bekannt sind die Streiche von **Till Eulenspiegel,** der seine Aufträge (z. B. jemandem den Pelz waschen) oft wörtlich nimmt und damit nicht im gemeinten Sinne ausführt.
In der orientalischen Literatur sind die Schelmengeschichten von **Nasreddin Hoca** (sprich: Hodscha) besonders bekannt und beliebt. In den Geschichten wird er uns als ein gewitzter Mann vorgestellt, der zu jeder Situation eine treffende Antwort oder Lebensweisheit hat.

Hermann Bote

Eulenspiegel arbeitet bei einem Schneider

Eines Abends sagte der Schneidermeister: „Wirf noch die Ärmel an die Jacke, und geh danach zu Bett.“ Eulenspiegel sagte: „Ja.“ Der Meister ging zu Bett, und Eulenspiegel hängte die Jacke an den Haken und warf die Ärmel an die Jacke die ganze Nacht bis zum nächsten Morgen.
Da stand sein Meister auf und kam in das Zimmer, aber Eulenspiegel kümmerte sich nicht um den Meister und warf weiter die Ärmel nach der Jacke. Der Schneider sah das an und sprach: „Was, zum Teufel, machst du jetzt für ein Gaukelspiel[1]?“ Eulenspiegel sagte ganz ernst: „Das ist für mich kein Gaukelspiel, ich habe diese ganze Nacht gestanden und die widerspenstigen Ärmel an diese Jacke geworfen, aber sie wollen daran nicht kleben. Es wäre wohl besser gewesen, dass Ihr mich hättet schlafen gehen heißen[2], als dass Ihr mich hießet, sie anzuwerfen. Ihr wusstet doch, dass es verlorene Arbeit war.“ Der Schneider sprach: „Ist das nun meine Schuld? Wusste ich, dass du das so verstehen würdest? Ich meinte das nicht so, ich meinte, du solltest die Ärmel an die Jacke nähen.“ Da sagte Eulenspiegel: „Pflegt Ihr ein Ding anders zu nennen, als Ihr es meint, wie könnt Ihr das zusammenreimen? Hätte ich Eure Meinung gewusst, so wollte ich die Ärmel gut angenäht haben und hätte auch noch ein paar Stunden geschlafen. So mögt Ihr nun den Tag sitzen und nähen, ich will gehen und mich hinlegen und schlafen.“

1 das Gaukelspiel: die Vortäuschung
2 jemanden etwas heißen: auffordern, befehlen

Lesestrategien bei literarischen Texten

Erzählende Texte lesen und verstehen

Mit ein paar Fragen kann man herausfinden, worum es in einer Geschichte geht, welche Figuren auftreten usw.

1. Wer sind die Figuren?	2. Was passiert (Handlung)?
▪ Welche Figuren kommen vor? Gibt es eine Hauptfigur? ▪ Was reden, denken, fühlen sie? Wie handeln sie?	▪ Worum geht es? Gibt der Titel einen Hinweis? ▪ Was passiert der Reihe nach (Handlungsschritte)? ▪ Gibt es ein besonderes Ereignis?
3. Wo spielt die Geschichte (Schauplatz)?	**4. Wann spielt die Geschichte?**
▪ Spielt die Geschichte in einer Fantasiewelt oder in unserer Welt (Realität)?	▪ Spielt die Geschichte in unserer Zeit, früher (z. B. im Mittelalter) oder in der Zukunft?
5. Aus wessen Sicht wird erzählt (Ich-Erzähler oder Er-/Sie-Erzähler)?	
▪ Wird die Geschichte von einem Ich-Erzähler erzählt, der am Geschehen beteiligt ist (Ich-Form)? ▪ Oder handelt es sich um einen Er-/Sie-Erzähler, der nicht in das Geschehen verwickelt ist und in der Er-Form bzw. Sie-Form erzählt?	

Zwischen den Zeilen lesen

In literarischen Texten bleibt vieles unausgesprochen oder wird nur angedeutet. Die Texte sind voller Anspielungen, die entdeckt und gedeutet werden müssen. Dabei sind Fantasie und Kombinationsfähigkeit gefordert. Erst wenn die Leser/-innen mitdenken und auch mal zwischen den Zeilen lesen, entfalten viele literarische Texte ihren ganzen Reiz.

1. **Auf Vorahnungen und Andeutungen achten:**
   A Träume: „Es standen zwölf Stühle um die runde Tafel. An einem hing kein Banner."
   → *Für wen ist der freie Platz bestimmt? Wird die Figur vielleicht die zwölfte Person?*
   B Andeutungen: „‚Sei dir nicht so sicher ...‘ Die alte Frau deutete mit dem Kopf hinter sich."
   → *Die alte Frau macht eine vielsagende Pause. Etwas ist faul!*
   C Spannende Momente/Stimmungen: „Der Wind nahm zu, Blätter raschelten, es wurde dunkel und kalt." → *Die Stimmung wird bedrohlicher, sie spiegelt die Gefühle der Figur.*
2. **Schlüsse aus dem Verhalten der Figuren ziehen:** „Die Angst kroch ihm die Beine hoch, doch er ging weiter." → *Die Figur lässt sich von ihrer Angst nicht beherrschen. Sie hat Mut.*
3. **Die Schauplätze deuten:** „Gehe nicht in den Wald an den schwarzen Bach!"
   → *Schwarzes Wasser gibt es nicht. Vielleicht eine Anspielung auf schwarze Magie?*
4. **In die Atmosphäre hineinfühlen und auf Symbole achten:** „Der Boden ist von Blättern bedeckt und nur noch Astern blühen ..." → *Pflanzt man Astern nicht auf Gräbern? Schlechtes Omen!*
5. **Eine lebendige Vorstellung von den Figuren entwickeln:** „Er wirkte ärgerlich, lachte aber."
   → *Die Figur scheint nicht besonders streng zu sein und ist vielleicht sogar nachlässig.*
6. **Aussagen kombinieren und Schlussfolgerungen ziehen:** „zwei magere Esel" + „immer wieder rechnete er" → *Die Geschäfte laufen schlecht, die Figur hat finanzielle Nöte.*

Merkmale von Erzähltexten (Erzähltechnik)

Will man sich bei der Interpretation eines epischen Textes ein genaues Bild vom Erzähler und von der Erzählweise machen, sollte man folgende Aspekte berücksichtigen: Erzählform, Erzählverhalten, Figurenrede, Innensicht/Außensicht, Erzählhaltung, Zeit und Zeitgestaltung (▸ S. 105–108).

Erzähler

Der **Erzähler** ist nicht die Autorin oder der Autor, sondern eine von ihr/ihm erfundene Figur, die zur Welt der erzählten Geschichte gehört. Eine erwachsene Autorin bzw. ein erwachsener Autor kann zum Beispiel eine Geschichte von einem Kind, ein männlicher Autor eine Geschichte von einer Frau erzählen lassen oder umgekehrt.

Im nebenstehenden Beispiel wird aus der Perspektive einer 14-jährigen Jugendlichen erzählt. Geschrieben hat den Text aber eine erwachsene Autorin (Julia Franck).

Julia Franck (* 1970)

Streuselschnecke

Der Anruf kam, als ich vierzehn war. Ich wohnte seit einem Jahr nicht mehr bei meiner Mutter und meinen Schwestern, sondern bei Freunden in Berlin. Eine fremde Stimme meldete sich, der Mann nannte seinen Namen, sagte mir, er lebe in Berlin, und fragte, ob ich ihn kennen lernen wolle. Ich zögerte, ich war mir nicht sicher.

Erzählform und Erzählverhalten

Erzählform	Beispiel
Ich-Erzähler / Ich-Erzählerin Der Erzähler / Die Erzählerin ist selbst als handelnde Figur in das Geschehen verwickelt. Er/Sie schildert die Ereignisse aus seiner/ihrer persönlichen Sicht (Ich-Form). Dabei kann er/sie unmittelbar aus der Situation heraus oder mit einem zeitlichen Abstand erzählen.	„Ich weiß nicht, wie ich es sagen soll, deshalb sage ich es einfach geradeheraus – es wird Zeit, sich der Wahrheit zu stellen: Ich bin vierzehn Jahre alt und leide am Ismael-Leseur-Syndrom. Heilung ausgeschlossen. Soweit ich weiß, bin ich weltweit der einzige schriftlich belegte Fall von Ismael-Leseur-Syndrom." Aus: Michael Gerard Bauer: Nennt mich nicht Ismael
Er-/Sie-Erzähler Der Erzähler tritt als Figur ganz in den Hintergrund und ist nicht am Geschehen beteiligt. Er erzählt von anderen Figuren in der Er- bzw. in der Sie-Form.	„Heinz war bald vierzehn und fühlte sich sehr cool. In der Klasse und auf dem Fußballplatz hatte er das Sagen. Aber richtig schön würde das Leben erst werden, wenn er im nächsten Jahr seinen Töff bekam und den Mädchen zeigen konnte, was für ein Kerl er war." Aus: Federica de Cesco: Spaghetti für zwei

Erzählverhalten (Erzählperspektive)

Der Ich- und der Er-/Sie-Erzähler (▶ S. 105) können sich auktorial, neutral oder personal verhalten.

auktorial Der Erzähler steht **außerhalb der Handlung,** überblickt das komplette Geschehen und kennt alle Figuren, ihre Gedanken und Gefühle. Er kann durch Kommentare oder Wertungen unterschiedliche Haltungen gegenüber dem Erzählten ausdrücken, z. B. zustimmend, kritisch, humorvoll oder satirisch. Ebenso kann er die weitere Handlung andeuten oder die Leser/-innen direkt ansprechen.	„Da wir Madame Gaillard an dieser Stelle der Geschichte verlassen und ihr auch später nicht mehr begegnen werden, wollen wir in ein paar Sätzen das Ende ihrer Tage schildern [...]. Gott sei Dank ahnte Madame Gaillard nichts von diesem ihr bevorstehenden Schicksal, als sie [...].“ Aus: Patrick Süskind: Das Parfum
personal Der Erzähler erzählt nur aus der **Sicht einer Figur** oder wechselnd aus der Sicht mehrerer Figuren. Hierbei tritt der Erzähler nicht unmittelbar auf, kommentiert nicht, sondern bleibt – ganz **nah am Geschehen** – in der Sichtweise der Figur bzw. der Figuren verhaftet.	„Ramon Santiago spürt das Messer in seiner Tasche, das Messer, das auf Knopfdruck eine fünfzehn Zentimeter lange Klinge herausschnappen ließ. Er konnte den Schweiß auf Harpos Gesicht sehen, als sie sich auf dem Treppenabsatz zusammenkauerten. Ja, Harpo schwitzte. Gut, dachte Ramon. Ich bin nicht der Einzige, der Angst hat.“ Aus: Myron Levoy: Ein Schatten wie ein Leopard
neutral Ist das Erzählverhalten neutral, tritt der Erzähler als Figur völlig zurück. Er ist nicht als erzählende Figur fassbar. Er erzählt mit **Distanz** als neutraler Beobachter, ohne Stellung zu beziehen. Auch Dialoge von Figuren werden ohne Zwischenbemerkung wiedergegeben.	„Das Eigenheim steht in einem Garten. Der Garten ist groß. Durch den Garten fließt ein Bach. Im Garten stehen zwei Kinder. Das eine der Kinder kann noch nicht sprechen. Das andere Kind ist größer. Sie sitzen auf einem Schlitten. Das kleinere Kind weint. Das größere sagt, gib den Schlitten her. Das kleinere weint. Es schreit.“ Aus: Helga M. Novak: Schlittenfahren

Viele Texte sind **Mischformen** bzgl. des Erzählverhaltens. In der Analyse (▶ S. 111 f.) ist dann vor allem das vorherrschende Erzählverhalten zu berücksichtigen.

Figurenrede

Wenn der Erzähler die Figuren zu Wort kommen lässt, hat er verschiedene Möglichkeiten:

direkte Rede Die Figuren äußern sich **unmittelbar** durch die direkte Rede. Die wörtliche Rede der Figuren steht meist in Anführungszeichen.	„‚Was machen wir jetzt?', fragte die alte Dame, die als Erste das Mädchen entdeckt hatte. ‚Wir können das Kind unmöglich allein hier stehen lassen. Am besten rufen wir die Polizei.'" Aus: Wladimir Kaminer. Schönhauser Allee im Regen
indirekte Rede Der Erzähler gibt mehr oder weniger ausführlich wieder, was die Figuren sagen. Die Wiedergabe erfolgt **meist im Konjunktiv,** was eine Distanz des Erzählers zum Gesagten vermittelt.	„Zur Hochzeit kamen wenige Gäste [...]. Während des sparsam zubereiteten Festmahls sprach Gauß' Vater darüber, dass man sich nicht beugen lassen dürfe, niemals, von keinem, dann erhob sich Zimmermann, öffnete den Mund, lächelte liebenswürdig in die Runde und setzte sich wieder. Bartels stieß Gauß an. Der stand auf, schluckte und sagte, er habe nicht erwartet, dass er etwas wie Glück finden würde, und im Grunde genommen glaube er auch jetzt nicht daran." Aus: Daniel Kehlmann: Die Vermessung der Welt
erlebte Rede Die Gedanken und Gefühle einer Figur werden in der **3. Person** (Er-/Sie-Form) und **meist im Präteritum** zur Sprache gebracht.	„Und jetzt sie hier. Sie hatte genug, fühlte sich schlecht. Sollten sich die anderen doch darum kümmern."
innerer Monolog Ein innerer Monolog ist ein **stummes Selbstgespräch einer Figur.** In ihm äußert die Figur ihre Gedanken, Gefühle und Wahrnehmungen. Im Unterschied zu erlebten Rede werden hier die Gedanken und Gefühle in der 1. Person (Ich-Form) und im Präsens wiedergegeben.	„Wie lang wird denn das noch dauern? Ich muss auf die Uhr schauen ... schickt sich wahrscheinlich nicht in einem so ernsten Konzert. Aber wer sieht's denn? Wenn's einer sieht, so passt er gerade so wenig auf wie ich, und vor dem brauch ich mich nicht zu genieren ... Erst viertel auf zehn? ... Mir kommt vor, ich sitz' schon drei Stunden in dem Konzert." Aus: Arthur Schnitzler: Leutnant Gustl

Jeder epische Text, z. B. ein Roman, besteht aus den Elementen **Erzählerbericht** und **Figurenrede.** Zwischen ihnen findet ein ständiger Wechsel statt. Erzählerbericht sind alle Elemente einer Erzählung, die nicht als Äußerung einer handelnden Figur, sondern als Erklärung des Erzählers (▸ S. 105) dargeboten werden.

Innere und äußere Handlung

In einer Geschichte wird nicht nur die **äußere Handlung** (das, was geschieht; das, was man von außen sehen kann) dargestellt, sondern es wird vor allem erzählt, **was die Figuren in einer Situation denken und fühlen (innere Handlung).** So können sich die Leser/-innen besser in die Figuren hineinversetzen und erhalten einen Einblick, was in einer Figur vorgeht, z. B. Angst, Wut, Freude.
Alle Erzähler können das Äußere der Figuren darstellen. Der **Ich-Erzähler** (▸ S. 105) kann in der Regel in das Innere der anderen Figuren nicht hineinsehen und nur das Äußere zeigen. Der **personale Erzähler** (▸ S. 106) kann nur die Gedanken und Gefühle der Figur darstellen, aus deren Perspektive er erzählt. Der **auktoriale Erzähler** (▸ S. 106) kann das Äußere und das Innere der Figuren wiedergeben.

Erzählhaltung

Der **auktoriale Erzähler** (▸ S. 106) kann durch Kommentare oder Wertungen unterschiedliche Haltungen gegenüber dem Erzählten ausdrücken, z. B. zustimmend, wohlwollend, begeistert, kritisch, humorvoll oder satirisch. Ebenso kann er die weitere Handlung andeuten oder die Leser/-innen direkt ansprechen.
Der **neutrale Erzähler** (▸ S. 106) bleibt objektiv. Die **Haltung des personalen Erzählers** (▸ S. 106) zum Geschehen entspricht der Einstellung der Figur, aus deren Perspektive er erzählt.

Schauplatz

Die Handlung einer Geschichte spielt meist an einem **Schauplatz** oder mehreren Schauplätzen.

- Ein Schauplatz kann ein **realer Ort** sein, wie z. B. eine Stadt, ein Dorf, ein Hotel oder eine bestimmte Landschaft. Er kann aber auch ein **erfundener Ort** sein, wie z. B. ein magisches Zauberreich oder eine ferne Galaxie.
- Ein Schauplatz erzeugt eine bestimmte **Stimmung/Atmosphäre.** So vermittelt ein Friedhof bei Nacht oder eine Burgruine eher eine bedrohliche Stimmung, während ein Garten oder ein gemütliches Wohnzimmer eine friedliche Stimmung erzeugen.
- Oft **spiegelt** der Schauplatz die **Gefühle einer Figur.**

Zeit und Zeitgestaltung

In Erzähltexten wird die **Zeit** unterschiedlich gestaltet. Die **Chronologie** (die zeitliche Abfolge des Geschehens) kann **durch Rückblenden** auf vergangene Ereignisse oder **Vorausdeutungen** auf kommende Ereignisse **unterbrochen** werden. Entscheidend bei der Zeitgestaltung ist ferner das **Verhältnis von Erzählzeit** (= Zeit, die man braucht, um den Text zu lesen) **und erzählter Zeit** (= Zeitraum, über den sich die Handlung erstreckt). Man unterscheidet zwischen:

- **Zeitdeckung:** Erzählzeit und erzählte Zeit sind etwa gleich lang, z. B. bei Dialogen.
- **Zeitdehnung:** Es wird „in Zeitlupe" erzählt, die Erzählzeit ist länger als die erzählte Zeit.
- **Zeitraffung:** Die Erzählzeit ist kürzer als die erzählte Zeit, z. B.: *„Zwei Tage vergingen …"*

Leitmotive

Als Leitmotiv bezeichnet man einen **Baustein** (z. B. eine einprägsame Aussage/Wendung oder ein Sprachbild, einen besonderen Ort, ein Handlungselement, einen Gegenstand oder eine Farbe), **der in einem literarischen Text wiederkehrt** und dadurch eine besondere Bedeutung erhält. Ein Leitmotiv stellt inhaltliche Verknüpfungen her, indem es der Leserin / dem Leser bestimmte Ereignisse, Situationen oder Figuren wieder ins Gedächtnis ruft.

Eine literarische Figur charakterisieren

Die **Personen,** die **in einer Geschichte** vorkommen bzw. handeln, **nennt man Figuren.** Sie haben ein bestimmtes Aussehen, bestimmte Eigenschaften, Gefühle, Gedanken und Absichten. In vielen Geschichten gibt es eine **Hauptfigur,** über die die Leserin / der Leser besonders viel erfährt. Um eine Geschichte zu verstehen, solltest du dir ein klares Bild von den einzelnen Figuren machen.
Die **Merkmale und Eigenschaften einer Figur** können im Text direkt genannt werden, sie können aber auch indirekt dargestellt werden, sodass die Leserin / der Leser sie selbst erschließen muss.

- **Direkt charakterisiert** wird eine Figur durch Textstellen, in denen sie Aussagen über sich selbst macht oder in denen andere Figuren oder der Erzähler ihre Ansichten über diese Figur zur Sprache bringen, z. B.: *„Er war schüchtern."*
- **Indirekt charakterisiert** wird eine Figur z. B. durch die Art und Weise, wie sie spricht, fühlt, denkt und handelt, z. B.: *„Sie zuckte zusammen." → Figur ist verunsichert, ängstlich*

1. Schritt: Die Charakterisierung vorbereiten

Sammle, etwa in einer Mind-Map, **Informationen über die Figur,** z. B. Aussehen, Lebensumstände, Verhaltensweisen, Eigenschaften, Gefühle, Gedanken und ihr Verhältnis zu anderen Figuren.
Notiere Textstellen, die direkt etwas über die Figuren aussagen oder die indirekt Rückschlüsse auf ihren Charakter erlauben, z. B.:

Lebensumstände, Vorgeschichte
- jugendlicher Junge
- sitzt im Rollstuhl
- ...

Eigenschaften, Interessen, Gedanken, Gefühle
- möchte sich vor den Freunden beweisen
- möchte nicht auf seine Behinderung reduziert werden
- ...

zu charakterisierende Figur
hier: Ben[1]

Verhältnis zu anderen Figuren
- hat besten Freund: Piet
- verliebt in Rainbow

Sonstiges
- ...

1 Hauptfigur aus der Geschichte „Chuck Norris und all seine Freunde" von Marlene Röder

2. Schritt: Die Charakterisierung schreiben

- Nenne in der **Einleitung** allgemeine Informationen zur Figur, z. B. Name, Alter, Beruf.
- Beschreibe im **Hauptteil** z. B. Lebensumstände, Eigenschaften und Beziehungen.
- Nimm zum **Schluss** Stellung zur Figur, z. B. zu ihrem Verhalten.
- Verwende als Tempus das **Präsens.** Formuliere im Hauptteil genau und anschaulich.

Beispiel:

Ben, ein Teenager, ist die Hauptfigur der Geschichte. Er sitzt im Rollstuhl, allerdings erfährt man nicht, seit wann oder weshalb.
Er hat einen besten Freund namens Piet. Die beiden sind so gut befreundet, dass Piet ihn sogar bei einem Vorhaben unterstützt, von dem er selbst nicht überzeugt ist (vgl. Z. 19 f.): Ben möchte mit seinem Rollstuhl die Halfpipe herunterfahren.
Damit möchte er beweisen, dass er, obwohl er im Rollstuhl sitzt, genau wie die anderen alles tun kann. Denn er fühlt sich nutzlos und auf seine Behinderung reduziert (vgl. Z. 17 f., 27 f.). Vor allem möchte er aber dem Mädchen Rainbow, in das er verliebt ist, zeigen, dass er so normal ist wie die anderen im Freundeskreis. Nachdem er sie in der vorherigen Woche nach einem Date gefragt hat und sie nach kurzem Zögern zugesagt hat, befürchtet Ben, dass das nur aus Mitleid geschehen ist, sodass er etwas an ihrer Sicht auf ihn ändern möchte (vgl. Z. 133–140). Deswegen geht er dieses lebensgefährliche Risiko ein.

Erzählende Texte erschließen und interpretieren

Aspekte der Texterschließung

Thema/Inhalt, z. B.:
Liebe, Einsamkeit, Untreue, Trauer
Motive/Leitmotive, z. B.:
Wasser, Ring, Vogel, Rollstuhl

Figuren/Figurenkonstellation
(▶ Charakteristik, S. 109 f.)

Erzähltechnik
(▶ S. 105–108)

Aufbau der Handlung
chronologisch, Rückblenden, Vorausdeutungen
(▶ Zeitgestaltung, S. 108)
mehrere Handlungsstränge,
Höhe-/Wendepunkt
Ausgangssituation und Schluss (offen/geschlossen)

Textsorte, z. B.:
Kurzgeschichte oder Parabel (▶ S. 92–103)

Sprachlich-stilistische Gestaltung, z. B.:
Wortwahl, Satzbau, rhetorische Stilmittel
(▶ S. 176)

Bevor man einen literarischen Text interpretiert, muss man ihn genau erschließen (▶ Checkliste, S. 117). Je nach Aufgabenstellung untersuchst du Handlung, Figuren, Thema/Motiv, sprachlich-stilistische Besonderheiten und (bei epischen Texten) die Erzähltechnik eines Textes.

- In der **Einleitung** nennst du den Namen der Autorin / des Autors, den Titel, die Textsorte (z. B. Kurzgeschichte, Erzählung) und das Thema bzw. die Kernaussage des Textes.
- Im **Hauptteil** stellst du die Ergebnisse deiner Texterschließung dar und belegst sie mit Textbeispielen (▶ Zitieren, S. 214). Je nach Aufgabenstellung wird Folgendes entfaltet: Inhalt und Aufbau der Handlung, Figuren und ihre Beziehungen zueinander (▶ S. 109 f.), Erzähler/Erzähltechnik (▶ S. 105–108), sprachlich-stilistische Gestaltung (s. oben), evtl. Besonderes im Hinblick auf die Textsorte.
- Im **Schluss** kannst du kurz Stellung zum Text (z. B. zum Inhalt, zur Problemstellung) nehmen oder eine persönliche Bewertung des Textes abgeben.

Verwende als Tempus das Präsens und belege deine Aussagen anhand des Textes durch Zitate (▶ Zitieren, S. 214).

Interpretation der Kurzgeschichte „Chuck Norris und all seine Freunde" von Marlene Röder (Auszüge).

Die Kurzgeschichte „Chuck Norris und all seine Freunde" von Marlene Röder erzählt von einem entscheidenden Moment in Bens Leben, weil er sich vor den anderen in der Clique beweisen will und dafür ein hohes Risiko eingeht. Er will nicht immer auf seine Behinderung reduziert werden, sondern sucht Anerkennung als gleichwertiges Mitglied der Gruppe. Er meint, dies durch eine lebensgefährliche Aktion erreichen zu können, bei der er mit dem Rollstuhl durch die Halfpipe fährt.	**A Einleitung** Angaben zur Autorin und zum Text

Die Geschichte setzt unvermittelt ein: Ein Jugendlicher namens Piet erzählt seinem Freund Ben einen Chuck-Norris-Witz. Doch Ben, die Hauptfigur, möchte von Piet einfach nur schnell die Halfpipe hinaufgetragen werden, um diese in seinem Rollstuhl hinunterzufahren. Das möchte er tun, um sich und seinen Freunden, vor allem aber seiner großen Liebe, die er Rainbow nennt, zu beweisen, dass er nicht nutzlos ist und genauso wie seine Freunde alles tun kann, was er möchte [...]	**B Hauptteil** I. Inhaltsangabe und Handlungsaufbau
Ben, ein Teenager, ist die Hauptfigur der Geschichte. Er sitzt im Rollstuhl, allerdings erfährt man nicht, seit wann oder weshalb. Er hat einen besten Freund namens Piet. Die beiden sind so gut befreundet, dass Piet ihn sogar bei einem Vorhaben unterstützt, von dem er selbst nicht überzeugt ist (vgl. Z. 19 f.): Ben möchte mit seinem Rollstuhl die Halfpipe hinunterfahren. Damit möchte er [...].	II. Figuren und ihre Konstellation
Wenn man die Sprache untersucht, fällt auf, dass die Geschichte zum großen Teil in Umgangs- bzw. Jugendsprache erzählt wird. Grund hierfür ist, dass Ben als Ich-Erzähler über sich selbst und sein Leben berichtet. Der jugendsprachliche Stil macht sich in den Witzen über Chuck Norris, den Actionhelden aus dem Fernsehen, bemerkbar (vgl. Z. 1–4, 88 f.), aber auch in Abkürzungen (vgl. Z. 19: „'ne geniale Idee", oder Z. 32: „Rolli") oder [...]. Eine Wiederholung zieht sich durch die gesamte Kurzgeschichte: Zuerst beschreibt oder erklärt Ben einen Zustand oder eine Situation. Anschließend verneint er seine Beschreibung oder Erklärung (vgl. „Es stimmt nicht, was ich über [...] gesagt habe", Z. 48, 69, 100). Damit wird Bens Unsicherheit verdeutlicht. Für seine große Liebe Rainbow verwendet Ben eine sehr bildhafte Sprache mit Vergleichen („wie ein Leuchtfeuer", Z. 55 f.). Sie ist sein persönlicher Glücksbringer, wofür der Name „Rainbow" eine Metapher ist (vgl. Z. 70 f.). [...]	III. Sprachlich-stilistische Besonderheiten
Chuck Norris ist für die Gruppe in zweifacher Hinsicht bedeutsam: Einerseits steht er als Actionheld für Coolness, Stärke und Härte, andererseits bricht die Gruppe dieses Klischee durch ihre Chuck-Norris-Witze und geht somit auch ironisch mit der Figur um. Letztendlich wechselt die Gruppe zwischen diesen beiden Ebenen hin und her. In der Mutprobe spiegelt sich die erste Deutung des Actionhelden als harter Typ. [...]	IV. Motiv/Leitmotiv
Ben befindet sich in einer schwierigen Lage. Seine Freunde nehmen ihn nicht ernst. Daher finde ich seinen Entschluss nachvollziehbar, aber viel zu gefährlich. Meiner Ansicht nach könnte Ben versuchen, mit seinen Freunden darüber zu sprechen, welche merkwürdige Rolle sie ihm zuteilen. Wenn das nicht hilft und er weiterhin nur als Maskottchen in der Gruppe angesehen wird, muss er sich neue Freunde suchen. Auch wenn es schmerzhaft ist, seine vertraute Clique zu verlassen, machen ihn die Trennung von der alten Gruppe und die Suche nach neuen Freunden auf Dauer sicher zufriedener.	**C Schluss** persönliche Bewertung

Einen Erzähltext erschließen und interpretieren

1. Thema/Inhalt

- Was ist das **Thema** des Textes?
- Gibt es **zentrale Motive** / Leitmotive?

2. Aufbau der Handlung

- Wie sind **Ausgangssituation** und **Schluss** (offen/geschlossen) gestaltet?
- Gibt es einen **Höhe-** oder **Wendepunkt** (Pointe)? Wird Spannung erzeugt?
- Wird **chronologisch** (fortlaufend) erzählt oder gibt es **Rückblenden** und/oder **Vorausdeutungen?** (▸ Zeitgestaltung, S. 108)
- Welche Bedeutung haben die **Schauplätze?** Wie hängen sie mit dem Thema zusammen? (▸ Schauplatz, S. 108)

3. Figuren (▸ S. 109 f.)

- Welche **Figuren** kommen vor? Wie werden sie charakterisiert? (▸ Figurencharakterisierung, S. 109 f.)
- Wird die **innere Handlung** (Gedanken, Gefühle der Figuren) ausdrücklich formuliert oder muss man sie aus der **äußeren Handlung** erschließen? (▸ Innere und äußere Handlung, S. 108)
- Welche **Beziehungen** haben die Figuren zueinander?

4. Erzähltechnik (▸ S. 105–108)

- Welche **Erzählform** (Ich-Erzähler/-in oder Er-/Sie-Erzähler/-in) liegt vor? Wie wirkt dies?
- Wie ist das **Erzählverhalten** (auktorial, personal, neutral)? Welche Wirkung entsteht dadurch?
- Ist eine **Erzählhaltung** erkennbar? Verhält sich der Erzähler / die Erzählerin **kritisch** oder **mitfühlend** gegenüber den Figuren oder nimmt er/sie vielleicht sogar eine **humorvolle Haltung** ein?

5. Sprachlich-stilistische Auffälligkeiten

- Gibt es Besonderheiten im **Satzbau,** z. B. einfache, kurze Sätze (Parataxen) oder längere Satzgefüge (Hypotaxen)?
- Werden **Sätze** oder **Wörter wiederholt?**
- Gibt es Besonderheiten bei der Sprache/Wortwahl (Jugendsprache, sachliche Sprache)?
- Werden **sprachliche Bilder** (Personifikationen, Metaphern, Vergleiche) gebraucht? (▸ S. 130)
- Gibt es Textstellen, die **Andeutungen** enthalten oder Fragen aufwerfen? Welche Fragen bleiben ungeklärt? Welche Deutungsmöglichkeiten ergeben sich daraus?

> Beschreibe nicht nur, sondern erkläre die Wirkung und die Funktion der erfassten Merkmale. **Belege** deine Aussagen mit **Zitaten aus dem Text** (▸ Zitieren, S. 214).

Literarische Texte vergleichen

Wenn du **literarische Texte vergleichst**, nimmst du **Gemeinsamkeiten** und **Unterschiede** in den Blick. Besonders ergiebig ist ein Vergleich, wenn Texte ein **übergeordnetes Thema** oder ein **Hauptmotiv** miteinander teilen, dabei aber **unterschiedliche Aspekte betonen, verschiedene Intentionen verfolgen** oder **abweichende Bewertungen vornehmen.**

1. Vergleichspunkte finden

- **Übergeordnetes Thema:** Um welches Thema (Macht, Liebe usw.) geht es in beiden Texten?
- **Motiv:** Welches Motiv steht im Zentrum der Handlung? Als Motiv bezeichnet man einen Inhalt, der in literarischen Texten immer wiederkehrt, z. B. innerhalb des Themas „Macht“ das Motiv des Machtmissbrauchs oder des Machterhalts.
- **Anlass/Ausgangssituation:** Was gibt den Anstoß zu den folgenden Handlungen?
- **Figuren:** Wer ist beteiligt? Gibt es vergleichbare Konstellationen? Gibt es Abweichungen?
- **Literarische Gestaltung:** Gibt es sprachliche oder gestalterische Auffälligkeiten? Wie ist die Pointe gestaltet?
- **Inhaltliche Aussage:** Lässt sich eine Wirkungsabsicht erkennen oder eine Lehre ziehen?
- Auch die **Textart** und die **Entstehungszeit** können sinnvolle Vergleichspunkte bieten.

2. Gemeinsamkeiten und Unterschiede herausarbeiten

Arbeite Unterschiede und Gemeinsamkeiten heraus und erstelle so einen Schreibplan.

- **Schnittmengen-Diagramm:**
  Sammle Unterschiede und Gemeinsamkeiten der Texte in einem Schnittmengendiagramm.

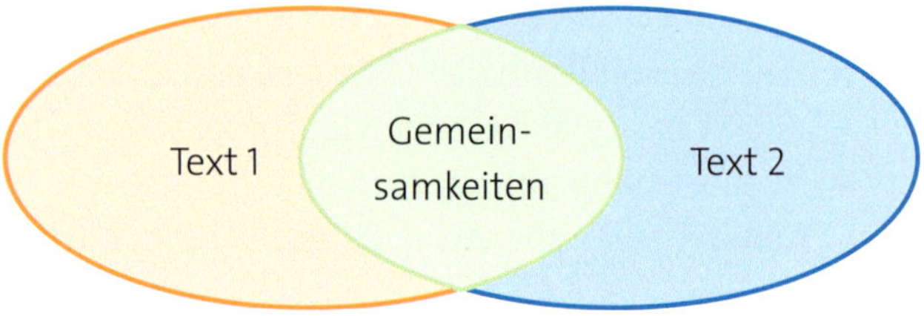

- **Tabelle:**
  Stelle Gemeinsamkeiten und Unterschiede tabellarisch gegenüber:

	Text 1	**Text 2**
Thema	...	...
Motiv	...	...
Sprache	...	...

3. Den Textvergleich schreiben

Nutze die folgenden Formulierungsbausteine. Achte darauf, abwechslungsreich zu formulieren.

- Die Texte haben gemeinsam, dass .../ähneln sich darin, dass .../gestalten das gleiche Thema. Die Texte weisen Übereinstimmungen/Gemeinsamkeiten hinsichtlich ... auf.
- Die Texte unterscheiden sich darin, dass .../weichen im Hinblick auf ... voneinander ab. Während in Text 1 ..., zeigt sich in Text 2 .../Anders als in Text 1 wird in Text 2 ...

Gestaltendes Interpretieren eines Textes

Beim **gestaltenden Interpretieren** eines Textes setzt du dich mit einem Text (z. B. einem Romanauszug, einer Kurzgeschichte) gestaltend auseinander. Meist versetzt du dich in eine Figur aus der Textvorlage hinein und schreibst dann selbst einen Text aus ihrer Sicht.
Anders als beim **kreativen Schreiben** (▶ S. 49 ff.) bist du also nicht völlig frei, denn Sprache und Inhalt deines Textes müssen zur Figur und zur Handlung des Originaltextes passen. Es kann auch eine Erläuterung deiner Gestaltungsweise gefordert werden.
Folgende Aufgaben werden oft für das gestaltende Schreiben angeboten:

Einen inneren Monolog / Einen Tagebucheintrag verfassen

Bei einem inneren Monolog (▶ S. 107) oder einem Tagebucheintrag denkt eine Figur über sich selbst bzw. die Situation nach, in der sie sich gerade befindet. Versetze dich in die Perspektive (Sicht) der Figur hinein und schreibe auf, was ihr durch den Kopf gehen könnte.

- Achte darauf, dass dein Text inhaltlich und sprachlich zur Figur passt (Ton, Sprachebene, Satzbau).
- Schreibe in der **Ich-Form** und im **Präsens.**
- Bringe die Gedanken, Gefühle und Wahrnehmungen der Figur zum Ausdruck, z. B.: *Wenn ich daran denke, dass ..., wird mir jetzt noch ganz schlecht.*
- Stelle Fragen und verwende auch emotionale Ausrufe, z. B.: *Warum hat ...? Unglaublich!*
- Drücke Gedankensprünge durch unvollständige Sätze (Ellipsen) aus, z. B.: *Oje! Will die etwa ...?*

> Beim **Tagebucheintrag** kannst du die Figur auch in die Vergangenheit blicken oder Zukunftspläne schmieden lassen. Der innere Monolog ist auf einen bestimmten Moment festgelegt.

Einen Brief / Eine E-Mail verfassen

A Einen Brief / Eine E-Mail aus der Sicht einer literarischen Figur schreiben

Ähnlich wie beim Tagebucheintrag (siehe oben) schlüpfst du in eine literarische Figur und schreibst aus ihrer Perspektive (Sicht) einen Brief / eine E-Mail. Du kannst z. B.:

- die Gedanken, Gefühle und Wahrnehmungen der Figur zur Sprache bringen,
- über die Äußerungen einer anderen Figur nachdenken,
- dem Adressaten gegenüber eine Bitte äußern, ihm Fragen stellen oder sein Verhalten beurteilen.

B Einen Brief / Eine E-Mail an eine literarische Figur schreiben

Du schreibst einen Brief an eine Figur aus dem Text. In diesem Brief kannst du der Figur z. B. Fragen stellen, ihr Verhalten beurteilen, ihr Hinweise und Tipps geben usw.

Einen Dialog verfassen

In einem Dialog reagieren zwei Figuren aufeinander, indem sie z. B. Fragen beantworten, Meinungen austauschen, miteinander streiten oder ein Problem besprechen.

- Die Figuren sprechen von sich in der Ich-Form im Präsens.
- Wichtig ist, dass die Äußerungen der Figuren zum Geschehen und zu ihrem Charakter passen.

Das Erzählverhalten wechseln

Jeder Text hat einen Erzähler, der das Geschehen auf eine bestimmte Weise vermittelt. Du erzählst das Geschehen aus einer anderen Haltung heraus, z. B.: *Aber eigentlich war ich geschockt* ... (personaler Erzähler). → *Das hätte er wissen müssen. Dennoch war er geschockt* ... (auktorialer Erzähler).

Ausformulierter Dialog mit Erläuterung der Gestaltung zu „Unterm Birnbaum“ von Theodor Fontane:

Geelhaar und die alte Jeschke am Gartenzaun – Dialog

1. Dialog

Die alte Jeschke wartete am Gartenzaun. „Nun erzählen Sie mal, Geelhaar! War ja ganz schön was los heute Morgen beim Hradscheck.“ „Wohl wahr!“, antwortete der Polizist. „Ich habe ja immer gedacht, dass das böse endet. Aber gleich zwei auf einen Schlag?“ „Ja, wie denn das?“, fragte die Jeschke nun schon etwas ungeduldig. „Ja“, begann Geelhaar langsam, „der Ede hat uns vollkommen aufgelöst herbeigerufen, weil er seinen Herrn nicht finden konnte.“ „Er konnte ihn nicht finden?“, fragte die alte Jeschke kopfschüttelnd und forderte neugierig: „Erzählen Sie!“ Geelhaar schloss kurz die Augen und blickte dann in die Ferne. „Ja, meine gute, alte Jeschke, Sie werden kaum glauben, was ich Ihnen gleich erzähle.“ Er beugte sich ein wenig vor und tat vertraulich: „Unter der Falltür war Hradscheck versteckt.“ „Versteckt?“, echote die Jeschke. „Hm“, nickte Geelhaar, „aber nicht so, wie Sie vielleicht denken. Die großen Fässer waren auf die Falltür gerollt und hatten sie fest verschlossen. Nachdem wir die schweren Dinger endlich beiseitegeräumt hatten, wollten Woytasch und ich gemeinsam mit Eccelius hinabsteigen, aber der alte Pfarrer ist sofort geflüchtet, als uns die Luft aus dem Keller entgegenschlug.“ Geelhaar verdrehte die Augen, als er daran dachte. „Dabei müsste doch gerade er ... Aber ... Nun, wir stiegen also die Treppe hinab und ...“ „Und?“, fragte die alte Jeschke. Sie schien es vor Spannung kaum auszuhalten, ihre Hände umklammerten den Gartenzaun. „Und ...“, fuhr Geelhaar triumphierend fort, „unten im Keller fanden wir nicht nur den toten Hradscheck, sondern auch Szulskis Leiche.“ „Ich wusste es“, stieß die alte Frau hervor, „ich hab’s ja immer gesagt, dass Hradscheck nicht unschuldig ist! Nun kommt es ans Licht!“ [...]

2. Erläuterung der Gestaltung

Ich wollte Geelhaars Zufriedenheit über den Ausgang des Falls verdeutlichen. Deswegen habe ich ihn selbstgefällig sprechen lassen und so, dass er beim Erzählen die Spannung erhöht und die neugierige alte Frau eine Weile „zappeln“ lässt, ehe er das Geheimnis lüftet. Dazu tragen Floskeln („Wohl wahr“), Fragen („Aber gleich zwei auf einen Schlag?“), unvollständige Sätze / Auslassungen ebenso bei wie die wiederholte Anrede der alten Frau. Diese Anrede klingt ein bisschen unangemessen, einerseits zu vertraulich, andererseits zu förmlich, was zeigen soll, dass der Polizist der alten Frau mit seinem Wissen imponieren will, aber auch, dass er beeindruckt ist, weil sie Hradscheck schon immer misstraute. Bei der Jeschke wollte ich vor allem die Neugier und Anspannung am Anfang zum Ausdruck bringen. Deshalb stellt sie ungeduldige Fragen und fordert Geelhaar mit Imperativen zum Erzählen auf. Später zeigen ihre Ausrufe, dass sie triumphiert.
Anschauliche Adjektive und Partizipien in den Redebegleitsätzen und in den beschreibenden Passagen sollen die Gefühle der beiden Figuren zeigen, z. B. „ungeduldig“, „kopfschüttelnd“, „neugierig“, „vertraulich“, „triumphierend“. Damit die Szene realitätsnah erscheint, sprechen beide Figuren, wie in Fontanes Novelle, Umgangssprache (z. B. unvollständige Sätze und Wortverkürzungen wie „ich hab’s“, „ich hätt“).

Gestaltendes Interpretieren eines Textes

1. Den Ausgangstext verstehen und Ideen zur Figur sammeln

- Hast du den **Ausgangstext genau gelesen**, besonders im Hinblick auf **deine Figur?**
- Hast du die **Fakten** (Was weiß meine Figur? Was hat sie z. B. gesehen oder gehört?), die **Gedanken und Gefühle** (Was denkt und fühlt die Figur? Was hofft, was befürchtet sie?) sowie die **Sprache** (Wie spricht meine Figur? Gibt es Auffälliges in ihrer Ausdrucksweise?) beachtet?

2. Die geforderte Textform beachten und den Text schreiben

Hast du dir klargemacht, was die geforderte Textform von dir verlangt? Mögliche Textformen sind:

Innerer Monolog / Tagebucheintrag: Hier denkt eine Figur über eine erlebte Situation nach und deutet oder beurteilt diese. Der Text spiegelt die aktuellen Gedanken, Gefühle, Hoffnungen und Ängste der Figur wider.

- Hast du typische Ausrufe *(O nein! Echt! Nicht zu fassen!)*, Fragen *(Warum ist ...? Wie ...? Was ...?)*, unvollständige Sätze *(Hat der etwa ...?)* und abbrechende Gedanken und Gedankensprünge *(Vielleicht ist ... ja ...? Ach nein ...! Wieso sollte ...)* verwendet?
- Hast du formal korrekt formuliert (Ich-Form, Präsens, v. a. beim inneren Monolog: Umgangssprache)?

Brief/E-Mail: Meist wird eine erlebte Situation dargestellt und beurteilt.

- Hast du die Wahrnehmungen, Gedanken und Gefühle der Figur erklärt und bist dabei auch auf die Empfängerin / den Empfänger eingegangen?
- Hast du formal korrekt formuliert (Anrede, Anredepronomen, Grußformel, Unterschrift)?

Dialog: Es wird ein Gespräch zwischen zwei Figuren dargestellt.

- Hast du Probleme, Positionen und Gefühle der Figuren herausgearbeitet?
- Hast du formal korrekt formuliert (direkte Rede, Redebegleitsätze, beschreibende Passagen)?

Das Erzählverhalten wechseln: Jeder Text hat einen Erzähler / eine Erzählerin, der/die das Geschehen auf eine bestimmte Weise vermittelt.

- Hast du das Geschehen aus einer anderen Haltung heraus erzählt, z. B.: *Aber eigentlich war ich geschockt ...* (= personaler Erzähler) → *Das hätte er wissen müssen. Dennoch war er geschockt ...* (= auktorialer Erzähler)?

3. Die Gestaltung des Textes erläutern

- Hast du abschließend die inhaltliche und sprachliche Gestaltung deines Textes erläutert, z. B.:
  Inhaltlich war mir wichtig, dass ... Ich wollte besonders hervorheben, wie ...
  Sprachlich habe ich darauf geachtet, ..., weil ...

3.2 Gedichte (Lyrik)

Die Gedichte (Lyrik) sind neben den erzählenden Texten (Epik) und den dramatischen Texten (Dramatik) eine der drei Gattungen der Dichtung (Lyrik, Epik, Dramatik).
Das besondere Merkmal von Gedichten ist ihre Versform, d. h., das Zeilenende wird von der Verfasserin / vom Verfasser bewusst gesetzt (und ist nicht wie bei anderen Texten vom Papierformat oder der Schriftgröße abhängig). Lyrische Texte zeichnen sich außerdem dadurch aus, dass hier häufig **viele sprachliche und formale Gestaltungsmittel** wie Strophenbau, Reim, Metrum, rhetorische Stilmittel auf engstem Raum zusammentreffen.

Thematische Schwerpunkte

Im Laufe der Jahrhunderte haben sich unter anderem folgende Themenschwerpunkte in der Lyrik herausgebildet: Naturlyrik, Großstadtlyrik, Erlebnislyrik, Liebeslyrik, politische Lyrik, Gedankenlyrik.

Naturlyrik

In der Naturlyrik wird die Natur selbst (eine Landschaft, Pflanzen) oder das Verhältnis von Mensch und Natur thematisiert.

Georg Bydlinski

Sommerregen (2002)

Die Bäume sind nass vom Kopf bis zum Zeh.
Ich wandere barfuß durch die Allee.
Die Wiese ist sumpfig, der Weg ist ein Bach,
es trommeln die Tropfen aufs Gartenhausdach.

Ich wandere barfuß. Das Gras kitzelt so.
Was ich hier mache? Nass sein und froh!

Großstadtlyrik

Mit dem Begriff „Großstadtlyrik" bezeichnet man Gedichte, die die **moderne Großstadt** mit ihren faszinierenden und bedrohlichen Aspekten (Hektik, Anonymität, Naturzerstörung usw.) zum Gegenstand haben. Mit der Entstehung der modernen Großstädte entsteht Anfang des 20. Jahrhunderts auch die Großstadtlyrik, die im Expressionismus (▸ S. 154) ihren Höhepunkt findet.

Uwe Greßmann

Moderne Landschaft (1966)

Stahlbäume wachsen auf den Bürgersteigen;
Und es zweigen die Drähte
Von Baum zu Baum.
Darunter brüllen
Die elektrischen Tiere
Mit Menschen im Herzen vorüber.
Und so mancher gehet vorbei dort
Und findet nichts weiter dabei;
Denn die steinerne Landschaft
Ist ja auch seine Mutter.

Erlebnislyrik

Die Erlebnislyrik gestaltet ein **persönliches Erlebnis** der Dichterin / des Dichters aus. Diese Form von Lyrik, die in der Epoche des **Sturm und Drang** (▸ S. 148) entstanden ist, vermittelt den Eindruck eines unmittelbaren Erlebens und der **Aussprache von Gefühlen.** Die ausdrucksbetonte Sprache (Ausrufe, Ellipsen) unterstreicht die Emotionalität.

Johann Wolfgang Goethe

Mailied (1775)

Wie herrlich leuchtet
Mir die Natur!
Wie glänzt die Sonne!
Wie lacht die Flur!

Es dringen Blüten
Aus jedem Zweig
Und tausend Stimmen
Aus dem Gesträuch.

Und Freud' und Wonne
Aus jeder Brust.
O Erd', o Sonne!
O Glück, o Lust!

O Lieb', o Liebe!
So golden-schön,
Wie Morgenwolken
Auf jenen Höhn!

Du segnest herrlich
Das frische Feld,
Im Blütendampfe
Die volle Welt.

O Mädchen, Mädchen,
Wie lieb ich dich!
Wie blickt dein Auge!
Wie liebst du mich!

So liebt die Lerche
Gesang und Luft
Und Morgenblumen
Den Himmelsduft.

Wie ich dich liebe
Mit warmem Blut,
Die du mir Jugend
Und Freud' und Mut

Zu neuen Liedern
Und Tänzen gibst.
Sei ewig glücklich,
Wie du mich liebst!

Liebeslyrik

Die Liebeslyrik hat die persönliche Beziehung zweier Menschen zum Thema. **Glück, Erfüllung, Vertrauen, Freude, Schmerz, Verzweiflung, Angst, Trauer** usw. können hier thematisiert werden. Liebeslyrik gab es in allen Epochen der Literatur, allerdings ist sie **sehr unterschiedlich.**

May Ayim (1960–1996)

sehnsucht

gefrorene kristalle
geliebter erinnerungen
nisten in meinen augenhöhlen.
spiegeln mir dein entferntes gesicht
als einen schatten auf mein herz.

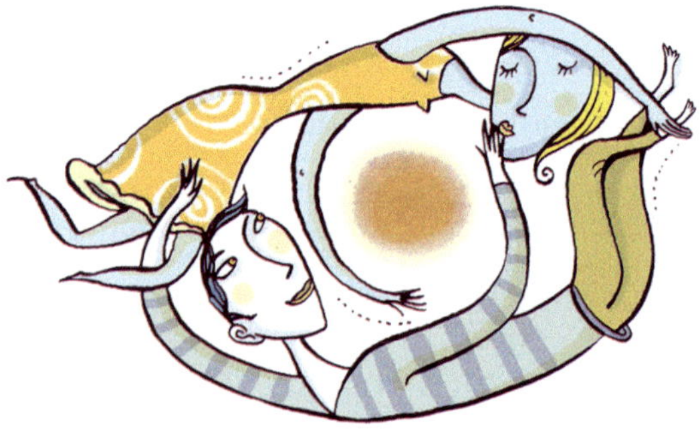

Politische Lyrik

Gedichte, die politische und gesellschaftliche Zustände beschreiben, anklagen oder bewerten – meist mit dem **Wunsch nach Veränderung** –, bezeichnet man als politische Lyrik. Politische Lyrik gibt es vor allem in politisch unruhigen Epochen, in Umbruchs- oder Kriegszeiten, z. B. im Umfeld der Französischen Revolution (1789 bis 1792), während der Zeit des Vormärz (1815 bis 1848), während des Nationalsozialismus (1933 bis 1945) – hier vor allem als Exilliteratur –, im Zusammenhang mit dem DDR-Regime (1949 bis 1989) sowie im Zusammenhang mit der deutschen Wiedervereinigung (1990).

Heinrich Heine

Die schlesischen Weber (1844)

Im düstern Auge keine Träne,
Sie sitzen am Webstuhl und fletschen die Zähne:
Deutschland, wir weben dein Leichentuch, Wir
weben hinein den dreifachen Fluch –
Wir weben, wir weben!

Ein Fluch dem Gotte, zu dem wir gebeten
In Winterskälte und Hungersnöten;
Wir haben vergebens gehofft und geharrt,
Er hat uns geäfft und gefoppt und genarrt –
Wir weben, wir weben!

Ein Fluch dem König, dem König der Reichen,
Den unser Elend nicht konnte erweichen,
Der den letzten Groschen von uns erpresst
Und uns wie Hunde erschießen lässt –
Wir weben, wir weben!

Ein Fluch dem falschen Vaterlande,
Wo nur gedeihen Schmach und Schande,
Wo jede Blume früh geknickt,
Wo Fäulnis und Moder den Wurm erquickt –
Wir weben, wir weben!

Das Schiffchen fliegt, der Webstuhl kracht,
Wir weben emsig Tag und Nacht –
Altdeutschland, wir weben dein Leichentuch,
Wir weben hinein den dreifachen Fluch,
Wir weben, wir weben!

Gedankenlyrik

Die Gedankenlyrik stellt **allgemeine Sinnfragen,** z. B. nach dem Leben, seinem Sinn, nach Liebe, Leid und Tod, in den Mittelpunkt.

Ingeborg Bachmann

Reklame (1956)

Wohin aber gehen wir
ohne sorge sei ohne sorge
wenn es dunkel und wenn es kalt wird
sei ohne sorge
aber
mit musik
was sollen wir tun
heiter und mit musik
und denken
heiter
angesichts eines Endes
mit musik
und wohin tragen wir
am besten
unsre Fragen und den Schauer aller Jahre
in die Traumwäscherei ohne sorge sei ohne sorge
was aber geschieht
am besten
wenn Totenstille

eintritt

Gedichtformen

Neben den thematischen Schwerpunkten, die es in der Lyrik gibt (z. B. Liebeslyrik, Naturlyrik usw., ▶ S. 118–121), haben sich im Laufe der Zeit auch verschiedene **Gedichtformen** (Gedichtarten) entwickelt, die sich in ihren Gestaltungselementen voneinander unterscheiden, z. B.:

Ballade

Die Ballade ist meist ein **längeres Gedicht** über ein ungewöhnliches oder **spannendes Ereignis.** Sie stellt eine **Mischform** aus **Gedicht, Erzählung** und **Theaterstück (Drama)** dar.

- Wie andere Gedichte sind auch Balladen meist in **Strophen** und **Versen** (▶ S. 128) gegliedert, besitzen eine **Reimform** (▶ S. 128) und haben ein bestimmtes **Metrum** (▶ S. 129).
- Balladen werden wie spannende Geschichten meist im **Präteritum** von einem **Er-/Sie-Erzähler** erzählt, der selbst am Geschehen beteiligt ist. Er beschreibt für die Leser/-innen den Ort, das Geschehen und das Handeln der Figuren.
- Wie in einem **Theaterstück (Drama)** steht im Mittelpunkt der Handlung ein **Konflikt,** der sich vergleichsweise schnell auf einen Spannungshöhepunkt hin entwickelt. Viele Balladen enthalten **wörtliche Rede** der Figuren (Dialoge, Monologe), die an Szenen eines Theaterstücks erinnern.

Bekannte Balladen: „Erlkönig" (1782), „Der Zauberlehrling" (1827) von Johann Wolfgang Goethe, „Die Bürgschaft" (1799) von Friedrich Schiller, „Belsazar" (1822) von Heinrich Heine, „Der Knabe im Moor" (1842) von Annette von Droste-Hülshoff, „John Maynard" (1886) von Theodor Fontane.

Theodor Fontane

Die Brück' am Tay (28. Dezember 1879)

When shall we three meet again?[1]
Macbeth

„Wann treffen wir drei wieder zusamm'?"
„Um die siebente Stund', am Brückendamm."
„Am Mittelpfeiler."
„Ich lösch die Flamm'."
„Ich mit."
„Ich komme vom Norden her."
„Und ich vom Süden."
„Und ich vom Meer."
„Hei, das gibt ein Ringelreihn,
und die Brücke muss in den Grund hinein."
„Und der Zug, der in die Brücke tritt
um die siebente Stund'?"
„Ei, der muss mit."
„Muss mit."
„Tand, Tand
ist das Gebilde von Menschenhand."

Auf der Norderseite, das Brückenhaus –
alle Fenster sehen nach Süden aus,
und die Brücknersleut' ohne Rast und Ruh
und in Bangen sehen nach Süden zu,
sehen und warten, ob nicht ein Licht
übers Wasser hin „Ich komme" spricht,
„Ich komme, trotz Nacht und Sturmesflug,
ich, der Edinburger Zug."

1 When shall we three meet again?: Zitat aus dem Drama „Macbeth" von William Shakespeare. Dort verabreden sich mit diesen Worten drei Hexen, um ihr zerstörerisches Spiel zu treiben.

Und der Brückner jetzt: „Ich seh einen Schein
am andern Ufer. Das muss er sein.
Nun, Mutter, weg mit dem bangen Traum,
unser Johnie kommt und will seinen Baum,
und was noch am Baume von Lichtern ist,
zünd alles an wie zum heiligen Christ,
der will heuer zweimal mit uns sein, –
und in elf Minuten ist er herein."

Und es war der Zug. Am Süderturm
keucht er vorbei jetzt gegen den Sturm,
und Johnie spricht: „Die Brücke noch!
Aber was tut es, wir zwingen es doch.
Ein fester Kessel, ein doppelter Dampf,
die bleiben Sieger in solchem Kampf,
und wie's auch rast und ringt und rennt,
wir kriegen es unter: das Element.

Und unser Stolz ist unsre Brück';
ich lache, denk ich an früher zurück,
an all den Jammer und all die Not
mit dem elend alten Schifferboot;
wie manche liebe Christfestnacht
hab ich im Fährhaus zugebracht
und sah unsrer Fenster lichten Schein
und zählte und konnte nicht drüben sein."

Auf der Norderseite, das Brückenhaus –
alle Fenster sehen nach Süden aus,
und die Brücknersleut' ohne Rast und Ruh
und in Bangen sehen nach Süden zu;
denn wütender wurde der Winde Spiel,
und jetzt, als ob Feuer vom Himmel fiel,
erglüht es in niederschießender Pracht
überm Wasser unten ... Und wieder ist Nacht.

„Wann treffen wir drei wieder zusamm'?"
„Um Mitternacht, am Bergeskamm."
„Auf dem hohen Moor, am Erlenstamm."
„Ich komme."
„Ich mit."
„Ich nenn euch die Zahl."
„Und ich die Namen."
„Und ich die Qual."
„Hei!
Wie Splitter brach das Gebälk entzwei."
„Tand, Tand
ist das Gebilde von Menschenhand."

Bänkelsang/Moritat

Bänkelsänger traten auf Jahrmärkten oder Marktplätzen **vor einem öffentlichen Publikum** auf. Der dargebotene Vortrag aktueller Lieder (Begleitung durch Violine, Drehorgel, Laute) umfasste **außergewöhnliche oder schauerliche Begebenheiten,** wobei sich der Bänkelsänger auf eine kleine Bank („Bänkel") stellte und mit einem Zeigestock auf eine Tafel wies, auf der die Ereignisse bildlich dargestellt waren.
Typisch für den Bänkelsang sind die Anrede an das Publikum, formelhafte Sprachwendungen, der Hinweis auf die verbürgte Wahrheit des Vorgetragenen.
Die Formen des Bänkelsangs wurden im 20. Jahrhundert von Chanson, Kabarett, Folksong und Protestsong wieder aufgegriffen.

Bei der **Moritat** (zerdehntes Singen des Wortes „Mordtat") handelt es sich um eine Spielart des Bänkelsangs, wobei hier das belehrende **Ende mit dem Sieg des Guten über das Böse im Vordergrund steht.**

Anonym

Hamburg in seiner fürchterlichen Unglückszeit (1842)

Höret jetzt, Ihr Menschenkinder!
Von der schreckensvollen Nacht,
Die des Schicksals höchster Gründer
über Hamburgs Flur gebracht.

Hört, Ihr Nahen, hört, Ihr Fernen!
Erkennet alle Gottes Hand,
Ehrt den Höchsten über Sternen,
Er hilft selbst am Todes Rand.

[...]

Haiku

Das Haiku ist eine Gedichtform, die **in Japan entstanden** ist und aus drei Versen zu fünf, sieben und fünf Silben besteht. Mit insgesamt 17 Silben **gehört es zu den kürzesten Gedichten.** Traditionell geben Haikus Eindrücke und Beobachtungen über die Natur wieder.

Kobayashi Issa (1763–1828)

Sogar mein Schatten
Ist munter und kerngesund
Am Frühlingsmorgen

Konkrete Poesie

Die konkrete Poesie experimentiert mit Wörtern, Silben, einzelnen Buchstaben, dem Klang der Wörter (Lauten) und ihrer bildlichen Anordnung auf dem Papier (Bildergedichte). Nicht der Sinn der Worte steht im Vordergrund dieser Gedichte, sondern das **Spiel mit der Sprache.** Dichter der konkreten Poesie sind z. B. Eugen Gomringer (*1925) und Ernst Jandl (1925–2000).

Arne Rautenberg

wenn
der
hahn
den
mond
ankräht
ist
es
für
die
nacht
zu
spät

Ernst Jandl

schtzngrmm (1957)

schtzngrmm
schtzngrmm
t-t-t-t
t-t-t-t
grrrmmmmm
t-t-t-t
s--------c--------h
tzngrmm
tzngrmm
tzngrmm
grrrmmmmm
schtzn
schtzn
t-t-t-t
t-t-t-t
schtzngrmm
schtzngrmm
tssssssssssssss
grrt
grrrrrt
grrrrrrrrrt
scht
scht
t-t-t-t-t-t-t-t-t-t
scht
tzngrmm
tzngrmm
t-t-t-t-t-t-t-t-t-t
scht
scht
scht
scht
scht
grrrrrrrrrrrrrrrrrrrrrrrrrrr
t-tt

Lied

Das Lied ist ein **einfaches, in Strophen gegliedertes und gereimtes Gedicht,** oft mit regelmäßig wiederholtem **Refrain** (Wiederholung eines oder mehrerer Verse in jeder Strophe).
Ältere, mündlich überlieferte Lieder ohne namentlich bekannte Verfasserin / bekannten Verfasser nennt man Volkslieder.

Matthias Claudius

Der Mond ist aufgegangen (1771)

Der Mond ist aufgegangen,
die goldnen Sternlein prangen
am Himmel hell und klar;
der Wald steht schwarz und schweiget,
und aus den Wiesen steiget
der weiße Nebel wunderbar.
[...]

Sonett

Das Sonett ist eine **vierstrophige Gedichtform,** die aus **zwei Quartetten** (zwei vierzeiligen Strophen) und **zwei Terzetten** (zwei dreizeiligen Strophen) besteht. Während in den Quartetten der umarmende Reim (abba) vorherrscht, variiert in den Terzetten das Reimschema. Häufig findet man auch eine **inhaltliche Zäsur (Einschnitt)** zwischen den Quartetten und den Terzetten, also zwischen dem achten und dem neunten Vers.

Oliver Tietze

See in der Großstadt (2006)

Ein Blatt tanzt froh nach frischen Windes Willen
Herab vom Ahornstamm, der schilfwärts strebt.
Im Sinkflug kommt ein Kranich eingeschwebt.
Der ferne Baukran lauscht wohl auch im Stillen.

Ein Plötz im Sprung sich übers Nass erhebt.
Im Grase zirpen Mobilfon und Grillen.
Bis hierher fliegen SMS-Postillen,
Als wären Strauch und Strand ins Netz gewebt.

Besonnt am See bis zur Besinnung sitzen,
Wo schwarzer Schwan schwimmt um den hölzern Steg,
Seh ich den Fischschwarm auseinanderspritzen.

Noch hundert Jahre wächst die Weide schräg.
Sie summt und brummt aus tief gefurchten Ritzen
Den Abschiedsgruß: Jetzt gabelt sich der Weg.

Song

Der Song (engl. für Lied) ist ein modernes Lied mit musikalischer Begleitung. Der Begriff wird vor allem in der Popmusik verwendet. Typisch sind der **Aufbau aus Strophe und Refrain.**

Die Ärzte

Deine Schuld (2004)

Hast du dich heute schon geärgert, war es heute wieder schlimm?
Hast du dich wieder gefragt, warum kein Mensch was unternimmt?
Du musst nicht akzeptieren, was dir überhaupt nicht passt.
Wenn du deinen Kopf nicht nur zum Tragen einer Mütze hast, ohoho.

Es ist nicht deine Schuld, dass die Welt ist, wie sie ist.
Es wär nur deine Schuld, wenn sie so bleibt.

[...]

Talking to the Text

Bei dieser Methode kommst du mit dem Text, z. B. einem Gedicht, ins Gespräch. Du arbeitest dazu mit einer Kopie des Textes und hältst alles fest, was dir zu Inhalt, Form und Sprache auffällt. Nutze dazu knappe Notizen, Markierungen und Symbole (Zeichen und Buchstaben).

1. Den Text intensiv lesen

Satzbau	Ein Blatt tanzt froh nach frischen Windes Willen	a Personifikation, W W
Sinkflug: Flugzeug?	Herab vom Ahornstamm, der schilfwärts strebt.	b Zeilensprung
Stadtidylle!	Im Sinkflug kommt ein Kranich eingeschwebt.	b
	Der ferne Baukran lauscht wohl auch im Stillen.	a Metrum = ...

Notizen:
Notiere z. B. Fachbegriffe, Deutungsansätze und knappe Zusammenfassungen.

Markierungen:
Markiere und unterstreiche mit unterschiedlichen Farben, z. B. sprachliche Bilder grün, ähnliche Klänge blau und Grammatikalisches orange.
TIPP: Lege unten rechts auf der Seite eine entsprechende Legende an.

Legende:
– sprachliches Bild
– Gleichklang
– Grammatik

Zeichen und Buchstaben:
Verwende z. B.:
- kleine Buchstaben zur Bestimmung der Reimform, aabb
- Akzente zur Bestimmung des Metrums, ´
- Pfeile von einem Vers zum nächsten für Zeilensprünge, ⤸
- Ausrufezeichen für wichtige Stellen und Deutungsansätze, !
- Fragezeichen für offene Fragen und Vermutungen, ?
- Pfeile, um thematische Bezüge herzustellen, →
- Trennlinien, um Themenwechsel anzuzeigen. ___

2. Die Lektüre auswerten
- Überlege, welche Untersuchungsergebnisse und Deutungsansätze brauchbar sind.
- Nutze deine Arbeit wie einen Spickzettel für weitere Untersuchungen und Schreibaufgaben.

Merkmale von Gedichten

Vers

Die Zeilen eines Gedichts heißen Verse. Als **Enjambement** (Zeilensprung) bezeichnet man das Übergreifen eines Satzes oder Teilsatzes auf die nächste Verszeile.

Strophe

Eine Strophe ist ein **Gedichtabschnitt,** der **aus mehreren Versen besteht.** Die einzelnen Strophen eines Gedichts sind durch eine **Leerzeile voneinander getrennt.** Häufig bestehen Gedichte aus mehreren gleich langen Strophen.

Reim

Oft werden die einzelnen Verse (Gedichtzeilen) durch einen Reim miteinander verbunden. Zwei Wörter reimen sich, wenn sie vom letzten betonten Vokal an gleich klingen, z. B.: *Haus – Maus, singen – entspringen.* Die regelmäßige Abfolge von Endreimen ergibt verschiedene Reimformen. Dabei werden Verse, die sich reimen, mit den gleichen Kleinbuchstaben gekennzeichnet, z. B.:

- **Paarreim:** Wenn sich zwei aufeinanderfolgende Verse reimen, sprechen wir von einem Paarreim (aa bb).
- **Kreuzreim:** Reimen sich – über Kreuz – der 1. und der 3. sowie der 2. und der 4. Vers, dann nennt man das Kreuzreim (a b a b).
- **umarmender Reim:** Wird ein Paarreim von zwei Versen umschlossen (umarmt), die sich ebenfalls reimen, heißt dies umarmender Reim (a bb a).

Vom Endreim zu unterscheiden ist der **Binnenreim,** bei dem sich zwei Wörter innerhalb ein und desselben Verses reimen, z. B.: *Wenn die Meise leise weint* ... (James Krüss)

Hugo von Hofmannsthal (1874–1929)

Die Beiden

Sie trug den Becher in der Hand,	a	Paarreim
Ihr Kinn und Mund glich seinem Rand –,	a	
So leicht und sicher war ihr Gang,	b	
Kein Tropfen aus dem Becher sprang.	b	
So leicht und fest war seine Hand:	a	umarmender Reim
Er ritt auf einem jungen Pferde,	c	
Und mit nachlässiger Gebärde	c	
Erzwang er, dass es zitternd stand.	a	
Jedoch, wenn er aus ihrer Hand	a	Kreuzreim
Den leichten Becher nehmen sollte,	d	
So war es beiden allzu schwer:	e	
Denn beide bebten sie so sehr,	e	
Dass keine Hand die andre fand	a	Binnenreim (zwei Reimwörter innerhalb eines Verses)
Und dunkler Wein am Boden rollte.	d	

Metrum (Versmaß)

In den Versen (Zeilen) eines Gedichts wechseln sich häufig betonte (x́) und unbetonte Silben (x) regelmäßig ab. Wenn die **Abfolge von betonten und unbetonten Silben** (Hebungen und Senkungen) einem bestimmten Muster folgt, nennt man dies **Metrum** (Versmaß).
Die wichtigsten Versmaße sind:

> Gedichte sind nicht immer durchweg in einem Vermaß gehalten. Manchmal gibt es auch **Unregelmäßigkeiten,** z. B.: *Er hát uns geréttet, er trágt die Krón'* (Theodor Fontane)

Metrum	Schema	Beispiel
Jambus Unbetonte und betonte Silben wechseln sich ab.	x x́	x x́ x x́ x x́ x x́ x *Es schlug mein Herz, geschwind zu Pferde!* (Johann Wolfgang Goethe)
Trochäus Betonte und unbetonte Silben wechseln sich ab.	x́ x	x́ x x́ x x́ x x́ x x́ x x́ x x́ x x́ *Feuerwoge jeder Hügel / Grünes Feuer jeder Strauch* (Georg Britting)
Daktylus Einer betonten Silbe folgen zwei unbetonte. x́ x x Eselsbrücke: Daktylus	x́ x x	x́ x x x́ x x x́ x x x́ x *Pfingsten, das liebliche Fest, war gekommen.* (Johann Wolfgang Goethe)
Anapäst Zwei unbetonten Silben folgt eine betonte. x x x́ Eselsbrücke: Anapäst	x x x́	x x x́ x x x́ *Wie mein Glück ist mein Leid.* (Friedrich Hölderlin)

Der lyrische Sprecher (das lyrische Ich)

Wie zu jedem Erzähltext eine Erzählerin oder ein Erzähler gehört, so gehört auch zu jedem Gedicht **eine Sprecherin oder ein Sprecher,** die/der nicht mit der Autorin oder dem Autor gleichzusetzen ist. Oft stellt sich diese Sprecherin / dieser Sprecher als ein „Ich" – das sogenannte **lyrische Ich** – vor, das seine **Gefühle, Beobachtungen und Gedanken** mitteilt. Die Leserin / Der Leser kann so mitempfinden und mitdenken. Deutlich wird dies an den Pronomen (*ich, mein, mir* usw.).
Manchmal geht die Sprecherin / der Sprecher in einem „Wir" auf, das in dem Gedicht spricht. Oder sie/er tritt überhaupt nicht in Erscheinung, sondern es wird etwas beobachtet, beschrieben oder über etwas nachgedacht.
In einigen Gedichten wendet sich die Sprecherin / der Sprecher direkt an ein „Du", hier wird also eine Adressatin / ein Adressat in das Gedicht einbezogen.

> Viele **moderne Gedichte** (Gedichte aus dem 20. Jahrhundert und der Gegenwart) **verzichten auf Formenmerkmale** wie Reim, Strophenbau und strenges Metrum.

Sprachliche Gestaltungsmittel von Gedichten

In lyrischen Texten werden häufig **Bilder durch Sprache entfaltet** (z. B. durch Vergleiche, Metaphern oder Personifikationen) oder einzelne Wörter klanglich hervorgehoben (Lautmalerei). Solche sprachlichen Mittel sind besonders geeignet, **um Gefühle und Stimmungen auszudrücken oder eine bestimmte Atmosphäre entstehen zu lassen.**
Am besten beschreibst du die Sprache eines lyrischen Textes mit **Fachbegriffen.**
Erläutere auch immer die **Wirkung** der sprachlichen Mittel, indem du deine sprachlichen und formalen Beobachtungen inhaltlich deutest. So stellst du einen Bezug her zwischen **Inhalt, Sprache** und **Form** des lyrischen Textes.
Um deine Beschreibung und deine Deutung **schlüssig** zu **verbinden,** verwendest du **Zitate.** Dabei kann deine Deutung entweder auf die Beschreibung folgen oder du beginnst mit deiner deutenden Aussage und stützt diese anschließend mit einem im Text verwendeten sprachlichen Mittel.

Sprachliche Bilder

- **Vergleich:** Bei einem Vergleich werden zwei verschiedene Vorstellungen durch ein „wie" oder ein „als ob" miteinander verknüpft, z. B.: *weiß wie Schnee; so heiß, als ob Sommer wäre.*
- **Metapher:** Bei einer Metapher wird ein Wort nicht wörtlich, sondern in einer übertragenen (bildlichen) Bedeutung gebraucht, z. B.: *Die Stürme des Lebens* für die schicksalhaften Veränderungen in einem Lebenslauf. Man verwendet Metaphern, weil sich zwei Dinge aufgrund einer Eigenschaft ähnlich sind. Im Unterschied zum direkten Vergleich fehlt bei der Metapher das Vergleichswort „wie", z. B.: *Das Schiff verschwand hinter riesigen Wellenbergen* für: *Das Schiff verschwand hinter Wellen, die so riesig wie Berge waren.*
- **Personifikation:** Die Personifikation (Vermenschlichung) ist eine besondere Form der Metapher. Leblose Gegenstände, Begriffe oder die Natur werden vermenschlicht, das heißt, ihnen werden menschliche Verhaltensweisen und Eigenschaften zugesprochen, z. B.: *Der Alltag zeigte sein mürrisches Gesicht; die Stadt schlief noch fest.*

Satz- und Versbau

- **Anapher:** Wiederholung eines oder mehrerer Wörter an Satz- oder Versanfängen, z. B.: *Er schaut nicht die Felsenriffe / Er schaut nur hinauf ...* (Heine: Die Loreley)
- **Enjambement (Zeilensprung):** Ein Satz oder eine Sinneinheit wird umgebrochen und auf zwei Verse verteilt, z. B.: *Ein Blatt tanzt froh nach frischen Windes Willen / Herab vom Ahornstamm.*
- **Inversion:** umgekehrte Satzstellung, z. B.: *Durch die Felder ich schritt.*
- **Parallelismus:** paralleler Satzbau, z. B.: *Das Schiffchen fliegt / der Webstuhl kracht.*
- **Rhetorische Frage:** Scheinfrage, auf die keine Antwort erwartet wird und die dazu dient, eine Aussage zu betonen, z. B.: *Hast du's nicht alles selbst vollendet, / Heilig glühend Herz?* (Goethe: Prometheus)

Wortwahl und klangliche Mittel

- **Neologismus:** Wortneuschöpfung, z. B.: *Lebenssturmträume*
- **Alliteration:** Wiederholung der Anfangslaute bei Wörtern, z. B.: *dunkle Dinge*
- **Häufung** bestimmter Wortarten (z. B. Nomen/Substantive, Adjektive); **Wiederholung** von Schlüsselwörtern
- **Klangeffekte/Lautmalerei:** Häufung von **dunklen/hellen Vokalen** oder „harten" **Konsonanten**

Ein Gedicht analysieren und interpretieren

Folgende Gesichtspunkte helfen dir bei der Analyse eines lyrischen Textes:

Aspekte der Gedichtanalyse

Thema/Inhalt (▶ S. 134)
- Titel/Bezug zum Gedicht
- Thema/Stimmung
- lyrisches Ich / lyrisches Du?

Formaler Aufbau (▶ S. 128 f.)
- Strophe
- Reimform
- Metrum
- besondere Gedichtform

Sprachliche Gestaltung (▶ S. 130)
- Schlüsselwörter, Wortwahl
- sprachliche Bilder
- Klangeffekte, Lautmalerei
- weitere rhetorische Mittel

Entstehungshintergrund
- Epoche (▶ S. 143–162)
- zeitgeschichtliche Ereignisse (Krieg, Revolution)
- Biografie der Autorin / des Autors

Bevor man ein Gedicht interpretiert, muss man es **genau erschließen** (▶ Checkliste, S. 134). Je nach Aufgabenstellung untersuchst du Inhalt, Form und sprachliche Gestaltungsmittel und verfasst dann auf Grundlage deiner Analyse die Gedichtinterpretation.

Einleitung:
In der Einleitung nennst du die Art des Textes, den Titel, den Namen der Autorin / des Autors, das Entstehungsjahr und das Thema des Textes.

Hauptteil:
Im Hauptteil fasst du die wichtigsten Ergebnisse deiner Analyse in einer geordneten Reihenfolge zusammen:
- Beginne mit einer kurzen Inhaltsangabe (am besten strophenweise) in eigenen Worten.
- Gehe auf die Sprecherin / den Sprecher ein und ggf. auf die Adressatin / den Adressaten.
- Beschreibe den formalen Aufbau des Gedichts und beziehe ihn auf dessen Inhalt.
- Erläutere die Funktion und die Wirkung der sprachlichen Gestaltungsmittel. Stelle auch dabei immer wieder einen Bezug zum Inhalt und zur Aussage des Gedichts her.
- Ordne das Gedicht ein. Setze es z. B. mit anderen Texten oder einer Epoche in Beziehung.

Schluss:
Fasse zum Schluss die wesentlichen Ergebnisse deiner Gedichtanalyse zusammen oder nimm Stellung zum Gedicht.

Um einen Zugang zu einem Gedicht zu bekommen, kannst du auf einer Kopie des Textes alles festhalten, was dir beim intensiven Lesen und Nachdenken auffällt, z. B.:

Gedicht	Reim	Notizen
Joseph von Eichendorff		Epoche: Romantik
Frische Fahrt (1815)		Alliteration, Aufbruchsstimmung
x́ x x́ x x́ x x x		
Laue Luft kommt blau geflossen,	a	Alliteration; Metapher
Frühling, Frühling soll es sein!	b	Wiederholung, Ausruf → Freude/Begeisterung
Waldwärts Hörnerklang geschossen,	a	über den Frühling
Mut'ger Augen lichter Schein;	b	
Und das Wirren bunt und bunter	c	Wiederholung und Steigerung → Betonung
Wird ein magisch wilder Fluss,	d	mitreißender Strom des Lebens
In die schöne Welt hinunter	c	positive Welt
Lockt dich dieses Stromes Gruß.	d	dich → Leser- oder Selbstansprache?
Und ich mag mich nicht bewahren!		lyrisches Ich zum Aufbruch bereit
Weit von euch treibt mich der Wind,		Abkehr vom bisherigen Leben
Auf dem Strome will ich fahren,		Lebensreise
Von dem Glanze selig blind!		Verlockung/Reiz des Aufbruchs wird betont
Tausend Stimmen lockend schlagen,		
Hoch Aurora flammend weht,		Imperativ; Bekräftigung
Fahre zu! Ich mag nicht fragen,		keine Frage nach Ziel und Ende der Fahrt
Wo die Fahrt zu Ende geht!		

- Frühling bringt alles in Bewegung; Aufbruchsstimmung, die durch den Frühling verursacht wird
- zwei Strophen mit jeweils acht ...
- ...

Beispiel einer Interpretation des Gedichts „Frische Fahrt" von Joseph von Eichendorff (siehe oben):

In dem Gedicht mit dem Titel „Frische Fahrt" von Joseph von Eichendorff aus dem Jahr 1815 wird eine Aufbruchsstimmung beschrieben, die durch den Frühlingsanfang hervorgerufen wird. Der lyrische Text ist der Epoche der Romantik zuzuordnen.	**A Einleitung**
In dem Gedicht beschreibt das lyrische Ich voller Begeisterung den anbrechenden Frühling. Der Aufbruch in den Frühlingstag mit rötlich strahlendem Sonnenaufgang wird gleichzeitig als Aufbruch in ein neues Leben gesehen.	**B Hauptteil** I. Knappe Inhaltsangabe
Das Gedicht besitzt eine regelmäßige Struktur. Es besteht aus zwei Strophen mit jeweils acht Versen. In jeder Strophe sind jeweils vier Verse im Kreuzreim miteinander verbunden. Das Metrum des Gedichts ist der vierhebige Trochäus. Die regelmäßige Form scheint hier die Dynamik, die ungestüme Unternehmungslust, die auch in häufigen Ausrufen zum Ausdruck kommt (vgl. die Verse 2, 9, 11 f., 15), bändigen zu wollen.	II. Formaler Aufbau

III. Sprachliche Gestaltung und Wirkung, Bezug zwischen Inhalt, Sprache und Form

Bereits der Titel des Gedichts „Frische Fahrt“ macht eine dynamische Aufbruchsstimmung deutlich, die durch die Alliteration auch klanglich betont wird. Die Naturbegeisterung und das positive, jugendlich ungestüme Lebensgefühl werden im Verlauf des Gedichts immer deutlicher. Im ersten Vers wird der Frühlingsbeginn sehr anschaulich. Die Metapher „Laue Luft kommt blau geflossen“ (Vers 1) verdeutlicht, dass alle Sinne erfasst werden. Die Jagdsignale, deren Klang durch die Wälder schallt (vgl. Vers 3), bringen ebenfalls diese Aufbruchsstimmung zum Ausdruck, die durch die Wiederholung bzw. Steigerung des Adjektivs in dem Vers „Und das Wirren bunt und bunter“ (Vers 5) unterstrichen wird. Das Leben wird dementsprechend metaphorisch als „magisch wilder Fluss“ (Vers 6) veranschaulicht. Die Schönheiten der Welt wollen entdeckt werden (vgl. Vers 7 f.), sie sind zu verlockend, als dass man zu Hause bleiben kann. Mit der Anrede „In die schöne Welt hinunter / Lockt dich dieses Stromes Gruß“ (Vers 7–8) adressiert das lyrische Ich die Lesenden – oder vielleicht auch sich selbst. Hier klingen typisch romantische Motive des Fernwehs und der Reiselust an. Die Sehnsucht nach der weiten Welt ist bestimmend. Zu Beginn der zweiten Strophe spricht das lyrische Ich erstmals von sich selbst: „Und ich mag mich nicht bewahren!“ (Vers 9). Es will nicht untätig verharren. Der lyrische Sprecher des Gedichts lässt sich von der Aufbruchsstimmung in der Natur anstecken und verlocken, sein Zuhause zu verlassen, sich auf die Fahrt, auf die Lebensreise zu begeben. In den Zeilen „Weit von euch treibt mich der Wind“ (Vers 10) kommt die Abkehr vom bisherigen Leben zum Ausdruck. Durch nichts lässt es sich abhalten. Die „laue Luft“ (Vers 1) wird nun zum „Wind“ (Vers 10), der eine starke Antriebskraft besitzt. „Aurora“, die Personifikation des Sonnenaufgangs (vgl. Vers 14), überstrahlt alles. Alle möglichen Bedenken, die dem lyrischen Ich kommen könnten, werden so verdrängt. Die Verlockungen der weiten Welt sind größer. Der Imperativ „Fahre zu!“ (Vers 15), den der lyrische Sprecher an sich selbst richtet, bekräftigt die Freude und Begeisterung.

Im letzten Vers wird deutlich, dass das lyrische Ich weder ein Ziel noch das Ende der Fahrt kennt. Der Sinn der Reise liegt im Aufbruch selbst und in dem bedenkenlosen Sichtreibenlassen.

Zitat wird genannt und inhaltlich erläutert, anschließend wird der ähnliche Klang in Bezug gesetzt

sprachliches Bild (Metapher) wird benannt, mit Zitat belegt und anschließend inhaltlich gedeutet

Zitat wird genannt und inhaltlich gedeutet, anschließend wird das grammatische Phänomen (Wiederholung bzw. Steigerung des Adjektivs) benannt

sprachliches Bild (Personifikation) wird benannt und inhaltlich gedeutet

grammatisches Phänomen wird benannt (Imperativ), mit Zitat belegt und inhaltlich gedeutet

C Schluss

Insgesamt wirkt das Gedicht auf die Lesenden fröhlich und positiv. Auch wenn kleine Warnzeichen vorhanden sind, mögliche Blindheit angesichts von Risiken thematisiert wird, überwiegt die Aufbruchsstimmung. Mir hat das Gedicht gefallen, weil es den jugendlichen Freiheitsdrang, die Abenteuerlust und auch den Mut, der nötig ist, um das behütete Zuhause zu verlassen, so klar veranschaulicht.

Ein Gedicht analysieren und interpretieren

1. Thema/Inhalt

- Wird eine **Handlung** oder **eine Situation/Szene** beschrieben? Oder werden Gefühle, Eindrücke, Gedanken oder eine Stimmung dargestellt?
- Welchen **thematischen Schwerpunkt** hat das Gedicht (▸ S. 118–121)?
- Was bedeutet der **Titel** des Gedichts? Welchen **Bezug** hat er **zum Gedicht?**

2. Der Sprecher / Die Sprecherin (▸ das lyrische Ich, S. 129)

- Gibt es ein **lyrisches Ich / Wir** oder eine Sprecherin / einen Sprecher, die/der im Text nicht direkt greifbar ist?
- Welche **Haltung** hat **das lyrische Ich** (z. B.: begeistert, traurig, preisend, kritisch)?
- Gibt es eine **Adressatin** / einen **Adressaten (du/ihr)** oder spricht das lyrische Ich mit sich selbst?

3. Formaler Aufbau (▸ S. 128 f.)

- Liegt eine **besondere Gedichtform** vor (z. B.: Sonett, Ballade, Liedform)?
- Ist das Gedicht in **Strophen** (regelmäßig/unregelmäßig) gegliedert?
- Liegt eine besondere **Reimform** (▸ S. 128) vor?
- Ist ein **Metrum** (▸ S. 129) erkennbar? Gibt es (größere) Abweichungen?

4. Sprachliche Gestaltungsmittel (▸ S. 130)

- **Bilder:** Welche Bilder (Metaphern, Personifikationen, Vergleiche) werden verwendet? Aus welchen Bereichen (z. B.: Natur, Großstadt, Krieg, Wasser) stammen sie? Was bedeuten sie?
- **Stilfiguren:** Liegen besondere Stilfiguren vor, z. B. Alliteration (Wiederholung von Anfangsbuchstaben), Anapher (Wiederholung von Wörtern am Versanfang)?
- **Wortwahl und Wortfelder:** Welche Wörter fallen auf? Gibt es **Neologismen** (Wortneuschöpfungen)? Werden bestimmte **Wortarten** (z. B.: Nomen/Substantive, Adjektive) bevorzugt? Entstammen mehrere Wörter einem bestimmten **Wortfeld** (z. B.: Wortfeld „Natur“ = Baum, blühen, Knospen, Erde; z. B.: Wortfeld „Krieg“ = Tod, Entsetzen, Waffen)?
- **Klangeffekte/Lautmalerei:** Klingen die Wörter vokalreich und klangvoll? Oder liegt eine Häufung von harten Konsonanten vor, wodurch die Sprache hart bzw. abgehackt klingt?
  Gibt es helle oder dunkle Vokalreihen?
- **Satzbau/Syntax:** Werden bestimmte Satzformen bevorzugt, z. B.: Parataxen (Hauptsätze), Hypotaxen (Satzgefüge), Ellipsen (unvollständige Sätze)? Welche Satzarten (Ausrufe-, Frage-, Aussagesätze) liegen vor? Oder werden grammatische Strukturen bis zum Stammeln durchbrochen?

5. Entstehungshintergrund (▸ S. 143–162)

- Lässt sich das Gedicht einer **bestimmten Epoche** (z. B.: Barock, Sturm und Drang, Romantik, Expressionismus) zuordnen? (Informationen zu den Epochen, ▸ S. 143–162).
- Gibt es einen Zusammenhang zwischen dem Gedicht und einem historischen bzw. **zeitgeschichtlichen Ereignis** (z. B.: Krieg, Revolution)?

3.3 Drama – Theater

Dramatische Texte (Theater/Drama) bilden neben den Gedichten (Lyrik) und den erzählenden Texten (Epik) eine der drei Gattungen der Dichtung (Lyrik, Epik, Dramatik). In einem Theaterstück gibt es Rollen, die von Schauspielerinnen und Schauspielern gespielt werden. Die **Handlung** wird durch die **Gespräche zwischen den Figuren** auf der Bühne (Dialoge) **oder** durch das **Selbstgespräch (Monolog)** einer Figur ausgedrückt.
Im Theater sprechen die Schauspieler/-innen aber nicht nur ihren Text, sie gebrauchen auch ihre **Stimme (Sprechweise und Betonung),** ihre **Körpersprache (Gestik)** und ihren **Gesichtsausdruck (Mimik),** um Gefühle und Stimmungen auszudrücken.

Faust und Mephisto in Gründgens' Hamburger Inszenierung (Verfilmung 1960)

Klassisches Drama (Fünf-Akt-Schema)

Die klassische Form des Dramas, die bis zum Ende des 18. Jahrhunderts eine große Rolle spielte, geht auf die Poetik des griechischen Philosophen **Aristoteles** (4. Jh. v. Chr.) zurück und weist einen **strengen Aufbau** auf **(Fünf-Akt-Schema).** Ein Drama mit dieser Formstrenge nennt man auch **geschlossenes Drama.** Zeitsprünge, Ortsveränderungen oder Nebenhandlungen sind beim geschlossenen Drama unüblich (Einheit von Zeit, Ort, Handlung). Der Literaturwissenschaftler Gustav Freytag (1816–1895) hat den Aufbau eines klassischen Dramas mit Hilfe des folgenden Schemas dargestellt:

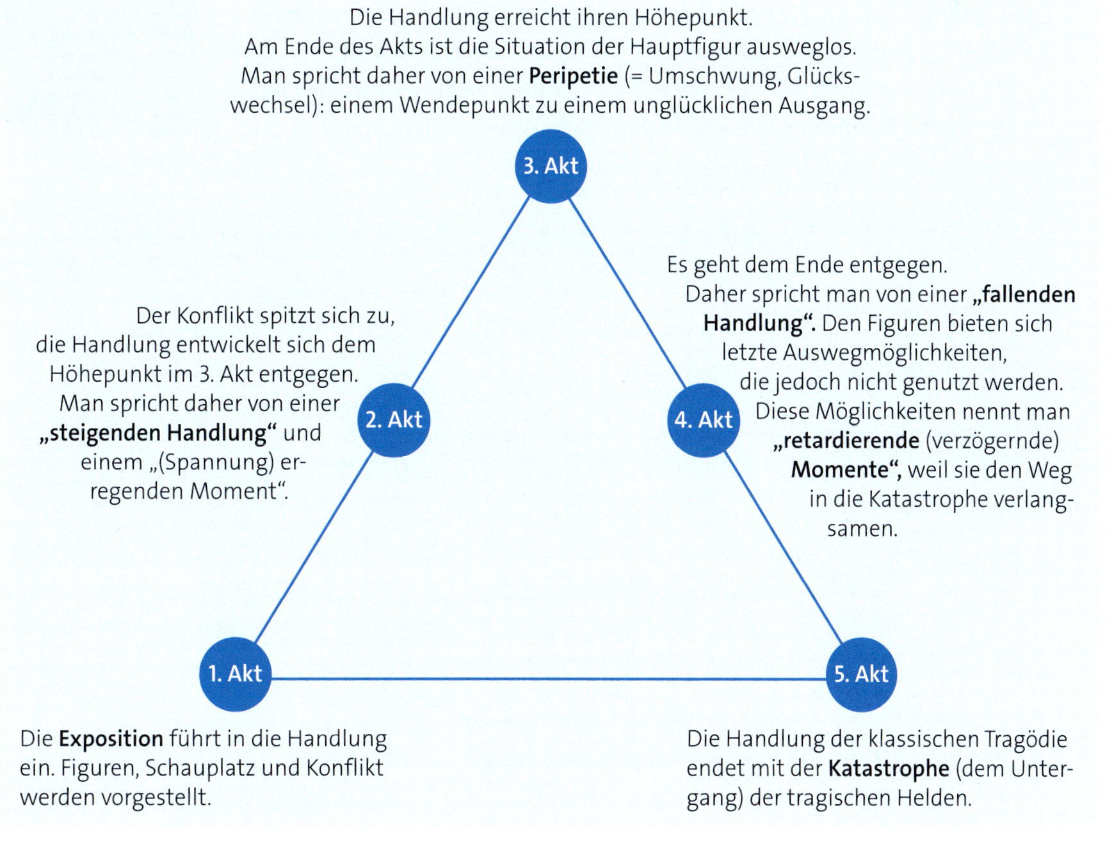

Modernes Drama (offene Form)

Im 19. Jahrhundert verliert das klassische (geschlossene) Drama mit seiner Formstrenge immer mehr an Bedeutung. Das moderne Drama weist häufig **offenere Formelemente** auf.
So wird z. B. an **verschiedenen Orten** gespielt, es finden **Zeitsprünge** statt, die Handlung zerfasert in **mehrere** (manchmal parallel geführte) **Handlungsstränge.** Der **Beginn** ist meist **unvermittelt** (Verzicht auf Exposition und Einführung in das Geschehen), auch der **Schluss** des Stücks bleibt häufig **offen.** Für diese offene Form des Dramas ist typisch, dass es den Konflikt, um den es sich dreht, nicht löst, sondern die Zuschauerin / den Zuschauer nachdenklich zurücklässt.

„Frühlings Erwachen", Berliner Ensemble (Regie: Claus Peymann), 2008

Episches Theater nach Brecht

Im 20. Jahrhundert entwickelte Bertolt Brecht (1898–1956) als **Gegenentwurf zur klassischen Dramenform** (▸ S. 135) eine neue Form des modernen Dramas: das epische Theater.
Die Zuschauerin / Der Zuschauer soll sich nicht emotional vom Bühnengeschehen mitreißen lassen, auf **politische und gesellschaftliche Missstände** hingewiesen und **zum Handeln motiviert werden.**
Die **kritische Distanz** wird **durch** den sogenannten **Verfremdungseffekt (V-Effekt)** erzeugt. Die Handlung wird z. B. durch Kommentare oder Songs so unterbrochen, dass bei der Zuschauerin / dem Zuschauer jede Illusion zerstört wird. Figuren treten aus der Rolle und wenden sich an das Publikum, um über das Geschehene zu diskutieren.

Bertolt Brecht

	klassische Form des Dramas (nach Aristoteles)	**epische Form des Theaters** (nach Brecht)
äußere Form	strenger Aufbau in Akte und Szenen	lockere Szenen- oder Bilderfolge, Unterbrechung durch Erzählerkommentare, Songs usw.
Handlung	abgeschlossene Handlung (geschlossene Form)	häufig offenes Ende (offene Form)
Ort und Zeit	Einheit von Ort, Zeit und Handlung (chronologischer Ablauf der Handlung in einem engen Zeitrahmen)	Verzicht auf die Einheit von Ort, Zeit und Handlung (verschiedene Schauplätze, Zeitsprünge, Rückblenden usw.)
Verhältnis Zuschauer und Bühnengeschehen	Identifikation und Mitgefühl mit dem Helden / der Heldin (emotionales Erlebnis)	Distanz zu den Figuren durch Verfremdung / V-Effekt (kritische Auseinandersetzung)

Verhältnis Mensch und Welt	Mensch und Welt sind unveränderlich (Schicksal)	Mensch und Welt (Gesellschaft) können verändert werden
Wirkungsabsicht	Katharsis: moralische Erziehung durch Mitleid (mit dem Helden / der Heldin) und Furcht (vor dem Schicksal)	kritische Auseinandersetzung mit politischen und gesellschaftlichen Missständen sowie Motivation zum Handeln
Beispiele	Gotthold Ephraim Lessing: Emilia Galotti, Nathan der Weise, Friedrich Schiller: Wilhelm Tell	Bertolt Brecht: Mutter Courage, Der gute Mensch von Sezuan, Die Dreigroschenoper Max Frisch: Andorra

Wichtige Theaterbegriffe

Um dramatische Texte zu verstehen, können folgende Begriffe hilfreich sein:	
Akt	Hauptabschnitt eines Dramas (auch Aufzug genannt) und geschlossene Handlungseinheit, die meist aus mehreren Szenen besteht
Dialog	Gespräch von zwei oder mehr Figuren; Gegensatz: Monolog
Exposition	Die Exposition umfasst im klassischen Drama meist den ersten Akt und ist eine Art Einleitung, die in die Handlung einführt. Hier werden die Zuschauenden über Zeit und Ort des Geschehens informiert und lernen die Hauptfiguren (Protagonisten) kennen. Gleichzeitig wird der zentrale Konflikt des Dramas angekündigt.
Figuren	Die Personen, die in einem Theaterstück auftreten, heißen Figuren. Sie werden mit ihren Eigenschaften, typischen Verhaltensweisen und in ihrer Beziehung zu den anderen Figuren (Figurenkonstellation) dargestellt. Hauptfiguren heißen Protagonisten.
Gestik	Haltung und Bewegung des Körpers (Körpersprache)
Inszenierung	Szenische Umsetzung eines Dramas, in der Regel auf einer Bühne vor Publikum. Die Inszenierung umfasst dabei die Einrichtung und das Einstudieren des Bühnentextes während der Probenzeit und die daraus entstandene Spielfassung für eine bestimmte Bühne. Sie ist immer auch eine Interpretation (Deutung) des dramatischen Textes, bei der verschiedene Gestaltungselemente wie Kostüme, Kulisse, Musik, Bewegung, Sprache, Licht usw. ineinandergreifen.
Komödie, Tragödie	Dramen, bei denen die Figuren in einen dramatischen Konflikt geraten und am Ende scheitern bzw. sterben, heißen Tragödie (Trauerspiel). Das Gegenteil ist die Komödie (Lustspiel), die glücklich endet.

Mimik	Gesichtsausdruck 
Monolog	Selbstgespräch einer Figur (im Gegensatz zum Dialog)
Pantomime	Darstellung einer Handlung unter Verzicht auf gesprochene Worte, allein mit Gestik, Mimik, Tanz
Protagonist/-in	Hauptdarsteller/-in, Hauptfigur
Regie	Regie bezeichnet die eigenverantwortliche Auswahl, Deutung und Einrichtung eines Dramentextes für die Bühne an einem bestimmten Aufführungsort für ein Publikum. Die Hauptverantwortung dafür trägt die Regisseurin / der Regisseur oder ein Regieteam.
Regieanweisung	Von der Autorin / Vom Autor im Dramentext zusätzlich zu den Rollentexten bereits mitgelieferte Anregungen, wie sich die Figuren bewegen, wie sie schauen und sprechen sollten und wie die Handlung auf der Bühne dargestellt werden sollte.
Requisiten	Besondere Gegenstände oder Kleidungsstücke, die zur Ausstattung von Szenen oder Figuren dienen, z. B. ein Regenschirm, eine Waffe, ein Koffer, ein Glas etc. Requisiten können die Figuren charakterisieren oder eine andere wichtige Bedeutung für den Ablauf der Handlung haben.
Rolle	Rolle nennt man die Figur, die eine Schauspielerin oder ein Schauspieler in einem Theaterstück verkörpert, z. B. die Rolle der Julia, die Rolle des Fürsten usw.
Souffleuse/ Souffleur	Souffleuse/Souffleur (franz. = Einflüsterer) ist eine Person, die den Schauspielerinnen und Schauspielern während der Proben den Text zuflüstert und während der Aufführungen im Notfall den Text vorsagt.
Szene	Eine Szene ist ein kurzer, abgeschlossener Teil eines Theaterstücks. Eine Szene endet, wenn neue Figuren auftreten und/oder Figuren abtreten. Meistens erlischt am Ende einer Szene auch die Bühnenbeleuchtung.
Tragikomödie	Dramatische Form, in der Tragik und Komik vermischt werden, um die Doppelgesichtigkeit des menschlichen Lebens und der Welt zu verdeutlichen; Beispiel: Friedrich Dürrenmatt, Der Besuch der alten Dame
V-Effekt (Verfremdungseffekt)	Der Begriff geht auf das epische Theater Brechts (► S. 136) zurück und bezeichnet die Verfremdung der dramatischen Handlung mit dem Ziel, eine Distanz zwischen Zuschauer/-in und Bühnengeschehen zu erzeugen. Möglichkeiten sind z. B.: Eingreifen eines kommentierenden Erzählers, Unterbrechen der Handlung durch Songs, Verzicht auf illusionsfördernde Bühnenrequisiten usw.

Eine Dramenszene analysieren und interpretieren

Folgende Gesichtspunkte helfen dir bei der Analyse eines dramatischen Textes:

Aspekte der Dramenanalyse

Inhalt der Szene
- Stellung der Szene im Handlungsverlauf
- Inhalt/Thema der Szene

Form
- klassisches Drama (geschlossene Form)
- modernes Drama (offene Form)

Figuren, Gesprächsverhalten
- Absichten, Beziehung
- Verhalten, Tätigkeiten
- Gedanken, Gefühle
- Sprache, Redeanteile
- Regieanweisungen

Intention/Wirkung/Zeitbezug
- Kritik an Person, Gesellschaft?
- historischer Kontext (Zeitgeschichte, Biografie, Epoche)
- Bedeutung der Szene für die Gesamtaussage bzw. den weiteren Handlungsverlauf

Bevor man eine Dramenszene interpretiert, muss man sie genau analysieren (▶ Checkliste, S. 142). Je nach Aufgabenstellung untersuchst du Inhalt und Thema der Szene, die Figuren und ihr Gesprächsverhalten (inkl. sprachliche Gestaltungsmittel) und verfasst dann auf Grundlage deiner Analyse die Interpretation.

Einleitung:
Formuliere eine Einleitung, in der du über die Autorin / den Autor, den Titel des Dramas und das Thema der vorliegenden Szene informierst.

Hauptteil:
Ordne im Hauptteil die Szene mit einer knappen Darstellung der Vorgeschichte in eigenen Worten in den Handlungsverlauf ein. Fasse dann den Inhalt der Szene kurz zusammen. Analysiere und interpretiere die Figurenbeziehungen und das Gesprächsverhalten. Belege deine Aussagen durch Zitate (▶ Zitieren, S. 214).

Schluss:
Schreibe einen Schluss, in dem du auf die Bedeutung der Szene eingehst und/oder ein persönliches Fazit ziehst.

Um eine Dramenszene genauer zu analysieren, kannst du auf einer Kopie des Textes alles festhalten, was dir beim intensiven Lesen und Nachdenken auffällt, z. B.:

Johann Wolfgang Goethe

Faust. Der Tragödie erster Teil. Kerker (1808)

Inzwischen hat Gretchen in ihrer Verzweiflung ihr neugeborenes Kind ertränkt, ist dafür zum Tode verurteilt worden und erwartet nun ihre Hinrichtung.

Faust mit einem Bund Schlüssel und einer Lampe, vor einem eisernen Türchen. […]

FAUST:	
Fühlst du, dass ich es bin, so komm!	Faust will Gretchen retten
MARGARETE: Dahinaus?	
FAUST: Ins Freie.	
MARGARETE: Ist das Grab drauß,	Gretchen erkennt und versteht Faust
Lauert der Tod, so komm!	nicht
Von hier ins ewige Ruhebett	
Und weiter keinen Schritt! –	
Du gehst nun fort? O Heinrich, könnt ich mit!	möchte aber gern mit ihm gehen
FAUST:	
Du kannst! So wolle nur! Die Tür steht offen.	Fausts Versuch, sie zu überreden
MARGARETE:	
Ich darf nicht fort; für mich ist nichts zu hoffen.	Gründe, nicht zu fliehen
Was hilft es fliehn? Sie lauern doch mir auf.	
Es ist so elend, betteln zu müssen,	
Und noch dazu mit bösem Gewissen!	Schuldgefühle
Es ist so elend, in der Fremde schweifen,	
Und sie werden mich doch ergreifen!	Anapher → betont Gretchens Gefühl
FAUST: Ich bleibe bei dir.	der Ausweglosigkeit
MARGARETE:	
Geschwind! Geschwind!	
Rette dein armes Kind.	Gretchen hat Verstand verloren,
Fort! Immer den Weg	sie halluziniert
Am Bach hinauf,	
Über den Steg,	
In den Wald hinein,	zahlreiche Ausrufe → verdeutlichen
Links, wo die Planke steht,	ihre innere Erregung
Im Teich.	
Fass es nur gleich!	
Es will sich heben,	
Es zappelt noch!	
[…]	

Beispiel einer Interpretation (Auszüge):

A Einleitung

Bei der Szene „Kerker“ handelt es sich um die Schlussszene aus Goethes Drama „Faust. Der Tragödie erster Teil“. Gretchen hat ihr Kind ertränkt und ist zum Tode verurteilt. Als Faust sie mit Mephistos Unterstützung aus dem Kerker befreien will, wird ihr klar, dass sie ihre Schuld auf Erden sühnen, sich aber auch dem göttlichen Gericht unterwerfen will. Ihr geht es somit um die Rettung ihrer Seele, um ihren inneren Frieden, und nicht um eine Vermeidung ihrer Strafe.

B Hauptteil

I. Einordnung der Szene in Handlungsverlauf

Die Szene „Kerker“ bildet den Abschluss der Gretchenhandlung und verdeutlicht deren Tragik: Gretchen fühlt Schuld am Tod der Mutter, der sie Fausts Schlaftropfen gegeben hat, um mit ihm die Nacht zu verbringen, und von denen sie nicht mehr aufgewacht ist. Vor allem aber ist sie darüber wahnsinnig geworden, dass sie ihr Kind getötet hat.

II. Inhalt und Thema der Szene

Faust versucht, sie dazu zu bringen, mit ihm das Gefängnis zu verlassen, um ihre Hinrichtung zu verhindern. Gretchen hat Wahnvorstellungen, kommt aber im Laufe der Szene zu innerer Klarheit. Als sie Mephisto sieht, erkennt sie die Gefahr für ihre Seele und ruft Gott und die Engel um Beistand. Die Szene schließt mit der von oben verkündeten Rettung Gretchens, dem Aufbruch Fausts und Mephistos und Gretchens Ruf nach ihrem Geliebten.

III. Deutung der Figurenbeziehung und des Gesprächverhaltens mit Textbelegen

Gretchen wirkt sehr verwirrt. Sie hat Halluzinationen und ist innerlich extrem erregt, wie an zahlreichen Ausrufen deutlich wird (vgl. Z. 23, 25, 31 ff.). Vermutlich hat sie nach der Geburt und ihrer schrecklichen Tat ihren Verstand verloren. Deutlich wird dies an ihrer Vorstellung, Faust könne sein Kind noch retten. [...] Gretchen ist sich zunächst nicht sicher, ob es tatsächlich Faust ist, der in der Nacht zu ihr gekommen ist. Als er ihr erklärt, dass er sie befreien möchte, nennt sie ihm ihre Gründe, warum das nicht möglich ist: Sie glaubt, dass man ihr anderswo auflauern (vgl. Z. 16) und sie festnehmen würde (vgl. Z. 20) und sie in der Fremde „betteln“ (Z. 17) müsse. Auch ihre Schuldgefühle halten sie im Kerker gefangen (vgl. Z. 18).
Das Gespräch zwischen Faust und Gretchen verdeutlicht, dass Faust gekommen ist, um sie zu retten: „Fühlst du, dass ich es bin, so komm!“ (Z. 4). Gretchen allerdings scheint ihn nicht zu verstehen, denn sie sieht draußen nur „das Grab“ (Z. 7) und das „ewige Ruhebett“ (Z. 9). Zwar wünscht sie sich, mit Faust mitzugehen („O Heinrich, könnt ich mit!“, Z. 11), doch weiß sie, dass sie das nicht darf: „für mich ist nichts zu hoffen“ (Z. 15). Stattdessen erinnert sie sich an ihr Kind im Teich und fordert Faust auf, es zu retten (vgl. Z. 24 ff.). [...]

C Schluss

Der Schluss der Szene „Kerker“ deutet in zwei entgegengesetzte Richtungen: Einerseits ist Gretchen verloren, denn sie hat große Schuld auf sich geladen und nimmt deshalb ihr irdisches Schicksal, die Hinrichtung, an. Andererseits wird durch die Stimme von oben ihre innere Rettung angedeutet. Gretchen selbst geht es nicht um die äußere Rettung, eine Verlängerung ihres Lebens, sondern um die Rettung ihrer Seele.

Eine Dramenszene analysieren und interpretieren

1. Stellung der Szene im Handlungsverlauf / Inhalt und Thema der Szene

- Wo steht die Szene im **Handlungsverlauf?** Was ist ihr vorausgegangen, was folgt ihr?
- **Worum geht es** in der Szene? Welche **Figuren** treten auf?

2. Figuren, Gesprächsverhalten und Gesprächssituation

- Gibt es einen besonderen **Gesprächsanlass?** Handelt es sich um ein besonderes Gespräch (Verhör, Geständnis, Streitgespräch usw.)?
- Welche **Absichten** haben die Figuren? Wie **verhalten** sie sich? Welches Ergebnis steht am Ende?
- **Verändert** sich das Verhalten der Figuren im Laufe des Gesprächs? Gibt es Zuspitzungen?
- In welcher **Beziehung** stehen die Figuren zueinander (persönlich, sozial; über- oder untergeordnet usw.)? Gibt es jemanden, der das **Gespräch leitet?** Wer ist initiativ, wer reagiert? Kommen die **Figuren gleichberechtigt** zu Wort (Verteilung der Redeanteile)? Gehen sie aufeinander ein oder fallen sie sich ins Wort?
- Gibt es versteckte bzw. **indirekte Botschaften,** Vertuschungsversuche, **Andeutungen,** Widersprüche usw.? Welche **Gedanken** und **Gefühle** werden deutlich?
- Welche Rollen spielen die Regieanweisungen? Welche **nonverbalen Mittel** (Gestik, Mimik, Sprechweise) finden sich in den **Regieanweisungen?**
- Wie ist die **Sprache der einzelnen Figuren** (pathetisch, aggressiv, sachlich)?
- Welche **sprachlichen Mittel** sind mit welcher Absicht eingesetzt (z. B.: rhetorische Fragen, Wiederholungen, Übertreibungen, Auslassungen, Vergleiche, Metaphern)?

3. Intention/Wirkung, Zeitbezug

- Welche **Intention** hat die Szene? Will sie bestimmte Umstände oder Personen kritisieren oder der Lächerlichkeit preisgeben? Wird ein Problem verdeutlicht?
- Welche **Bedeutung** hat die Szene für den weiteren Handlungsverlauf bzw. die Gesamtaussage des Stücks?
- Ist eine **besondere Wirkung** der Szene auf das Publikum zu erkennen (z. B.: Mitgefühl mit einer Figur)? Spielt der historische Kontext (Zeitbezug) eine Rolle?

„Faust. Der Tragödie erster Teil", Salzburger Landestheater (Regie: Carl Philip von Maldeghem), 2019

3.4 Literaturgeschichte (Epochen)

Antike (ca. 800 v. Chr. – ca. 500 n. Chr.)

Der Begriff „Antike“ bezeichnet die griechisch-römische Kultur des Altertums bis zum christlichen Mittelalter (▶ S. 144). Sie umfasst einen Zeitraum von mehr als tausend Jahren, beginnt mit der Herausbildung der griechischen Staatenwelt und endet mit dem Untergang des weströmischen Reichs. Am Anfang der Antike stehen die beiden Heldenepen des angeblich blinden Dichters **Homer** (um 800 v. Chr.): die *Ilias* und die *Odyssee*: Während die *Ilias* über den Kampf der Griechen und Trojaner um die Stadt Troja erzählt, berichtet die *Odyssee* von den Abenteuern des griechischen Helden Odysseus, der auf dem Rückweg nach Ithaka zehn Jahre auf dem Meer umherirrt und zahlreiche Abenteuer bestehen muss. Auch die Wurzeln des europäischen Dramas reichen bis in das antike Griechenland zurück. Viele unserer Dramenbegriffe wie Szene, Dialog, Tragödie, Protagonist/-in usw. haben ihren Ursprung in der Antike. Und auch die klassische Form des Dramas (▶ Fünf-Akt-Schema, S. 135), die bis zum Ende des 18. Jahrhunderts hinein eine große Rolle spielt, geht auf den griechischen Philosophen **Aristoteles** zurück. Als bekannteste Tragödiendichter gelten **Aischylos, Sophokles** und **Euripides.**
Ab circa 500 v. Chr. begann der Aufstieg Roms zur Großmacht. Je weiter die Römer als Eroberer in den Mittelmeerraum vordrangen, desto stärker ließen sie sich von der Kultur der Griechen beeinflussen: Im Bereich der Literatur übernahmen die Römer von den Griechen z. B. die Gattung der Tragödie, aber auch Stoffe, Themen und Motive. Besonders hervorzuheben ist hierbei **Vergil,** der mit seinem Epos *Aeneis* an Homer anknüpft und eine stark mythologisch getönte Geschichte von der Gründung Roms erzählt. Als hervorragende Lyriker gelten **Catull** und später **Horaz** und **Ovid.** Das Hauptwerk Ovids bilden die *Metamorphosen,* ein Epos aus 250 Sagen der griechischen und römischen Mythologie. Mit dem Aufstieg Roms zur beherrschenden Macht wurde auch die römische Geschichtsschreibung angeregt, die hauptsächlich eine Darstellung der römischen Machtgeschichte war. Ihre Vertreter sind z. B. **Sallust, Tacitus, Livius, Sueton** und **Caesar** *(De bello Gallico)*.

Geschichte		Literatur
um 1700 v. Chr.	Besiedelung Griechenlands	**Homer** (ca. 800 v. Chr.): *Ilias, Odyssee* (Epen)
um 1200 v. Chr.	Eroberung Trojas	**Aischylos** (525–456 v. Chr.): *Die Perser* (Tragödie)
776 v. Chr.	Olympische Spiele und Blüte Athens	**Sophokles** (ca. 496–406 / 405 v. Chr.): *Antigone, König Ödipus* (Tragödien)
753 v. Chr.	sagenhafte Gründung Roms	
490–479 v. Chr.	Perserkriege	**Euripides** (ca. 480–406 v. Chr.): *Medea, Iphigenie* (Tragödien)
444–431 v. Chr.	Blütezeit Athens unter Perikles	**Horaz** (65–8 v. Chr.): Gedichte
27 v. Chr. – 14 n. Chr.	Alleinherrschaft Kaiser Augustus’	**Vergil** (70–19 v. Chr.): *Aeneis* (Epos)
33 n. Chr.	Kreuzigung von Jesus Christus	**Ovid** (43 v. Chr.–17 n. Chr.): *Metamorphosen* (Sagen)
375–568	Völkerwanderungszeit	

Mittelalter (ca. 500 – ca. 1500)

Walther von der Vogelweide
ca. 1170–1230

Hartmann von Aue
† 1210/1220

Wolfram von Eschenbach
ca. 1160/80–1220

Gottfried von Straßburg
† 1215

Alle Lebensbereiche des Mittelalters waren durch die christliche Religion geprägt, d. h. durch den Glauben an eine göttliche Weltordnung, in der jede/-r Einzelne einen festen Platz hatte.
Im **frühen Mittelalter** waren die Schreiborte vor allem die **Klöster.** Gebildete Mönche übersetzten Teile der Bibel und Gebete ins Deutsche und verfassten lateinisch-deutsche Wörterbücher.
Zur Zeit der Kreuzzüge im **hohen Mittelalter** (ca. 1050–1250) erlebte das **Rittertum** seinen Aufschwung. Ort der Literatur waren vor allem die Burgen und Höfe, die Dichtung sollte ritterliche Tugenden darstellen. In diesen Ritterromanen in Versform wird der Lebensweg eines Ritters geschildert, der eine Reihe von Abenteuern bestehen und sich im ritterlichen Kampf bewähren muss. Es geht um die Erringung von Ansehen und Ehre und die Bestätigung ritterlicher Tugenden (Tapferkeit, Großzügigkeit, Demut, Treue, Zucht und Maß). Solche Ritterromane verfassten **Hartmann von Aue** *(Erec, Iwein)*, **Wolfram von Eschenbach** *(Parzival)* und **Gottfried von Straßburg** *(Tristan und Isolde)*.
Daneben stellt das ***Nibelungenlied*** (Verfasser unbekannt) eine Sonderform dar, da es germanische Heldensagen im ritterlich-höfischen Gewand präsentiert. Es erzählt von Siegfrieds Tod durch die Hand seiner Freunde und von der Rache, die seine Frau Kriemhild dafür an ihren Brüdern nimmt.
Neben dem Epos spielt auch die Lyrik im Mittelalter eine wichtige Rolle. **Walther von der Vogelweide** gilt als der bedeutendste Lyriker des Mittelalters. Sein Werk umfasst die Spruchdichtung (lehrhafte Dichtung) und den Minnesang (Liebeslyrik), in dem die Verehrung einer adeligen Frau im Mittelpunkt steht.

Geschichte

800	Kaiserkrönung Karls des Großen
1095	1. Kreuzzug
1155–1190	Friedrich Barbarossa: Regierungszeit als Kaiser des römisch-deutschen Reiches

Literatur

Hartmann von Aue († 1210/1220): *Erec, Iwein* (Ritterepen/Ritterromane)
Nibelungenlied (um 1200, Heldenepos)
Wolfram von Eschenbach (ca. 1160/80–1220): *Parzival* (Ritterepos/Ritterroman)
Gottfried von Straßburg († 1215): *Tristan und Isolde* (Ritterepos/Ritterroman)
Hildegard von Bingen (1098–1179): Lieder
Walther von der Vogelweide (ca. 1170–1230): Liebeslyrik, Spruchdichtung (Gedichte)

Renaissance, Humanismus und Reformation (ca. 1500 – ca. 1600)

Johannes Gutenberg (ca. 1400–1468)

Martin Luther (1483–1546)

Mit der Entdeckung Amerikas (1492) und der Reformation in Deutschland (ab 1517) beginnt ein neues Zeitalter in Europa. Das Mittelalter ist zu Ende. Ein neues Lebensgefühl durchdringt die Menschen.
Man will sich nicht länger politisch und geistig bevormunden lassen, z. B. durch die Kirche. Wissenschaft und Künste sind Ausdruck dieses neuen Denkens. Die Antike wird zum Vorbild, man fordert die „Wiedergeburt (Renaissance) aus dem Geist der Antike".
Kaiser und Papst als höchste Autoritäten halten jedoch an den alten Vorstellungen fest: Vor allem die Kirche bekämpft das neue Weltbild des **Nikolaus Kopernikus,** das die **Sonne** – und nicht mehr die Erde – **als Mittelpunkt im Weltall** annimmt. Auch die beiden wichtigsten Erfindungen dieser Epoche, der Buchdruck mit beweglichen Lettern und die Druckerpresse (Johannes Gutenberg), ermöglichten es vielen, Bücher, vor allem die Bibel, zu lesen und sich eine eigene Meinung zu bilden. **Martin Luther,** ein junger Mönch in Wittenberg, klagt in seiner Schrift *Von der Freiheit eines Christenmenschen* (1520) über die **Missstände in der Kirche** und den Machtanspruch des Papstes. Als er 1521 auf dem Reichstag in Worms von Kaiser Karl V. gebannt und für vogelfrei erklärt wird, flieht er auf die Wartburg, wo er die gesamte **Bibel in die deutsche Sprache übersetzt** und damit einer breiten Leserschaft zugänglich macht. Die **Erfindung des Buchdrucks** ermöglicht 1534 den Druck der Bibelübersetzung Martin Luthers. Mit seinen Kirchenliedern und Fabeln verbreitet Luther seine Vorstellung von einem neuen Christentum. Der Buchdruck bot eine bis dahin **ungeahnte Verbreitungsmöglichkeit:** Erstmals werden in den politischen und theologischen Auseinandersetzungen Flugschriften eingesetzt. Auch Kirchenlieder wurden zuerst auf solchen fliegenden Blättern bekannt gemacht.
Im Bereich der Epik (erzählende Literatur) entstehen z. B. die Geschichte von *Reineke Fuchs* (um 1498) und die Schelmengeschichten von *Till Eulenspiegel* (1510/1511). Humanisten wie **Sebastian Brant** verfassten zeitkritisch-satirische Werke wie *Das Narrenschiff.* Lyrische Formen gibt es zum Beispiel in Kirchenliedern und im Meistersang, einer lehrhaften Lieddichtung. Der bekannteste Meistersinger war **Hans Sachs** (1494–1576) aus Nürnberg.

Geschichte

1452	Johannes Gutenberg druckt die Bibel
1492	Christoph Kolumbus betritt Amerika
1514	Nikolaus Kopernikus behauptet, die Sonne sei der Mittelpunkt des Alls
1517	95 Thesen Martin Luthers, Beginn der Reformation
1524/25	Bauernkrieg

Literatur

Hermann Bote (ca. 1450–1520): *Till Eulenspiegel* (Schelmengeschichten)
Sebastian Brant (1457–1521): *Das Narrenschiff* (Satire)
Martin Luther (1483–1546): Bibelübersetzungen, Kirchenlieder, Fabeln
Hans Sachs (1494–1476): Meistersang, Fastnachtsspiele, Volksbuch *Doktor Faustus*

Barock (ca. 1600–1720)

Herman van Steenwijck: Vanitas*-Stillleben (1640)
* Vanitas: Vergänglichkeit (alles Irdischen)

Andreas Gryphius (1616–1664)

Hans Jakob Christoffel v. Grimmelshausen (1621–1676)

Das zentrale Ereignis dieser Epoche in Deutschland war der **Dreißigjährige Krieg** (1618–1648). Er hinterließ verödete Landstriche und zerstörte Städte. Insgesamt fiel ihm ein Drittel der Bevölkerung zum Opfer.
Die Zeit des Barock war **von starken Gegensätzen geprägt:** Auf der einen Seite steht der **Absolutismus** mit seinem Machtwillen und Repräsentationsstreben, das sich in prunkvollen Bauten dokumentiert, auf der anderen Seite stehen die leidvollen Erfahrungen im Dreißigjährigen Krieg wie Verwüstungen, Seuchen, Missernten, Hunger und Tod. Das quälende **Todesbewusstsein** drückt sich in der Mahnung des **„Memento mori“** (lat.: Bedenke, dass du sterben musst!) aus. Zugleich entfalten sich auch **Lebensgier** und leidenschaftliche Sinneslust, die im Appell des **„Carpe diem“** (lat.: Genieße den Tag!) ihren Ausdruck finden. Das gespaltene Lebensgefühl spiegelt sich auch in der Dichtung wider, die durch Gegensätze (Antithetik) geprägt ist: Diesseits – Jenseits; Vergänglichkeit – Lebensgier; Jugend/Blüte – Verfall/Tod; Spiel – Ernst; Schein – Sein.
Hans Jakob Christoffel von Grimmelshausen stellt die Schrecken des Kriegs in seinem Roman *Die Abenteuer des Simplicissimus Teutsch* (1669) dar. Auch für **Andreas Gryphius** ist der Dreißigjährige Krieg die bestimmende Erfahrung, die seine Dichtung prägt: Seine Sonette handeln von der Vergänglichkeit im Diesseits und der Hoffnung auf ein besseres Jenseits.
Die Dichtkunst im Barock war geprägt durch strenge Regeln. Eine wichtige Leitfigur für die Dichtung des Barock war **Martin Opitz.** Sein *Buch von der Deutschen Poeterey* (1624) war die erste deutschsprachige Poetik und enthielt für alle wichtigen Gattungen Regeln und Vorbilder.

Geschichte

1618–1648	Dreißigjähriger Krieg
1643	Ludwig XIV. wird französischer König; absolutistische Herrschaft

Literatur

Martin Opitz (1597–1639): *Buch von der Deutschen Poeterey* (Regelpoetik)
Paul Gerhardt (1607–1676): Kirchenlieddichtung
Andreas Gryphius (1616–1664): *Tränen des Vaterlandes, Menschliches Elende* (Sonette)
Hans Jakob Christoffel von Grimmelshausen (1621–1676): *Die Abenteuer des Simplicissimus Teutsch* (Roman)

Aufklärung und Empfindsamkeit (1720–1800)

Im Zeitalter der Aufklärung weicht der Vanitas-Gedanke des Barock (Vergänglichkeit und Nichtigkeit alles Irdischen) dem **Vertrauen in den Fortschritt.** Der deutsche Philosoph **Immanuel Kant** stellt die Forderung auf: **„Habe Mut, dich deines eigenen Verstandes zu bedienen!“** Der Kampf gilt der Bevormundung durch die Kirche und der Willkürherrschaft der absolutistischen Herrscher. Er wendet sich gegen die mittelalterliche Ständeordnung, die Adel und hohe Geistlichkeit an die Spitze der Gesellschaft stellt, er macht Front gegen Aber- und Hexenglauben und bekämpft Vorurteile gegenüber Individuen und Gruppen. **Vernunft** und **kritisches Denken, Toleranz** gegenüber Andersdenkenden sowie tugendhaftes, vernünftiges Handeln sind einige der Prinzipien, die nach Auffassung der Zeit jeder Mensch erlernen kann. Der Philosoph und Pädagoge **Jean-Jacques Rousseau** entwirft ein völlig neues Erziehungskonzept: Kinder sollen sich frei entfalten können und nicht durch Strafe und Belehrung erzogen werden. **Gotthold Ephraim Lessing** hebt in seinen bürgerlichen Trauerspielen die sogenannte Ständeklausel (Tragödie = Personen hohen Standes, Komödie = Personen niederen Standes) auf. Die Zuschauer/-innen sollen sich mit den Figuren identifizieren, um durch die Empfindung von Furcht und Mitleid zu einem tugendhaften Verhalten zu gelangen. Wegen ihres belehrenden Charakters ist die Fabel (▶ S. 93) in der Epoche der Aufklärung sehr beliebt.

Doch nicht nur mit den Kräften der Vernunft bekämpft die Aufklärung die geistige Bevormundung und politische Unterdrückung. In der Zeit der **Empfindsamkeit** (etwa 1740–1780) tritt zur rein vernünftigen Betrachtung der Welt eine aus tiefer Religiosität stammende, vom Gefühl getragene, oft schwärmerische Weltsicht. **Friedrich Gottlieb Klopstock** schildert z. B. in seiner Lyrik eine bis dahin nicht gekannte, ganz persönliche Begegnung mit der Natur.

Geschichte

1775	letzte Hexenverbrennung auf deutschem Boden
1776	Unabhängigkeitserklärung der Vereinigten Staaten
1789–1799	Französische Revolution, die die Menschen- und Bürgerrechte erklärt (Freiheit, Gleichheit, Brüderlichkeit)

Erfindungen

1718	Quecksilberthermometer (Daniel Gabriel Fahrenheit)
1738	Entwicklung einer Spinnmaschine
1768	Dampfmaschine (James Watt)

Literatur/Philosophie

Johann Christoph Gottsched (1700–1766): *Versuch einer kritischen Dichtkunst für die Deutschen*
Jean-Jacques Rousseau (1712–1778): *Emile oder über die Erziehung* (Erziehungsroman)
Friedrich Gottlieb Klopstock (1724–1803): *Der Messias* (Heldenepos)
Immanuel Kant (1724–1804): *Beantwortung der Frage: Was ist Aufklärung?* (Aufsatz)
Gotthold Ephraim Lessing (1729–1781): *Nathan der Weise* (Drama), *Emilia Galotti* (bürgerliches Trauerspiel)
Sophie von La Roche (1730–1807): *Geschichte des Fräuleins von Sternheim* (Roman)
Christoph Martin Wieland (1733–1813): *Geschichte des Agathon* (Roman)
Georg Christoph Lichtenberg (1742–1799): Aphorismen
Karl Philipp Moritz (1756–1793): *Anton Reiser* (Roman)

Sturm und Drang (1770–1785)

Die Sturm-und-Drang-Zeit war eine rein literarische Bewegung in Deutschland, die verhältnismäßig kurze Zeit Bestand hatte, um dann in die Klassik zu münden. Ursprung dieser Bewegung, die überwiegend von jungen Männern, meist Studenten, getragen wurde, war der **Protest gegen die Einseitigkeit einer in Regelgläubigkeit erstarrten Aufklärung** (▸ S. 147). Der Mensch sollte sich nicht nur seines eigenen Verstandes bedienen, sondern auch seine Gefühle und sein Herz sprechen lassen. Begriffe wie **Herz, Liebe, Freundschaft, Leidenschaft, Natur** zählten für die Stürmer und Dränger mehr als Verstand, Regeln, Konvention und Normen. Gleichzeitig entstand ein einfühlendes Verhältnis zur **Natur**, die im Gegensatz zur Aufklärung wieder **vergöttlicht** wurde. Leitbild für die Dichter war das **Genie,** der schöpferische Mensch.

Die Stürmer und Dränger verehren Homer, Pindar, Klopstock und vor allem Shakespeare. Sie wollen an die unverbildete Sprache der Volkslieder anknüpfen. Goethes Briefroman „Die Leiden des jungen Werther“ (1774), der von der unglücklichen Liebe Werthers zu Lotte, die mit Albert verlobt ist, handelt, wird zum ersten Bestseller der deutschen Literatur.

Für die Umsetzung der Ideen des Sturm und Drang war das **Drama besonders geeignet.** Es wurde zur dominierenden Gattung dieser Epoche. Hauptthema der Dramen des Sturm und Drang ist der Konflikt des Einzelnen mit der gesellschaftlichen Wirklichkeit, wie zum Beispiel in **Goethes** *Götz von Berlichingen* und in **Schillers** Drama *Die Räuber.*

Die **Lyrik** des Sturm und Drang bringt vor allem das subjektive Erleben zum Ausdruck. Um 1770 begann Goethe, Gedichte einer neuen Art zu schreiben, die als sogenannte **Erlebnislyrik** bezeichnet wird, z. B. die Gedichte *Mailied* (▸ S. 119) und *Willkommen und Abschied.* Diese Gedichte, in denen die Begegnung mit der Geliebten und mit der Natur eine Einheit bilden, vermitteln den Eindruck eines unmittelbaren Erlebens und Aussprechens von Gefühlen. Die ausdrucksbetonte Sprache dieser Gedichte (Ausrufe, Sprachbilder, Ellipsen) unterstreicht die Emotionalität.

Szene aus „Die Räuber“ (Stahlstich)

Szene aus „Die Leiden des jungen Werther“ (Stahlstich)

Literatur

Johann Wolfgang Goethe (1749–1832): *Die Sesenheimer Lieder* (Gedichte, 1770/71), *Götz von Berlichingen* (Drama, 1773), *Die Leiden des jungen Werther* (Briefroman, 1774)
Jakob Michael Reinhold Lenz (1751–1792): *Der Hofmeister* (Drama, 1774), *Die Soldaten* (Drama, 1776)
Maximilian Klinger (1752–1831): *Sturm und Drang* (Drama, 1776)
Friedrich Schiller (1759–1805): *Die Räuber* (Drama, 1781), *Kabale und Liebe* (Drama, 1784)

Weimarer Klassik (1786–1805)

Das Goethe-Schiller-Denkmal in Weimar

Die **Freundschaft zwischen Goethe und Schiller** gilt als Kern der Weimarer Klassik (1788–1805). Darunter versteht man in der deutschen Literaturgeschichte die kurze Zeit der Freundschaft und Zusammenarbeit Goethes und Schillers **am Weimarer Hof des Herzogs Karl August** nach Goethes Rückkehr aus Italien (1788) und Schillers Anstellung in Jena/Weimar bis zu seinem Tod (1805).
Die Enttäuschung über den Ausgang der Französischen Revolution, der von Gewalt, Terror und Krieg gekennzeichnet ist, trägt wesentlich dazu bei, dass sich Goethe und Schiller vom Geniekult und von der Protesthaltung des Sturm und Drang (▸ S. 148) abwenden. **Harmonie und Humanität, Ausgleich und Maß, Menschlichkeit und Toleranz, Einheit von Mensch und Natur, aber auch von Individuum und Gesellschaft sind die neuen Leitideen der Klassik. Die Werke der griechischen Antike** (▸ S. 143) **gelten als Vorbild.** Hier findet man die nach strengen Gesetzen durchgeformte Sprache und die metrisch regelmäßig gebauten Verse, denen es nachzueifern gilt. Goethes Drama *Iphigenie auf Tauris* verkörpert in Inhalt und Form die Ideale der Weimarer Klassik mustergültig. Goethe selbst nennt die *Iphigenie* „ganz verteufelt human". Neben vielen klassischen Dramen (wie Schillers *Wilhelm Tell* und *Wallenstein*) entstehen in Weimar auch zahlreiche Balladen (Goethe: *Erlkönig, Der Zauberlehrling;* Schiller: *Die Bürgschaft, Die Kraniche des Ibykus).* Drei Jahre nach Schillers Tod erscheint Goethes *Faust I* (1808).

Geschichte

1789–1799	Französische Revolution
1793	Hinrichtung Ludwigs XVI.
1776	Unabhängigkeitserklärung der Vereinigten Staaten
1794	Sturz und Hinrichtung Robespierres
1804	Kaiserkrönung Napoleons I.
1813/15	Befreiungskriege gegen Napoleon
1814/1815	Wiener Kongress: Wiederherstellung der vorrevolutionären Zustände (Absolutismus)

Literatur

Johann Wolfgang Goethe (1749–1832)
- Dramen: *Egmont* (1775), *Torquato Tasso* (1780), *Iphigenie auf Tauris* (1787), *Faust I* (1808)
- Romane: *Wilhelm Meisters Lehrjahre* (1795/96), *Wilhelm Meisters Wanderjahre, Die Wahlverwandtschaften* (1809)
- Balladen: *Erlkönig* (1782), *Der Zauberlehrling* (1797)

Friedrich Schiller (1759–1805)
- Dramen: *Don Karlos* (1787), *Wallenstein*-Trilogie (1799), *Maria Stuart* (1800), *Die Jungfrau von Orleans* (1801), *Wilhelm Tell* (1803/1804)
- Balladen: *Die Bürgschaft* (1798), *Die Kraniche des Ibykus* (1797), *Der Taucher* (1797)
- Philosophische Abhandlung: *Über die ästhetische Erziehung des Menschen* (1795)

Romantik (ca. 1795–1840)

Parallel zur Weimarer Klassik (▶ S. 149) entwickelte sich seit 1795 in Deutschland die Romantik als literarische und künstlerische Bewegung. Politisch-gesellschaftlich wurde diese Zeit als Krisenzeit erlebt: Die Hoffnungen auf eine Demokratisierung im Zuge der Französischen Revolution (1789) waren zerschlagen, die Industrialisierung reduzierte den Menschen zunehmend auf seine Nützlichkeit. In dieser Situation realer Machtlosigkeit **wendeten** sich die **Romantiker/-innen** von der **Wirklichkeit ab.** Sie **beschworen** in ihren Werken die **Schönheit der Natur** und eine von **Harmonie** geprägte Welt herauf. Dem Wunsch nach einer „heilen" Welt entsprang auch die Begeisterung für **Märchen** und **Volkslieder** sowie für ein – allerdings verklärtes – **Mittelalter.** Die *Kinder- und Hausmärchen* der Brüder **Jacob** und **Wilhelm Grimm** entstehen in dieser Zeit ebenso wie die Volksliedsammlung *Des Knaben Wunderhorn* von **Clemens Brentano** und **Achim von Arnim.** In der Lyrik wurden sowohl die Themen der Volkslieder (Liebesglück, Liebesleid, Aufbruch, Reisen, Wandern, Freundschaft, Natur) als auch ihre einfache Strophenform beliebt (z. B. bei **Eichendorff**). Bestimmendes Gefühl der Romantik ist die **Sehnsucht:** Sehnsucht nach dem Einklang mit der Natur, nach Unendlichkeit, nach dem Magischen, nach Traum- und Gegenwelten. Die Grenzen der vernünftigen, realen Tagwelt sollen überschritten werden. Die **Nacht** als Gegenwelt zur Realität, **Traumwelten, Fernweh,** das Gespenstische der Natur, das Rauschen der Wälder, das Wandern durch ferne Gebirge und tiefe Täler sind **beliebte Motive** in Kunst und Dichtung. Allerdings wurden auch die Gefahren in dieser magischen, irrationalen Welt gesehen. Die dunkle Seite der Romantik, geprägt von Teufelspakten, Wahnsinn, Gespenstern und Tod, findet sich besonders ausgeprägt in den Werken **E. T. A. Hoffmanns** und in den Gemälden von Caspar David Friedrich.
In der Romantik beginnen **Frauen** eine **wichtige Rolle im literarischen Leben** zu spielen: Zu den herausragenden Schriftstellerinnen dieser Epoche gehören **Bettina von Arnim** (die Schwester von Clemens Brentano), **Karoline von Günderode** und **Annette von Droste-Hülshoff.**

Geschichte

1814/1815	Wiener Kongress: Wiederherstellung der vorrevolutionären Zustände (Absolutismus)
1819	Karlsbader Beschlüsse: Pressezensur, Auflösung der Burschenschaften, Demagogenverfolgung

Literatur

Friedrich Schlegel (1772–1829): *Lucinde* (Roman)
Novalis (1772–1801): *Hymnen an die Nacht* (Gedichte), *Heinrich von Ofterdingen* (Romanfragment)
Ludwig Tieck (1773–1853): *Der gestiefelte Kater* (Drama)
E. T. A. Hoffmann (1776–1822): *Die Elixiere des Teufels, Lebensansichten des Katers Murr* (Romane), *Das Fräulein von Scuderi* (Novelle)
Clemens Brentano (1778–1842) und **Achim von Arnim** (1781–1831): *Des Knaben Wunderhorn* (Volksliedsammlung)
Karoline von Günderode (1780–1806) *Gedichte und Fantasien* (Gedichtsammlung)
Bettina von Arnim (1785–1859): *Goethes Briefwechsel mit einem Kinde* (Briefsammlung)
Adelbert von Chamisso (1781–1838): *Peter Schlemihls wundersame Geschichte* (Kunstmärchen)
Jacob Grimm (1785–1863) und **Wilhelm Grimm** (1786–1859): *Kinder- und Hausmärchen*
Joseph von Eichendorff (1788–1857): *Aus dem Leben eines Taugenichts* (Roman), Gedichte

Biedermeier, Vormärz und Junges Deutschland (1814/15–1848)

Märzrevolution 1848

Nach dem Wiener Kongress (1814/15) wurden die Hoffnungen auf Reformen und auf ein politisch geeintes, demokratisches Deutschland enttäuscht, insbesondere durch die Karlsbader Beschlüsse von 1819, die den Fortbestand der Kleinstaaterei und des Absolutismus festschrieben und eine verschärfte Zensur zur Folge hatten. Die unterschiedlichen Reaktionen auf diese gesellschaftspolitischen Entwicklungen trennen die konservative Strömung des Biedermeier von der politisch revolutionären des literarischen Vormärz.
Die Dichterinnen und Dichter des **Biedermeier** kennzeichnet der **Rückzug bzw. die Flucht in das stille Glück** und in die idyllische Natur angesichts einer im Zeichen politischer Unruhen und einer beginnenden Industrialisierung als bedrohlich empfundenen Außenwelt. Hinwendung zur genügsamen Selbstbescheidung, Zähmung der Leidenschaften, Unterordnung unter das Schicksal, Schätzung des inneren Friedens, Bedacht auf Ordnung, Hang zum Pietismus, Interesse für Natur und Geschichte sind Merkmale der biedermeierlichen Literatur. Dabei kamen oft auch Resignation, Weltschmerz, Schwermut, Stille, Verzweiflung und Entsagung zum Ausdruck. Die Schriftsteller/-innen des **Vormärz kritisierten die politischen und gesellschaftlichen Zustände** im Vorfeld der Revolution von 1848 und **forderten religiöse Toleranz, Pressefreiheit, Beseitigung starker sozialer Ungleichheit und das Recht der Frauen auf Bildung.** Sie engagierten sich politisch und arbeiteten fast alle sowohl schriftstellerisch wie auch als Journalistinnen und Journalisten. Was die Vormärz-Autorinnen und -Autoren forderten, war eine politische Literatur, die in die Tagesaktualität eingreift und sich mit den gesellschaftlichen Verhältnissen auseinandersetzt. Die **Flugschrift Georg Büchners** *Der Hessische Landbote* („Friede den Hütten! Krieg den Palästen!“) und die Gründung der *Gesellschaft für Menschenrechte* mit Büchner als Mitbegründer hatten eine verschärfte Pressezensur und ein bundesweites Publikationsverbot zur Folge. Bedeutende Vertreter/-innen des Vormärz wurden verhaftet, des Landes verwiesen oder flohen wie **Heinrich Heine** ins liberale Frankreich.

Geschichte

1814/1815	Wiener Kongress: Wiederherstellung der vorrevolutionären Zustände (Absolutismus)
1830	Julirevolution in Paris
1832	Hambacher Fest
1844	Weberaufstand in Schlesien
1848	Märzrevolution in Deutschland, Nationalversammlung in der Paulskirche
1848	Karl Marx: *Kommunistisches Manifest*

Literatur: Biedermeier

Annette von Droste-Hülshoff (1797–1848): *Die Judenbuche* (Novelle), Gedichte
Eduard Mörike (1804–1875): Romane, Gedichte
Adalbert Stifter (1805–1868): *Der Nachsommer* (Roman)

Literatur: Vormärz/Junges Deutschland

Heinrich Heine (1797–1856): *Deutschland. Ein Wintermärchen* (satirisches Versepos)
Georg Büchner (1813–1837): *Dantons Tod*, *Woyzeck* (Dramen), *Lenz* (Erzählung)
Georg Herwegh (1817–1875): *Gedichte eines Lebendigen*

Realismus und Naturalismus (1850–1900)

Plakat von Emil Orlik, 1897

Die Hoffnung auf Freiheitsrechte und Demokratie wich nach der gescheiterten Märzrevolution (1848) einer nüchternen Betrachtung der Gegenwart.
Der **Realismus** zeichnete sich durch eine Hinwendung zur Realität, d. h. durch eine besondere **„Wirklichkeitstreue“**, aus. Die Schriftsteller/-innen des Realismus gehörten zur Schicht des Bürgertums und machten **das eigene bürgerliche Alltagsleben zum Gegenstand ihrer Dichtung.** Gesellschaftliche Zustände werden dargestellt, ohne offensichtlich Partei zu ergreifen oder kritisch Stellung zu beziehen. Im Gegensatz zum Naturalismus verzichten die realistischen Autorinnen und Autoren auf die Darstellung des Hässlichen und des Niederen. Der Roman und die Novelle sind die wichtigsten Textsorten. Wegbereiter für den deutschen Realismus waren vorwiegend die französischen Realisten, darunter die Autoren **Honoré de Balzac, Henri B. Stendhal** und **Gustave Flaubert** *(Madame Bovary)*, in England war es **Charles Dickens** *(Oliver Twist)*.
Der **Naturalismus** bezeichnet eine literarische Bewegung, die ab ca. 1870 in Frankreich **(Émile Zola)** auf den Weg gebracht wurde und vor allem in Skandinavien **(Henrik Ibsen, August Strindberg),** Russland **(Leo Tolstoi)** und Deutschland **(Gerhart Hauptmann, Arno Holz)** ihre Anhänger fand. Die Naturalisten lehnen eine poetisch verklärende Wirklichkeitsdarstellung radikal ab, in ihren Werken zeigen sie die dunklen, hässlichen Seiten des Lebens. Thematisiert werden vor allem die **Schattenseiten der Industrialisierung, z. B. die soziale Not des entstehenden Proletariats in den Elendsvierteln der Großstadt und die entwürdigenden Arbeitsbedingungen in den Fabriken.** Intention dieser Literatur ist es, Mitleid zu erregen, anzuklagen und Sozialkritik zu üben. Fast alle Autoren des Naturalismus stammten aus dem Kleinbürgertum, alle waren liberal eingestellt, viele sympathisierten mit der bis 1890 verbotenen Sozialdemokratischen Partei. Die jungen Autoren schlossen sich zu verschiedenen Gruppen zusammen, entwickelten mit ihren Zeitschriften Diskussionsforen und nutzten Vereine zur Aufführung ihrer Dramen, die ansonsten der Zensur zum Opfer gefallen wären.

Geschichte

1848 Märzrevolution, Nationalversammlung in der Paulskirche
1848 Karl Marx: *Kommunistisches Manifest*
1870/71 Deutsch-Französischer Krieg
1871 Gründung des Deutschen Kaiserreichs; Ausrufung König Wilhelms I. zum Kaiser
Industriezeitalter: wachsende Industrialisierung, Verarmung breiter Bevölkerungsschichten, Verschärfung der Klassengegensätze

Literatur: Realismus

Theodor Storm (1817–1888): *Der Schimmelreiter* (Erzählung), Gedichte
Theodor Fontane (1819–1889): *Effi Briest, Frau Jenny Treibel, Der Stechlin* (Romane)
Gottfried Keller (1819–1890): *Die Leute von Seldwyla* (Novellen), *Der Grüne Heinrich* (Roman)

Literatur: Naturalismus

Gerhart Hauptmann (1862–1946): *Die Weber, Der Biberpelz, Vor Sonnenaufgang* (Dramen)
Arno Holz (1863–1929): *Die Kunst. Ihr Wesen und ihre Gesetze* (Schrift), *Phantasus* (Gedichte)

Literarische Strömungen der Jahrhundertwende (ca. 1890–1910)

(Symbolismus, Dekadenz, Ästhetizismus, Surrealismus, Fin de Siècle)

Rainer Maria Rilke (1875–1926)

Hugo von Hofmannsthal (1874–1929)

Arthur Schnitzler (1862–1931)

Ricarda Huch (1864–1947)

Gegen den Naturalismus (▶ S. 152), der das soziale Elend und die hässlichen Schattenseiten der Gesellschaft zum Thema hatte, entwickelte sich um die Jahrhundertwende eine Literatur, die die **Ästhetik des Schönen** und die **Darstellung von Empfindungen, Gefühlen, Träumen** und Stimmungen in den Vordergrund rückte. Mit der Entwicklung der Psychoanalyse durch **Sigmund Freud** (1856–1939) wurde den Kräften des **Unbewussten,** den abgründigen Träumen oder Fantasien wieder größere Aufmerksamkeit geschenkt. Man besann sich auf das „Ich", die Individualität und die Subjektivität. Die Dichter der Jahrhundertwende spürten die Seelenzustände der Menschen auf. Betont wurde das **Geheimnisvoll-Rätselhafte,** die Dinge erlangten häufig **mystische Symbolkraft (Symbolismus).** Die konkrete Wirklichkeit fand dagegen kaum Platz und politische Agitation oder Sozialkritik wie im Naturalismus wurden vehement abgelehnt. Einschneidend waren auch die philosophischen Schriften **Friedrich Nietzsches** (1844–1900). Seine Feststellung **„Gott ist tot"** markierte den Endpunkt einer Entwicklung, die mit der Aufklärung begonnen hatte: nämlich der Verlust jeder Glaubenssicherheit und die zunehmende Orientierungslosigkeit des Menschen in einer immer komplexer werdenden Welt (Nihilismus). Wertesysteme, die dem Menschen bisher zur Orientierung dienen konnten, wie z. B. die Religion, hatten also ihre Selbstverständlichkeit verloren. Die Zeit zwischen 1890 und 1910 wird im europäischen Kunstraum auch als „Fin de Siècle" bezeichnet (= Ende des Jahrhunderts). Diese Bezeichnung hebt das Krisenbewusstsein und die Endzeitstimmung hervor, durch die die Jahrhundertwende in Deutschland gekennzeichnet war.

Geschichte

Enormer Modernisierungsschub (zweite industrielle Revolution); Verarmung und Verelendung breiter Bevölkerungsschichten, Verschärfung der Klassengegensätze

Literatur

Arthur Schnitzler (1862–1931): *Liebelei, Reigen* (Dramen), *Leutnant Gustl* (Novelle)
Ricarda Huch (1864–1947): Gedichte
Stefan George (1868–1933): *Algabal, Das Jahr der Seele* (Gedichtsammlungen)
Hugo von Hofmannsthal (1874–1929): *Der Tor und der Tod, Jedermann* (Dramen), Gedichte
Rainer Maria Rilke (1875–1926): *Die Aufzeichnungen des Malte Laurids Brigge* (Roman), *Neue Gedichte* (Gedichtsammlung)
Hermann Hesse (1877–1962): *Unterm Rad* (Roman)

Expressionismus (ca. 1910–1925)

Zu Anfang des 20. Jahrhunderts erschien die Gesellschaft kränklich, morbide und vom Untergang bedroht. Die gesellschaftlichen Verhältnisse im Kaiserreich erlebten viele als verkrustet und autoritär. Die Expressionistinnen und Expressionisten wollten einen radikalen Bruch mit der Vergangenheit und den alten bürgerlichen Werten. Man erhoffte den Niedergang des alten Systems, sehnte den Aufbruch in eine neue Zeit herbei und spürte zugleich die Orientierungslosigkeit in einer immer moderner werdenden Welt der Technisierung, in der der einzelne Mensch als Teil einer Masse begriffen wird. Der Ort des Expressionismus ist die **moderne Großstadt,** vor allem Berlin. Wichtigstes Ereignis ist der Erste Weltkrieg (1914–1918), mit dem sich die erwartete Apokalypse bestätigte. Zentrale **Themen** des Expressionismus sind die Anonymität der **Großstadt,** Visionen vom **Weltuntergang,** das Gefühl der **Ohnmacht** und **Verlorenheit** (Ich-Zerfall), die Erfahrungen von **Krieg, Gewalt, Leid** und **Krankheit.** Der Ausdruck (= Expression) der Gefühle steht dabei im Vordergrund. Die Dichter/-innen brechen radikal mit den bisherigen Darstellungsweisen und **experimentieren mit Sprache und Form.** Diese expressive Schreibweise ist geprägt durch das **Aufbrechen grammatischer Strukturen** (Aufgabe von grammatischer Logik), **Sprachverknappung** (Ausfall von Wörtern oder Satzteilen, Ellipsen), Wortneuschöpfungen (Neologismen), durch starke, **ungewöhnliche Bilder** und eine **drastische Farbsymbolik.** Ein weiteres Kennzeichen ist der **Drang zur Formlosigkeit** (Aufgabe von Strophenbau, Reim, Rhythmus). Ähnlich wie in der Malerei stellen auch die expressionistischen Texte den Menschen oft in einer **Sinn- und Orientierungskrise** dar, häufig fanden auch hässliche oder schockierende Elemente ihren Platz, wie z. B. in der Gedichtsammlung *Morgue und andere Gedichte* (frz. *morgue* = Leichenschauhaus) von **Gottfried Benn.** Neben der Lyrik **(Jakob von Hoddis, Georg Trakl, Gottfried Benn, Else Lasker-Schüler, August Stramm)** gehört die Dramatik **(Carl Sternheim, Ernst Toller, Walter Hasenclever)** zu den bevorzugten Gattungen der Expressionistinnen und Expressionisten. In der Epik herrschen vorrangig Kurzformen vor, die oft lyrisch gefärbt sind **(Georg Heym, Alfred Döblin)**.

Geschichte

Enormer Modernisierungsschub (zweite industrielle Revolution), Verarmung und Verelendung breiter Bevölkerungsschichten, Verschärfung der Klassengegensätze

1914–1918	Erster Weltkrieg
1917	Oktoberrevolution in Russland
1918	allgemeines Wahlrecht für Frauen (in Deutschland)
1919	Versailler Vertrag

Literatur

Else Lasker-Schüler (1869–1945): *Der siebente Tag, Meine Wunder, Theben* (Gedichtsammlungen)
August Stramm (1874–1915): *Du, Tropfblut* (Gedichtsammlungen)
Gottfried Benn (1886–1956): *Morgue, Söhne, Fleisch, Schutt* (Gedichtsammlungen)
Georg Heym (1887–1912): *Der ewige Tag, Umbra vitae* (Gedichtsammlungen)
Georg Trakl (1887–1914): Gedichte
Jakob van Hoddis (1887–1942): *Weltende* (Gedichtsammlung)
Walter Hasenclever (1890–1940): *Der Sohn* (Drama)
Franz Werfel (1890–1945): *Wir sind* (Gedichtsammlung)

Literatur der Weimarer Republik (1918–1933) – Neue Sachlichkeit

John Heartfield: „Deutschland, Deutschland über alles", 1929 (Titelgestaltung für Kurt Tucholsky)

Unsicherheit und Krisen kennzeichnen die Zeit der Weimarer Republik. Konservative Kreise trauerten dem Kaiserreich und seiner gesellschaftlichen Verfassung nach. Sie machten die Novemberrevolution von 1918/19, aus der die Republik hervorging, für die Niederlage im Ersten Weltkrieg und die daraus resultierenden Gebietsverluste und Belastungen durch Reparationszahlungen verantwortlich. Die wirtschaftlichen Katastrophen von Inflation (1924) und Weltwirtschaftskrise (1929) förderten das Aufkommen radikaler Parteien und das frühe Ende der ersten deutschen Demokratie. Die ideologische Zersplitterung der Gesellschaft der Weimarer Republik spiegelt sich auch in den literarischen Strömungen dieser Zeit, die gegensätzlich und vielfältig sind.
Der **Expressionismus** (► S. 154) ist noch nicht beendet, als sich 1916 in Zürich eine künstlerische Bewegung gründet, die sich bewusst den banal klingenden Namen „Dada" gibt. Der Begriff Dada(ismus) steht für eine **Antikunst,** die ihre Zeitgenossen damit provoziert, dass sie gegen die traditionellen Vorstellungen von Kunst verstößt. Typisch für den **Dadaismus** sind Collagen, Zufallsgedichte, Lautgedichte (Aneinanderreihung von rhythmischen Lautfolgen ohne Rücksicht auf die Wortbedeutung) und Simultangedichte (gleichzeitig von mehreren Autoren und Autorinnen aus unterschiedlichen Texten rezitierte Gedichte).
Zur bestimmenden Tendenz entwickelt sich in den 1920er-Jahren eine neue nüchterne Schreibweise, die sogenannte **Neue Sachlichkeit.** Die Autorinnen und Autoren dieser Strömung zeigen eine **Hinwendung zur Gesellschaft** und **zur Alltagswelt.** Sie äußern ihre Kritik an den Phänomenen der Zeit in einem nüchternen, manchmal kühl-distanzierten und satirischen Tonfall. Dieses kritische Anliegen zeigt sich z. B. in der Gebrauchslyrik, die die Leserinnen und Leser in verständlicher Sprache auf Missstände in ihrer Alltagswelt aufmerksam macht und darin für sie einen Nutzen bzw. Gebrauchswert haben sollte. Wichtige Vertreter dieser Form der Lyrik sind **Erich Kästner, Kurt Tucholsky** und **Bertolt Brecht.**
Einen kritisch-aufklärerischen Anspruch haben auch die großen Gesellschaftsromane dieser Zeit, z. B. **Alfred Döblins** *Berlin Alexanderplatz* und **Heinrich Manns** *Der Untertan,* die auf eine neue Weise den Einzelnen in Bezug zur Gesellschaft setzen und dabei die Lebensumstände der Moderne kritisieren. Eine besondere Bedeutung erlangt der Roman *Im Westen nichts Neues* (1929) von **Erich Maria Remarque,** der die Schrecken des Ersten Weltkriegs aus der Sicht eines jungen Soldaten schildert. Dieser Antikriegsroman, der 1930 und erneut 2022 verfilmt wurde, erlangte Weltruhm.
Das **Drama** erfährt in den 1920er-Jahren neue Impulse durch den Schriftsteller **Bertolt Brecht** und den Regisseur **Erwin Piscator.** Das Theater Brechts ist ein politisches Zeittheater und will aufklären und belehren. Durch seine Konzeption des **epischen Theaters** (► S. 136) leistet Brecht eine theoretische Neubestimmung der Gattung, die sich vom klassischen Drama (► S. 135) absetzt. Im epischen Theater soll sich die Zuschauerin / der Zuschauer vom Bühnengeschehen nicht mehr emotional mitreißen lassen, sondern sie/er soll sich kritisch mit dem Dargestellten auseinandersetzen und erleben, dass sie/er etwas verändern kann. Die **kritische Distanz** wird **durch** den sogenannten **Verfremdungseffekt** (V-Effekt) erzeugt. Die Handlung wird z. B. durch Kommentare oder Songs so unterbrochen, dass bei der Zuschauerin / dem Zuschauer jede Illusion zerstört wird. Figuren treten aus der Rolle und wenden sich an das Publikum, um über das Geschehene zu diskutieren. Das Theater Brechts ist politisches Zeittheater und hat lehrhafte Absichten.

Gesellschaft und Kunst werden zudem stark beeinflusst durch die aufkommenden Medien wie Film und Hörfunk und die nun massenhaft verbreiteten und durch Fotos illustrierten Zeitungen und Zeitschriften. Es entsteht ein neuer Typ von Autor/-in, der/die für verschiedene Medien tätig ist.

Thomas Mann (1875–1955)

Alfred Döblin (1878–1957)

Kurt Tucholsky (1890–1935)

Erich Maria Remarque (1898–1970)

Erich Kästner (1899–1974)

Bertolt Brecht (1898–1956)

Ödön von Horváth (1901–1938)

Mascha Kaléko (1907–1975)

Geschichte

1918	Ende des Ersten Weltkriegs, allgemeines Wahlrecht für Frauen
1918	Ausrufung der Weimarer Republik
1919	Versailler Vertrag
1923	Putschversuch Adolf Hitlers scheitert
1929	Börsencrash (Schwarzer Freitag): Weltwirtschaftskrise

Erfindungen

1919/30	Einführung des Tonfilms
1923	Beginn des Unterhaltungsrundfunks (Hörspiele)

Literatur: Naturalismus

Heinrich Mann (1871–1950): *Der Untertan, Professor Unrat* (Romane)
Thomas Mann (1875–1955): *Der Zauberberg* (Roman), *Mario und der Zauberer* (Erzählung)
Alfred Döblin (1878–1957): *Berlin Alexanderplatz* (Roman)
Kurt Tucholsky (1890–1935): Gedichte, journalistische Texte
Erich Maria Remarque (1898–1970): *Im Westen nichts Neues* (Roman)
Bertolt Brecht (1898–1956): *Die Dreigroschenoper, Die heilige Johanna der Schlachthöfe* (Theaterstücke), Gedichte
Erich Kästner (1899–1974): *Fabian* (Roman); Gedichte
Ödön von Horváth (1901–1938): *Geschichten aus dem Wiener Wald* (Drama), *Jugend ohne Gott* (Roman)
Mascha Kaléko (1907–1975): Gedichte

Literatur von 1933 bis 1945

Bücherverbrennung in Berlin, 10. Mai 1933 (Holzschnitt)

Hitlers Machtübernahme setzte am 30. Januar 1933 eine deutliche Zäsur in der deutschen Kultur. Am 10. Mai 1933 führten Nationalsozialisten in fast allen deutschen Universitätsstädten **Bücherverbrennungen** durch. „Den Flammen übergeben“ wurden hier vor allem Bücher von **Autorinnen und Autoren der Neuen Sachlichkeit** (▶ S. 155), z. B. Heinrich Mann und Erich Kästner. Kunst, Literatur, Presse, Film und Rundfunk wurden gleichgeschaltet, das heißt der Zensur des neu gegründeten „Reichsministeriums für Volksaufklärung und Propaganda“ unterworfen bzw. in dessen Dienst gestellt. Diejenigen Autorinnen und Autoren, die sich der Zensur nicht beugten, erhielten Schreibverbot und wurden verfolgt. **Über 2000 Schriftstellerinnen und Schriftsteller** mussten aufgrund ihrer politischen Haltung, ihrer Kunstauffassung oder ihrer Herkunft **ins Exil fliehen.** Anfangs flohen viele in Nachbarländer Deutschlands, z. B. Frankreich (Paris) oder die Tschechoslowakei (Prag). Nach der Besetzung dieser Länder durch Hitlerdeutschland wurden England, die USA, Südamerika, Schweden und Palästina Zufluchtsorte der Exilantinnen und Exilanten. Viele hatten Schwierigkeiten, sich in den fremden Ländern zu etablieren, und lebten in ärmlichen Verhältnissen (z. B. Else Lasker-Schüler). Einige hielten sich mit schlecht bezahlten Jobs in der erstarkenden amerikanischen Filmindustrie über Wasser (Alfred Döblin, Heinrich Mann). Nur wenigen gelang es, auch im Ausland stets genügend Leser/-innen zu finden und an ihren bisherigen Erfolg anzuknüpfen (Lion Feuchtwanger, Thomas Mann). Die meisten litten große Not. Vor allem litten die Exilantinnen und Exilanten unter dem Verlust ihrer kulturellen Identität und des Gebrauchs ihrer Muttersprache sowie unter dem fehlenden Kontakt zu ihren Leserinnen und Lesern. Einsamkeit und Verzweiflung angesichts dieser Probleme mündeten oftmals im **Suizid.** Die Autoren **Ernst Toller, Walter Hasenclever, Walter Benjamin, Kurt Tucholsky** und **Stefan Zweig** begingen Selbstmord im Exil. In Deutschland blieben unter dem Hakenkreuz sowohl die regimetreuen völkischen „Blut und Boden“-Schreiber zurück sowie jene, die das Land nicht verlassen konnten oder wollten. Viele erhielten Publikationsverbot, veröffentlichten unter einem Pseudonym oder wichen in ihren Texten in politikferne, harmlose Themen und Genres aus, wie Drehbücher für Unterhaltungsfilme (z. B. Erich Kästner).

Geschichte	
1933	Machtantritt Hitlers, Bücherverbrennungen
1935	„Rassengesetze“
1939	Beginn des Zweiten Weltkriegs
1942	Wannseekonferenz: Beschluss der staatlichen Judenvernichtung

Literatur

Thomas Mann (1875–1955): *Joseph und seine Brüder, Doktor Faustus* (Romane)
Lion Feuchtwanger (1884–1958): *Die Geschwister Oppenheim, Exil* (Romane)
Arnold Zweig (1887–1968): *Erziehung vor Verdun, Das Beil von Wandsbek* (Romane)
Bertolt Brecht (1898–1956): *Leben des Galilei, Der kaukasische Kreidekreis* (Dramen)
Anna Seghers (1900–1983): *Das siebte Kreuz, Transit* (Romane)
Klaus Mann (1906–1949): *Mephisto, Der Vulkan* (Romane)
Mascha Kaléko (1907–1975): Gedichte

Literatur von 1945 bis 1989/90

Literatur nach 1945

Nachkriegszeit (Berlin, 1945)

Das Ende des Zweiten Weltkrieges markierte einen tiefen Einschnitt in der deutschen Geschichte. Das in Trümmern liegende, in Besatzungszonen aufgeteilte Deutschland stand vor der Aufgabe, in Auseinandersetzung mit der Schuld an Krieg und Völkermord einen politisch-kulturellen Neuanfang zu finden. Schon bald stand dieser Neuanfang unter dem Zeichen des **Kalten Krieges,** der die Siegermächte entzweite und zwischen die westlichen Zonen und die Ostzone den Eisernen Vorhang zog. Auf die **Gründung der BRD** im Jahr 1949 folgte im gleichen Jahr in Ostdeutschland die **Gründung der DDR.** Mit dem Kriegsende 1945 beginnt auch literarisch eine neue Zeit, wenngleich man nicht von einem literarischen Neuanfang sprechen kann, da viele Autorinnen und Autoren auf ihre Zeit im Exil, andere auf die Traditionen der Weimarer Zeit (▸ S. 155 f.) zurückgreifen. Die Nachkriegsliteratur wird oft auch als **„Trümmerliteratur"** bezeichnet. Mit „Trümmer" sind nicht nur die in Schutt und Asche liegenden Städte gemeint, sondern auch die zerstörten Ideale und die Erfahrung des Kriegs. Themen dieser „Trümmerliteratur" sind die **Nachkriegssituation** im zerstörten Deutschland (Hunger, Wohnungsnot und Flucht) sowie die deutsche **Schuld an Völkermord und Weltkrieg,** die z. B. in lyrischen Texten **(Günter Eich, Paul Celan)** und in Kurzgeschichten (**Heinrich Böll, Wolfgang Borchert** u. a.) ihren Niederschlag finden. Die bevorzugte Gattung der Nachkriegsautorinnen und -autoren war die **Kurzgeschichte** (▸ S. 95) in Anlehnung an die amerikanische Short Story. Nachhaltig prägte die **Gruppe 47** (benannt nach ihrem Gründungsjahr 1947) bis in die Mitte der 1960er-Jahre die Literaturentwicklung in der BRD. Die **Gruppe 47** war ein lockerer Zusammenschluss deutschsprachiger Autoren und Autorinnen, die sich einmal jährlich für drei Tage zu einer Versammlung trafen. In ihrer Anfangszeit bemühte sich dieses Netzwerk um eine **Erneuerung der deutschen Literatur nach dem Zweiten Weltkrieg.** Später wurde sie zu einer einflussreichen Institution im Kulturbetrieb der Bundesrepublik Deutschland, an deren Tagungen bedeutende zeitgenössische Autorinnen und Autoren teilnahmen, darunter **Alfred Andersch, Heinrich Böll, Günter Grass, Siegfried Lenz, Günter Eich, Ilse Aichinger** und **Ingeborg Bachmann.** Mit der staatlichen Teilung Deutschlands entwickeln sich die literarischen Trends auf beiden Seiten des Eisernen Vorhangs unabhängig voneinander.

Geschichte	
1949	Gründung von BRD und DDR
1961	Mauerbau
1968	Studentenunruhen in Europa
1970	Willy Brandt: Ostpolitik (Dialog, Entspannung)
1976	Ausbürgerung Wolf Biermanns aus der DDR
1985	Gorbatschows Reformkurs (Perestroika)
1989	friedliche Revolution in der DDR; Fall der Mauer
1990	deutsche Einheit

Literatur in der BRD (1949–1989/90)

Heinrich Böll (1917–1985)

Nelly Sachs (1891–1970)

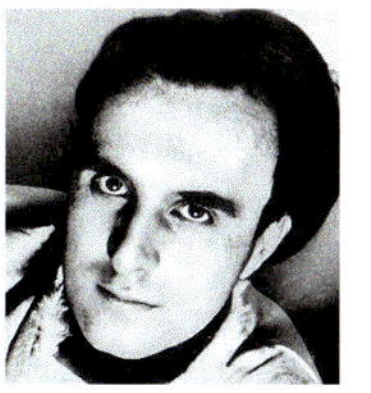
Wolfgang Borchert (1921–1947)

Ende der **1950er-Jahre** erregen die Romane *Die Blechtrommel* von Günter Grass und *Billard um halb zehn* von Heinrich Böll internationales Aufsehen. Auch die Autoren aus der Schweiz, **Max Frisch** (Roman: *Homo faber)* und **Friedrich Dürrenmatt** (Drama: *Die Physiker)*, zeigen eine kritische Distanz zur Entwicklung der modernen Gesellschaft. Für die **1960er-Jahre** lässt sich insgesamt eine zunehmende Politisierung des literarischen Lebens feststellen, die sich in einem Aufblühen der politischen Lyrik **(Erich Fried)** und des Essays **(Hans Magnus Enzensberger)** sowie im politischen Dokumentartheater **(Rolf Hochhuth)** besonders deutlich zeigt. Der Trend der **1970er-Jahre** zur neuen Subjektivität findet sich in der Epik **(Peter Handke, Martin Walser)** ebenso wie in der Lyrik **(Rolf Dieter Brinkmann).** Die **1980er-Jahre** gelten – in Deutschland wie in ganz Europa – als Zeit der Postmoderne, die mit traditionellen Erzählmustern und Motiven spielt und vielfältige Stilrichtungen und Ausdrucksformen miteinander kombiniert.

Literatur (West)

Nelly Sachs (1891–1970): *In den Wohnungen des Todes, Fahrt ins Staublose* (Gedichte)
Marie Luise Kaschnitz (1901–1974): *Zukunftsmusik* (Gedichte), *Das dicke Kind und andere Erzählungen*
Wolfgang Koeppen (1906–1996): *Tauben im Gras* (Roman)
Günter Eich (1907–1972): *Botschaften des Regens* (Gedichte), *Züge im Nebel* (Kurzgeschichten)
Max Frisch (Schweizer; 1911–1991): *Stiller, Homo faber* (Romane), *Andorra, Biedermann und die Brandstifter* (Dramen)
Alfred Andersch (1914–1980): *Sansibar oder Der letzte Grund* (Roman)
Peter Weiss (1916–1982): *Die Ermittlung* (Dokumentarstück), *Abschied von den Eltern* (Erzählung), *Die Ästhetik des Widerstands* (Roman)
Heinrich Böll (1917–1985): *Wanderer, kommst du nach Spa* (Kurzgeschichtensammlung), *Dr. Murkes gesammeltes Schweigen* (Satirensammlung), *Billard um halb zehn* (Roman)
Paul Celan (1920–1970): *Mohn und Gedächtnis, Von Schwelle zu Schwelle, Sprachgitter, Die Niemandsrose, Zeitgehöft* (Gedichtsammlungen)
Wolfgang Borchert (1921–1947): *Draußen vor der Tür* (Drama), Kurzgeschichten
Friedrich Dürrenmatt (Schweizer; 1921–1990): *Der Richter und sein Henker, Der Verdacht* (Romane), *Die Physiker, Der Besuch der alten Dame* (Dramen)
Erich Fried (1921–1988): *und Vietnam und, Die Beine der größeren Lügen* (Gedichte)
Ingeborg Bachmann (1926–1973): *Die gestundete Zeit, Anrufung des großen Bären* (Gedichte)
Siegfried Lenz (1926–2014): *Deutschstunde* (Roman), *So zärtlich war Suleyken* (Kurzgeschichten)
Günter Grass (1927–2015): *Die Blechtrommel, Die Rättin* (Romane), *Katz und Maus* (Novelle)
Martin Walser (1927–2023): *Ein fliehendes Pferd* (Novelle), *Das Schwanenhaus* (Roman)
Hans Magnus Enzensberger (1929–2022): *Verteidigung der Wölfe, Landessprache* (Gedichte)
Rolf Hochhuth (1931–2020): *Der Stellvertreter* (Dokumentarstück)
Rolf Dieter Brinkmann (1940–1975): *Was fraglich ist wofür, Rolltreppen im August* (Gedichte)
Peter Handke (geb. 1942): *Publikumsbeschimpfung* (Theaterstück), *Die Angst des Tormanns beim Elfmeter, Wunschloses Unglück* (Erzählungen)

Literatur in der DDR (1949–1989/90)

Heiner Müller (1929–1995)

Christa Wolf (1929–2011)

In der DDR wurden die Autorinnen und Autoren zunächst als Mithelfer/-innen beim Aufbau des Sozialismus gesehen. Die **Aufbauliteratur** der 1950er-Jahre soll die Errungenschaften des Sozialismus und den Sieg über den Faschismus darstellen. Wie in der Kunst wurde auch in der Literatur der **Sozialistische Realismus** als Stil gefordert: Arbeit und Alltag im Sozialismus sollten behandelt werden, und zwar möglichst wirklichkeitsnah. Die Veränderungen der Gesellschaft durch den Sozialismus sollten mit Zuversicht beschrieben werden. Auf der 1. Bitterfelder Kulturkonferenz 1959 werden die Arbeiter/-innen zum Schreiben ermutigt (**Bitterfelder Weg:** „Greif zur Feder, Kumpel") und Autorinnen und Autoren gehen in die Betriebe, um die Arbeitswelt in den Mittelpunkt ihrer Werke rücken zu können. Im April 1964 fand in der DDR die 2. Bitterfelder Konferenz statt. Unter den Schriftstellern meldete sich jetzt verstärkt die junge Generation zu Wort. Es entstanden Werke, die oftmals die Eingliederung Jugendlicher in die Gesellschaft sowie das **alltägliche Leben in der DDR kritisch beschrieben. Brigitte Reimanns** programmatische Erzählung *Ankunft im Alltag* gab dieser Literatur den Namen **Ankunftsliteratur.** Ihre Generation fragte ungeduldig nach der Verwirklichung der sozialistischen Ideale und erinnerte immer wieder an die marxistische Utopie einer herrschaftsfreien Gesellschaft. Die mit Honecker einsetzende Liberalisierung endet im Jahr 1976 mit der **(Zwangs-)Ausbürgerung Wolf Biermanns,** gegen die viele Autorinnen und Autoren weltweit protestieren. Wegen der verschärften politischen Bedingungen verlassen über 100 Autorinnen und Autoren sowie Künstler/-innen die DDR, darunter **Reiner Kunze, Günter Kunert, Jurek Becker, Monika Maron, Erich Loest, Sarah Kirsch.**

Literatur (Ost)

Johannes R. Becher (1891–1958): *Wiedergeburt, Buch der Sonette* (Gedichte)
Bertolt Brecht (1898–1956): *Der kaukasische Kreidekre*is (Drama), *Bukower Elegien* (Gedichte)
Anna Seghers (1900–1983): *Das siebte Kreuz, Transit* (Romane)
Peter Huchel (1903–1981): *Gezählte Tage* (Gedichte)
Erwin Strittmatter (1912–1994): *Katzgraben* (Komödie), *Ole Bienkopp* (Roman), Kurzprosa
Heiner Müller (1929–1995): *Germania Tod in Berlin, Die Hamletmaschine* (Dramen)
Stefan Heym (1913–2001): *5 Tage im Juni, Der König David Bericht* (Romane)
Peter Hacks (1928–2003): *Die Sorgen und die Macht* (Drama)
Christa Wolf (1929–2011): *Der geteilte Himmel, Nachdenken über Christa T., Kassandra* (Romane)
Günter Kunert (1929–2019): *Unschuld der Natur* (Gedichte), *Die Beerdigung findet in aller Stille statt* (Erzählungen)
Brigitte Reimann (1933–1973): *Franziska Linkerhand* (Roman)
Reiner Kunze (geb. 1933): *Sensible Wege* (Gedichte), *Die wunderbaren Jahre* (Kurzprosa)
Ulrich Plenzdorf (1934–2007): *Die neuen Leiden des jungen W.* (Roman)
Sarah Kirsch (1935–2013): *Landaufenthalt, Zaubersprüche* (Gedichte)
Wolf Biermann (geb. 1936): *Mit Marx- und Engelszungen, Für meine Genossen* (Gedichte)
Jurek Becker (1937–1997): *Jakob der Lügner, Bronsteins Kinder* (Romane)
Volker Braun (geb. 1939): *Training des aufrechten Gangs* (Gedichte), *Hinze-Kunze-Roman*
Christoph Hein (geb. 1944): *Drachenblut* (Novelle)
Thomas Brasch (1945–2001): *Vor den Vätern sterben die Söhne* (Erzählungen)

Tendenzen der Gegenwartsliteratur (1989 bis heute)

Mit dem Begriff „Gegenwartsliteratur“ werden Texte bezeichnet, die **seit dem Jahr des Mauerfalls** (1989) verfasst wurden. Viele der Autorinnen und Autoren leben noch und ihre Werke beziehen sich häufig auf die heutige Zeit oder die jüngere Vergangenheit (20. Jahrhundert). Insgesamt ist die **literarische Situation** ab den 1980er-Jahren sehr **komplex** und **es überlagern sich verschiedene Stilrichtungen, Erzählweisen und Themen.** Im Folgenden sollen einige Strömungen der Gegenwartsliteratur umrissen werden.

Maueröffnung in Berlin 1989

Erinnerungsliteratur

Die Literatur der Gegenwart ist in hohem Maße Erinnerungsliteratur. Sie beschäftigt sich mit der Vergangenheit, genauer mit der Geschichte Deutschlands im 20. Jahrhundert. So setzen sich viele Romane mit der **Zeit des Nationalsozialismus,** mit Krieg, Vertreibung, Holocaust und Faschismus auseinander. Einige wichtige sind **Marcel Beyers** Collageroman *Flughunde* (1995), **Bernhard Schlinks** Roman *Der Vorleser* (1995), der die Liebesgeschichte zwischen einem 15-jährigen Schüler und einer 36-jährigen Analphabetin beschreibt, die angeklagt wird, als Aufseherin in einem KZ gearbeitet zu haben, **Günter Grass'** Novelle *Im Krebsgang* (2002), die den Untergang des Flüchtlingsschiffs „Wilhelm Gustloff“ in den Mittelpunkt stellt, und **Uwe Timms** autobiografisches Buch *Am Beispiel meines Bruders* (2003), der hier einen Teil seiner Familiengeschichte aufarbeitet.
Ein weiterer Gegenstand der gegenwärtigen Erinnerungsliteratur ist das **Leben in der ehemaligen DDR** (Deutsche Demokratische Republik). Es entsteht eine Reihe von Büchern, die sich auf unterschiedliche Weise mit der DDR auseinandersetzen. **Thomas Brussig** schreibt mit *Helden wie wir* (1995) oder *Am kürzeren Ende der Sonnenallee* (1999) lustig-unterhaltsame Romane über die DDR, die zu Bestsellern werden. Andere Werke, die sich mit der DDR auseinandersetzen, sind ernster und literarisch anspruchsvoller: Große Erfolge erzielten **Jenny Erpenbeck** mit ihrem Roman *Heimsuchung* (2008), der u. a. die DDR behandelt, **Uwe Tellkamp** mit seinem Gesellschaftsroman *Der Turm* (2008), der die letzten Jahre der DDR aus der Perspektive einer bildungsbürgerlichen Familie darstellt, und **Eugen Ruges** Generationenroman *In Zeiten des abnehmenden Lichts. Roman einer Familie* (2011).

„Fräuleinwunder“

Ab Mitte der 1990er-Jahre erzielten unbekannte junge Autorinnen höchste Verkaufszahlen und erhielten wichtige Literaturpreise. Ihre Werke galten als „literarisches Fräuleinwunder“. Zum „Fräuleinwunder“ erklärt wurden z. B. **Judith Hermann** (*Sommerhaus, später,* 1998), **Zoe Jenny** (*Das Blütenstaubzimmer,* 1997), **Julia Franck** (*Liebediener,* 1999; *Die Mittagsfrau,* 2007) oder **Sibylle Berg** (*Sex II,* 1998; *Amerika,* 1999).

Migrationsliteratur

Eine andere Strömung innerhalb der Gegenwartsliteratur ist die Thematisierung von Fremdheitserfahrungen und kulturellen Identitäten Deutsch schreibender, aber nicht deutschstämmiger Literaten wie **Feridun Zaimoglu** (*Kanak Sprak. 24 Misstöne vom Rande der Gesellschaft*, 1995), **Rafik Schami** (*Das Schaf im Wolfspelz*, 1982; *Die Sehnsucht fährt schwarz*, 1988; *Sophia oder Der Anfang aller Geschichten*, 2015), **Wladimir Kaminer** (*Russendisko*, 2000), **Herta Müller** (*Reisende auf einem Bein*, 1989) oder **Mithu Sanyal** (*Identitti*, 2023). Zusammengefasst werden diese Werke auch unter den Stichworten „interkulturelle Literatur" oder „Migrationsliteratur".

Popliteratur

Ursprünglich in den 1960er-Jahren in den USA entstanden, erlebte die Popliteratur in den 1990er-Jahren in Deutschland eine Renaissance: Vor allem die Werke von **Christian Kracht** (*Faserland*, 1995; *Tristesse Royale*, 1999), **Benjamin von Stuckrad-Barre** (*Soloalbum*, 1998; *Blackbox*, 2000) oder **Benjamin Lebert** (*Crazy*, 1999) werden in diesem Zusammenhang genannt. Es sind Bücher, die die Probleme junger Menschen zwischen Medien, Markenwelt und Selbstfindung beschreiben. Themen wie Musik, Partys, Drogen, Liebe, Sex, Erwachsenwerden und der aktuelle Lifestyle sind typisch für die Popliteratur der 1990er-Jahre. Charakteristisch ist auch der Gebrauch von Jugend- und Szenesprache sowie Slang.

Die Gegenwartsliteratur bleibt im Fluss. Welche literarischen Richtungen, Stile und Themen das 21. Jahrhundert prägen werden, wird man erst in der Rückschau feststellen können. Nach wie vor gibt es einen Graben zwischen der Literatur, die mit Preisen ausgezeichnet wird, und der Literatur, die sich gut verkaufen lässt. Krimis, Vampir-Romane und erzählende Sachbücher stehen oben auf den Bestsellerlisten, werden dafür aber selten mit wichtigen Literaturpreisen bedacht. Genau andersherum ist es mit anspruchsvollen literarischen Werken. Nur wenigen Autorinnen und Autoren gelingt es, diesen Graben zu überwinden, so wie **Wolfgang Herrndorf.** Sein Jugendroman *Tschick* (2010) wurde zu einem Beststeller und bekam 2011 den Deutschen Jugendliteraturpreis. Auch **Daniel Kehlmanns** Roman *Die Vermessung der Welt* (2005) stand 2006 auf Platz zwei der meistverkauften Bücher, wurde in vierzig Sprachen übersetzt und bekam zudem den Literaturpreis der Konrad-Adenauer-Stiftung sowie den Kleist-Preis. Sein Roman *Ruhm* (2009) wurde sogar verfilmt. **Juli Zehs Romane** (z. B.: *Über Menschen*, 2021) werden in zahlreiche Sprachen übersetzt.
Neben dem gedruckten Buch entstehen neue Wege, Texte zu veröffentlichen. Selfpublisher, E-Books oder Books-on-Demand treten durch das **Internet** in **Konkurrenz zum gedruckten Buch** und das **Bloggen** wird zu einer neuen Form des Schreibens.

Geschichte

1989	friedliche Revolution in der DDR; Fall der Mauer am 9. November 1989
1990	deutsche Einheit
11.09.2001	Anschlag auf das World Trade Center in New York
2002	Einführung des Euro
2008	Finanz- und Wirtschaftskrise
2010	Arabischer Frühling
2015	enorme Fluchtbewegung in EU-Länder
2019	die Bewegung *Fridays for Future* wird gegründet; Beginn der Coronapandemie
2022	Einmarsch russischer Truppen in die Ukraine

3.5 Sachtexte

Sachtexte unterscheiden sich von literarischen Texten (z. B. einer Erzählung oder einem Gedicht) dadurch, dass sie sich vorwiegend mit wirklichen (realen) Ereignissen und Vorgängen beschäftigen und informieren wollen.
Es gibt verschiedene Formen von Sachtexten, z. B. Zeitungstexte, Zeitschriftenartikel und Lexikonartikel. Häufig findet man in Sachtexten auch Tabellen oder Grafiken (z. B. Landkarte, Balkendiagramm), Fotos oder andere Abbildungen.

Einen Sachtext erschließen

Lesestrategien anwenden

- **Überblick verschaffen → orientierendes (überfliegendes) Lesen:** Lies den Text / die Texte **zügig,** ohne dich an Einzelheiten aufzuhalten, die du nicht verstehst. Achte vor allem auf (Zwischen-) Überschriften, Vorspänne, hervorgehobene Wörter und Abbildungen.
- **Bestimmte Information finden → selektives (suchendes) Lesen:** Bei dieser Technik **„scannst“** du einen **Text nach bestimmten Themen, Begriffen oder Informationen,** z. B. nach einem Aspekt in der Aufgabenstellung, beispielsweise der Qualität von KI-generierter Literatur.
- **Alle Informationen verstehen → intensives (genaues, detailliertes) Lesen:** Lies den Text **besonders gründlich** und **markiere wichtige Informationen.** Am besten nimmst für die einzelnen Aspekte (z. B. die einzelnen Teilaufgaben) unterschiedliche Farben (z. B. für Einsatzmöglichkeiten, Grenzen und Akzeptanz). Nutze den Rand für Notizen, knappe Zusammenfassungen in eigenen Worten oder Fragen, die sich während des Lesens für dich ergeben.
- **Gemeinsamkeiten und Unterschiede finden → vergleichendes Lesen:** Beim vergleichenden Lesen setzt du **zwei oder mehr Texte** und/oder eine Grafik / ein Bild **miteinander in Beziehung** und prüfst, ob sich die Informationen ergänzen, bestätigen oder vielleicht sogar widersprechen.

Informationen visualisieren

Häufig kannst du die Informationen eines Textes in einem Schaubild, z. B. in einer Mind-Map oder in einem Flussdiagramm, übersichtlich festhalten, z. B.:
Mind-Map, die Informationen über KI im Journalismus festhält.

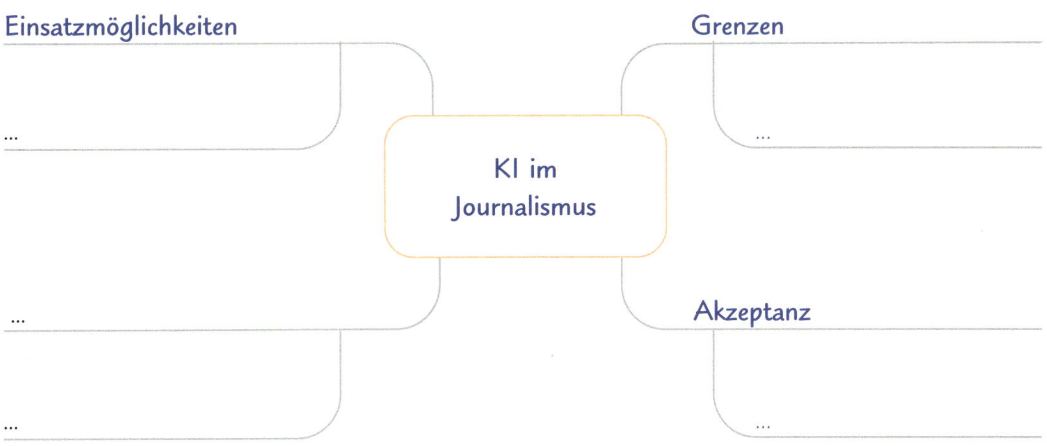

Infografiken und Diagramme verstehen und auswerten

Eine **Infografik** ist eine anschauliche Darstellung von Daten und Informationen, wobei Texte, Bilder und **Diagramme** kombiniert werden können. Diagramme machen z. B. Angaben über Mengen (z. B. Säulen-, Balken-, Kurven- oder Kreisdiagramm) oder Abläufe (z. B. Fluss-, Struktur- oder Kreislaufdiagramm). **Infografiken und Diagramme** können Zusammenhänge und/oder Entwicklungen aufzeigen und komplexe Sachverhalte kompakt und verständlich vermitteln.

Um eine Infografik bzw. ein Diagramm auszuwerten, gehst du so vor:

- Lies die **Überschrift** und die übrigen Angaben und Erklärungen und **stelle fest, worüber** die Infografik oder das Diagramm **informiert.** Achte z. B. auch auf die verwendeten Maßeinheiten, z. B. Prozentzahlen.
- Entnimm die **wichtigsten Informationen** und **setze sie miteinander in Beziehung.**
- **Fasse zusammen,** was in der Infografik bzw. im Diagramm gezeigt wird. Was lässt sich ablesen? Welches **Fazit** kann man ziehen?

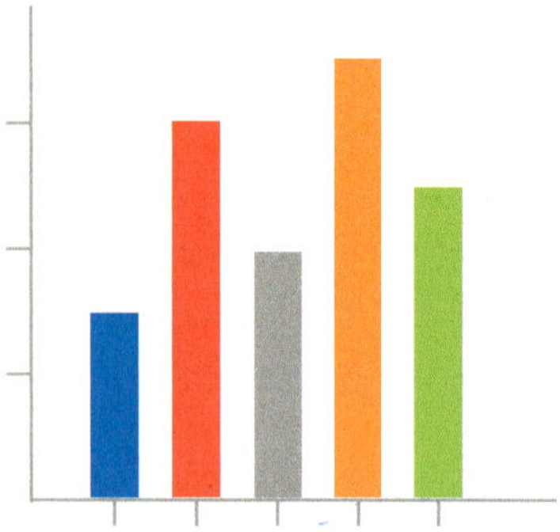

Säulendiagramm

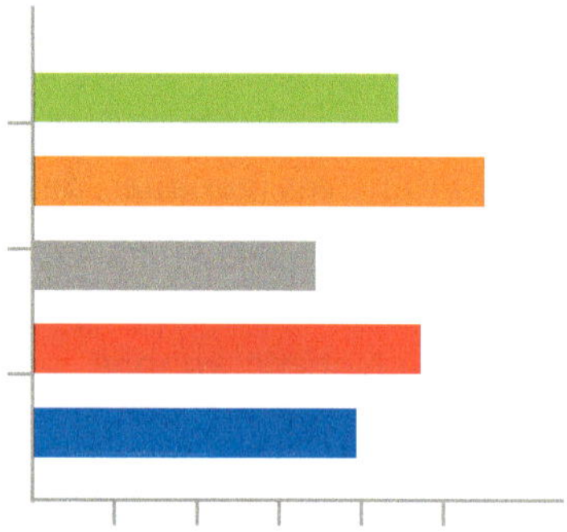

Balkendiagramm

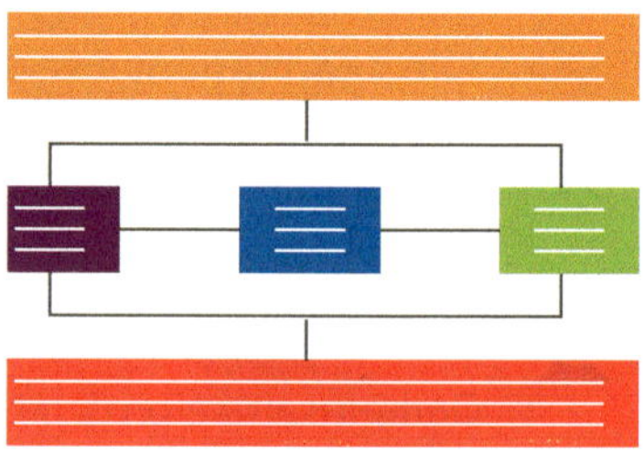

Strukturdiagramm

- Die Infografik/Das Diagramm aus dem Jahr ... gibt einen Überblick darüber, wie ...
- Betrachtet wird dabei sowohl ... als auch ...
- Die Mehrheit der Befragten, nämlich ... Prozent, ...
- Eher selten ...

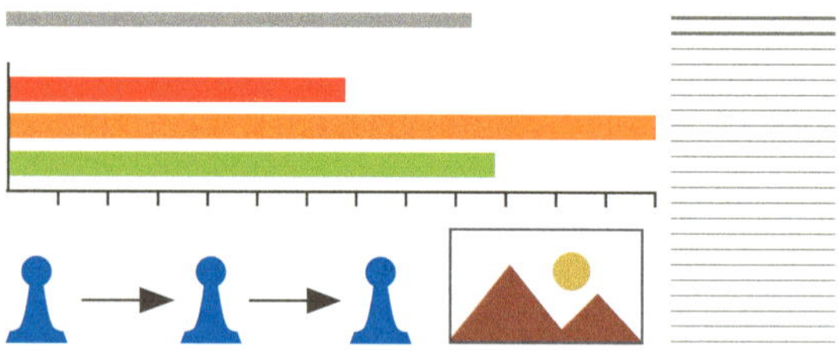

Infografik

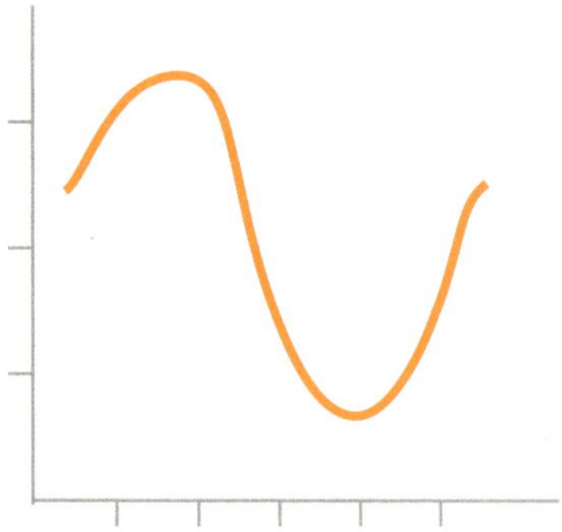

Kurvendiagramm

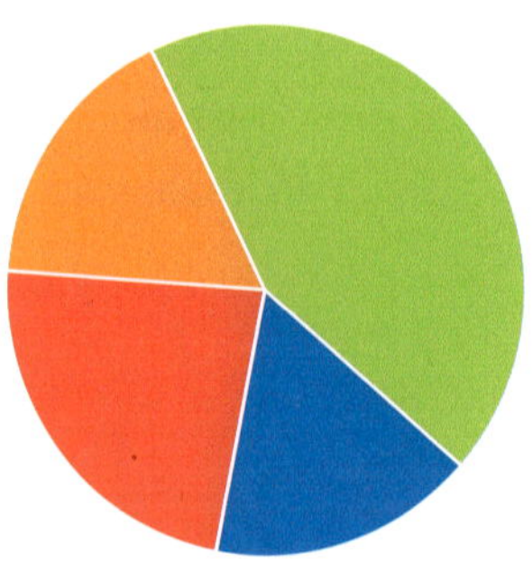

Kreisdiagramm

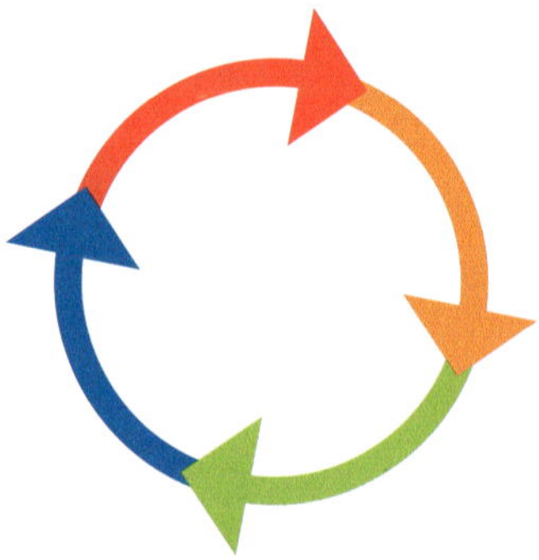

Kreislaufdiagramm

Intentionen von Sachtexten erkennen

Sachtexte haben in der Regel eine bestimmte **Intention (Aussageabsicht).** Sie wollen zum Beispiel **informieren, kommentieren oder appellieren** (zu etwas aufrufen). Dies können sie in unterschiedlicher Art und Weise. Bei Sachtexten kann man vielfältige Kombinationen von Intentionen (Aussageabsichten) und Darstellungsweisen (Stilen) antreffen.

1 **informieren:** Informationstexte stellen **Tatsachen** dar. Sie wollen **möglichst objektiv** über Sachverhalte informieren (z. B. Bericht, ▸ siehe unten; wissenschaftlicher Text) oder in anschaulicher und lebendiger Weise über selbst Erlebtes informieren (z. B. Reportage, S. 167 f.).
2 **kommentieren, werten:** Meinungstexte **bewerten** und wollen **überzeugen.** Sie können die Haltung zu einem Thema in unterschiedlichen Stilarten vermitteln: eher sachlich (z. B. **Kommentar,** S. 169) oder eher unterhaltsam in spöttisch-ironischer Weise (z. B. **Glosse,** S. 170).
3 **appellieren:** Die Leser/-innen sollen **zu etwas aufgerufen werden** (z. B. **Rede,** S. 174 f.; Wahlprogramm).

Die jeweils vorherrschende Intention wird durch den Inhalt der Aussagen, vor allem aber durch die sprachlichen Gestaltungsmittel erkennbar, z. B. Wortwahl, Sprachstil (sachlich, ironisch, provokant), auf- oder abwertende Formulierungen, rhetorische Mittel (z. B. rhetorische Fragen, Vergleiche, Wiederholungen).
(▸ Weitere Informationen zu den journalistischen Textsorten, S. 165–170)

Journalistische Textsorten unterscheiden

Nachricht

Die Nachricht oder Meldung ist die „kleine Schwester" des Berichts. Sie informiert – wie der Bericht – sachlich und ganz knapp über ein Ereignis und beantwortet die wichtigsten W-Fragen. Im Unterschied zum Bericht verzichtet sie aber auf weiterführende Detailinformationen.

Bericht

Ein Zeitungsbericht **informiert knapp und sachlich über ein aktuelles Ereignis.** Er beantwortet zu Beginn die wichtigsten W-Fragen und berichtet dann über die näheren Einzelheiten des Ereignisses (z. B. über Hintergründe, Zusammenhänge oder die Vorgeschichte). Diesen Aufbau nennt man **Lead-Stil.** Die **wichtigsten Informationen stehen am Textanfang** (Vorspann oder Lead), dann folgen weitere Detailinformationen. Ein Zeitungsbericht kann Zitate von Expertinnen und Experten oder Betroffenen wiedergeben, welche dann namentlich genannt werden. Sie sollen die Glaubwürdigkeit einer Aussage unterstreichen und/oder den Bericht lebendiger gestalten.

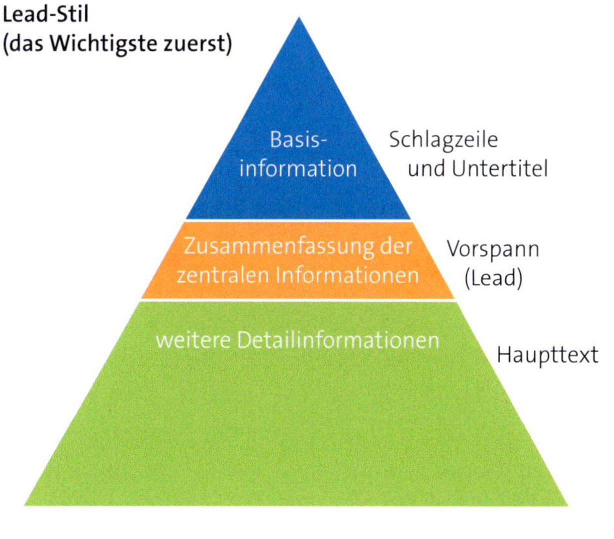

Beispiel für einen Bericht:

Eifel-Gemeinde von Tornado verwüstet

ROETGEN, 13. März 2019. Ein lokaler, heftiger Sturm hat in Roetgen in der Eifel zahlreiche Häuser beschädigt. Es gab mehrere Verletzte.

Am Mittwochnachmittag hat ein Tornado im Eifelort Roetgen an der belgischen Grenze für einen Großeinsatz mit etwa 200 Einsatzkräften von Polizei und Feuerwehr gesorgt. Der Sturm betraf hauptsächlich nur zwei Straßenzüge, laut Feuerwehrangaben wurden jedoch 40 Häuser beschädigt, zehn davon seien derzeit unbewohnbar. […] „Fünf Menschen sind leicht verletzt worden, vier von ihnen wurden im Krankenhaus behandelt", sagte ein Feuerwehrsprecher am Donnerstagmorgen. […]

[…] In der Grundschule in Roetgen wurde am Mittwochabend eine Betreuungsstelle eingerichtet. Die Feuerwehr schätzt, dass etwa 30 Menschen vorübergehend eine andere Unterkunft brauchten. Viele Menschen seien aber für die Nacht bei Bekannten untergekommen, berichtete Bürgermeister Jorma Klauss (SPD). Außerdem habe ein Roetgener Hotelier für die Betroffenen kostenlos seine Zimmer angeboten. […]

Unter einem Tornado verstehen Meteorologen einen örtlich stark eingegrenzten Luftwirbel, der im Durchschnitt zehn Minuten andauert und eine Geschwindigkeit von etwa 50 km/h erreicht. „Solche Windhosen sind zwar selten, können aber immer mal wieder aufkommen", sagte eine Sprecherin des Deutschen Wetterdienstes.

[…] Am Vormittag setzten 350 Einsatzkräfte die Aufräum- und Reparaturarbeiten in Roetgen bei Aachen fort. „Hier hilft jeder Roetgener, das ist wirklich toll", sagte der Feuerwehrsprecher. […]

Reportage

Eine Reportage **informiert in besonders anschaulicher Weise über ein Ereignis.** Der Reporter schreibt aus seiner **subjektiven Sicht**, als Augenzeuge des Geschehens. Er gibt dabei seine persönlichen Eindrücke und oft auch Empfindungen wieder.

- Reportagen **führen direkt in eine interessante Szene ein** (szenischer Einstieg, Schilderung einer Situation), sodass die Neugier der Leser/-innen geweckt wird.
- Eine Reportage enthält **sachliche Informationen** (Beantwortung der W-Fragen), gibt aber auch die **Eindrücke und die persönliche Sichtweise der Verfasserin / des Verfassers** wieder.
- Die Reportage will den Leserinnen / Lesern das Gefühl geben, dass sie live an einem Geschehen teilhaben. Deshalb beschreibt der Reporter anschaulich die **Atmosphäre und Stimmung vor Ort und schildert seine Wahrnehmungen.** Zitate von Personen und eine bildhafte Sprache (ausdrucksstarke Verben, Adjektive sowie sprachliche Bilder) sorgen für **Anschaulichkeit.**
- Die **Zeitformen wechseln**; häufig wird das **Präsens** verwendet.

Verena Mayer

Am Wasser gebaut

In Berlin, Hamburg und Leipzig entstehen ganze Siedlungen mit Hausbooten. Für manche Bewohner sind die schwimmenden Häuser ein Ausweg – für andere ein Albtraum.

Sobald Uta Eisenhardt ihre Berliner Wohnung betritt, ist sie im Urlaub. Direkt auf dem Wasser, vor ihrem Küchenfenster, kräuselt sich graublau der Fluss. Enten und Schiffe ziehen vorbei, und wenn Eisenhardt im Bett liegt, hört sie, wie die Wellen gegen ihre vier Wände schwappen. Dabei wohnt Eisenhardt mitten in der Großstadt. Dass das Leben hier wie auf einer Urlaubsinsel ist und zugleich auf eine Weise urban[1], liegt an Eisenhardts Wohnung. Ein Schiff, 32 Meter lang, hundert Tonnen schwer, die „Helene“. Vier Zimmer, Wohnküche, Terrasse, fest verankert in bester Hauptstadtlage.

Hausboot – das klingt erst einmal sehr speziell. Nach Aussteigern und Abenteuer. Doch auf den Hausbooten leben inzwischen meistens Städter. Grund dafür sind die Metropolen selbst, die teurer und vor allem voller werden. Wenn es nach den Zukunftsprognosen geht, werden in wenigen Jahrzehnten 80 Prozent der Weltbevölkerung Städter sein.

Das wiederum verlangt nach immer ausgefalleneren Wohnformen. Man bezieht aufgelassene Schlachthöfe, ehemalige Flughafengebäude oder alte Bunker aus dem Krieg. Und jetzt sind eben die Schiffe dran. Nur: Wie lebt man dauerhaft auf einem Boot? Sind Schiffe der Ausweg aus der Wohnungsnot oder ein Zeichen dafür, dass die Metropolen keinen Plan mehr haben, wie sie ihre Bewohner unterbringen sollen?

Uta Eisenhardt wuchtet eine schwere Schiffstür auf und geht durch einen engen Flur, in dem es nach Metall riecht. Ein Bad, ein begehbarer Schrank, zwei Kinderzimmer,

1 urban: städtisch

und dann steht man in einem riesigen Raum, der mehr von einer Dachgeschosswohnung hat als von einer früheren Kajüte. Holzboden, Kamin, ein helles Sofa, offene Küche, durch große Fenster und das halb verglaste Dach fällt Licht herein. Dass man auf einem Schiff ist, merkt man nur daran, dass die Wellen im Sonnenlicht tanzende Schatten an die Wände werfen. Und wenn draußen ein Ausflugsboot vorbeibrettert, schwankt die Lampe über dem Esstisch hin und her. Eisenhardt, 47, beginnt auch gleich zu schwärmen. Von der Freiheit, die man auf einem Schiff hat, von der Nähe zur Natur. Und wie sie es im Winter knacken hört, wenn der Fluss zufriert, bis er ein einziger Teppich aus Eis und Schnee ist. Eisenhardts Sohn, 14, sitzt währenddessen mit dem Smartphone auf dem Sofa. Er blickt kurz auf und sagt, dass das Leben auf dem Schiff eigentlich ganz normal sei. Und seine Kumpels und Schulfreunde – beneiden ihn die nicht? Bevor man noch überlegen kann, was wohl die Nachteile einer Wohnform sein könnten, die schön und verhältnismäßig günstig ist und durch Solarzellen und ein eigenes Windrad auch noch energieautark[2], hat er schon geantwortet. „Das langsame Internet hier ist echt krass.“ Aha, na gut. Uta Eisenhardt fallen noch ein paar andere Dinge ein. Dass sie nie gleichzeitig den Toaster und die Waschmaschine anstellen darf, weil das die Schiffsbatterie nicht schafft. Um ihre Abwässer loszuwerden, müssen sie ein Entsorgungsschiff kommen lassen. Und da ist noch die viele Arbeit, „das ist wie ein Haus, da ist immer etwas“. Reparaturen, Bürokratie, und die Erlaubnis, an ihrem Liegeplatz zu sein, müssen sie jedes Jahr neu beantragen. Inzwischen sind Hausboote Teil der Stadtplanung. Deutsche Kommunen setzen auf schwimmende Häuser, Wasser gibt es ja meistens selbst dort, wo der Wohnraum knapp ist. In der Hauptstadt, in die jedes Jahr 50 000 Leute neu zuziehen, wächst in der Rummelsburger Bucht gerade eine ganze Wasserstadt aus dem Boden. Jedes bewohnbare Fleckchen soll dort genützt werden. Und mitten auf dem Wasser könnten irgendwann Lofts schwimmen, aus Holz und Glas, die auf Beton-Pontons[3] aufgesetzt werden. Die Nachfrage sei riesig, sagt Christian Sternke. Er vertreibt Hausboote für eine Berliner Firma. Eigentlich sei das Phänomen alt. Städter hätten immer mal wieder auf Booten gewohnt. Als nach dem Krieg alles zerstört war, richteten sich viele übergangsweise auf alten Schiffen ein. Neu sei jedoch die Klientel[4]. Das seien keine Aussteiger mehr, sagt Sternke. Sondern durchwegs „sehr betuchte Leute“, die für ein schwimmendes Haus auch schon mal eine Million Euro hinlegen. Das Wohnschiff ist die neue Villa. Meine Frau, mein Auto, mein Hausboot.

Doch das Leben auf dem Wasser kann auch ein Albtraum sein. In London etwa. Die Leute auf den Kähnen sind oft nicht freiwillig hier, sondern weil sie sich in London keine andere Unterkunft mehr leisten können. Selbst wenn sie aus der urbanen Mittelschicht kommen. Es sind inzwischen so viele, dass die Hausboote dicht gedrängt in zwei Reihen nebeneinanderliegen.

In Berlin sitzt die Familie Eisenhardt jetzt auf der Terrasse ihres Schiffs. Felix Eisenhardt erzählt, dass er demnächst seine Arbeit aufs Wasser verlegen möchte. Er ist gerade dabei, ein Schiff zu bauen, auf dem man Konferenzen und Meetings abhalten kann. Die Schiffe werden dann wohl auch in der Hauptstadt zum Alltag gehören. Jedenfalls, solange die Boote nicht voll sind.

---

2 energieautark: unabhängig von fremder Energie
3 der Beton-Ponton: schwimmender Hohlkörper
4 die Klientel: die Kundengruppe

Kommentar

Ein Kommentar ist ein **wertender Text, in dem ein namentlich genannter Autor** zu einem aktuellen Thema Stellung bezieht und **seine persönliche Meinung äußert.** Die Autorin / Der Autor informiert über das Thema, erläutert seine Bedeutung, erklärt den Lesenden die Zusammenhänge und setzt sich mit unterschiedlichen Meinungen auseinander. In einem Kommentar begründet die Autorin / der Autor ihre/seine Meinung mit Argumenten und Beispielen. Ziel des Kommentars ist es, die Lesenden dazu anzuregen, sich eine eigene Meinung zum Thema zu bilden.

Von Hendrik Lünenborg

E-Scooter – eine gute Alternative?

Elektro-Tretroller: Sie erschienen wie aus dem Nichts, gehören seit einigen Tagen aber zum Innenstadtbild dazu. Die Anbieter von Leih-Rollern waren gut vorbereitet, denn sie erwarten in Hamburg ein gutes Geschäft und geben mächtig Gas. Doch die Erfahrung in anderen Städten zeigt: Ganz unproblematisch ist der Einsatz der kleinen Zweiräder nicht.

Es macht wirklich wahnsinnig viel Spaß, mit den elektrischen Rollern zu fahren. Keine Frage. Ich finde es selbst toll. Aber die Flitzer sind ganz sicher kein substanzieller Beitrag zur Verkehrswende. Und ich frage mich auch, ob die Roller einen Beitrag zum Klimaschutz leisten. Denn für welche Strecken werden sie voraussichtlich genutzt? Wahrscheinlich für die kurzen Wege, die man bislang zu Fuß oder mit dem Fahrrad zurückgelegt hat. Beides sind die deutlich umweltfreundlicheren Alternativen.

In Amerika fahren die E-Scooter schon länger und es hat sich gezeigt, dass sie nicht besonders lange halten. Sie werden vom flotten Flitzer schnell zum Elektroschrott. Für ein reines ökologisches Gewissen sind die Dinger nichts. Aber jetzt sind sie da und wir müssen uns mit diesem Trend beschäftigen.

Aus anderen Großstädten wissen wir, dass dort die Elektro-Tretroller auf Gehwegen und in Parks großes Chaos verursacht haben.

Mittlerweile hat zum Beispiel Paris reagiert: Wer mit seinem Tretroller auf dem Gehweg erwischt wird, der muss ab Montag 135 Euro Strafe zahlen, falsches Parken kostet 35 Euro.

In den ersten Tagen habe ich viele Tretroller auf Gehwegen gesehen – das ist natürlich nicht erlaubt. Sie gehören auf den Radweg oder auf die Straße. Deutschland wäre nicht Deutschland, wenn nicht auch alles gut geregelt wäre. Es gilt jetzt die Elektrokleinstfahrzeuge-Verordnung, die ebenfalls Bußgelder vorsieht. Fahren auf dem Gehweg kostet demnach 15 Euro. Mal abwarten, wie abschreckend das ist.

Die Stadt Hamburg darf nicht abwarten und muss sich ab sofort intensiv mit den Folgen der bevorstehenden Roller-Invasion beschäftigen. Dazu gehören auch intensive Kontrollen, damit erst gar kein Chaos entsteht.

Und wem es wirklich um Nachhaltigkeit geht, der nutzt für kurze Strecken einfach das Rad oder noch besser: seine Füße. Letzteres ist seit Jahrtausenden erprobt und in Wahrheit ist das auch viel hipper und cooler als ein Tretroller.

Glosse

Die Glosse ist ein **kurzer, pointierter** (zugespitzter) **Meinungsbeitrag** zu einem Thema. Im Unterschied zum Kommentar verzichtet die Glosse bewusst auf eine ausgewogene Argumentation und ist betont subjektiv. Ihre Sprache ist **humorvoll, spöttisch, ironisch;** ein beliebtes **Stilmittel** ist die **Übertreibung.** Die Glosse provoziert, denn sie will die Leserin / den Leser wachrütteln, zum Schmunzeln bringen, aber auch zum Nachdenken anregen.

Von Tina Stommel

Der Selfie-Stick: Ich! Ich! Ich!

Auf die Gefahr hin, dass alle Selfie-Fans jetzt schreiend das Browserfenster schließen: Ich mag sie nicht – die Selfies nicht und auch nicht die, die Selfies ständig und überall machen.

Noch weniger mag ich die, die in unzähligen Posen in ihre Smartphone-Kamera gucken, um hernach Stunden damit zu verbringen, das Ergebnis zu bearbeiten, bis das Selbstporträt von Pickel, Stirnfalte, Zahnlücke befreit ist. Dann wird es prompt gepostet, irgendwo, Hauptsache veröffentlicht, und schon weiß jeder – ja, was? Dass man lebt? Dass man tatsächlich in Paris ist, weil man es geschafft hat, über dem „Mir geht's supa!"-Grinsen auch noch irgendwo links oben den Eiffelturm abzubilden?

Das schafft der Selfie-Stick. Wenn Sie jetzt fragen: „Selfie-was?", dann zählen Sie zu den 20 Prozent der Deutschen, die laut einer Umfrage noch nichts von den Stangen wissen, die das Handy in höchste Höhen heben, um neben dem Hauptmotiv – „Ich! Ich! Ich!" – auch den Rest aufs Bild zu kriegen.

Laut Umfrage finden 68 Prozent der Deutschen die Sticks peinlich. In den USA liegt die Peinlichkeitsgrenze höher. Schon mal von der „Selfie-Brush" gehört? Das ist eine Bürste (nur in den USA erhältlich), die man ans Handy klemmt. Um sich, jawohl, die Haare zu bürsten – jederzeit, weil das Handy ja so sicher bei einem ist wie das Haar auf dem Kopf. Wer das braucht? Selfie-Fans im Wind, ist doch klar!

Einen Sachtext schriftlich analysieren

Folgende Gesichtspunkte helfen dir bei der Analyse eines Sachtextes:

Aspekte der Sachtextanalyse

Inhalt, Thema, Aufbau

Aussageabsicht (Intention)
- Stellung nehmen
- Leser/-innen beeinflussen
- Leser/-innen aufklären

Argumentationsaufbau
(bei wertenden oder kommentierenden Texten)
- Thesen/Standpunkte
- Argumente/Gegenargumente
- Schlussfolgerung

Sprachliche Besonderheiten
- Wortwahl, Sprachstil
- Leseransprache
- rhetorische Stilmittel

Vor der Ausarbeitung der Sachtextanalyse muss man den Text genau analysieren (▶ Checkliste, S. 173).
Je nach Aufgabenstellung untersuchst du den Inhalt, die Sprache und die Intention (Aussageabsicht) eines Textes.

Einleitung

In der Einleitung nennst du den Titel und den Namen der Autorin / des Autors und machst Angaben zum Thema bzw. zur Kernaussage des Textes.

Hauptteil

Im Hauptteil fasst du die wesentlichen Aussagen des Textes knapp zusammen, legst die Ergebnisse deiner Textanalyse dar und belegst sie mit Textbeispielen (▶ Zitieren, S. 214).
Je nach Aufgabenstellung wird Folgendes entfaltet:
- Inhalt und Argumentationsaufbau des Textes,
- sprachliche Besonderheiten und ihre Wirkung,
- Aussageabsicht (Intention) des Textes.

Schluss

Zum Schluss nimmst du Stellung zu dem im Text genannten Thema bzw. Problem, äußerst einen weiterführenden Gedanken oder ziehst ein Fazit.
Verwende als Tempus das Präsens und belege deine Aussagen anhand des Textes durch Zitate (▶ Zitieren, S. 214).

Beispiel für eine Sachtextanalyse (Auszüge):

A Einleitung
Angaben zum Autor / zur Autorin und zum Thema des Textes

In seinem Kommentar „E-Scooter – eine gute Alternative?“ setzt sich der Autor Hendrik Lünenborg mit der Frage auseinander, ob die E-Scooter eine gute Alternative für die Fortbewegung darstellen. Dabei führt er an, dass es zwar Spaß macht, mit den schnellen Rollern zu fahren, sie aber schon in vielen Städten für Chaos gesorgt haben und keinen Beitrag zum Klimaschutz leisten, da sie als Alternative für kürzere Strecken genutzt werden, die ansonsten […].

B Hauptteil
I. Inhalt und Argumentationsaufbau

Der Autor leitet seinen Kommentar mit einem Gegenargument ein: „Es macht wirklich wahnsinnig viel Spaß, mit den elektrischen Rollern zu fahren. Keine Frage. Ich finde es selbst toll.“ (Z. 5–7) Im Verlauf des Kommentars entkräftet er dieses Argument jedoch, indem er auf die vielfältigen Probleme bei der Benutzung der E-Scooter aufmerksam macht.

Seine ablehnende Haltung stützt der Autor mit dem Argument, dass E-Roller für Strecken genutzt werden, die man bis dahin zu Fuß oder mit dem Fahrrad zurückgelegt hat (vgl. Z. 11–14). Außerdem halten E-Roller nicht besonders lang und werden schnell zu Elektroschrott (vgl. Z. 18–20), was wiederum zu einer höheren Umweltbelastung führt. Dieses Argument greift er später im Kommentar wieder auf, als er darauf aufmerksam macht, dass E-Roller nicht nachhaltig sind: „Und wem es wirklich um Nachhaltigkeit geht, der nutzt für kurze Strecken einfach das Rad oder noch besser: seine Füße.“ (Z. 46–48) Weiter führt er das Chaos an […].

II. Sprachliche Besonderheiten und ihre Wirkung

Die informierenden Passagen des Textes sind sachlich geschrieben: Der Autor zählt Erfahrungen anderer Länder und Städte mit den E-Scootern auf. Allerdings verwendet er statt Fremdwörtern oder Fachbegriffen Umgangssprache, wie etwa „die Dinger“ (Z. 21 f.) oder „hipper und cooler“ (Z. 50). Dies zeigt, dass […].

Der Text will als Kommentar aber auch zur Meinungsbildung anregen. Das schlägt sich auch in der sprachlichen Gestaltung nieder: So verwendet der Autor wertende Ausdrücke wie „großes Chaos“ (Z. 26 f.), „intensive Kontrollen“ (Z. 44 f.) oder „bevorstehende Roller-Invasion“ (Z. 43), um zu verdeutlichen, was für ein enormer Aufwand durch die Nutzung dieser Roller entsteht. Darüber hinaus zieht er die deutsche Bürokratie ein wenig ins Lächerliche (vgl. Z. 34–38).

Im letzten Absatz richtet er zwei Appelle an seine Leserinnen und Leser: […].

III. Aussageabsicht (Intention) des Textes

Im Kern ist der Text urteilend, da der Autor am Ende des Kommentars ein Urteil fällt, nämlich dass es sinnvoller sei, statt eines Elektrorollers seine Füße zu benutzen. Zudem enthält der Kommentar aber auch abwägende Elemente, da der Verfasser verschiedene Argumente gegen Elektroroller anführt, z. B., dass die Roller nicht besonders lang halten und schnell zu Elektroschrott verkommen (vgl. Z. 18–20) oder dass sie Probleme im Straßenverkehr und beim falschen Parken verursachen. Aber auch informative Aspekte sind im Text enthalten; so informiert der Autor z. B. darüber, welche Bußgelder man in Paris und in Deutschland für Verstöße im Zusammenhang mit dem Elektroroller zahlen muss.

C Schluss
Stellungnahme

Die Position des Autors ist nicht sehr ausgewogen: Er führt als positive Seite lediglich den Spaß an. Als negative Seite nennt er das Chaos in den Städten und den Aspekt der Umwelt gegen E-Scooter. Daher wirkt sein abschließender Appell im letzten Absatz, lieber die Füße zu benutzen, glaubwürdig.

Einen Sachtext analysieren

1. Inhalt und Gedankengang (Argumentationsaufbau)

- Was ist das **Thema** des Textes? Welche **Thesen/Standpunkte** werden genannt?
- Welche **Gründe/Argumente** werden in welcher **Reihenfolge** genannt? Ist die Argumentation überzeugend? Werden **Gegenargumente** genannt und entkräftet? Welche?
- Gibt es besondere Argumenttypen? (▶ S. 78)
- Enthält der Text eine **Schlussfolgerung** (Empfehlung/Appell)?

2. Sprachliche Besonderheiten und ihre Wirkung

Die Wahl der sprachlichen Mittel gibt Aufschluss über die Aussageabsicht des Textes (▶ S. 165) und seine Zugehörigkeit zu einer Textsorte (▶ S. 165–170). Untersucht werden können z. B.:

- **Wortwahl, Sprachstil,** z. B. sachlich, provokant, Verwendung von Fachbegriffen/Fremdwörtern, Anglizismen, auf- oder abwertenden Formulierungen, bildhafter Sprache, Umgangssprache.
- **Leseransprache:** Werden die Leser/-innen angesprochen, z. B. durch rhetorische Fragen, die die Leser in die Überlegungen miteinbeziehen, durch persönliche Anrede der Leser/-innen (z. B. durch Anredepronomen), Aufrufe oder Appelle (z. B. durch Imperative)?
- **rhetorische Stilmittel:** Vergleiche, Wiederholungen, Personifikationen (▶ mehr hierzu, S. 176).

3. Aussageabsicht (Intention) des Textes

- Will die Autorin / der Autor zu einem Thema **Stellung nehmen** und die **Meinung der Leser/-innen beeinflussen?**
- Will sie/er über einen **Sachverhalt aufklären** und/oder zum **Nachdenken anregen?**
- Sollen die Leser/-innen zu einer bestimmten **Handlung veranlasst** werden?

TIPP: Du kannst auf einer Textkopie Wichtiges markieren und notieren, was dir auffällt, z. B.:

> Die jeweils **vorherrschende Aussageabsicht** wird durch den Inhalt/Gedankengang des Textes, aber auch durch die Wahl der sprachlichen Mittel erkennbar.

Von Hendrik Lünenborg

E-Scooter – eine gute Alternative?

Elektro-Tretroller: Sie erschienen wie aus dem Nichts, gehören seit einigen Tagen aber zum Innenstadtbild dazu. Die Anbieter von Leih-Rollern waren gut vorbereitet, denn sie erwarten in Hamburg ein gutes Geschäft und geben mächtig Gas. Doch die Erfahrung in anderen Städten zeigt: Ganz unproblematisch ist der Einsatz der kleinen Zweiräder nicht. These

Es macht wirklich wahnsinnig viel Spaß, mit den elektrischen Rollern zu fahren. Keine Frage. Ich finde es selbst toll. Aber die Flitzer sind ganz sicher kein substanzieller Beitrag zur Verkehrswende. Und ich frage mich auch, ob die Roller einen Beitrag zum Klimaschutz leisten. Denn für welche Strecken werden sie voraussichtlich genutzt? Wahrscheinlich für die kurzen Wege, die man bislang zu Fuß oder mit dem Fahrrad zurückgelegt hat. Beides sind die deutlich umweltfreundlicheren Alternativen.

E-Scooter haben zwei Seiten (Spaß und Umweltbelastung)

Eine Rede schriftlich analysieren

Reden sind appellative Texte, die die Zuhörer/-innen auf vielfältige Weise beeinflussen wollen. Bei der Analyse solcher Texte sollte man auf folgende Punkte achten:

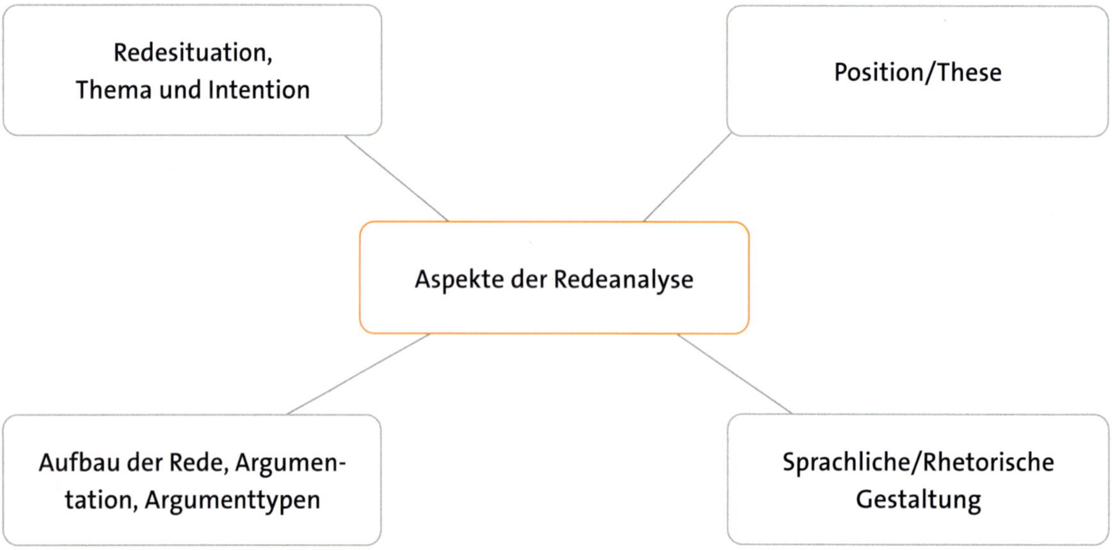

Vor der Ausfertigung der Redeanalyse muss man den Text genau analysieren (▸ Checkliste, S. 177). Je nach Aufgabenstellung untersuchst du den Inhalt, die rhetorischen Stilmittel und die Intention (Aussageabsicht) der Rede.

Einleitung:
In der Einleitung machst du in wenigen Sätzen Angaben zu folgenden Aspekten:
- **Redesituation:** Redner/-in, Datum, Ort, Publikum, Anlass und Thema der Rede
- **Redeabsicht (Intention),** z. B. überzeugen, informieren, appellieren, ...

Hauptteil:
Im Hauptteil fasst du die zentralen Aussagen der Rede knapp zusammen, legst die Ergebnisse deiner Textanalyse dar und belegst sie mit Textbeispielen (▸ Zitieren, S. 214). Wende dabei in deinen Absätzen den folgenden **Dreischritt** an: Beschreibung/Benennung des Aspekts mit einem Fachbegriff – Textbeleg – Deutung des Arguments oder des sprachlichen Mittels mit Blick auf die Intention. Je nach Aufgabenstellung wird Folgendes entfaltet:
- **Position/These** des Redners / der Rednerin,
- **Aufbau der Rede** mit Darlegung der **Argumentation** und Analyse der genutzten **Argumenttypen** (▸ Argumenttypen, S. 78),
- **sprachliche/rhetorische Mittel** (z. B. Ironie, Über- und Untertreibung, Metaphern, Wiederholungen, Wortwahl) und die verfolgten **rhetorischen Strategien** (▸ S. 176, 177, 260).

Schluss:
Zum Schluss ziehst du ein **Fazit** oder nimmst **kritisch Stellung,** z. B.: Auf welche Weise will die Rednerin / der Redner ihre/seine Intention verwirklichen? Wie ist die Rede zu bewerten, z. B. im historischen Kontext oder im Hinblick auf spätere Ereignisse?

Beispiel für die Analyse einer Rede (Auszüge) des Geschäftsführers von Facebook, Marc Zuckerberg, vor den Studierenden der Georgetown University anlässlich des Vorwurfs zu Fake News, die sich im laufenden Präsidentschaftswahlkampf zwischen Joe Biden und Donald Trump ungeprüft verbreitet hatten.

Am 17.10.2019 hielt der Geschäftsführer von Facebook, Marc Zuckerberg, vor den Studierenden der Georgetown University eine Rede zum Thema Meinungsvielfalt in sozialen Netzwerken. Anlass der Rede war der Vorwurf, dass Fake News im damals laufenden Präsidentschaftswahlkampf zwischen Joe Biden und Donald Trump ungeprüft verbreitet werden konnten. Zuckerberg verfolgt mit seiner Rede das Ziel, sein soziales Netzwerk und sich selbst als Vorkämpfer für die US-amerikanische Tradition der freien Meinungsäußerung zu inszenieren. Mit Verweis darauf lehnt er eine strenge Überprüfung und Löschung von Beiträgen durch die Anbieter sozialer Netzwerke ab.	**A Einleitung** Redesituation, Thema und Intention
Im ersten Teil seiner Rede berichtet Zuckerberg von der Gründungsgeschichte und den Leitideen von Facebook, nämlich den Menschen eine Plattform zu geben, auf der sie sich äußern und vernetzen können (vgl. Z. 1–40). Er formuliert hier die These, dass soziale Netzwerke wie Facebook als Motor für sozialen Zusammenhalt und gesellschaftlichen Fortschritt fungieren, indem sie den Menschen Ausdruck und Austausch ermöglichen (vgl. Z. 19–30).	**B Hauptteil** I. Position/These
[…] Dass Kritiker seine Sichtweise in Frage stellen, hält Zuckerberg für „gefährlich" (Z. 42 f.), seiner Meinung nach gefährden gerade die Kritiker die Meinungsfreiheit. Mit einem analogisierenden Argument versucht Zuckerberg anschließend, sein in der Kritik stehendes soziales Netzwerk aufzuwerten und in eine Tradition zu rücken, die sich für Freiheit und Gleichheit aller Menschen eingesetzt hat (vgl. Z. 43–73): Er vergleicht die Möglichkeiten der freien Meinungsäußerung, die Facebook bietet, mit den Zielen der amerikanischen Bürgerrechtsbewegung, indem er sich auf Frederick Douglass bezieht, einen schwarzen Bürgerrechtsaktivisten, der gegen die Unterdrückung von People of Colour in den USA gekämpft hat (vgl. Z. 57 ff.). […]	II. Aufbau, Argumentation, Argumentationstypen Dreischritt: Beschreibung / Benennung des Aspekts; Deutung des Arguments; Textbeleg
Untersucht man die sprachliche Gestaltung der Rede, fallen sprachliche Mittel und rhetorische Strategien auf, die Zuckerberg gezielt einsetzt, um seine Position und seine Intention wirkungsvoll zum Ausdruck zu bringen. Die wiederholte Verwendung von Fahnenwörtern dient der Aufwertung der eigenen Position und seiner sozialen Netzwerke. Er gebe mit Facebook den Menschen eine „Stimme" (z. B. Z. 9, 14, 29), kämpfe für „Inklusion" (Z. 34 f.). […]	III. sprachliche / rhetorische Mittel Dreischritt: Beschreibung / Benennung des Aspekts; Deutung des sprachl. Mittels; Textbeleg
Vor dem Hintergrund meines Wissens über soziale Netzwerke halte ich die Rede Zuckerbergs für sehr pathetisch und einseitig. Trotz des hohen Werts der Meinungsfreiheit, die auch in Deutschland ein Grundrecht ist, erachte ich gewisse Regeln für soziale Netzwerke als notwendig. […]	**C Schluss**

Rhetorische Strategien und Gestaltungsmittel im Überblick

Rhetorische Strategie (Wirkungsabsicht), z. B.	Sprachlich-rhetorische Gestaltungsmittel, z. B.	Beispiele
Aufwertung der eigenen Position, Einschwören auf gemeinsame Werte	**Fahnenwörter** (positiv konnotierte „Hochwertwörter")	*Fortschritt, Stolz*
Abwertung der Gegenposition, Warnung vor Bedrohlichem	**Stigmawörter** (negativ konnotierte Wörter)	*terroristische Propaganda*
Dramatisieren, emotionalisieren, polarisieren (Extreme suggerieren, Ängste wecken)	**Antithese** (Gegensatz) **Hyperbel** (Übertreibung) **Klimax** (Steigerung)	*Lüge – Wahrheit* *nie* *Sorge, Not, Tod*
Beschwichtigen/Beschönigen	**Euphemismen, Floskeln**	*nicht ganz richtig*
Veranschaulichen	**sprachliche Bilder**	*Hand in Hand*
Nachdruck/Eindringlichkeit zur Einprägung des Gesagten	**Wiederholungen, paralleler Satzbau und Aufzählungen**	*... glaube ich ..., glaube ich ...*
Einfluss ausüben (auffordern)	**Aufrufe** und **Appelle**	*Wir sollten ...*
Gemeinschaftsgefühl wecken, persönliche Einbindung	**„Wir-Sätze"** **Personal-/Anredepronomen**	*wir, uns* *Sie, Ihr*
Einbezug des Publikums	**rhetorische Fragen**	*Können wir ...?*

Eine Rede analysieren

1. Redesituation und Redeabsicht (Intention)

- Was ist die **Redesituation?**
- Was ist das **Thema** der Rede?
- Welche **Intention** verfolgt die Rednerin / der Redner?

2. Aufbau der Rede (Gedankengang), Argumentation, Argumenttypen

- Welche **Position** vertritt der Redner / die Rednerin? Welche **These(n)** enthält die Rede?
- Mit welchen **Argumenten** und **Beispielen** wird die These / werden die Thesen untermauert?
- Werden besondere **Argumenttypen** eingesetzt, z. B. Faktenargumente, normative Argument, Autoritätsargumente, Analogieargumente? (▸ Argumenttypen, S. 78)
- Ist die Argumentation **schlüssig?** Werden **Gegenargumente** genannt?

3. Rhetorische Strategien und sprachlich-rhetorische Gestaltungsmittel

- **Wortwahl und Sprachstil:** Enthält die Rede Fremdwörter, Jugendsprache, Anglizismen etc.? Hat dies etwas mit dem Thema oder dem Publikum zu tun?
- **Ich-Botschaften,** in denen die Rednerin / der Redner etwas von sich preisgibt (z. B. Erfahrungen), zeigen sie/ihn von ihrer/seiner persönlichen Seite und nicht bloß als Träger/-in einer Funktion.
- **Persönliche Anrede des Publikums** durch das Personalpronomen *ihr* und durch die Verwendung von Appellen und Aufrufen, z. B.: *Ihr sollt mutig sein!*
- **Erzeugen eines Gemeinschaftsgefühls, Herstellung einer Nähe zum Publikum durch die Verwendung von „Wir-Sätzen“,** z. B.: *Wir dürfen nicht aus den Augen verlieren, dass ...*
- **Anschauliche Formulierungen,** z. B. durch Metaphern, Vergleiche, Personifikationen.
- **Wiederholungen** von Wörtern oder Passagen, **paralleler Satzbau.**
- **Rhetorische Fragen** (Scheinfragen), die die Zuhörer/-innen in die Überlegungen einbeziehen, z. B.: *Sollen wir jetzt etwa aufgeben?*
- **Auf- und abwertende Formulierungen,** die die Position der Rednerin / des Redners deutlich machen, z. B.:

Aufwertung der eigenen Position	Abwertung der gegnerischen Position
▪ Verwendung von **Fahnenwörtern** (▸ S. 261), positiv konnotierten Schlagwörtern, Adjektiven und Bildern, z. B.: *Gerechtigkeit, heilig, Fels in der Brandung* ▪ **Lob** der eigenen Verdienste, z. B.: *Nur durch uns konnte ... erreicht werden.*	▪ **Diffamierung** der gegnerischen Position durch **Stigmawörter** (▸ S. 261) und negativ konnotierte Schlagwörter, Adjektive und Bilder, z. B.: *Chaos, Tyrannei, elend, Krebsgeschwür* ▪ **Kritik** und Verleumdung des Gegners, z. B.: *Sie führen uns ins Chaos.*

4. Fazit und kritische Stellungnahme

- Wie lautet dein Fazit / deine kritische Stellungnahme zur Rede?
- Wie ist die Rede zu bewerten, z. B. im historischen Kontext oder im Hinblick auf spätere Ereignisse?

3.6 Medien

Hörfunk

Beim Hörfunk gibt es, ähnlich wie in der Zeitung, verschiedene **Textsorten.** Man unterscheidet **journalistische Formen** (z. B. Nachricht, Bericht, Kommentar, Interview, Reportage) und **literarische Sendungen** (z. B. Lesungen Hörspiele). Eine Zwischenform ist das **Feature,** das Elemente der Reportage wie z. B. O-Töne (d. h. Original-Töne wie aufgenommene Gesprächsbeiträge oder Geräusche) mit künstlerischen Mitteln des Hörspiels verbindet.
Im Radio führt oft **eine Moderatorin oder ein Moderator** durch das Programm, die/der Textbeiträge oder Musik an- und abmoderiert und Beiträge sinnvoll miteinander verbindet. Hörfunkbeiträge kann man nicht nur live im Radio verfolgen, sondern auch als **Podcast** oder in **Mediatheken** anhören.

Fernsehen und Streaming

Zuschauer/-innen können zwischen dem **Free-TV (frei empfangbares Fernsehen)** und dem **Pay-TV (Bezahlfernsehen)** wählen. Beim Pay-TV muss jeweils für einzelne Programme (z. B. Fußballspiele, Filme) oder einzelne Sendungen bezahlt werden. Bekannte Bezahlfernsehangebote im deutschsprachigen Raum sind z. B. Sky und Kabel Deutschland.
Der Bereich des Free-TV setzt sich zusammen aus den öffentlich-rechtlichen Sendeanstalten (ARD, ZDF, ORF, SRF) und den kommerziellen Sendern, den „Privaten" (z. B. RTL, SAT.1, ProSieben).
Die öffentlich-rechtlichen Sendeanstalten finanzieren sich vor allem über die staatlich festgesetzten Rundfunkgebühren und zu einem geringeren Teil über Werbeeinnahmen.
Die kommerziellen Sender sind vollständig von Werbeeinnahmen abhängig.

Im Zuge der allgemeinen Digitalisierung lassen sich heute die meisten Sendungen und Sender **online** empfangen. Die Sender bieten hierzu sogenannte **Mediatheken** an. Solche Dienste lassen sich nur über Geräte ansehen, die über einen Internetanschluss verfügen. Dazu gehören PCs, Smartphones und Tablets, aber auch moderne Fernseher.
Im Gegensatz zu klassischen Fernseh- und Radiosendern benötigen Online-Streamingdienste keine staatliche Sendelizenz. Deshalb sind im Internet eine Vielzahl neuer Medienplattformen entstanden, deren Schwerpunkt auf Videostreaming liegt. Die bekanntesten und größten Plattformen sind **YouTube, TikTok** und **Instagram.** Ursprünglich wurden diese sozialen Netzwerke von Privatpersonen genutzt, die eigene Videos weltweit teilen wollten. Mittlerweile haben sich diese sozialen Netzwerke zu einem echten Internetmedium entwickelt. Tausende von Videokünstlerinnen und -künstlern und Medienprofis veröffentlichen auf eigenen Kanälen Videos zu allen denkbaren Lebensbereichen, von Musikvideos über Nachrichten bis zu Lebenshilfe- und Lehrvideos. Die sogenannten „Influencer/-innen" werden dabei je nach Klickzahlen an den Werbeeinnahmen der Netzwerke beteiligt.
Dadurch, dass die Videos allerdings ungeprüft veröffentlicht werden können, besteht die Gefahr, dass sich **Fake News** verbreiten, also Nachrichten, die bewusst falsche Informationen enthalten.
Eine andere Gefahr besteht darin, dass Medienunternehmen die besuchten Webseiten speichern

und analysieren, sodass den Nutzerinnen und Nutzern auf sie zugeschnittene Informationen angeboten werden, was wiederum dazu führt, dass man im Internet irgendwann weniger auf andere Ansichten stößt, sondern lediglich die eigene Meinung bestätigt sieht. Dieses Phänomen nennt sich **Echokammer** oder **Filterblase.**

Arten von Fernsehsendungen

Bei Fernsehsendungen unterscheidet man Unterhaltungs- und Informationssendungen.
Zu den **Unterhaltungssendungen** gehören z. B. Fernsehserien, die entweder täglich oder wöchentlich gesendet werden, Fernsehshows (z. B.: *Wer wird Millionär?*) und Fernsehfilme.
Zu den **Informationssendungen** zählen z. B. Nachrichtensendungen (wie die *Tagesschau*) und Dokumentationen (z. B.: *Expeditionen ins Tierreich*).
Es gibt auch Kombinationen aus Unterhaltungs- und Informationssendungen, sogenanntes **Infotainment.** Hier werden komplexe Sachverhalte spannend und unterhaltsam präsentiert (z. B. das Mittagsmagazin *Punkt 12* mit „Promi-News", spannenden „Mini-Dokus" und „Lifestyle").

Fernsehserien

Fernsehserien sind eine moderne Form von Fortsetzungsgeschichten. Sie gehören zu den Unterhaltungssendungen und werden meist wöchentlich oder täglich gesendet. Man unterscheidet verschiedene Serienformate, z. B.: Kinder- und Jugendserien *(Tiere bis unters Dach)*, Zeichentrickserien *(Die Simpsons)*, Endlosserien *(In aller Freundschaft)*, Sitcoms *(The Big Bang Theory, Gossip Girl)*.
Die Figuren einer Serie (z. B.: *Die Pfefferkörner)* haben meist folgende Kennzeichen:

- Oft gehören zwei Figuren zusammen. Solche Paare können sich nahestehen, z. B. weil sie befreundet sind. Sie können aber auch **Gegenspieler/-innen** sein, zwischen denen es Streitigkeiten und Auseinandersetzungen gibt.
- Häufig haben die Figuren **klare Eigenschaften.** Sie sind z. B. sehr schlau, sehr mutig, sehr gut oder sehr böse.
- Meist sind die Figuren so gewählt, dass man **sich gut in sie hineinversetzen** kann.

Eine **Serienfolge** ist häufig wie folgt aufgebaut:

- Die Handlung besteht aus **mehreren Handlungssträngen,** die im Wechsel gezeigt werden (Zopfdramaturgie). In jedem Handlungsstrang wird eine kleine Geschichte erzählt. Einen neuen Handlungsstrang erkennt man z. B. daran, dass die Hauptfiguren wechseln oder andere Ereignisse im Vordergrund stehen.
- In einer Serienfolge werden nie alle Handlungsstränge beendet. Es bleiben immer **Fragen offen oder Probleme ungelöst,** damit man gespannt ist, wie es weitergeht (Cliffhanger).

Serien und Filme bei Streamingdiensten

Heutzutage gibt es, ähnlich wie bei Pay-TV-Sendern, immer mehr **Streamingdienste,** wie etwa Netflix oder Amazon Prime. Hier zahlt man einen meist monatlichen Betrag und kann sich dafür jederzeit online beliebte Serien und Filme ansehen. Meist sind diese Abos monatlich kündbar. Dafür benötigt man, wie für die Mediatheken, ein Endgerät mit Internetanschluss. Es gibt verschiedene Angebote dafür, **mit mehreren Endgeräten gleichzeitig** auf die Inhalte zugreifen zu können, was besonders für Familien reizvoll ist. Inzwischen haben sich ganze Produktionsfirmen auf Serien und Filme für Streamingdienste spezialisiert. Dabei verfolgen sie das Ziel, immer wieder etwas Neues anzubieten, um die Abonnentinnen und Abonnenten zu halten.

Videoclips

Unter einem Videoclip versteht man ein Video, das nur wenige Minuten lang ist. Häufig handelt es sich bei Videoclips um **Musikvideos,** also Videos zu einem Song. Man unterscheidet dabei verschiedene Arten, zwischen denen auch Mischformen möglich sind, z. B.:

- **Narrative Videos:** Der Clip erzählt eine Geschichte, die in einem engeren oder weiteren Bezug zum Songtext steht. Dabei können die Musikerinnen und Musiker selbst in der Geschichte mitspielen.
- **Konzeptvideos:** Der Clip bietet eine Collage durch die Montage von bildlichen Assoziationen (Verbindungen von Ideen) zum Inhalt des Songtextes.
- **Performance-Videos:** Der Clip zeigt den Auftritt der Band oder der Interpretin bzw. des Interpreten, z. B. auf der Bühne oder im Studio.

Auch Autorinnen und Autoren der **politischen Lyrik in der Gegenwart** nutzen neben der emotionalen Wirkung der Musik die visuellen Mittel der **Videoclips,** um ihre Botschaft zu vermitteln. Diese bezieht sich meist auf Themen mit aktuellen gesellschaftlichen, sozialen und politischen Inhalten, wie z. B. der Entwicklung der deutschen Einheit, Erfahrungen von Migration und Flucht, Diversität und Rassismus, Klimawandel und Pandemie.

Während Musikvideos **früher nur im Fernsehen** auf bestimmten Sendern zu sehen waren (z. B. MTV, VIVA oder ONYX), können sie **heute im Internet auf vielen Plattformen** gestreamt werden, wie etwa YouTube, Vevo oder Clipfish.

Computerspiele (Videospiele)

Auch Computerspiele kann man als moderne Form der Fortsetzungsgeschichte verstehen, denn auch sie erzählen eine Geschichte, die sich über einen längeren Zeitraum erstreckt. Es gibt verschiedene Arten von Computerspielen, wie etwa **Actionspiele, Adventure- oder Rollenspiele, Strategie- oder Simulationsspiele sowie digitale Lernspiele.** Man kann sie am **Computer** spielen, an einer **Konsole** oder auf dem **Handy.** Dabei stehen das **Spiel** und der **Wettkampf** im Vordergrund. Computerspiele sind oft in eine Geschichte eingebettet, in der die Spielenden in die **Rolle des Helden / der Heldin** schlüpfen und ihn/sie durch verschiedene Situationen, sogenannte **Levels,** zum Ziel steuern. Besonders bei Adventure- oder Rollenspielen können die Spielenden den Handlungsverlauf innerhalb der Geschichte mitbestimmen.

Der **Handlungsort** in der **virtuellen Welt** kann vom einfachen Fußballfeld bei einem Sportspiel bis hin zu einer komplizierten Welt mit eigenen Gesetzen und Regeln reichen und grafisch unterschiedlich anspruchsvoll gestaltet sein.

Computerspiele sind **interaktiv** und **herausfordernd.** Dabei spielt das sogenannte **„Flow-Erlebnis“** eine wichtige Rolle: Die Spieler/-innen dürfen nicht über- und auch nicht unterfordert sein, damit das Spiel weder Frust und Stress noch Langeweile mit sich bringt. Es soll Spaß machen.

Die Spieler/-innen lernen dabei auch etwas über ihre eigene Persönlichkeit, etwa, wie hartnäckig sie bei einer Problemlösung sind, wie sie mit einer Niederlage umgehen oder wie sie sich bei moralischen Fragen innerhalb eines Spiels entscheiden. Daneben werden auch Kompetenzen wie etwa die Teamfähigkeit oder die Hand-Auge-Koordination gefördert. Im Juni 2023 fand sogar **das erste olympische E-Sports-Turnier** statt.

Film

Spielfilm und Dokumentarfilm

Dramaturgischer Aufbau eines Spielfilms

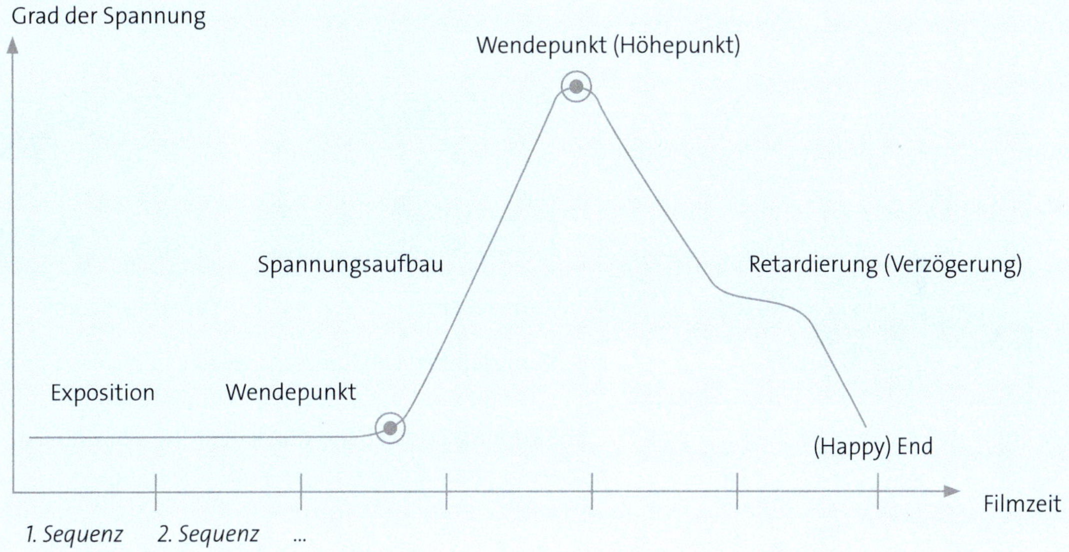

Beim Film lassen sich **Dokumentarfilm** und **Spielfilm** unterscheiden. Ein **Spielfilm** hat eine (meist) **fiktive Handlung** und einen ähnlichen dramaturgischen **Aufbau wie ein Drama.**
Die ersten Szenen eines Films werden wie beim Drama „Exposition" genannt. Die Exposition soll das Interesse der Zuschauer/-innen wecken und in die Grundstimmung, das Thema, die Handlung, die Zeit oder den Ort der Handlung einführen; meist werden auch die Figuren vorgestellt. Ähnlich wie beim Drama finden sich beim Spielfilm Wendepunkte, die die Handlung einen unerwarteten Verlauf nehmen lassen. Meist existiert ein solcher Wendepunkt unmittelbar nach der Exposition sowie ein weiterer gegen Ende des Films. Von einem Happy End spricht man, wenn sich die Handlung aus Sicht der Hauptfigur(en) am Ende zum Guten wendet.
Der **Dokumentarfilm** ist ein nicht fiktionaler Film und unterscheidet sich vom Spielfilm dadurch, dass er sich vorwiegend **mit wirklichen (realen) Ereignissen und Vorgängen beschäftigt.** Er arbeitet in der Regel ohne Schauspieler/-innen und künstliche Drehorte, zeigt also Menschen, Orte und Situationen, die es in der Realität tatsächlich gibt. Es gibt Tier- und Reisedokumentationen, Konzertmitschnitte, sozialkritische Dokumentationen usw. Die Bandbreite von Dokumentarfilmarten ist groß: vom Versuch, ein möglichst reines Abbild der Realität zu erschaffen, über die Doku-Soap bis hin zum Doku-Drama, in dem z. B. historische Ereignisse von Schauspielerinnen und Schauspielern nachgespielt werden.

Drehbuch

Textgrundlage jeder Fernsehserie und jedes Spielfilms ist das Drehbuch. Es enthält eine genaue Einteilung der Szenen und ist die eigentliche Arbeitsgrundlage bei den Aufnahmen.
Handlungsabläufe und **Dialoge** sind hier (oft in zwei Parallelspalten) festgelegt.
Das Drehbuch enthält außerdem Angaben über **Handlungsorte** (innen/außen) und **Handlungszeitpunkte** (Tag/Nacht). Dies ist für die Ausleuchtung und die Ausstattung der Szene wichtig.

Kamera

Beim Film übernimmt die Kamera die **Funktion der Erzählerin.** Ihre Sprache ist die **Bildsprache,** die sich aus **Kameraeinstellungen** (z. B. Panorama, Halbtotale, Detail), **Kameraperspektive** (Normalsicht, Vogel- oder Froschperspektive) und **Kamerabewegung** (Bewegung der Kamera selbst durch Schwenk, Fahrt oder Neigen) zusammensetzt.

Einstellungsgrößen

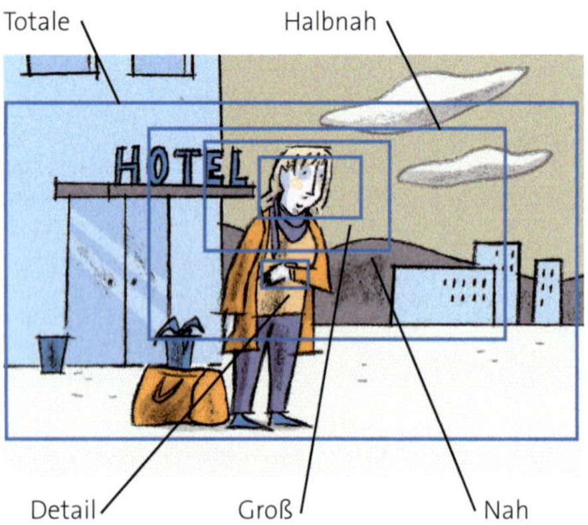

Kamerabewegung

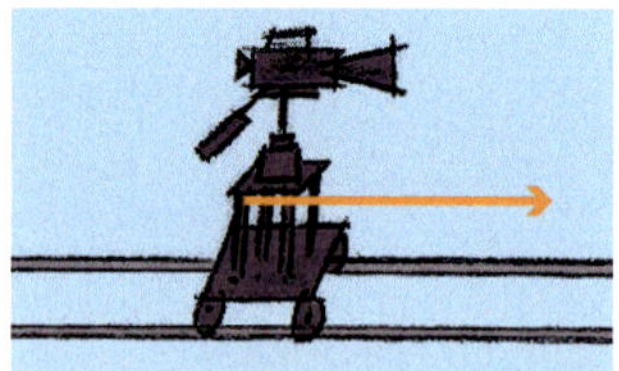

Kamerafahrt

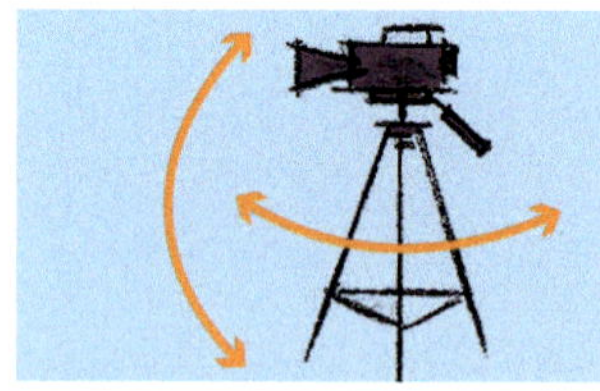

Kameraschwenk

Kamerafahrt: Die Kamera bewegt sich durch den Raum, z. B. auf ein Objekt zu oder parallel zu ihm.
Kameraschwenk: Die Kamera steht fest und dreht oder neigt sich, ähnlich einer Kopfbewegung.

Kameraperspektiven

Froschperspektive

Normalperspektive

Vogelperspektive

Ton

On-Ton: Die Quelle des Tons ist im Bild sichtbar.

Off-Ton: Die Quelle des Tons ist im Bild nicht sichtbar.
Musik: vermittelt Stimmungen, signalisiert z. B. Isolation.

Mise en Scène (= komplette Bildinszenierung)

Der Begriff „Mise en Scène“ (frz. „in Szene setzen“) beschreibt die **Inszenierung einer Filmszene,** bei der **verschiedene Gestaltungselemente** ineinandergreifen. Um die Gestaltung eines Filmbildes zu beschreiben, können – wie bei der Beschreibung eines Fotos oder eines Gemäldes – folgende Aspekte untersucht werden: **Kamera** (Kameraeinstellung/-perspektive), **Location** (Schauplatz), **Beleuchtung** (Licht und Schatten), **Farbgestaltung** (Haben die Farben eine bestimmte Wirkung oder eine symbolische Bedeutung?) und **Bildaufbau** (Was fällt zuerst ins Auge, wie sind Figuren und Gegenstände angeordnet?). Wichtig ist zu beschreiben, welche **Wirkung** durch die Bildinszenierung erreicht wird.

Postproduktion: Schnitt und Montage, Sounddesign

Die Postproduktion bezeichnet die **Phase** nach dem **Ende der Dreharbeiten** (Produktion). Dazu gehören vor allem der **Schnitt** und die digitale Nachbearbeitung der Bilder am Computer sowie das Sounddesign (Vertonen und Unterlegen der Bilder mit Musik).

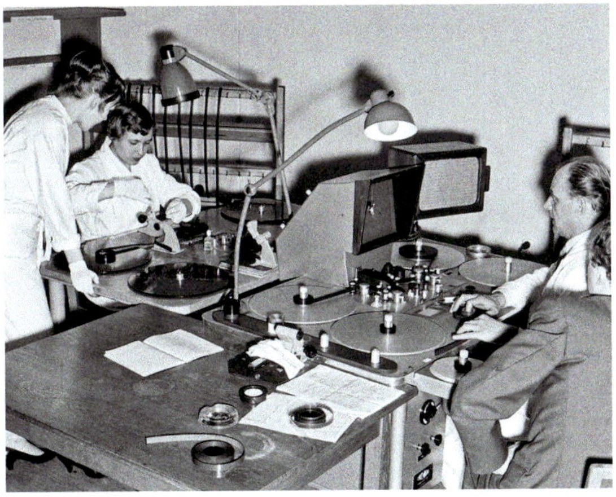
Filmschnitt 1950

Filmschnitt heute

Schnitt und Montage: Nach den Dreharbeiten mit der Kamera folgt die **Bearbeitung des Filmmaterials,** der sogenannte **Filmschnitt** und die **Montage.** Das Rohmaterial wird in einzelne Szenen zerlegt, überflüssige Szenen werden z. B. herausgeschnitten, einzelne Szenen umgestellt und neu angeordnet. Je nachdem, wie die einzelnen Filmbilder oder -szenen wieder aneinandergefügt (montiert) werden, wird die **Handlung des Films** erzählt und **dramaturgisch gestaltet.** Man kann zum Beispiel Handlungen, die zeitgleich an verschiedenen Orten spielen, gleichzeitig zeigen, indem man zwischen den Szenen hin- und herspringt (Parallelmontage), in einer Rückblende ein Ereignis aus der Vergangenheit zeigen oder zwischen den Figuren, z. B. in einer Dialogsituation, hin- und herspringen (Schuss-Gegenschuss-Technik). Die Begriffe „Schnitt“ und „Montage“ stammen aus einer Zeit, als das Filmmaterial noch auf Band (Filmrollen) aufgenommen wurde. Das Filmband wurde tatsächlich mit einem Messer oder einer Schere zerschnitten, z. B. um eine Szene herauszuschneiden, und dann wieder zusammengeklebt (montiert). Heute werden die Filme digital aufgenommen und später am **Computer mit speziellen Schnittprogrammen** bearbeitet.

Sounddesign: Das Sounddesign bezeichnet die **Tonmischung** nach Beendigung der Dreharbeiten. Kernelemente sind **Sprache, Geräusche** und **Musik,** die gestaltet, gemischt und abgestimmt werden müssen. Musik und Geräusche wirken sich in besonderer Weise auf das Gefühlsleben der Zuschauer/-innen aus und können deren Fantasie anregen bzw. die Gedanken über den Film beeinflussen. Zum Beispiel können hohe, sirrende Klänge und tiefe, rumpelnde Geräusche bedrohlich wirken.

Schnitt und Montage

Parallelmontage:
Getrennt verlaufende Handlungen werden im Wechsel gezeigt.

Schuss-Gegenschuss:
Aus wechselnden Kamerapositionen werden Dialoge gezeigt.

Kontrastmontage:
Inhaltliche Gegensätze werden gezeigt.

Erzählende Montage:
Die Kontinuität der Handlung wird gewahrt, die Übergänge sind nahtlos.

Eine Filmszene interpretieren

Vor der Ausfertigung der Interpretation musst du die Filmszene genau analysieren und deuten. Folgende Aspekte sind dabei wichtig:

Aspekte der Interpretation einer Filmszene

- Titel und Thema des Films, Regisseur/-in
- Einordnung der Szene in den Handlungsverlauf
- Knappe Zusammenfassung des Szeneninhalts
- Analyse und Deutung der filmischen Mittel

Je nach Aufgabenstellung untersuchst du die Exposition, die Rollen und die Schauplätze, eine Szene aus dem Verlauf des Films oder vergleichst Roman und Film. Dabei gehst du folgendermaßen vor:

Die Filmszene verstehen

- Was sind deine ersten Eindrücke?
- Was sagt die Szene aus?
- Wie verhalten sich die Figuren? Wie stehen sie zueinander?

Die Szene im Zusammenhang verstehen

- Wie ordnet sich die Szene in den Handlungsverlauf ein?
- Was wird in der Szene genau dargestellt?

Die filmsprachlichen Mittel untersuchen und deuten

- Wie wirken die Perspektiven (▶ Kameraperspektiven, S. 182)?
- Welche Einstellungsgröße der Kamera (▶ S. 182) wurde genutzt und worauf lenkt sie die Aufmerksamkeit?
- Welche Inhalte/Handlungsabläufe lassen sich mit welcher Montagetechnik zeigen/verdeutlichen (Schnitt und Montage, ▶ S. 184)? Achte auf die Figuren und darauf, ob die Handlung zu einer Zeit und an einem Ort abläuft.
- Wie wirkt das Schnitttempo? Wird zeitraffend oder zeitdehnend erzählt?
- Was kann die Mise en Scène (▶ S. 183) vermitteln? Was sagt z. B. ein Schauplatz über die Figuren aus? Gibt es eine auffällige Farbgestaltung? Wie beeinflusst die Beleuchtung (Licht und Schatten) die Wirkung der Szene?
- Was tragen die Geräusche zur Atmosphäre der Szene bei? Welchen Einfluss hat die Musik aus dem Off (Ton, ▶ S. 182)?

Formuliere eine zusammenfassende Deutung der Szene.

Eine Filmszene interpretieren

1. Die Aufgabenstellung verstehen

- Hast du alle Aspekte der Aufgabenstellung verstanden und berücksichtigt?

2. Die Interpretation vorbereiten

- Hast du den Inhalt der Szene erschlossen und sie in den Handlungsverlauf eingeordnet?
- Hast du erste Ideen zur Funktion und Wirkung der filmsprachlichen Mittel notiert? Welche übergeordnete Wirkungsabsicht verfolgen die meisten filmischen Mittel in dieser Szene?
- Hast du bei einem Vergleich von Roman und Film die Handlungsebene verglichen und dabei ausgewählte Unterschiede gedeutet?
- Hast du die Art der Literaturverfilmung bestimmt und die Umsetzung bewertet?

3. Den Text schreiben und überarbeiten

- Hast du auf Grundlage deiner Vorarbeiten einen **zusammenhängenden Text** verfasst?
- Ist deine **Einleitung** vollständig (Regisseur/-in, Titel, Thema)?

> In der zweiten Fluchtszene aus Michael Bully Herbigs Film „Ballon" ergreifen die Familien Strelzyk und Wetzel ihre letzte Chance zur Flucht aus der DDR. Dabei ist ihnen Oberstleutnant Seidel mit seinen Kollegen von der Stasi dicht auf den Fersen.

- Hast du im **Hauptteil**
  - die Szene in den **Handlungsverlauf eingeordnet?**

> Die Szene steht unmittelbar vor dem Happy End und ist dem dramatischen Höhepunkt des Films entnommen. Zuvor haben die Strelzyks bereits ohne die Familie Wetzel einen Fluchtversuch mit einem Ballon gewagt. ... In nur sechs Wochen bauen die beiden Familien einen neuen Ballon.

  - den Inhalt der **Szene zusammengefasst?**

> Die Szene beginnt mit der Ankunft des Autos am Startplatz, einer Lichtung im Wald: Der Ballon wird vom Anhänger auf die Wiese abgeladen und ausgepackt. Während Günter Wetzel und Frank Strelzyk ... Verschiedene Schwierigkeiten führen dazu, ... Schließlich heben sie ab und werden mit ihrem Ballon vom Wind in Richtung Grenze getragen.

  - **filmische Gestaltungsmittel** korrekt **benannt** und ihre Funktion erläutert bzw. ihre **Wirkungsabsicht gedeutet?**

> In dieser Szene dienen die meisten filmischen Mittel der Inszenierung einer atemlosen Verfolgungsjagd. Die übergeordnete Wirkungsabsicht ist Spannungssteigerung. Besonders die Parallelmontage ... Die Mise en Scène des Schlussbilds der Szene (vgl. Bild 6) verknüpft die Hoffnung auf ein glückliches Ende mit der Gefahr des Scheiterns. ... Durch den Einsatz dieser filmischen Mittel fiebern die Zuschauer/-innen auf dem dramatischen Höhepunkt des Films mit den Protagonisten mit und teilen deren Angst, dass sie es nicht rechtzeitig schaffen könnten ...

- Hast du bei der Untersuchung der filmischen Mittel **deutend geschrieben,** also so, dass deine Leser/-innen merken, dass du eigenständige Schlüsse ziehst?

Eine Graphic Novel analysieren

Der Begriff „Graphic Novel" stammt aus dem Amerikanischen. Im Deutschen wird die Graphic Novel auch Comicroman oder Bildroman genannt. Im Vergleich zum Comic weist eine Graphic Novel allerdings **eine umfangreichere Bild-Text-Geschichte** mit einem **komplexeren Erzählaufbau** auf. Oft setzt sie eine literarische Vorlage als Folge von gezeichneten Einzelbildern grafisch um, indem sie Handlungen auf den Punkt bringt. Sie kann entweder neuere Literatur oder auch Klassiker darstellen.

Die einzelnen Bilder in einer Graphic Novel nennt man **Panels.** Darin ist die Handlung der Geschichte abgebildet. Die Zeichnerin / Der Zeichner kann – ähnlich wie beim Film – durch verschiedene Effekte und Detailtreue lenken, worauf die Lesenden achten sollen.
Große Bedeutung haben aber auch die Leerstellen zwischen den Panels:

- Wie hängen die Bilder zusammen?
- Was wird alles nicht erzählt?

Typische **Gestaltungsmittel** der Graphic Novel sind vor allem:

- **Einstellungsgrößen** und **Perspektiven** (▶ S. 182 f.), um wie im Film die Blicke der Leserinnen und Leser zu lenken,
- Wahl der **Farbigkeit** für Stimmungen,
- **Lichteffekte,**
- Ballons (Textfelder), wie **Textblasen** für Beschreibungen, **Denkblasen,** aber auch **Sprechblasen** für Flüstern, Rufen oder Schreien sowie für die normale Rede; der Platz für den Text ist stark begrenzt,
- **Bewegungslinien,**
- **Geräuschwörter** und **Lautmalerei**, z. B.: *seufz, schmatz, knurr.*

Susanne Kuhlendahl

Das Brot – nach Wolfgang Borchert (2019)

KLICK!
Ich dachte, hier wäre was.
Ich hab auch was gehört.
Er sieht doch schon alt aus, so im Hemd.
Sie sieht alt aus. Das machen sicher die Haare.
Du hättest Schuhe anziehen sollen.
Du erkältest dich noch.
Ich dachte ...
Ich hörte was!
Ich hab auch was gehört.
Aber es war wohl nichts.
Nein, es war wohl nichts.
Komm man zu Bett. Es war wohl draußen.
Ja, das muss wohl draußen gewesen sein.
KLICK!
Die Dachrinne schlägt bei Wind immer gegen die Wand.
Wind ist ja. Wind war schon die ganze Nacht.
Ja, Wind war schon die ganze Nacht. Es war wohl die Dachrinne.

Eine Graphic Novel analysieren

1. Handlung und Figuren

- Welche **Handlung** ist dargestellt?
- Sind die **Hauptfiguren** jeweils mit ihren **typischen Charaktereigenschaften** erkennbar?
- Werden je Situation die **Stimmung** der Figuren und ihre **Beziehung zueinander** deutlich?

2. Gestaltung

- Werden **grafische Gestaltungselemente eingesetzt,** um die Aufmerksamkeit der Lesenden auf bestimmte Details zu lenken? Achte dabei auf Bildgröße/Bildausschnitt, Farbigkeit, Perspektive.

> Besonders in den letzten beiden Panels erkennt man durch die gewählten Einstellungsgrößen Groß und Nah und die in der Zeichnung deutlich wiedergegebene Mimik und Körperhaltung die Gefühle des Mannes: Die Situation ist ihm entsetzlich peinlich, er schämt sich zutiefst. Auch die Geste der Frau im letzten Panel (Einstellungsgröße Nah) bringt ihre Gefühle, ihre verzeihende Zuneigung zu ihrem Mann zum Ausdruck.

- Gibt es **Leerstellen** zwischen den Panels? Wie hängen die Bilder zusammen, was wird nicht erzählt?
- Welche **Farbigkeit** herrscht vor? Werden **Lichteffekte** (z. B. Hell-Dunkel-Kontraste) eingesetzt?
- Werden **Text-, Denk-** oder **Sprechblasen** verwendet? Was sagt das aus?

> Die Textfelder ermöglichen es, Zusammenhänge zu verdeutlichen (etwa dass die Frau ihren Mann kauen hört) oder Gefühle zu benennen (etwa dass der Mann sich schämt und die Frau aus Liebe weniger isst).

- Tragen **Geräuschwörter** und **Lautmalerei** (z. B.: *ächz!*) zur Intensivierung der Handlung oder Zeitfolge bei?
- Stehen **Bild** und **Text** in einem sich **wechselseitig stützenden Verhältnis?**

Werbung

Werbung ist in unserem Alltag allgegenwärtig. In den Medien (Zeitungen, Zeitschriften, Hörfunk, Film, Fernsehen, Internet)

- werden z. B. **Produkte oder Dienstleistungen** beworben (Produktwerbung),
- wird die Bevölkerung durch **Mitmachkampagnen** (Mitmachwerbung) dazu aufgefordert, sich für etwas zu engagieren, z. B.: Müll zu trennen, zur Wahl zu gehen, Blut zu spenden,
- gibt es **Imagewerbung,** die den Ruf (das Image) eines Unternehmens oder einer Marke verbessern soll.

Werbung hat eine appellierende Funktion. Sie will eine **Zielgruppe** (z. B. Männer, Frauen, junge Menschen) zum Kauf eines Produkts oder zu einem bestimmten Verhalten auffordern. Weil sie oft nur für wenige Sekunden wahrgenommen wird, muss sie sofort **Aufmerksamkeit erregen** und sehr **einprägsam sein.**

Aufbau und Gestaltung von Werbeanzeigen

Werbeanzeigen und -plakate enthalten meist ein Bild und verschiedene Textteile, z. B.:

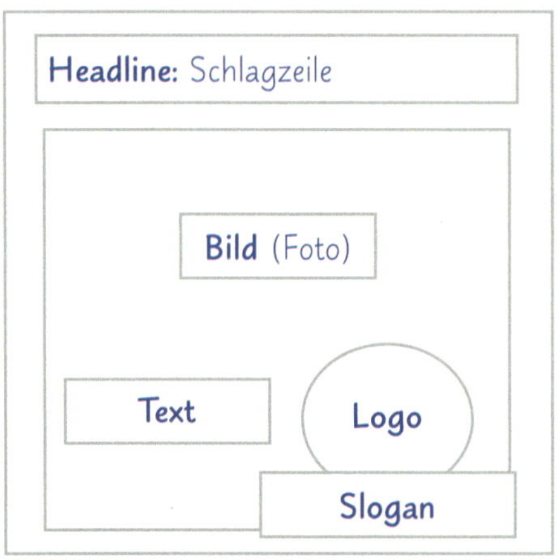

Aufbau der Werbeanzeige oben

- **Headline:** Schlagzeile (meist Überschrift) einer Anzeige; soll die Betrachter/-innen auf die gesamte Anzeige aufmerksam machen und ist neben dem Bild das wichtigste Element einer Werbeanzeige.
- **Bild:** Foto (evtl. Abbildung), das mit dem Produkt in Verbindung gebracht werden soll.
- **Informationstext:** Text, der das Produkt näher beschreibt oder Zusatzinformationen gibt.
- **Slogan:** einprägsamer Werbespruch, der fest zu einer Marke oder Firma gehört, z. B.: *Just do it!* (Nike); *Come in and find out* (Douglas).
- **Logo:** symbolische Darstellung des Firmennamens.

Auch die **Farbgestaltung** spielt in der Werbung eine wichtige Rolle. Die Farben Weiß oder Hellblau können in einer Waschmittelwerbung besondere Reinheit symbolisieren, Grün kann für Natürlichkeit stehen und Schwarz kann Stärke, Exklusivität oder das Geheimnisvolle vermitteln.

Zielgruppe: Werbung ist meist auf eine bestimmte Zielgruppe ausgerichtet, z. B.: Jugendliche, preisbewusste Kundinnen und Kunden, sportbegeisterte Personen, die Bewohner/-innen einer Stadt.

Sprachliche Gestaltung

Afrischt den Geist.
(Afri Cola)

Nice, Nicer, Netto.

MBike – Ihr Radgeber.

Easyjet – Weil wir dich fliegen.

Deutschland bankt neu
(comdirekt)

Nokia. Connecting People

Sind wir nicht alle ein bisschen bluna?
(Bluna Limonade)

Schmeckt so gut wie hausgemacht.
(Hanuta)

Damit die Werbebotschaft bei der Verbraucherin / beim Verbraucher in Erinnerung bleibt, ist die Sprache der Werbung auffällig und einprägsam. Typische sprachliche Mittel der Werbung sind:

- **Fremdwörter,** vor allem aus dem Englischen (Anglizismen), z. B.: *Always Coca-Cola!*
- **Wortneuschöpfung** (Neologismus), z. B.: *Supersaugweg-Wischkraftrolle; unkaputtbar.*
- **Wortspiel,** z. B.: *Die klügere Zahnbürste gibt nach.*
- **Reim,** z. B.: *Wer Swiffer benutzt, hat clever geputzt.*
- **Vergleich,** z. B.: *So gesund und frisch wie die Apfelernte bei Opa.*
- **Alliteration** (Wörter mit gleichem Anfangslaut), z. B.: *Spiel, Spaß und Spannung.*
- **Ellipse** (Auslassung von Satzteilen, die von den Hörenden/Lesenden leicht ergänzt werden können), z. B.: *Nikon-Kamera. Automatisch gut. Weil von Nikon.*
- **Dreierfigur/Zweierfigur** (dreigliedriger oder zweigliedriger Ausdruck, bei dem alle Teile gleich aufgebaut sind), z. B.: *Gut, besser, Paulaner; Mehr Konzept. Mehr Erfolg.*
- **Imperativ** (Befehlsform des Verbs), z. B.: *Befrei dein Haar vom Kalk-Schleier!*
- **Frage / Rhetorische Frage** (Scheinfrage), z. B.: *Wohnst du noch oder lebst du schon?*

Die **sprachlichen Mittel** können natürlich auch miteinander kombiniert werden.

Medien vermitteln Werbung

Die Geschichte der **Werbung** ist auch eine **Geschichte der** wechselnden **Medien,** d. h. der **Kommunikationsmittel,** mit deren Hilfe Produkte an ihre Käufer/-innen gebracht werden. Das erste Medium der Werbung war die Stimme des Marktschreiers, der seine Produkte anpries. Es folgten die geschriebenen und gedruckten Medien, dann Radio, Film und Fernsehen und schließlich das digitale Medium Internet. Im Lauf der Zeit erreichte die Werbung **immer mehr Menschen** und eroberte neben dem **öffentlichen Raum** (Markt, Stadt) auch den **privaten Raum** (das Wohnzimmer).

Werbung in Fernsehen und Internet

Werbung im Fernsehen: Im deutschen Fernsehen zeigen sowohl die öffentlich-rechtlichen als auch die privaten Sender Werbung. Gegen eine Gebühr stellen die Sender einem Unternehmen oder einer Organisation ihre Sendezeit zur Verfügung. Neben der **Unterbrecherwerbung** (Werbeclips mitten in der Sendung) haben sich in den letzten Jahren auch andere Formen der Fernsehwerbung etabliert. Dazu gehören z. B. das Programmsponsoring und das Product-Placement.

Beim **Programmsponsoring** finanzieren Sponsoren (Unternehmen, Organisationen, Personen) Teile von Sendungen oder ganze Sendungen und erhalten hierfür von dem Sender eine Gegenleistung, z. B. die Erwähnung des Firmennamens vor und/oder nach der Ausstrahlung des Beitrags.

Eine andere Form der Werbung ist das sogenannte **Product-Placement,** eine Form der verdeckten Werbung, die im Unterschied zur Schleichwerbung in Deutschland erlaubt ist. Hier stellen Unternehmen ihre Markenprodukte (z. B. Autos, Notebooks, Smartphones) den Filmfirmen als Requisiten zur Verfügung, die dann in den entsprechenden Szenen für die Zuschauer/-innen zu sehen sind. Dafür beteiligen sich die Firmen in der Regel an den Produktionskosten der Filme.
Unerlaubtes Product-Placement nennt sich im deutschen Sprachraum **Schleichwerbung** und ist dadurch gekennzeichnet, dass die gezeigten Produkte dramaturgisch nicht notwendig sind.
Fernsehsender (insbesondere die kommerziellen Sender, die vollständig von Werbeeinnahmen abhängig sind) haben ein großes Interesse daran, eine möglichst hohe **Einschaltquote** zu erzielen, denn über den Tausenderkontaktpreis (den Preis, den Werbekunden für jeweils 1000 Zuschauer/-innen bezahlen) berechnen sich ihre Werbeeinnahmen.

Werbung im Internet: Neben Werbemails und E-Mail-Newslettern wird sogenannte Bannerwerbung auf Internetseiten geschaltet. Bei diesen Werbeanzeigen gibt es folgende Formen:

- **statische und animierte Werbebanner:** Werbebilder in unterschiedlichen Größen, z. B. mit bewegter Grafik, auf der Seite selbst oder in einem Rahmen am Bildschirmrand,
- **Videowerbung:** Banner, die kurze Filme (Clips) enthalten,
- **Layer:** größere Bilder oder Videoclips, die sich wie eine Folie über die Seite legen,
- **Textlink:** Verknüpfung von Begriffen mit weiteren werblichen Websites, z. B. „Lippenstift" in einem Text über Make-up-Tipps.

Der Erfolg von Internetwerbung wird durch die Anzahl der tatsächlichen Klicks auf Banner und Videos gemessen. Werbung im Internet wird deshalb so platziert, dass sie die Aufmerksamkeit stark auf sich zieht. Internetwerbung lässt sich jedoch durch Zusatzprogramme (Add-ons) ausblenden. Deshalb versuchen viele Firmen, den Nutzerinnen und Nutzern **personalisierte Werbung** zuzuspielen. Solche Werbung wird auf die Interessen und Vorlieben einer Surferin / eines Surfers, auf ein sogenanntes Profil, zugeschnitten. Dieses Profil erhalten die Werbefirmen durch Auswertung des persönlichen Surfverhaltens, also durch eine Analyse, welche Websites man besucht, welche Suchbegriffe man eingibt und mit wem man im Internet worüber kommuniziert.

Ein weiteres Phänomen der Werbung im Internet sind die **Influencer/-innen.** Sie erzielen eine sehr hohe Reichweite, da sie u. a. in sozialen Netzwerken aktiv sind und ihre Beiträge leicht geteilt und dadurch weiterverbreitet werden können. Sie agieren, indem sie ihre selbst produzierten Inhalte hochladen (bspw. in ihre Blogs oder Kanäle). Darin binden sie fast beiläufig gesponserte Werbeinhalte ein, platzieren bestimmte Produkte und preisen deren Nutzung an.

4 Rechtschreibung

Kennst du auch einige Tricks, die dir helfen, Wörter richtig zu schreiben?
Wo machst du mehr, wo weniger Fehler?
Auf den folgenden Seiten bekommst du viele Tipps zum Rechtschreiben und lernst wichtige Regeln kennen, mit denen du sicher entscheiden kannst, wie ein Wort geschrieben wird.

Hilfen und Tipps bekommst du z. B. für die folgenden Bereiche:

- **Groß- und Kleinschreibung** (▸ S. 200–202): *beim* ***S****pielen, das* ***L****esen.*
- **Getrennt- und Zusammenschreibung** (▸ S. 203 f.): *schreiben lernen, Rad fahren, schwarzfahren.*
- **Ähnlich klingende Laute** (▸ S. 194) wie **d** und **t** (*der Held*), **b** und **p** (*der Stab*), **g** und **k** *der Berg*), **ä** und **e** *(die Gläser)* oder **äu** und **eu** (*die Träume*).
- **Schreibung des s-Lauts** (s, ss, ß), z. B. in Wörtern wie *verreisen, vermissen, heißen* (▸ S. 199).

4.1 Tipps zum Rechtschreiben

Tipp 1: Wörter schwingen

Wenn man Wörter schwingt, kann man die Buchstaben oder Laute besser hören.

- **Vor** dem Schreiben: Sprich die Wörter deutlich in Silben. Zeichne Silbenbögen in die Luft.
- **Beim** Schreiben: Sprich die Silben leise mit. Sprich nicht schneller, als du schreibst.
- **Nach** dem Schreiben: Prüfe, ob du richtig geschrieben hast. Zeichne dazu **Silbenbögen** unter jede Silbe und sprich dabei leise mit, z. B.: *Schach rät sel bü cher.*

Tipp 2: Verwandte Wörter suchen (Ableitungsprobe)

Der Vokal **e** und der Doppellaut **eu** sind leicht mit **ä** und **äu** zu verwechseln. Wenn du unsicher bist, wie ein Wort geschrieben wird, hilft fast immer die Suche nach einem verwandten Wort. **Der Wortstamm (= Grundbaustein) wird in allen verwandten Wörtern gleich oder ähnlich geschrieben,** z. B.: *reisen: abgereist, verreisen, die Reise.*

- Du schreibst ein Wort mit **ä** oder **äu,** wenn es ein verwandtes Wort mit **a** oder **au** gibt, z. B.:
  e oder **ä?** → *Gläser – Glas* **eu** oder **äu?** → *Träume – Traum*
  Gibt es kein verwandtes Wort mit **a** oder **au**, schreibt man das Wort meist mit **e** oder **eu.**

Tipp 3: Wörter verlängern

Am Wortende klingt **b** wie **p** (*das Lob*), **g** wie **k** (*der Tag*) und **d** wie **t** (*der Hund*). Wenn du die Wörter verlängerst, kannst du beim Schwingen hören, welchen Buchstaben du schreiben musst. Gehe so vor:

- Bilde bei Nomen/Substantiven den Plural, z. B.: *der Ta**g** → die Ta-**g**e*, oder ein Adjektiv, z. B.: *der San**d** → san-**d**ig.*
- Steigere die Adjektive oder ergänze ein Nomen, z. B.: *wil**d** → wil-**d**er; ein wil-**d**es Tier.*
- Bilde bei Verben den Infinitiv oder die Wir-Form, z. B.: *er lo**b**t → lo-**b**en; wir lo-**b**en.*

Tipp 4: Wörter in ihre Bestandteile zerlegen

Bei längeren Wörtern ist es oft hilfreich, wenn du sie in ihre einzelnen Bestandteile (Bausteine) zerlegst, um dann durch Verlängern die Schreibung unklarer Laute zu klären, z. B.: *der Stran**d** | korb* → *die Strän-**de*** oder *en**d** | los* → *das En-**de***.

Tipp 5: Korrekte Silbentrennung

Mehrsilbige Wörter trennt man nach Sprechsilben, die man beim deutlichen und langsamen Sprechen hören kann, z. B.: *Spa-zier-gang*. Zusatzregel:

- Ein einzelner Vokalbuchstabe wird nicht abgetrennt, z. B.: *Igel* (nicht ~~*I-gel*~~).
- Von mehreren Konsonanten kommt nur der letzte in die neue Zeile, z. B.: *Fens-ter, Ängs-te, knusp-rig*.

Tipp 6: Groß oder klein? (Nomenprobe)

Wenn du nicht weißt, ob ein Wort groß- oder kleingeschrieben wird, mache die Artikelprobe. Vor Nomen/Substantiven, die großgeschrieben werden, kannst du immer einen Artikel (+ Adjektiv) setzen, z. B.

der, die, das	Ereignis ~~fantastisch~~ Brille ~~leider~~ Urlaub

Tipp 7: Im Wörterbuch nachschlagen

Man kann nicht alles wissen, man muss nur wissen, wo es steht. Bist du dir bei einigen Wörtern nicht sicher, schlage im Wörterbuch nach.

- In einem Wörterbuch sind die Wörter **nach dem Alphabet sortiert.**
  Wenn der erste, zweite ... Buchstabe gleich ist, wird die Reihenfolge nach dem zweiten, dritten ... Buchstaben entschieden, z. B.: *Fl**a**mme, Fl**e**iß, Fl**o**ß*.
  Die Buchstaben **ä, ö, ü** und **äu** sind so sortiert, als hätten sie keine Umlaut-Pünktchen.
- Die Wörter sind im Wörterbuch in ihrer Grundform verzeichnet.
  - **Verben** findest du **im Infinitiv** (Grundform), z. B.: *ich habe gewusst* → *wissen.*
  - **Nomen/Substantive** findest du **im Nominativ Singular** (1. Fall, Einzahl), z. B.: *die Hände* → *Hand.*
- Zusammengesetzte Wörter musst du oft zerlegen und getrennt nachschlagen, z. B.: *Kaugummipapier* → *Kaugummi* und *Papier.*

Tipp: 8 Mit einer Rechtschreibkartei üben

Jeder macht andere Fehler. Deshalb ist es wichtig, dass du deine Fehlerwörter sammelst und immer wieder übst. Dabei hilft dir zum Beispiel eine Rechtschreibkartei.

In die **Rechtschreibkartei** nimmst du alle Wörter auf,
- bei denen du häufig Fehler machst,
- die besonders schwierig sind,
- die man sich merken muss, weil ihre Schreibweise durch Regeln nicht hergeleitet werden kann.

1. Eine Rechtschreibkartei anlegen

Gehe beim Anlegen deiner Rechtschreibkartei so vor:
- Schreibe das Wort, das du falsch geschrieben hast, in der richtigen Schreibung auf eine Karteikarte.
- Markiere die Stelle, die du vorher falsch geschrieben hast.
- Ergänze verwandte Wörter. Bei Verben schreibst du die Personalformen oder Zeitformen auf.
- Schreibe einen Satz mit deinem Fehlerwort auf. Oder zeichne ein Bild. Dadurch prägst du dir die Schreibweise besser ein.

graben

ich grabe, ich grub

ich habe gegraben

Der Hase gräbt ein Loch.

Grund

Grundstück, Grundwasser,

begründen

Der Grund ist klar.

2. Mit der Rechtschreibkartei üben

Nutze einen **Karteikasten mit drei Fächern:** Fach 1: **täglich üben,** Fach 2: **einmal in der Woche üben,** Fach 3: **genug geübt.** Immer wenn du ein Wort richtig geschrieben hast, wandert die Karte ein Fach weiter. Die Wörter im letzten Fach kannst du herausnehmen.

Einprägen und aufschreiben
Lies das Wort und präge es dir ein.
Schreibe es dann aus dem Gedächtnis auf.

Wörter zusammensetzen
Setze die Wörter mit anderen Wörtern zusammen, z. B.: das Ende – das Endspiel.

Verwandte Wörter suchen
Suche zu deinem Fehlerwort ein verwandtes Wort oder bilde einen Beispielsatz, z. B.:
wohnen: das Wohnzimmer. Ich wohne in Essen.

Partnerdiktat
Diktiert euch gegenseitig eure Fehlerwörter.

4.2 Offene und geschlossene Silben

Offene und geschlossene Silben unterscheiden

Um zu entscheiden, wie ein zwei- oder mehrsilbiges Wort nach einem Vokal (*a, e, i, o, u*) geschrieben wird, musst du wissen, ob die Silbe offen oder geschlossen ist.

Offene und geschlossene Silben

- Endet die erste Silbe eines zwei- oder mehrsilbigen Wortes mit einem **Vokal** (*a, e, i, o, u*), einem **Umlaut** (*ä, ö, ü*) oder einem **Doppellaut** (*au, äu, ei, eu*), nennt man sie **offen,** z. B.:
  Blu-me, Bä-ren, Bäu-me.
  Der Vokal wird dann meist **lang** gesprochen.
- Endet die erste Silbe mit einem **Konsonanten,** nennt man sie **geschlossen,** z. B.:
  war-ten, Ech-se, Klas-se.
  Der Vokal wird dann meist **kurz** gesprochen.

Doppelkonsonanten – Auf die erste Silbe achten

Doppelte Konsonanten schreibt man nur, wenn die erste Silbe geschlossen ist.

Schreibung mit Doppelkonsonanten

- Stehen an der **Silbengrenze zwei verschiedene Konsonanten, verdoppelt man nicht,** z. B.:
  *si**n**-**k**en, Mu**r**-**m**el.*
- Hört man bei geschlossener Silbe nur einen Konsonanten, wird dieser **doppelt** geschrieben, z. B.:
  *re**n**-**n**en, Hi**m**-**m**el.*

TIPP: Um diese beiden Regeln anzuwenden, muss man Einsilber verlängern und zusammengesetzte Wörter zerlegen, z. B.:
Hand | ball → die Hän-de; die Bäl-le.

Beachte: Statt *kk* schreibt man ***ck,*** statt *zz* schreibt man ***tz,*** z. B.: *Stre**ck**e, Hi**tz**e.*

s-Laute – Auf die erste Silbe und den Klang achten

Um die folgenden Regeln für den *s*-Laut anzuwenden, braucht man **zweisilbige Wörter. Einsilber** muss man dafür **verlängern.**

Wörter mit *s*-Laut

Das folgende Schaubild zeigt dir, wann du ***s, ß*** und ***ss*** schreiben musst.

erste Silbe

→ offen
- **summendes *s***: schreibe ***s,*** z. B.: *lei-se, Mu-sik*
- **zischendes *s***: schreibe ***ß,*** z. B.: *Klö-ße, sprie-ßen*

→ geschlossen
- schreibe ***ss,*** z. B.: *mes-sen, Ris-se*

Da man **zweisilbige Wörter** benötigt, um diese Regeln für den *s*-Laut anwenden zu können, musst du **Einsilber** dafür **verlängern.**
Für einige Wörter mit einfachem *s* am Wortende gibt es aber keine Verlängerungsmöglichkeit. Es sind also **Merkwörter,** z. B.: *als, aus, bis, es, etwas, niemals, alles, anders, morgens.*

i oder ie? – Auf die Silbe achten

Um zu entscheiden, ob man *i* oder *ie* schreibt, muss man darauf achten, ob die erste Silbe offen oder geschlossen ist.

Wörter mit *i* oder *ie*

Man schreibt **meist *i*,** wenn die **erste Silbe geschlossen** ist, z. B.:
Sil-be.

Man schreibt **nur *ie*,** wenn die **erste Silbe offen** ist (lang gesprochen), z. B.:
vie-le.

Achtung: Diese Regel gilt nur für **zweisilbige Wörter.**
Um diese Regel zu bestätigen, muss man **Einsilber verlängern,** z. B.:
lieb – lie-ber.

Wichtige **Merkwörter** mit ***i*** und ***ih*** sind die Pronomen: *mir, dir, wir, ihr, ihnen, ihm, ihn, ihre.*

Wörter mit *h*

Bei einsilbigen Wörtern kann man das *h* nicht hören, z. B.:
der Zeh, der Zahn.
Wenn man die Einsilber verlängert, kann man Wörter mit silbenöffnendem *h* und Merkwörter mit *h* unterscheiden:

Wörter mit *h*

- Das **silbenöffnende *h*** steht am Anfang der **zweiten Silbe.** Man kann dieses *h* **beim sehr deutlichen Sprechen hörbar machen,** z. B.:
  Ze-hen, blü-hen.
- Das *h* am Ende der **ersten Silbe** ist **nicht hörbar.** Diese Wörter sind **Merkwörter,** z. B.:
  Zäh-ne, zäh-len.

4.3 Groß- und Kleinschreibung

Großgeschrieben werden

- alle **Satzanfänge,** z. B.: _**E**r tanzt gern._
- alle **Nomen/Substantive und nominalisierten/substantivierten Wörter,** z. B.: _die **L**iebe, der **B**uchhändler, das **S**chwimmbad, etwas **N**eues, gutes **Z**uhören ..._
- die **Höflichkeitsanrede** (z. B. in einem Brief) _**S**ie, **I**hnen_ usw.

Nomen/Substantive und ihre Merkmale

Nomen/Substantive werden **großgeschrieben.** Du kannst sie gut erkennen

- an ihren Begleitwörtern (Nomensignalen), die die den Nomen vorausgehen,
- an den typischen Nomenendungen.

Bei Nomen/Substantiven **ohne Begleiter** kann man die **Artikel-Adjektiv-Probe** anwenden. Dabei prüft man, ob das Wort mit Artikel und Adjektiv stehen könnte, z. B.: _Ausnahme → die einzige Ausnahme._

Begleitwörter (Nomensignale)	
Artikel (bestimmter/unbestimmter)	_**das** Spiel, **ein** Spiel_
Adjektive	_**neues** Spiel, **blinde** Spieler_
Präpositionen, die mit einem Artikel verschmolzen sein können	_**im** (= in dem) Spiel, **beim** (= bei dem) Spiel, **bei** Spielbeginn_
Pronomen	_**unser** Spiel (Possessivpronomen), **dieses** Spiel (Demonstrativpronomen)_

Nomenendungen	
-heit	_Gelegen**heit**, Frei**heit**, Gemein**heit**, Überlegen**heit**, Gelassen**heit**_
-keit	_Tapfer**keit**, Einig**keit**, Heiter**keit**, Traurig**keit**, Geschicklich**keit**_
-nis	_Geheim**nis**, Erleb**nis**, Ergeb**nis**, Verständ**nis**, Erlaub**nis**_
-ung	_Handl**ung**, Wander**ung**, Begegn**ung**, Verpflicht**ung**, Bemerk**ung**_
-tum	_Wachs**tum**, Eigen**tum**, Irr**tum**, Brauch**tum**, Fürsten**tum**_
-schaft	_Wirt**schaft**, Verwandt**schaft**, Gesell**schaft**, Eigen**schaft**, Gemein**schaft**_
-in	_Lehrer**in**, Sänger**in**, Ärzt**in**, Anwält**in**, König**in**_

Nominalisierungen

Nominalisierungen werden großgeschrieben.

Verben, Adjektive und **Partizipien** schreibt man groß, wenn sie im Satz als **Nomen/Substantiv** gebraucht werden, z. B.: *das Spielen* (Verb), *das Neue* (Adjektiv), *das Spannende* (Partizip).

Diesen Vorgang nennt man Nominalisierung. Du erkennst solche Nominalisierungen – genau wie alle anderen Nomen/Substantive – meist an ihren **Begleitwörtern.**

Begleitwörter für Nominalisierungen	
Artikel (bestimmter/unbestimmter)	***das*** *Spielen,* ***der*** *Alte,* ***ein*** *Gutes*
Adjektive	***fröhliches*** *Lachen,* ***schnelles*** *Rennen*
Präpositionen, die mit einem Artikel verschmolzen sein können	***vor*** *Lachen,* ***bei*** *Rot,* ***beim*** *(= bei dem) Spielen,* ***im*** *(= in dem) Großen und Ganzen*
Pronomen	***dieses*** *Laufen* (Demonstrativpronomen), ***unser*** *Bestes* (Possessivpronomen), ***etwas*** *Neues,* ***alles*** *Gute* (Indefinitpronomen)

Weil **Verbindungen von Indefinitpronomen und nominalisierten Adjektiven** häufig vorkommen, lernst du diese Pronomen am besten als Nomensignale auswendig, z. B.: *etwas, manches, alles, nichts, einige, kein, viel, (ein) paar.*

Nicht immer wird ein nominalisiertes Wort durch einen Nomenbegleiter angekündigt. Mache die **Probe:** Wenn du einen Nomenbegleiter (z. B. einen Artikel) ergänzen kannst, schreibst du groß, z. B.: *Morgen fällt (das) Schwimmen aus.*

Denominalisierungen

Wenn aus Nomen/Substantiven Wörter anderer Wortarten werden, nennt man das Denominalisierung. Diese Wörter werden **kleingeschrieben.**

Mache die Probe: Wenn du einen Nomenbegleiter (z. B. einen Artikel oder ein Adjektiv) ergänzen kannst, schreibst du groß, wenn nicht, klein, z. B.:

- *Ich gehe abends mit dem Hund spazieren. Eines (schönen) Abends fand er eine Wurst.*
- *Mir ist angst und bange. Ich habe (große) Angst.*
- *Du bist schuld daran. Ich habe (große) Schuld auf mich geladen.*

Zeitangaben groß- oder kleinschreiben

Hier passieren häufig Fehler, obwohl die Groß- oder Kleinschreibung sich einfach danach richtet, ob es sich um ein Nomen/Substantiv handelt oder nicht.

Zeitangaben

Zeitangaben werden **großgeschrieben,** wenn sie **Nomen** sind. Du erkennst sie meist an den üblichen **Nomensignalen** (▶ S. 200).	*am Nachmittag, mitten in der Nacht, eines Tages, am Montag, diesen Dienstag, jeden Mittwoch.*
Zeitangaben werden **kleingeschrieben,** wenn sie **Adverbien** sind. Du erkennst sie häufig an der **Endung -s.**	*heute, morgen, gestern, nachmittags, abends, freitags*
Bei kombinierten Angaben, schreibt man die **Adverbien klein** und die **Nomen groß.**	*heute Morgen, gestern Abend, morgen Mittag, vorgestern Nachmittag*

Auch für **zusammengesetzte Zeitangaben** aus Wochentag und Tageszeit gilt: Sie werden großgeschrieben, wenn sie Nomen/Substantive sind, und kleingeschrieben, wenn sie Adverbien sind, z. B.: *am **D**ienstagabend, jeden **F**reitagmittag, **d**ienstagabends, **f**reitagnachmittags.*

Schreibung von Eigennamen und Herkunftsbezeichnungen

Eigennamen und Herkunftsbezeichnungen

1 **Eigennamen** sind z. B. **Personennamen** *(Anna, Friedrich der Große)*, **geografische Namen** *(die Kanarischen Inseln, Frankfurter Straße)*, Namen von **Institutionen, Organisationen** *(der Deutsche Bundestag, das Rote Kreuz)* oder **historischen Ereignissen** *(der Zweite Weltkrieg)* sowie **Pflanzen-** und **Tiernamen** *(die Weiße Rosskastanie)*.
Eigennamen schreibt man **groß.** In mehrteiligen Eigennamen schreibt man alle Wörter groß mit Ausnahme der Artikel, Konjunktionen und Präpositionen, z. B.: *die Freie Universität Berlin, der Erste Mai.*
Zusammensetzungen aus **mehreren Eigennamen** schreibt man in der Regel mit Bindestrich, z. B.: *Ludwig-Maximilians-Universität, Mecklenburg-Vorpommern.*

2 **Herkunftsbezeichnungen**

- Die von geografischen Namen abgeleiteten **Wörter auf *-er* schreibt man** immer **groß,** z. B.: *der Leipziger Zoo.*
- Die von geografischen Namen abgeleiteten **Adjektive auf *-isch*** schreibt man **klein,** außer sie sind Teil eines Eigennamens, z. B.: *indischer Tee*, aber: *der Indische Ozean.*

4.4 Getrennt- und Zusammenschreibung

Grundregel:
Normalerweise werden Wörter getrennt geschrieben.

Getrennt geschrieben werden:

Wortgruppen mit *sein* werden immer **getrennt geschrieben.**	*froh sein, zufrieden sein, zusammen sein, vorhanden sein*
Wortgruppen aus Nomen/Substantiv + Verb werden in der Regel **getrennt geschrieben.** Achtung: Werden sie nominalisiert, schreibt man zusammen und groß, z. B.: *Ich hole dich zum Fußballspielen ab.*	*Rad fahren, Handball spielen, Schlange stehen*
Wortgruppen aus Verb + Verb können immer **getrennt geschrieben** werden. Achtung: Werden sie nominalisiert, schreibt man zusammen und groß, z. B.: *Das Spazierengehen am Meer ist eine schöne Abwechslung.*	*einkaufen gehen, liegen lassen, gesagt bekommen, gelobt werden*

Meist getrennt geschrieben werden:

Wortgruppen aus **Adjektiv + Verb** werden meist getrennt geschrieben.	*laut singen, schnell rennen, bequem sitzen*
Aber: Entsteht durch die Verbindung von Adjektiv + Verb ein **Wort mit einer neuen Gesamtbedeutung, schreibt man zusammen.**	*schwarzfahren (= ohne Fahrschein fahren)* *schwerfallen (= Mühe bereiten)* *blaumachen (= schwänzen)*

Zusammen geschrieben werden:

Zusammensetzungen aus **Nomen + Nomen**	*Fußballturnier*
Zusammensetzungen aus **Adjektiv + Nomen**	*Kaltgetränk*
Zusammensetzungen aus **Adjektiv + Adjektiv**	*bitterkalt, dunkelgrün, lautstark*
Zusammensetzungen aus **Nomen + Adjektiv**	*stundenlang, bärenstark, kindgerecht*
Verbindungen aus **Präposition + Verb** schreibt man in der Regel zusammen.	*Können wir **um**kehren?* *Möchtest du **mit**kommen?*

Zusammen oder getrennt geschrieben werden:

Adverb + Verb werden **zusammengeschrieben,** wenn die **Hauptbetonung** auf dem **Adverb** liegt.	*Wir müssen **zusammen**halten.* *Kannst du das bitte **zusammen**fassen?* *Ich will mich damit nicht **auseinander**setzen.* *Wird sie **wieder**kommen?*
Adverb + Verb werden **getrennt geschrieben,** wenn Adverb und Verb **gleich betont** werden.	*Ich wohne in dem Haus, das du **gegenüber siehst.*** *Lass uns **zusammen spielen.***

Mach die **Erweiterungsprobe.** Wenn du ein Wort oder eine Wortgruppe zwischen Adverb und Verb einfügen kannst, schreibst du getrennt, z. B.: *Wollen wir das Boot zusammen (ins Wasser) tragen?*

Die Getrennt- und Zusammenschreibung gehört zu den schwierigsten Dingen der Rechtschreibung. Es ist deshalb nicht schlimm, wenn du hier unsicher bist. **Schlage** im Zweifelsfall **in einem Wörterbuch nach** (► Im Wörterbuch nachschlagen, S. 195).

4.5 Schreibung von Fremdwörtern

Herkunft

Fremdwörter sind **Wörter,** die aus **anderen Sprachen** kommen, z. B.: *Gymnastik* (griech.), *diskutieren* (lat.), *Garage* (frz.), *Spaghetti* (ital.), *Snowboard* (engl.).
Meist haben sie sich in ihrer Schreibweise und Aussprache noch nicht oder nur zum Teil an die deutsche Sprache angepasst, z. B.: *Gymnastik* (griech.), *Snowboard* (engl.).

aus dem Griechischen

th	ph	y	rh	-ik
*A**th**let*	*Atmos**ph**äre*	*S**y**stem*	***Rh**ythmus*	*Log**ik***
***Th**eater*	*Philoso**ph**ie*	*H**y**mne*	***Rh**etorik*	*Hekt**ik***
*pa**th**etisch*	*eu**ph**orisch*	*m**y**stisch*	***Rh**abarber*	*Esoter**ik***
***Th**erapie*	***Ph**ysik*	*Ps**y**chologie*	***Rh**euma*	*Opt**ik***

aus dem Lateinischen

-ieren	-tion	-iv	-ent	-ismus
*reag**ieren***	*Reak**tion***	*akt**iv***	*Stud**ent***	*Organ**ismus***
*diskut**ieren***	*Abstrak**tion***	*kurs**iv***	*Konsum**ent***	*Sozial**ismus***
*gratul**ieren***	*Ak**tion***	*selekt**iv***	*Präsid**ent***	*Real**ismus***
*serv**ieren***	*Lek**tion***	*fikt**iv***	*Oppon**ent***	*Fatal**ismus***

aus dem Englischen

-y	oo	-ing	ea	-ity
*Part**y***	*c**oo**l*	*Recycl**ing***	*R**ea**der*	*Public**ity***
*Hobb**y***	*Shamp**oo***	*Camp**ing***	*Fr**ea**k*	*Real**ity***
*Bab**y***	*L**oo**ping*	*Mobb**ing***	*H**ea**ring*	*Commun**ity***

aus dem Französischen

-eur	-é	-eau	-age	oi
*Amat**eur***	*Caf**é***	*Niv**eau***	*Gar**age***	*T**oi**lette*
*Fris**eur***	*Variet**é***	*Tabl**eau***	*Blam**age***	*S**oi**ree*

aus dem Italienischen

gh	cch	zz
*Spa**gh**etti*	*Zu**cch**ini*	*Ski**zz**e*
***Gh**etto*	*Pino**cch**io*	*Pi**zz**a*

Eingedeutschte und nicht eingedeutschte Schreibweise

Eingedeutschte Schreibweise	
Häufig gebrauchte **Fremdwörter** werden **eingedeutscht,** d. h. in ihrer Schreibweise dem Deutschen angeglichen. In diesen Fällen ist sowohl die eingedeutschte als auch die fremdsprachige Schreibung korrekt.	*Fotografie – Photographie* *Fantasie – Phantasie* *Portmonee – Portemonnaie* *Klub – Club* *schick – chic* *Frisör – Friseur*
Nicht eingedeutschte Schreibweise	
Fremdwörter, die als **Fachbegriffe** verwendet werden, werden **nicht eingedeutscht.** Viele Fremdwörter übernehmen wir gegenwärtig aus dem Englischen **(Anglizismen).**	*Konjunktion, Apposition, Alphabet, Metapher, Strophe, Diphthong, Euphemismus, Bibliothek, Synonym, Etymologie, analytisch, Syntax, syntaktisch, Lyrik, Rhythmus, Rhetorik, Szene*

Zusammengesetzte Fremdwörter

Zusammengesetzte Fremdwörter können sehr unterschiedlich geschrieben werden: zusammen, getrennt, mit oder ohne Bindestrich. Oft sind auch Doppelformen möglich, z. B.:

Schreibweise von zusammengesetzten Fremdwörtern	
Doppelformen (Zusammenschreibung und Bindestrich-Schreibung bzw. Getrennt-schreibung)	*Sciencefiction (auch: Science-Fiction)* *Smalltalk (auch: Small Talk)* *Happyend (auch: Happy End)* *Back-up (auch: Backup)*
nur Bindestrich-Schreibung	*Boogie-Woogie, Do-it-yourself-Programm, No-Future-Generation, Make-up*
nur Getrenntschreibung	*High Fidelity, Electronic Commerce, Top Ten*

Wegen der vielen Ausnahmen und Doppelformen lohnt sich gerade bei Fremdwörtern das Nachschlagen im Wörterbuch (▸ Im Wörterbuch nachschlagen, S. 195).

Fehlerschwerpunkte erkennen

Fehlerart	Beispiele	So kannst du Fehler vermeiden
Laute verwechseln ▪ **d** klingt wie **t** ▪ **g** klingt wie **k** ▪ **b** klingt wie **p** ▪ **ä** klingt wie **e** ▪ **äu** klingt wie **eu**	 *der Wal**d**, der San**d*** *der Ta**g**, der Zwer**g*** *der Sta**b**, das Lo**b*** *t**ä**glich* *die B**äu**me*	▪ Wörter verlängern, z. B.: *der Sand → sandig, der Tag → die Tage, der Stab → die Stäbe* ▪ Verwandte Wörter suchen, z. B.: *täglich → der Tag, die Bäume → der Baum* (▶ S. 194)
Wörter mit **s-Laut** ▪ **s** ▪ **ß** ▪ **ss**	 *das Hau**s**, rei**s**en* *gro**ß**, die Stra**ß**e* *e**ss**en, die Ka**ss**e*	▪ summendes **s** und zischendes **s** unterscheiden ▪ Verlängerungsprobe machen *(das Haus → die Häuser, groß → größer)* ▪ **ß** und **ss** unterscheiden: bei offener erster Silbe **ß** *(sto-ßen)*, bei geschlossener erster Silbe **ss** *(es-sen)* (▶ S. 198)
Wörtern mit **Doppelkonsonanten, ck** und **tz**	*re**nn**en, die Pa**pp**e, der Hi**mm**el, verste**ck**en, die Ka**tz**e*	▪ Doppelkonsonanten nur, wenn die erste Silbe geschlossen ist *(ren-nen)* ▪ Einsilber verlängern *(der Ball → Bäl-le)* ▪ statt **kk** schreibt man **ck,** statt **zz tz** (▶ S. 197)
Wörter mit **silben-öffnendem *h*** oder Merkwörter mit ***h***	*das Re**h**, blü**h**en, der Stu**h**l, zä**h**len*	▪ durch Verlängern von Einsilbern silben-öffnendes **h** hörbar machen *(der Zeh → Ze-hen)* ▪ sich Wörter mit **h** am Ende der ersten Silbe merken *(der Zahn → Zäh-ne)* (▶ S. 199)
Wörter mit **ie** und **i**	*das T**ie**r, die W**ie**se, das S**i**lber, m**i**r, d**i**r, **ih**m, **ih**r, das K**i**no, der L**i**ter*	▪ **ie** nur, wenn die erste Silbe offen (lang gesprochen) ist *(vie-le)*; meist **i,** wenn die erste Silbe geschlossen ist *(Sil-be)* ▪ Einsilber verlängern *(lieb → lie-ber)* ▪ sich Wörter mit **i** und **ih** merken (▶ S. 199)
Groß- und Kleinschreibung ▪ Nomen/Substantive ▪ Nominalisierungen	*die **G**eschicklich**keit**, die **L**iebe, der **B**rief, das **S**pielen, lautes **L**achen*	▪ auf Nomenendungen achten ▪ auf Nomenbegleiter achten ▪ Nomenprobe anwenden (▶ S. 200–202)
Getrennt- und Zusammenschreibung	*Rad fahren, froh sein, schwarzfahren, bitterkalt* usw.	▪ Wortarten und Regeln beachten ▪ im Wörterbuch nachschlagen (▶ S. 203–204)

5 Zeichensetzung

5.1 Wichtige Satzzeichen im Überblick

Satzzeichen	
Satzschlusszeichen	
■ Nach einem **Aussagesatz** steht ein Punkt.	*Ich gehe heute ins Schwimmbad.*
■ Nach einem **Fragesatz** steht ein **Fragezeichen.**	*Hast du heute Nachmittag Zeit?*
■ Nach einem **Ausrufe- oder Aufforderungssatz** steht meist ein **Ausrufezeichen.**	*Vergiss die Sonnencreme nicht! Beeilt euch!*
Das **Komma** gliedert	
■ **Satzreihen** (Hauptsatz + Hauptsatz),	*Sie gingen nach Hause, es war schon dunkel.*
■ **Satzgefüge** (mindestens Hauptsatz + Nebensatz),	*Weil es dunkel wurde, gingen sie nach Hause.*
■ **Wortgruppen** (Aufzählungen, Appositionen, nachgestellte Erläuterungen).	*Ich trage einen bequemen, weiten Pullover.* *Berlin, unsere Hauptstadt, ist ein beliebtes Reiseziel für Schulklassen.* *In Indien leben weltweit die meisten Menschen, nämlich 1,44 Milliarden.*
Der **Doppelpunkt** kündigt etwas Weiterführendes an. Oft steht er	
■ vor wörtlicher Rede,	*Er rief: „Komm schnell hierher!"*
■ vor angekündigten Aufzählungen,	*Folgende Teile werden nachgeliefert: zwei Stühle, ein Tisch und vier Lampen.*
■ vor Zusammenfassungen und Folgerungen.	*Wir fassen zusammen: Das Wetter soll weiterhin sonnig bleiben.*
Anführungszeichen	
■ stehen am Anfang und Ende der wörtlichen Rede,	*Ich rief: „Komm schnell!"*
■ kennzeichnen wörtlich wiedergegebene Textstellen (Zitate).	*„Wir sind Freunde", sagte der Außenminister bei seinem Besuch in Paris.*

5.2 Kommasetzung

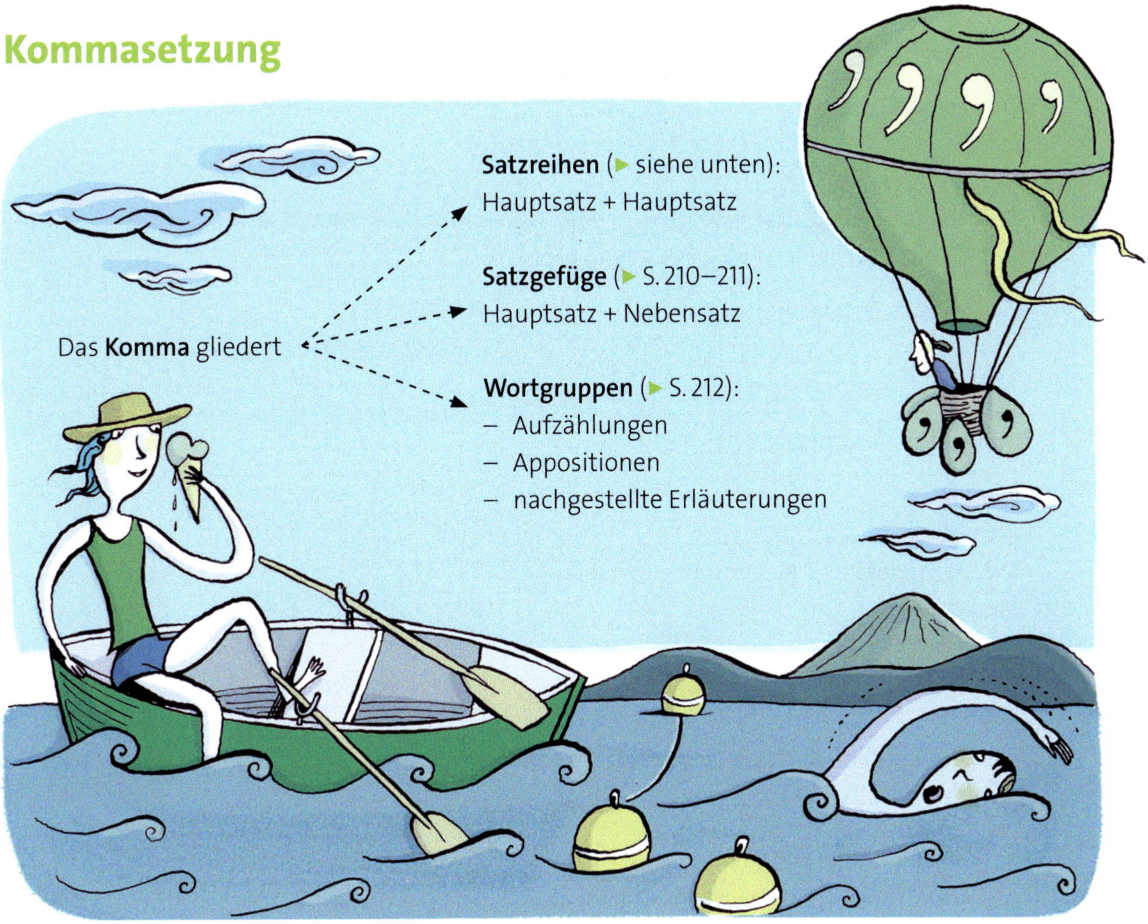

Das Komma in der Satzreihe

Ein Satz, der aus zwei oder mehr Hauptsätzen besteht, wird **Satzreihe** genannt (▸ mehr zur Satzreihe, S. 246).

Für die Kommasetzung in einer Satzreihe (Hauptsatz + Hauptsatz) gilt:

Die **einzelnen Hauptsätze** einer Satzreihe werden durch ein **Komma** voneinander getrennt.	*Peter schwimmt im See, Lea kauft sich ein Eis.* ______Hs 1______ , ______Hs 2______ .
Häufig werden die Hauptsätze durch die folgenden nebenordnenden **Konjunktionen** (Bindewörter) verbunden: *und, oder, aber, sondern, denn, doch.*	*Peter schwimmt im See,* ***denn*** *es ist sehr heiß.* *Er kann gut Ski fahren,* ***doch*** *dieser Hang war ihm zu steil.*
Nur vor den **Konjunktionen** *und* bzw. *oder* darf das Komma wegfallen, z. B.:	*Peter schwimmt im See (,)* ***und*** *Lea kauft sich ein Eis.* *Verena fährt nach Italien(,)* ***oder*** *sie wandert mit Freunden in der Eifel.*

Das Komma in Satzgefügen

Einen Satz, der aus mindestens einem Hauptsatz und mindestens einem Nebensatz besteht, nennt man Satzgefüge (▸ mehr zu Satzgefügen, S. 246–251).

Grundregel: Nebensätze werden immer durch Kommas vom Hauptsatz abgetrennt.
Dabei sind verschiedene Satzstellungen möglich:

Hauptsatz + Nebensatz

________Hs________ ,	*Der Film interessiert mich,*
________Ns________ .	*weil er spannend ist.*

Nebensatz + Hauptsatz

________Hs________ .	*gehe ich ins Kino.*
________Ns________ ,	*Weil der Film spannend ist,*

Anfang Hauptsatz + Nebensatz + Fortsetzung Hauptsatz

___Hs (Anf.)___ , ___Hs (Forts.)___ .	*Ein Film, wird von vielen gern gesehen.*
___Ns___ ,	*der spannend ist,*

Ein **Satzgefüge** kann **mehrere Nebensätze** enthalten. Alle Nebensätze werden mit einem Komma abgetrennt, z. B.:

Als ich vor dem Kino stand, bemerkte ich, dass das Kino geschlossen war.
________Ns 1________ , ____Hs____ , __________Ns 2__________ .

Als ich sah, dass das Kino, in dem ich den Film sehen wollte, geschlossen war, kehrte ich um.
__Ns 1__ , ____Ns 2___ , ____________Ns 3__________ , Fortsetzung Ns 2, ____Hs____ .

Sonderfall: Infinitivgruppen

Eine Infinitivgruppe besteht aus einem Infinitiv mit *zu* und mindestens einem weiteren Wort (▸ mehr zu Infinitivgruppen, S. 251).

Es ist ratsam, **Infinitivgruppen** immer durch ein **Komma** vom Hauptsatz abzutrennen, weil dadurch die Gliederung des Satzes verdeutlicht wird und niemals ein Fehler entsteht.

Ein **Komma muss** z. B. **stehen,**

- wenn die Infinitivgruppe durch *um, ohne, statt, anstatt, außer, als* eingeleitet wird. — *Viele Jugendliche nutzen Lern-Apps, **um sich das Lernen zu erleichtern.***
- wenn die Infinitivgruppe von einem Nomen/Substantiv oder einem hinweisenden Wort im Hauptsatz abhängt, wie *dazu, daran, darauf* oder *es.* — *Ich habe die Absicht, am Wochenende für den Test zu lernen.* *Uns liegt viel daran, Neues zu lernen.*

Bei einfachen Infinitivgruppen (*zu* + Infinitiv) kann man das Komma weglassen, sofern dadurch keine Missverständnisse entstehen, z. B.: *Wir haben heute versucht(,) zu lernen.*

Sonderfall: Partizipialgruppen

Eine Partizipialgruppe (auch Partizipialsatz) wird mit einem Partizip I (Partizip Präsens: *gehend*) oder einem Partizip II (Partizip Perfekt: *gegangen*) gebildet. Die Partizipialgruppe **bezieht sich auf das Subjekt** des Hauptsatzes, z. B.: *Wie gewünscht(,) erhalten Sie heute die Unterlagen.*

Partizipialgruppen darf man **immer** durch Kommas vom Hauptsatz trennen.

Ein Komma **muss** stehen, wenn

- durch ein hinweisendes Wort wie *so* auf die Partizipialgruppe Bezug genommen wird. — *Mit einer Lernen-App ausgestattet, so kann man flexibel lernen.*
- die Partizipialgruppe eine nachgestellte Erläuterung zu einem Nomen/Substantiv oder Pronomen ist. — *Ein Schüler, eine Lernen-App nutzend, muss keine Schulbücher schleppen.*

Das Komma in Wortgruppen

Durch Kommas abgetrennt werden:

Aufzählungen
Dies gilt auch, wenn das Wort oder die Wortgruppe durch eine einschränkende Konjunktion wie *aber, jedoch, sondern, doch* eingeleitet wird.

Ich brauche Computer, Kabel, Beamer und eine Verlängerungsschnur.
Du wolltest doch früh nach Hause kommen, Aufgaben machen, dann ins Kino gehen.
Das Spiel ist kurz, aber sehr lustig.

Achtung:
Kein Komma steht vor den nebenordnenden Konjunktionen *und, oder, sowie, entweder … oder, sowohl … als auch, weder … noch.*

Er war enttäuscht und niedergeschlagen.
Hier gibt es sowohl Sportkleidung als auch Sportgeräte.
Er wollte weder Tee noch Kaffee.

Appositionen
Die Apposition beschreibt ihr Bezugswort (meist ein Nomen/Substantiv) näher und steht im gleichen Kasus wie ihr Bezugswort. Die Apposition besteht meist aus einem Nomen oder einer Nomengruppe.

Berlin, unsere Hauptstadt, ist ein beliebtes Reiseziel für Schulklassen.

Herr Müller, der Reiseleiter, führte uns durch die Stadt.

Nachgestellte Erläuterungen
Die nachgestellte Erläuterung wird oft mit Wörtern *wie nämlich, und zwar, vor allem, also, das heißt (d. h.), zum Beispiel (z. B.)* eingeleitet.

Das Reichstagsgebäude, also der Sitz des Bundestags, besitzt eine Kuppel aus Glas.

In Indien leben weltweit die meisten Menschen, nämlich 1,44 Milliarden.

Ausrufe und **Bekräftigungen** werden durch Komma abgetrennt.

> Bei einer kurzen Äußerung (*O nein! Na gut.*) entfällt meist das Komma.

Ach, das ist aber schade!
Wie eklig, igitt!
Sie hatte keine Zeit, leider!

Eine **Anrede** wird durch ein Komma vom übrigen Satz abgetrennt.

Ruben, gib mir bitte das Buch!
Leute, macht nicht so einen Krach!
Gehst du, Flora, bitte zur Tür?

> Bei einer Anrede, die nur aus einem Wort besteht (*Hallo Katrin! Hi Paul!*) entfällt meist das Komma.

5.3 Zeichensetzung bei der wörtlichen Rede

Die **wörtliche Rede** steht in **Anführungszeichen.**
Die Zeichensetzung ändert sich je nachdem, ob der **Redebegleitsatz vor, nach** oder **zwischen der wörtlichen Rede** steht.

Der Redebegleitsatz steht:	
vor der wörtlichen Rede Der einleitende Redebegleitsatz wird durch einen **Doppelpunkt** von der wörtlichen Rede abgetrennt. Das Satzschlusszeichen in der wörtlichen Rede (Punkt, Ausrufe- oder Fragezeichen) wird gesetzt.	*Ich fragte: „Wohin sollen wir fahren?“* *Anton antwortete: „Ich weiß es nicht.“* *Luka rief: „Ich habe eine Idee!“*
nach der wörtlichen Rede Der nachgestellte Redebegleitsatz wird durch ein **Komma** von der wörtlichen Rede abgetrennt. In der wörtlichen Rede entfällt der Punkt; Frage- und Ausrufezeichen bleiben aber erhalten.	*„Ich würde gern ans Meer fahren!“, rief Jana.* *„Sollen wir ans Meer fahren?“, fragte Jana.* *„Ich möchte ans Meer“, sagte Jana.*
zwischen der wörtlichen Rede Der eingeschobene Redebegleitsatz wird durch **Kommas** von der wörtlichen Rede abgetrennt. Das Satzschlusszeichen in der wörtlichen Rede (Punkt, Ausrufe- oder Fragezeichen) wird gesetzt.	*„Ich gehe“, sagte Paul, „in den Musikladen auf der anderen Straßenseite.“* *„Gibt es“, fragte ich interessiert, „dort auch Kopfhörer?“* *„Ja“, rief Paul erfreut, „heute kaufe ich mir dort ein richtig gutes Headset!“*

5.4 Zitieren und Quellenangaben machen

Richtiges Zitieren

Zeichensetzung bei Zitaten

Wörtlich wiedergegebene Textstellen (Zitate) müssen durch **Anführungszeichen** gekennzeichnet werden. Innerhalb des durch Anführungszeichen gekennzeichneten Zitats darf der **Originaltext nicht verändert** werden. Auslassungen im Zitat werden durch [...] gekennzeichnet.	Original: *Körpersprache, z. B. Mimik und Gestik, ist für unsere Kommunikation zentral.* Zitat: *„Körpersprache [...] ist für unsere Kommunikation zentral."*
Geringfügige Änderungen, z. B. grammatische Anpassungen an den eigenen Text oder Zusätze, die der Leserin / dem Leser klarmachen, wovon im Zitat die Rede ist, werden in **eckige Klammern** gesetzt.	Original: *Sie wurden noch vor der geplanten Reise verfasst.* Zitat: *„Sie [die fünf Gedichte] wurden noch vor der geplanten Reise verfasst."* Original: *Das chorische Sprechen ...* Zitat: *Wegen des „chorische[n] Sprechen[s] ..."*
Punkt, Frage- oder Ausrufezeichen stehen ▪ **außerhalb** der Anführungszeichen, wenn sie nicht zu der zitierten Äußerung gehören. ▪ **innerhalb** der Anführungszeichen, wenn sie zu der wiedergegebenen Äußerung gehören.	 *Müssen Schüler/-innen wirklich durch Markenkleidung zeigen, „wohin sie gehören"?* *„Wie gehen Kinder damit um?", fragt der Interviewer.*
Bei einem angeführten Satz lässt man den **Schlusspunkt** weg, wenn er am Anfang oder im Innern des Ganzsatzes steht.	*„Das sind natürlich Spiele", erklärt Hager.*

Textquellen angeben

In einem Referat oder in einer Facharbeit benutzt du in der Regel Informationen aus Büchern, Zeitschriften, Zeitungen oder aus dem Internet.
Es ist wichtig, zu allen Materialien (Bücher, Zeitschriften, Internet) Quellenangaben zu machen, damit man die Informationen noch einmal nachlesen oder überprüfen kann.

Textquellen angeben	
Buch Name, Vorname: Buchtitel, Verlag, Erscheinungsort(e) und -jahr, Seitenangabe	*Gunter Gebauer: Olympische Spiele, Reclam Verlag, Ditzingen 2020, S. 7*
Zeitung/Zeitschrift Verfasser/-in: Titel des Textes. In: Name der Zeitung/Zeitschrift, Ausgabe (z. B. Nr. 2/2017), Seite	*Felix Muster: Zwischenfälle bei den Olympischen Spielen. In: Olympiade heute, Nr. 33/2012, S. 33–36*
Internet Name, Vorname (falls bekannt): Titel des Beitrags / des Fotos. Online unter: Internetadresse [Abrufdatum]	*Olympische Spiele.* *Online unter: https://de.wikipedia.org/wiki/Olympische_Spiele [29.09.2024]*

5.5 Der Apostroph

Der Apostroph kennzeichnet meist die Auslassung von Buchstaben.	
Auslassung im Wort Entfallen Buchstaben in Wörtern, ersetzt man sie oft durch einen **Apostroph.**	*Tu's doch!* *Wie war's im Kino?*
Kennzeichnung des Genitivs Der Apostroph steht zur Kennzeichnung des Genitivs (Wesfalls) von Namen, die auf **-s, -ss, -ß, -tz, -z, -x** oder **-ce** enden und keinen Artikel bei sich haben.	*Heinz' Geburtstag* *Thomas' Tasse* *Fritz' Skateboard*
Aber: Ist der Genitiv eindeutig erkennbar, z. B. durch einen beigefügten Artikel oder ein Possessivpronomen, entfällt der Apostroph.	*die Gedichte des Hans Sachs* *das Leben des Johannes*
Gelegentlich wird der Apostroph zur **Verdeutlichung der Grundform** eines Personennamens gebraucht.	*die Grimm'schen Märchen* *(neben grimmschen Märchen)* *der Ohm'sche Widerstand* *(neben: der ohmsche Widerstand)*

5.6 Rechtschreibung und Zeichensetzung im Brief

Ort und Datum

Notiere Ort und Datum oben rechts.
Zwischen Orts- und Datumsangabe steht ein Komma.

Anrede

Nach der Anrede setzt du entweder ein Ausrufezeichen und beginnst danach groß oder du setzt ein Komma und schreibst klein weiter.
Schreibe die **Anredepronomen** groß, wenn du jemanden siezt, z. B.:
Sie, Ihnen, Ihr.
Sonst kannst du kleinschreiben, z. B.:
du, dir, dein, ihr, euch, euer.

Grußformel und Unterschrift

Schreibe Grußformel und Unterschrift jeweils in eine eigene Zeile (ohne Komma, Punkt usw.).

Bornhofen, 15. 9. 20..

Hallo Paul!

Hast du die ersten Schulwochen gut überstanden? Sicher bist du ...

Herzliche Grüße / Liebe Grüße
Deine Juwita

Kisselbach, den 15. 9. 20..

Lieber Herr Kuhlemann,

wie geht es Ihnen? Hatten Sie schöne Sommerferien? ...

Viele Grüße / Herzliche Grüße
Julian

Sachlicher Brief

Die äußere Gestaltung eines sachlichen Briefs (z. B. eines Bewerbungsanschreibens) unterliegt einer festen Norm.
Zwischen den einzelnen Bausteinen wird eine Leerzeile frei gelassen.
Es werden die Anredepronomen der Höflichkeitsform *(Sie, Ihnen, Ihre, Ihr, ...)* verwendet.
Sie werden **großgeschrieben.**
In der **Betreffzeile** steht das Thema oder das Anliegen des Briefs.
Im Brieftext schilderst du dein Anliegen und begründest es. Überlege, welche Informationen die Empfängerin / der Empfänger braucht, und stelle sie dar. Drücke am Schluss aus, dass du dich über eine Antwort freust.
Der Brief endet mit einer passenden Grußformel und wird **handschriftlich unterschrieben.**
Ein Muster eines sachlichen Briefs findest du auch auf Seite 34.

Ort, Datum

Name und Anschrift
der Absenderin / des Absenders

Name und Anschrift
der Empfängerin / des Empfängers

Betreff (in Stichworten, worum es geht)

Sehr geehrte(r) ...,
gegliederter Text

Mit freundlichen Grüßen
Unterschrift (handschriftlich)

Kommaregeln im Überblick

Ein Komma muss stehen:

▪ zwischen **Hauptsatz und Hauptsatz.** ▪ zwischen **Hauptsatz und Nebensatz** bzw. zwischen **mehreren Nebensätzen.** Achte auf Wörter, mit denen Nebensätze eingeleitet werden: Konjunktionen, Relativpronomen, Fragewörter.	*Ich surfe im Netz, Leon liest ein Buch.* *Man weiß, dass man Spuren hinterlässt, wenn man im Netz surft.* *Den Film, den ich meine, kennst du.* *Ich weiß, wie das funktioniert.*
▪ bei **entgegensetzenden** oder **einschränkenden Konjunktionen** wie *aber* und *sondern*.	*Surfen im Netz ist spannend, aber nicht unproblematisch. Das war kein Pkw, sondern ein Lkw.*
▪ in **Aufzählungen,** wenn sie nicht durch anreihende Konjunktionen *(und, oder, sowie, weder ... noch, sowohl ... als auch)* verbunden sind.	*Computer, Laptops, Smartphones und Tablets haben wir.* *Man kann sich sowohl heute als auch morgen anmelden.*
▪ in **Appositionen** und in **nachgestellten Erläuterungen** (oft eingeleitet durch: *also, nämlich, und zwar, vor allem, nämlich das heißt [d. h.], zum Beispiel [z. B.] ...*).	*Herr Becker, ein Werbefachmann, erläuterte die Ziele der Firma.* *Jeder hinterlässt Spuren im Netz, und zwar ständig.*
▪ bei wörtlicher Rede zur **Abtrennung** des **Redebegleitsatzes.**	*„Man kann", sagt der Experte, „auch sicher im Netz surfen."*
▪ bei **Anreden** und **Ausrufen** (am Satzanfang, in der Satzmitte, am Satzende).	*Emma, gib mir bitte das Handy.* *Weißt du, Julian, wie spät es ist?*

Bei **Infinitiv- und Partizipialgruppen** gibt es komplizierte Regeln, wann ein Komma gesetzt werden muss und wann das Komma gesetzt werden kann (► S. 211). Es empfiehlt sich, immer ein Komma zu setzen, weil es niemals falsch ist, z. B.: *Jeder wünscht sich(,) ungestört im Internet zu surfen. Mögliche Gefahren ignorierend(,) lassen viele beim Surfen Cookies zu.*

Ein Komma darf nicht stehen:

▪ bei gleichrangigen Wörtern und Wortgruppen, die durch eine der folgenden Konjunktionen verbunden sind: *und, oder, sowie, weder ... noch, beziehungsweise, entweder ... oder, sowohl ... als auch, wie.*	*Wir werden sowohl draußen als auch drinnen arbeiten.* *Es gibt das Modell weder in Blau noch in Rot.* *Du musst dich entweder dafür oder dagegen entscheiden.*
▪ zur Abtrennung von Satzgliedern, z. B. adverbialen Bestimmungen.	*Mit Hilfe ganz spezieller Programme kann man sicher im Netz surfen.*
▪ bei einfachen Vergleichen mit *wie* oder *als.* Aber: Ein Komma muss stehen, wenn der Vergleich als Nebensatz formuliert wird.	*Das geht besser als erwartet.* *Der Film war genauso spannend, wie du gesagt hast.*

6 Grammatik – Nachdenken über Sprache

6.1 Wortarten

Wortarten im Überblick

Wörter werden je nach ihren Merkmalen in verschiedene Klassen eingeteilt. Diese Klassen nennt man Wortarten. Das wichtigste Merkmal für die Zuordnung eines Worts zu einer Wortart ist, ob es flektierbar, also durch Beugung (Deklination und Konjugation) veränderbar ist.

Wortarten

flektierbar (durch Beugung veränderbar)

- **deklinierbar**
  - **Nomen/Substantiv** (Hauptwort, S. 219):
    Tisch, Hund, Kind, Haus, Baum ...
    deklinierbar, z. B.:
    der Hund (Nominativ), *des Hundes* (Genitiv), *dem Hund* (Dativ), *den Hund* (Akkusativ)
  - **Artikel** (Begleiter, S. 220):
    - *der/die/das* (bestimmter Artikel)
      deklinierbar, z. B.:
      Ich höre dem Jungen zu.
      Ich treffe den Jungen.
    - *ein/eine/ein* (unbestimmter Artikel)
      deklinierbar, z. B.:
      Er lief eines Morgens in den Wald.
      Er gab den Schlüssel einem Mädchen.
  - **Pronomen** (Fürwort, S. 220 f.):
    ich, unser, mein ...
    deklinierbar, z. B.:
    Das ist der Hund meiner Freundin.
    Dies ist unsere Katze.
  - **Adjektiv** (Eigenschaftswort, S. 222):
    freundlich, sparsam, schnell ...
    deklinierbar, z. B.:
    schneller, am schnellsten
- **konjugierbar**
  - **Verb** (Tätigkeitswort, S. 223–228):
    essen, reisen, schlafen
    konjugierbar, z. B.:
    du schläfst, wir schlafen, er schlief

nicht flektierbar (nicht veränderbar)

- **Adverb** (Umstandswort, S. 228):
  morgen, hier, oben ...
- **Präposition** (Verhältniswort, S. 229):
  auf, nach, über, mit ...
- **Konjunktion** (Bindewort, S. 229):
  und, oder, aber, weil, nachdem ...

Nomen/Substantive (Hauptwörter)

Die meisten Wörter in unserer Sprache sind Nomen/Substantive (auch: Hauptwörter).
Nomen/Substantive bezeichnen:

- Lebewesen/Eigennamen, z. B.: *Frosch, Baum, Emma,*
- Gegenstände, z. B.: *Haus, Schreibtisch, Smartphone,*
- Begriffe (Gedanken, Gefühle, Zustände …), z. B.: *Angst, Mut, Freude, Ferien, Freundschaft.*

Nomen/Substantive werden **immer großgeschrieben.**
Sie werden häufig von Wörtern begleitet (Nomenbegleiter), an denen wir sie erkennen können, z. B. einem Artikel *(der Hase, eine Uhr)* oder einem Adjektiv *(blauer Himmel, fröhliche Menschen).*
Um sicher festzustellen, ob ein Wort ein Nomen/Substantiv ist, setzt man einen Artikel und ein Adjektiv davor, z. B.: *das große Ereignis.*

Genus (grammatisches Geschlecht; Plural: die Genera)

Im Deutschen hat **jedes Nomen/Substantiv ein Genus,** das man **am Artikel erkennen** kann:

- ein **Maskulinum** (männliches Nomen), z. B.: *der Stift, der Regen, der Mann,*
- ein **Femininum** (weibliches Nomen), z. B.: *die Sonne, die Katze, die Frau* oder
- ein **Neutrum** (sächliches Nomen), z. B.: *das Buch, das Eis, das Kind.*

Das grammatische Geschlecht eines Nomens/Substantivs stimmt nicht immer mit dem natürlichen Geschlecht überein, z. B.: *das Mädchen, das Kind.*

Numerus (Anzahl; Plural: die Numeri)

Nomen/Substantive haben einen Numerus, d. h. eine Anzahl.
Sie stehen entweder im

- **Singular** (Einzahl), z. B.: *der Wald, die Jacke, das Haus,* oder im
- **Plural** (Mehrzahl), z. B.: *die Wälder, die Jacken, die Häuser.*

Kasus (Fall; Plural: die Kasus, mit langem u gesprochen)

In Sätzen erscheinen Nomen/Substantive immer in einem bestimmten Kasus, das heißt in einem grammatischen Fall. **Im Deutschen gibt es vier Kasus.** Nach dem Kasus richten sich die Form des Artikels und die Endung des Nomens. Man kann den **Kasus** eines Nomens **durch Fragen ermitteln:**

Kasus	Kasusfrage	Beispiele
1. Fall: **Nominativ**	*Wer oder was …?*	*Der Junge liest ein Buch.*
2. Fall: **Genitiv**	*Wessen …?*	*Das Buch des Jungen ist spannend.*
3. Fall: **Dativ**	*Wem …?*	*Ein Mädchen schaut dem Jungen zu.*
4. Fall: **Akkusativ**	*Wen oder was …?*	*Sie beobachtet den Jungen genau.*

Meist ist der Kasus am veränderten Artikel des Nomens/Substantivs erkennbar, manchmal auch an seiner Endung, z. B.: *des Mannes, des Mädchens, den Kindern.*
Wenn man ein Nomen/Substantiv in einen Kasus setzt, nennt man das **deklinieren** (beugen).

Artikel (Begleiter der Nomen/Substantive)

Das Nomen/Substantiv wird häufig von einem Artikel begleitet. Man unterscheidet zwischen dem bestimmten Artikel *(der, die, das)* und dem unbestimmten Artikel *(ein, eine, ein)*:

	bestimmter Artikel	unbestimmter Artikel
männlich	*der Stift*	*ein Stift*
weiblich	*die Uhr*	*eine Uhr*
sächlich	*das Buch*	*ein Buch*

Pronomen (Begleiter der Nomen/Substantive)

Pronomen sind **Stellvertreter** oder **Begleiter** des Nomens. Sie vertreten oder begleiten es.

Die zertanzten Schuhe

Es war einmal ein König, **der** hatte zwölf Töchter, eine immer schöner als die **andere. Sie** schliefen zusammen in einem **Saal,** in welchem **ihre** Betten standen, und abends, wenn **sie** darin lagen, schloss der König die Tür zu und verriegelte **sie.**
Wenn **er** aber am Morgen die Türe aufschloss, so sah **er,** dass **ihre** Schuhe zertanzt waren, und niemand konnte herausbringen, wie **das** zugegangen war. […]

- Die Begleiter stehen vor den Nomen/Substantiven, die sie näher bestimmen, z. B.:
  Dieses Buch ist spannend. (Demonstrativpronomen als Nomenbegleiter)
  Mein Buch ist spannend. (Possessivpronomen als Nomenbegleiter)
- Als Stellvertreter ersetzen sie ein Nomen oder eine Wortgruppe mit einem Nomen als Kern, z. B.:
  Die Kinder spielen Karten. ***Sie*** *sitzen im Garten.* (Personalpronomen als Stellvertreter des Nomens)

Pronomen werden wie die Nomen/Substantive **dekliniert** (gebeugt), z. B.:

	Singular			Plural		
Kasus	**1. Pers.**	**2. Pers.**	**3. Pers.**	**1. Pers.**	**2. Pers.**	**3. Pers.**
1. Fall: **Nominativ**	*ich*	*du*	*er/sie/es*	*wir*	*ihr*	*sie*
2. Fall: **Genitiv**	*meiner*	*deiner*	*seiner/ihrer/seiner*	*unser*	*euer*	*ihrer*
3. Fall: **Dativ**	*mir*	*dir*	*ihm/ihr/ihm*	*uns*	*euch*	*ihnen*
4. Fall: **Akkusativ**	*mich*	*dich*	*ihn/sie/es*	*uns*	*euch*	*sie*

Arten von Pronomen

Personalpronomen (persönliche Fürwörter)

- Mit Personalpronomen kann man **Nomen und Namen ersetzen.** Sie werden wie die Nomen/Substantive **dekliniert** (gebeugt).

ich, du, er, sie, es, wir, ihr, sie
Die Katze möchte ins Haus. ~~Die Katze~~ Sie miaut. Schnell lassen wir ~~die Katze~~ sie herein.

Possessivpronomen (besitzanzeigende Fürwörter)

- Possessivpronomen geben an, **zu wem etwas gehört.**
- Possessivpronomen begleiten meist Nomen/Substantive und stehen dann in dem gleichen Kasus (Fall) wie das dazugehörige Nomen.

***mein, dein, sein** Buch*
***unsere, eure, ihre** Mannschaft*
Ich gebe meinen Freunden eine Einladungskarte. (Wem? → Dativ)

Demonstrativpronomen (hinweisende Fürwörter)

- Demonstrativpronomen **weisen besonders deutlich auf eine Person oder Sache hin.**
- Demonstrativpronomen können als Begleiter oder als Stellvertreter eines Nomens/Substantivs verwendet werden.

der, die, das/dieser, diese, dieses
jener, jene, jenes/solcher, solche, solches, derselbe, dieselbe, dasselbe
Von allen Jacken gefällt mir diese am besten.

Indefinitpronomen (unbestimmte Fürwörter)

- Indefinitpronomen sind Wörter, mit denen man **eine ungefähre Menge oder Anzahl** angibt.
- Indefinitpronomen können als Begleiter oder als Stellvertreter eines Nomens/Substantivs verwendet werden.
- Indefinitpronomen stehen häufig vor nominalisierten Adjektiven.

etwas, manches, alles, nichts, einige, kein, viel, (ein) paar, mehrere, andere, jeder ...
Jeder Spieler bekam einen Preis.
Das weiß doch jeder!
etwas Neues, viel Witziges, alles Gute, nichts Sinnvolles

Reflexivpronomen (rückbezügliche Fürwörter)

- Reflexivpronomen beziehen sich meist **auf das Subjekt des Satzes.**

Ich freue mich.
Sie beeilt sich.

Relativpronomen

- Relativpronomen leiten Nebensätze ein und beziehen sich auf Wörter oder Wortgruppen des übergeordneten Satzes.

der, die, das
welcher, welche, welches
*Das Buch, **das** dort liegt, gehört mir.*

Interrogativpronomen (Fragefürwörter)

- Interrogativpronomen leiten Fragesätze ein.

Wer hat das Buch gekauft?
Welches Buch liest du?

Adjektive (Eigenschaftswörter)

Mit Adjektiven können wir die **Eigenschaften** von Lebewesen, Dingen, Vorgängen, Gefühlen und Vorstellungen **genau beschreiben,** z. B.:
der starke Wind, der schwache Wind, der eiskalte Wind.

- Adjektive werden **kleingeschrieben.**
- Adjektive, die vor einem Nomen/Substantiv stehen, haben den **gleichen Kasus wie das Nomen/Substantiv**, z. B.:
  der kalte See, die kalten Seen, des kalten Sees.

Steigerung der Adjektive

Die meisten Adjektive kann man steigern (z. B.: *schön – schöner – am schönsten*). So kann man z. B. Dinge und Lebewesen miteinander vergleichen. Es gibt drei Steigerungsstufen:

Positiv (Grundform)	**Komparativ** (1. Steigerungsstufe)	**Superlativ** (2. Steigerungsstufe)
Lars ist groß.	*Berat ist größer.*	*Liam ist am größten.*
schmal	*schmaler*	*am schmalsten*
langweilig	*langweiliger*	*am langweiligsten*

Vergleiche mit *wie* und *als*

- Vergleiche mit dem Positiv werden mit *wie* gebildet, z. B.:
  Tim ist genauso groß wie Sophia.
- Vergleiche mit dem Komparativ werden mit dem Vergleichswort *als* gebildet, z. B.:
  Meine Schuhe sind kleiner als deine.

Funktionen von Adjektiven im Satz

Adjektive können in einem Satz verschiedene Funktionen haben:	
Sie können als **Adjektivattribute** (▶ S. 242) vor einem Nomen/Substantiv stehen.	*Ein fremder Mann stand vor dem Hauseingang.* *Ben liebt süßes Gebäck.*
Sie können als **nominalisierte Adjektive** (▶ S. 201) wie Nomen/Substantive in einem Satz auftreten.	*Ein Fremder stand vor dem Hauseingang.* *Ben liebt Süßes.*
Sie können als **adverbiale Bestimmung** (▶ S. 241) oder als **Prädikativ** (▶ S. 242) gebraucht werden.	*Das Pferd läuft schnell.* *Das Pferd ist schnell.*

Verben (Tätigkeitswörter)

Mit Verben gibt man an,
- was jemand tut, z. B.: *laufen, reden, lachen,*
- was geschieht, z. B.: *regnen, brennen,* oder
- was ist, z. B.: *haben, sein, bleiben.*

Verben werden **kleingeschrieben.**
Der **Infinitiv (die Grundform)** eines Verbs endet auf *-en* oder *-n,* z. B.:
rennen, sagen, antworten, rudern, lächeln.

Finite (gebeugte) Verbformen

- Finite Verbformen (auch Personalformen, **konjugierte oder gebeugte Formen** genannt) drücken Person und Numerus aus, z. B.: *Du fähr**st** Fahrrad.* → *fährst* = 2. Person Singular Präsens
- Nutzt man ein Verb im Satz, bildet man die **Personalform.** Dazu wird das Verb **konjugiert** (gebeugt). An den **Verbstamm** wird dabei die passende **Personalendung** gehängt, z. B.: *sprech-en* (Infinitiv) → *ich sprech-e* (1. Person), *du sprich-st* (2. Person) usw.

Infinite (ungebeugte) Verbformen

- Im Gegensatz zu den finiten Verbformen sind die infiniten Verbformen **ungebeugt** und drücken die Kategorien Person und Numerus nicht aus.
  Infinite (ungebeugte) Formen des Verbs sind:
  - der **Infinitiv,** z. B.: *gehen,*
  - das **Partizip I,** z. B.: *gehend,*
  - das **Partizip II,** z. B.: *gegangen.*
- Das Partizip I (Partizip Präsens) wird aus dem Verbstamm und der Endung *-(e)nd* gebildet, z. B.: *brems**end**, trag**end**, zitter**nd**.*
- Das Partizip II (Partizip Perfekt) wird aus der Vorsilbe *ge-*, dem Verbstamm und der Endung *-(e)t* oder *-en* gebildet, z. B.: ***ge**bau**t**, **ge**schwomm**en**.*

Imperativ (Befehlsform des Verbs)

Die Aufforderungsform oder **Befehlsform eines Verbs** nennt man Imperativ. Man kann eine Aufforderung oder einen Befehl an eine Person oder an mehrere Personen richten. Dementsprechend gibt es den Imperativ Singular *(„Bitte komm!", „Lauf weg!")* und den Imperativ Plural *(„Bitte kommt!", „Lauft weg!").*

- Der **Imperativ Singular** besteht aus dem Stamm des Verbs, z. B.: *schreiben → schreib!* Manchmal wird die Endung *-e* angehängt *(reden → rede!)* oder es ändert sich der Stammvokal von *e* zu *i (geben → gib!).*
- Der **Imperativ Plural** wird in der Regel durch den Stamm des Verbs mit der Endung *-t* oder *-et* gebildet, z. B.: *schreiben → schreibt!, lesen → lest!, reden → redet!*

Vollverben, Hilfsverben, Modalverben

Die Verben werden nach ihrer Fähigkeit, die Rolle des Prädikats in einem Satz zu übernehmen, in verschiedene Klassen eingeteilt: Vollverben, Hilfsverben und Modalverben.
Vollverben können das Prädikat eines Satzes allein bilden. Hilfsverben und Modalverben treten dagegen vorwiegend in Verbindung mit Vollverben auf.

Gebrauch der Verben	
Vollverben	Vollverben können das Prädikat allein bilden (einteiliges Prädikat). Sie tragen zudem die Bedeutung des Satzes, z. B.: *Ich* ***esse*** *einen Apfel. Es* ***regnet.*** *Du* ***fährst*** *nach Rom.*
Hilfsverben	Hilfsverben *(haben, sein, werden)* bilden zusammen mit einem Vollverb zusammengesetzte Zeitformen sowie Formen des Passivs, z. B.: *Sie* ***hat*** *gegessen* (Perfekt). *Er* ***wird*** *bestimmt pünktlich sein* (Futur I). *Die Tür* ***wird*** *geschlossen* (Passiv). *Der Zaubertrick* ***wird*** *von Paula vorgeführt* (Passiv).
Modalverben (▶ S. 237)	Modalverben *(wollen, sollen, können, müssen, dürfen, mögen)* werden nur in Verbindung mit einem Vollverb im Infinitiv gebraucht. Sie verändern den Aussagewert des Vollverbs, z. B.: *Wir* ***können*** *jetzt spielen. Wir* ***sollen*** *jetzt spielen. Wir* ***dürfen*** *jetzt spielen.*

Die Tempora (Zeitformen) der Verben

Verben kann man in verschiedenen Zeitformen (Tempora; Sg.: das Tempus) verwenden, z. B. im Präsens, im Präteritum, im Futur. Die Zeitformen der Verben sagen uns, wann etwas passiert, z. B. in der Gegenwart, in der Vergangenheit oder in der Zukunft.

Präsens (die Gegenwartsform)		
Bildung	**Funktion**	**Beispiele**
Stamm des Verbs + Personal-endungen, z. B.: *ich schreib-e,* *du schreib-st,* …	▪ Das Präsens wird verwendet, wenn etwas in der **Gegenwart** (in diesem Augenblick) geschieht.	*Er schreibt gerade einen Brief.* *(Es geschieht in diesem Augenblick.)*
	▪ Im Präsens stehen auch **Aussagen, die immer gelten.**	*Suppe isst man mit dem Löffel.* *(Es ist immer gültig.)*
	▪ Man kann das Präsens auch verwenden, **um etwas Zukünftiges auszudrücken.** Meist verwendet man dann eine Zeitangabe, die auf die Zukunft verweist, z. B.: *morgen, übermorgen, nächste Woche.*	*Morgen gehe ich ins Kino.* *Wir treffen uns nächste Woche.*

Futur I (die Zukunftsform)

Bildung

Personalform von **werden** im Präsens + **Infinitiv des Verbs,** z. B.: *Ich werde anrufen, du wirst anrufen usw.*

Funktion

Das Futur I wird verwendet, um ein zukünftiges Geschehen auszudrücken.

Beispiele

In den Sommerferien werde ich häufig ins Freibad gehen.

Perfekt

Bildung

Präsens von **haben** oder **sein** (z. B.: *hast, sind*) + **Partizip II des Verbs** (z. B.: *gelesen, aufgebrochen*)

Funktion

Wenn man mündlich von etwas Vergangenem erzählt oder berichtet, verwendet man häufig das Perfekt.

Beispiele

Ich habe gerade etwas gegessen. Er ist nach Hause gekommen.

Präteritum

Bildung

Man unterscheidet:

- **regelmäßige (schwache) Verben:**
  Der Vokal (**a**, **e**, **i**, **o**, **u**) im Verbstamm ändert sich nicht, wenn das Verb ins Präteritum gesetzt wird, z. B.:
  ich lache (Präsens)
  → *ich lachte* (Präteritum)
- **unregelmäßige (starke) Verben:**
  Der Vokal (**a**, **e**, **i**, **o**, **u**) im Verbstamm ändert sich im Präteritum, z. B.:
  ich singe (Präsens)
  → *ich sang* (Präteritum)
  ich gebe Präsens)
  → *ich gab* (Präteritum)

Funktion

Das Präteritum ist eine **einfache Zeitform der Vergangenheit.**

Diese Zeitform wird vor allem in schriftlichen Erzählungen (z. B. in Märchen, in Geschichten) und in Berichten verwendet.

Beispiele

Sie lief schnell nach Hause, denn es regnete in Strömen.

Er sang aus vollem Hals.

Der Unfall passierte auf einer nassen Straße.

Plusquamperfekt (Vorvergangenheit)

Bildung	Funktion	Beispiele
Präteritum von **haben** oder **sein** (z. B.: *hatte, war*) + **Partizip II des Verbs** (z. B.: *gelesen, aufgebrochen*)	Wenn etwas vor dem passiert, wovon im Präteritum oder im Perfekt erzählt wird, verwendet man das Plusquamperfekt. Das Plusquamperfekt wird deshalb auch **Vorvergangenheit** genannt. Das Plusquamperfekt ist eine **zusammengesetzte Zeitform.**	*Nachdem sie mit dem Fallschirm sicher gelandet war, jubelten die Menschen.* *Nachdem wir etwas gegessen hatten, gingen wir in den Zoo.* Die **Konjunktion** *nachdem* leitet oft einen Satz im Plusquamperfekt ein.

Futur II

Bildung	Funktion	Beispiele
Personalform von **werden** im Präsens + **Partizip II des Verbs** + Infinitiv von **haben** oder **sein**	Das Futur II wird verwendet, um mitzuteilen, was in der Zukunft bereits abgeschlossen sein wird.	*Bald wird man Autos mit Benzinmotoren abgeschafft haben. Die Zahl der E-Autos wird stark gestiegen sein.*

Partizip I und II

Partizip I und II

Bildung	Funktion	Beispiele
Partizip I (Partizip Präsens)	■ Mit Hilfe des Partizips I können **gleichzeitig ablaufende Handlungen** beschrieben werden.	*Die Frau sitzt lesend im Sessel.*
Verbstamm + -(e)nd, z. B.: *gehend, zitternd.*	■ Das Partizip I kann vor einem Nomen/Substantiv **wie ein Adjektiv verwendet** werden. Es passt sich dann in Genus, Numerus und Kasus an das Nomen an, das es begleitet.	*Die lesende Frau sitzt im Sessel. Ein dampfender Tee steht neben ihr auf dem Tisch.*

Partizip II (Partizip Perfekt)	▪ Das Partizip II wird für die Bildung von **zusammengesetzten Zeitformen** (Perfekt und Plusquamperfekt) verwendet.	*Ich habe gelacht. / Ich bin angekommen.* (Perfekt) *Ich hatte gelacht. / Ich war angekommen.* (Plusquamperfekt)
Verbstamm + -(e)t oder **-en,** z. B.: *gezittert, gelaufen*	▪ Viele Perfektpartizipien können vor einem Nomen/Substantiv **wie ein Adjektiv verwendet werden.** Sie passen sich dann in Genus, Numerus und Kasus an das Nomen an, das sie begleiten.	*Die verblühten Rosen stehen auf dem Tisch.*

Starke, schwache und unregelmäßige Verben

Je nachdem, wie das Präteritum und das Partizip II gebildet werden, unterscheidet man schwache, starke und unregelmäßige Verben.

	Infinitiv	Präteritum	Partizip II
schwache Verben Keine Änderung des Stammvokals beim Konjugieren. Präteritum endet auf **-te,** das Partizip II auf **-t.**	*wandern* *reden* *spielen*	*wanderte* *redete* *spielte*	*gewandert* *geredet* *gespielt*
starke Verben Änderung des Stammvokals beim Konjugieren. Das Partizip II endet auf **-en.**	*helfen* *binden* *reiten*	*half* *band* *ritt*	*geholfen* *gebunden* *geritten*
unregelmäßige Verben Änderung des Stammvokals beim Konjugieren. Das Präteritum endet aber wie bei schwachen Verben auf **-te,** das Partizip II auf **-t.**	*bringen* *denken* *mögen*	*brachte* *dachte* *mochte*	*gebracht* *gedacht* *gemocht*

Funktion der Tempora beim Erzählen

Die Verwendung verschiedener Zeitformen kann als erzählerisches Mittel eingesetzt werden.

Perfekt
Der Erzähler lässt eine Figur zu Wort kommen (Figurenrede).

Der Doktor sagte: „Das ***hat*** *euch ein guter Geist* ***geraten.***“

Er stellt einen direkten Bezug zur Leserin / zum Leser her.

Sicher ***habt*** *ihr* ***verstanden,*** *was der Diener damit seinem Herrn* ***hat sagen wollen.***

Präteritum
Hauptperspektive des Erzählers: Er berichtet, schildert, beschreibt.

So ***kam*** *einmal der Herr verdrießlich nach Hause und* ***setzte*** *sich zum Mittagessen.*

Präsens
Der Erzähler wechselt vom Präteritum ins Präsens und führt der Leserin / dem Leser damit das Geschehen unmittelbar vor Augen.

Glas ***klirrt,*** *das Fenster* ***schlägt*** *auf und zu.*

Er verweist auf etwas Allgemeingültiges.

Man ***weiß*** *doch, wie schwer es* ***ist,*** *mit manchen Menschen auszukommen.*

Plusquamperfekt
Der Erzähler verweist von der Hauptperspektive (Präteritum) aus auf einen zurückliegenden Vorgang, meist in einem Satzgefüge (Haupt- und Nebensatz).

Kaum ***hatte*** *der Graf das Gespenst* ***bemerkt,*** *als er auch schon seinen Degen zog.*

Erzähler

Futur
Der Erzähler macht eine Voraussage, vermutet etwas oder kündigt eine Absicht an.

Diesen Streich ***wird*** *der Diener gewiss noch seinen Kindern und Enkeln* ***erzählen.*** *Das* ***wird*** *wohl jedermanns Eindruck sein. Das* ***wird*** *euch unser Freund in aller Ausführlichkeit selbst* ***erzählen.***

Adverbien (Umstandswörter)

Adverbien (z. B.: *dort, oben, hier, jetzt, kürzlich, heute, kaum, sehr, vergebens, gern, leider, deshalb, nämlich)* **machen nähere Angaben zu einem Geschehen.** Sie erklären genauer, **wo, wann, wie und warum** etwas geschieht, z. B.: *Hier sitze ich gern. Dieser Platz gefällt mir nämlich am besten.*

- Adverbien werden **kleingeschrieben.**
- Die **Wortart** des Adverbs kann man leicht mit der des Adjektivs verwechseln. Das **Adverb** ist aber im Gegensatz zum Adjektiv **nicht veränderbar** (nicht flektierbar).
  Mache die Probe: Adjektive kannst du immer zwischen einen Artikel und ein Nomen/Substantiv setzen, Adverbien nicht, z. B.:
  Das Auto ist ***grün.*** *→ Probe: Das* ***grüne*** *Auto.*
  → „grün“ ist flektierbar, also Adjektiv
  Das Auto ist ***hier.*** *→ Probe: Das ~~hier~~ Auto.*
  → „hier“ ist nicht flektierbar, also Adverb

> **Adverbien** werden im Satz oft **als adverbiale Bestimmung** verwendet.
> Merke: Der Begriff „Adverb“ bezeichnet die Wortart, der Begriff „adverbiale Bestimmung“ (► S. 241) das Satzglied.

Präpositionen (Verhältniswörter)

Präpositionen drücken Verhältnisse und Beziehungen aus. Sie beziehen sich auf **örtliche** *(auf, in, hinter, neben)*, **zeitliche** *(nach, vor, seit, bis)*, **kausale** *(wegen, trotz)* oder **modale** *(mit, ohne)* Verhältnisse und sind **nicht flektierbar** (nicht veränderbar).

Beispiele

▪ örtlich	*auf, in, hinter, neben, unter, vor, über, zwischen*
▪ zeitlich	*nach, vor, seit, um, während, bis, in*
▪ kausal	*wegen, trotz, aufgrund*
▪ modal	*ohne, mit*

Präpositionen stehen in der Regel **vor einem Nomen/Substantiv (mit oder ohne Begleiter) oder Pronomen.** Sie **bestimmen** den **Kasus des nachfolgenden Worts** (oder der nachfolgenden Wortgruppe), z. B.: *mit dir, wegen des Regens, bei dem Schnee.*

Konjunktionen (Bindewörter)

Konjunktionen **verbinden Satzteile oder Teilsätze** miteinander, z. B.: *Es gab Donner und Blitz. Er konnte nicht an der Wanderung teilnehmen, weil er sich den Fuß verstaucht hatte.*
Die häufigsten Konjunktionen sind: *und, oder, weil, da, nachdem.*

Man unterscheidet	
nebenordnende Konjunktionen: Sie verbinden Wörter, Wortgruppen und Sätze, die grammatisch **gleichrangig** nebeneinanderstehen (Verbindung von zwei Hauptsätzen; Verbindung von zwei Nebensätzen).	*und, oder, aber, denn* *Ich möchte Äpfel, Trauben und Nüsse.* (Verbindung von Wörtern) *Ich gehe heute schwimmen, denn es ist heiß.* (Verbindung Hs + Hs)
unterordnende Konjunktionen: Sie leiten Nebensätze ein und verbinden diese mit einem übergeordneten Satz. Der übergeordnete Satz kann ein Hauptsatz oder ein anderer Nebensatz sein.	*weil, da, obwohl, wenn, als, nachdem, dass* *Ich lese gern, weil mich das entspannt.* (Hs + Ns) *Ich glaube, dass er hiergeblieben ist, weil er viel zu tun hat.* (Hs + Ns 1 + Ns 2)

Numeralia (Zahlwörter, Singular: das Numerale)

Numeralia sind **Zahlwörter.** Zahlwörter können zu verschiedenen Wortarten gehören, z. B.: *drei Frauen* (Adjektiv), *eine Million* (Nomen/Substantiv), *dritteln* (= *in drei Teile zerlegen*) (Verb).
Numeralia bezeichnen z. B.:

- **Kardinalzahlen,** die eine Anzahl bestimmen, z. B.: *eins, tausend, drei Millionen.*
- **Ordinalzahlen,** die eine Reihenfolge festlegen, z. B.: *erstens, drittens, der vierte Tag.*

6.2 Aktiv und Passiv der Verben

Das Aktiv und das Passiv sind zwei verschiedene Verbformen, die man bei der Darstellung von Handlungen und Vorgängen unterscheidet.

Man kann aus zwei Perspektiven schauen:

Aktiv	**Passiv**
Die Köchin hält den Kochlöffel in der Hand.	*Der Kochlöffel wird in der Hand gehalten.*
→ Die/Der **Handelnde** wird betont. → Im **Aktiv** ist wichtig, **wer** handelt / etwas tut.	→ Die **Handlung** / Der Vorgang wird betont. → Im **Passiv** wird betont, **was geschieht.** Im Passivsatz kann die/der Handelnde ergänzt werden, z. B.: *Der Kochlöffel wird von der Köchin in der Hand gehalten.*

Umwandlung eines Aktivsatzes in einen Passivsatz

Bei der Umwandlung eines Aktivsatzes in einen Passivsatz wird das Akkusativobjekt des Aktivsatzes zum Subjekt des Passivsatzes.

Aktiv	**Passiv**
Ahmed führt einen Zaubertrick vor. *Akkusativobjekt* (einen Zaubertrick)	*Der Zaubertrick wird (von Ahmed) vorgeführt.* *Subjekt* (Der Zaubertrick)

Zustands- und Vorgangspassiv

Während das Vorgangspassiv den Ablauf eines Vorgangs beschreibt, drückt das Zustandspassiv das Ergebnis eines Vorgangs aus.

Zustandspassiv (*sein*-Passiv)	**Vorgangspassiv (*werden*-Passiv)**
Das Zustandspassiv (*sein*-Passiv) wird durch eine Personalform von **sein** und durch das **Partizip II des Verbs** (► S. 227) gebildet, z. B.: *Die Tür **ist** geschlossen.*	Das **Vorgangspassiv** (*werden*-Passiv) wird durch eine Personalform von **werden** und durch das **Partizip II des Verbs** (► S. 227) gebildet, z. B.: *Die Tür **wird** geschlossen.*

Zeitformen im Aktiv und Passiv

Man kann Aktiv- und Passivformen auch in den verschiedenen Zeitstufen benutzen.

	Aktiv	Passiv
	Verb *(suchen)* in den entsprechenden Tempusformen	„werden" in der entsprechenden Tempusform + Partizip II des Verbs *(suchen)*
Präsens	*Sonja sucht das Zauberbuch.*	*Das Zauberbuch wird (von Sonja) gesucht.*
Futur I	*Sonja wird das Zauberbuch suchen.*	*Das Zauberbuch wird (von Sonja) gesucht werden.*
Präteritum	*Sonja suchte das Zauberbuch.*	*Das Zauberbuch wurde (von Sonja) gesucht.*
Perfekt	*Sonja hat das Zauberbuch gesucht.*	*Das Zauberbuch ist (von Sonja) gesucht worden.*
Plusquamperfekt	*Sonja hatte das Zauberbuch gesucht, bevor sie ...*	*Das Zauberbuch war (von Sonja) gesucht worden, bevor ...*
Futur II	*Sonja wird das Zauberbuch gesucht haben, bevor sie ...*	*Das Zauberbuch wird (von Sonja) gesucht worden sein, bevor ...*

Das Präsens Passiv und das Futur I Aktiv werden häufig verwechselt, weil in beiden das Hilfsverb *werden* vorkommt.
Unterscheide:
Präsens Passiv: *Der Brief wird von Luca geschrieben.* (*werden* + Handlungsverb als Partizip II)
Futur I Aktiv: *Luca wird den Brief schreiben.* (*werden* + Handlungsverb im Infinitiv)

Ersatzformen für das Passiv

Um Passivformen in Texten zu vermeiden, stehen die so genannten Passiv-Ersatzformen zur Verfügung. Sie haben mit dem Passiv gemeinsam, dass der Handlungsträger nicht genannt wird. Im Unterschied zum Passiv handelt es sich bei den Ersatzformen jedoch um aktive Verbformen. Die wichtigsten Ersatzformen für das Passiv sind:

Ersatzformen für das Passiv	Beispiele
▪ Man-Form	▪ *Man löst die Schlaufe des Seils.*
▪ Sie-Form / Du-Form	▪ *Sie lösen / Du löst die Schlaufe des Seils.*
▪ Imperativform	▪ *Lösen Sie / Löse die Schlaufe des Seils.*
▪ Verbform von *sich lassen* + Infinitiv	▪ *Die Schlaufe des Seils lässt sich lösen.*
▪ Verbform von *sein* + Infinitiv mit *zu*	▪ *Die Schlaufe des Seils ist zu lösen.*
▪ Verbform von *sein* + Adjektiv mit der Endung *-bar, -lich, -fähig*	▪ *Die Schlaufe des Seils ist lösbar.*

6.3 Modus der Verben (die Aussageweise; Pl.: die Modi)

Die Aussageweisen des Verbs: Indikativ und Konjunktiv

Verben haben einen Modus. Indikativ und Konjunktiv sind zwei Aussageweisen. Der Modus zeigt an, wie wirklich und sicher eine Aussage ist.

Modi	Funktion	Beispiele
Indikativ	Der Indikativ ist die **Wirklichkeitsform.** Er wird verwendet, wenn man ausdrücken möchte, ▪ dass **etwas wirklich geschieh**t oder ▪ eine **Aussage uneingeschränkt gültig** ist.	*Schnee besteht aus Wasser.* *Die Erde ist rund.*
Konjunktiv I	Der Konjunktiv I wird **in der indirekten Rede** verwendet. ▪ Bei der indirekten Rede verbürgt sich die Sprecherin / der Sprecher nicht für die Richtigkeit des Gehörten oder des Gelesenen; sie/er macht mit dem Konjunktiv I deutlich, dass sie/er nur etwas wiedergibt. ▪ Der Konjunktiv I wird auch verwendet, um einen Wunsch auszudrücken.	*Ina sagte, Schnee bestehe aus Wasser.* *Fabian erklärte, die Erde sei rund.* *Es lebe die Freiheit.* *Mögest du an mich denken.*
Konjunktiv II	Der Konjunktiv II wird eingesetzt: ▪ Wenn man ausdrücken möchte, dass etwas **unwirklich** (irreal) oder nur vorgestellt ist. ▪ Wenn man einen **Wunsch** ausdrücken möchte. ▪ Wenn man eine Bitte **sehr höflich** (als Frage) formulieren möchte. Der Konjunktiv ist hier nicht unbedingt erforderlich, aber der Satz klingt im Konjunktiv noch höflicher als im Indikativ. *(Kannst du mir bei meinem Referat helfen?)*	*Wäre ich Millionär ...* *Hätte ich das bloß nicht gesagt.* *Könntest du mir vielleicht bei meinem Referat helfen?*

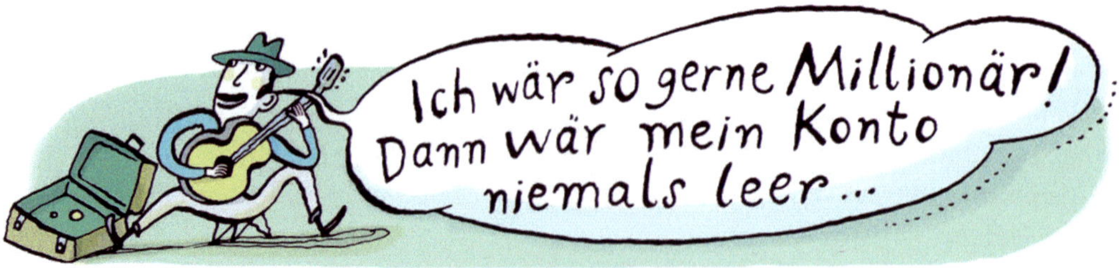

Bildung und Formen des Konjunktivs

	Bildung	Formen
Konjunktiv I	Die Formen des Konjunktivs I werden abgeleitet vom Infinitiv des Verbs. An den Verbstamm werden die Personalendungen des Konjunktivs angehängt. Typisch für diese Endungen ist ein **-e-**.	***Sie sagt,*** *ich komm**e*** *du komm**est*** *er/sie/es komm**e*** *wir komm**en*** *ihr komm**et*** *sie komm**en***
Konjunktiv II	Die Formen des Konjunktivs II werden abgeleitet vom Präteritum Indikativ. Bei unregelmäßigen Verben werden **a**, **o**, **u** im Wortstamm zu **ä**, **ö**, **ü**.	***Sie nahm an,*** *ich k**ä**me* *du k**ä**m(e)st* *er/sie/es k**ä**me* *wir k**ä**men* *ihr k**ä**m(e)t* *sie k**ä**men*

Beachte unregelmäßige Formen beim Konjunktiv II, z. B.:

Indikativ Präteritum	Konjunktiv II
er/sie/es	*er/sie/es*
backte	*büke*
starb	*stürbe*
verdarb	*verdürbe*
warb	*würbe*
schwor	*schwüre*
half	*hülfe* (auch: *hälfe*)
schwamm	*schwömme*
empfahl	*empföhle* (auch: *empfähle*)

Wenn die **Konjunktiv-II-Form** als **ungebräuchlich** oder als **unschön** empfunden wird, wählt man die Umschreibung mit *würde*, z. B.:
er büke → er würde backen; er stürbe → er würde sterben usw.

Der Konjunktiv I in der indirekten Rede

Mit der **indirekten Rede** gibt man wieder, was jemand anderes gesagt hat. Anders als in der direkten Rede steht das Verb in der indirekten Rede im **Konjunktiv I.**

Wörtliche (direkte) Rede im Indikativ	Indirekte Rede im Konjunktiv I
Christoph sagt: „Ich komme heute etwas später."	*Christoph sagte, er komme heute etwas später.*

Beim Wechsel von der direkten Rede zur indirekten Rede **verändert sich oft das Personalpronomen,** z. B.: Timo sagt: *„Ich gehe einkaufen."* → *Timo sagt, er gehe einkaufen.*

Bildung des Konjunktivs I und *würde*-Ersatzform

Der Konjunktiv I wird durch den Präsensstamm des Verbs (Infinitiv ohne **-en**) und die Personalendungen für den Konjunktiv I gebildet, z. B.:

Indikativ Präsens	Konjunktiv I
ich komm-e	*ich komm-e*
du komm-st	*du komm-est*
er/sie/es komm-t	*er/sie/es komm-e*
wir komm-en	*wir komm-en*
ihr komm-t	*ihr komm-et*
sie komm-en	*sie komm-en*

Wenn der Konjunktiv I im Textzusammenhang nicht vom Indikativ Präsens zu unterscheiden ist, wird der Konjunktiv II oder die *würde*-Ersatzform verwendet, z. B.:
Konjunktiv I = Indikativ Präsens → Er sagt, viele wissen kaum etwas über Tornados.

Konjunktiv II als Ersatzform	Umschreibung mit *würde* als Ersatzform
Er sagt, viele wüssten kaum etwas über Tornados.	*Er sagt, viele würden kaum etwas über Tornados wissen.*

Arten der Redewiedergabe

Für die Wiedergabe fremder Äußerungen oder Gedanken gibt es verschiedene sprachliche Möglichkeiten:

Indirekte Rede	
In einem einleitenden Hauptsatz wird gesagt, wessen Äußerung wiedergegeben wird. Die Wiedergabe der Äußerung erfolgt dann in einem	*Dr. Mongel erklärt, …*
▪ ***dass*-Satz** (im Indikativ oder Konjunktiv) oder	*dass es keine Außerirdischen gebe/gibt.*
▪ in einem **uneingeleiteten Nebensatz** (im Konjunktiv).	*es gebe keine Außerirdischen.*
Paraphrase (Umschreibung)	
Mit einer Paraphrase **im Indikativ** gibt man eine fremde Äußerung **sinngemäß in eigenen Worten wieder.** Durch sprachliche Signale wie *nach seiner Meinung …, nach Auffassung von …* weist man darauf hin, dass es sich um eine fremde Äußerung handelt.	*Nach Auffassung von Dr. Mongel gibt es Planeten mit höher entwickelten Lebewesen.* *Nach seiner Meinung sind aber Zeitreisen völlig unmöglich.*
Zitat	
Bei einem Zitat wird ein Teil der fremden Äußerung mit **Anführungszeichen** in den eigenen Satz eingebaut (▶ Zitieren, S. 214). Der Satz steht im **Indikativ.** Wie bei der Paraphrase gibt man einen Hinweis auf die Quelle der Äußerung.	*Laut Dr. Mongel sind Zeitreisen „physikalisch völlig unmöglich".*

Tempusfolge in der indirekten Rede

Der Gebrauch des Tempus in einem Nebensatz mit indirekter Rede ist nur abhängig davon, ob das Gesagte vorzeitig, gleichzeitig oder nachzeitig ist. Der übergeordnete Satz kann in einem beliebigen Tempus stehen.

	Vorzeitigkeit	**Gleichzeitigkeit**	**Nachzeitigkeit**
Die Wissenschaftlerin sagt/sagte/hat gesagt/wird sagen …	*… vorher habe sie gezweifelt.*	*… jetzt empfinde sie Erleichterung.*	*… später werde sie weiterforschen.*
	Konjunktiv I Perfekt	Konjunktiv I Präsens	Konjunktiv I Futur

Der Konjunktiv II (Irrealis)

Wenn man eine Aussage als **unwirklich (irreal),** nur vorgestellt, unwahrscheinlich oder gewünscht kennzeichnen möchte, verwendet man den Konjunktiv II. Man bezeichnet den **Konjunktiv II** daher auch als **Irrealis.** Der Konjunktiv II steht in folgenden Fällen:

Bedeutung	Erklärung	Beispiel
Unwirkliches oder Unwahrscheinliches	Der Konjunktiv II kennzeichnet eine Aussage als unwirklich (irreal) oder unwahrscheinlich.	*Gäbe es den dreizehnten Monat, ... Wenn ich Millionär wäre, ...*
Wunsch	Der Konjunktiv II drückt einen erfüllbaren oder nicht erfüllbaren Wunsch aus.	*Ich wollte, morgen wäre hitzefrei. Hätte ich das bloß nicht gesagt.*
Zweifel	Der Konjunktiv II wird auch für zögernde, zweifelnde Fragen und Feststellungen oder für Vermutungen verwendet.	*Hättest du das auch getan? Könnte er vielleicht doch recht haben?*
Höfliche Frage oder Bitte	Der Konjunktiv II wird auch bei Fragen und Bitten verwendet. Er klingt freundlicher als der Imperativ oder eine Frage im Indikativ.	*Würdest du bitte das Fenster schließen? Könnten Sie bitte Platz machen?*

Bildung des Konjunktivs II und der *würde*-Ersatzform

Der Konjunktiv II wird in der Regel abgeleitet vom Präteritum Indikativ.

Bei unregelmäßigen Verben werden **a, o, u** im Wortstamm zu **ä, ö, ü.**				
Indikativ Präteritum	*er sah*	*er war*	*er hatte*	*er stand*
Konjunktiv II	*er sähe*	*er wäre*	*er hätte*	*er stände*

Anstelle des Konjunktivs II wird die ***würde*-Ersatzform** verwendet, wenn	
der Konjunktiv II (im Textzusammenhang) **nicht vom Indikativ Präteritum zu unterscheiden** ist.	*Zusammen mit Freunden machte er diese Reise.* (Konjunktiv II) → *Zusammen mit Freunden würde er diese Reise machen.* (*würde*-Ersatzform)
die **Konjunktiv-II-Form** als besonders **ungebräuchlich** oder **unschön** empfunden wird, vor allem im mündlichen Sprachgebrauch.	*ich empfähle → ich würde empfehlen*

Irreale Konditionalgefüge (Bedingungsgefüge)

In einem Satzgefüge stellt der **Konditionalsatz** (Nebensatz, der mit *wenn* oder *falls* eingeleitet wird) eine **Bedingung** dar; die Folge wird im Hauptsatz formuliert. Haupt- und Nebensatz bilden zusammen ein sogenanntes Konditionalgefüge.

Bedingungsgefüge	
Reale Bedingung (Indikativ): Ist die Bedingung möglich bzw. real, verwenden wir im Hauptsatz und im Nebensatz (Konditionalsatz) den Indikativ.	*Wenn ich eine Leiter mitnehme, kann ich leichter auf den Baum klettern.*
Irreale Bedingung (Konjunktiv II oder würde-Ersatzform): Ist die Bedingung unwahrscheinlich bzw. irreal, verwenden wir im Hauptsatz und im Nebensatz (Konditionalsatz) den Konjunktiv II (Irrealis) bzw. die *würde*-Ersatzform.	*Wenn ich sehr viel Geld hätte, würde ich Urlaub im All machen.* *Wäre ich Astronaut, flöge ich zum Mond.*

Modalverben

Mit Modalverben verändert man den Aussagewert des Vollverbs. Man zeigt an, ob man z. B. etwas darf oder muss, z. B.: *Hunde müssen draußen bleiben.*

Modalverb	Aussagewert	Beispiel
können	Möglichkeit, Fähigkeit	*Sie können nebenan parken.* *Sie kann einparken.*
sollen	Vorschrift, Empfehlung	*Besucher/-innen sollen auf Parkplatz C parken.*
müssen	Gebot, Zwang	*Fahrzeuge müssen die Fahrbahn benutzen.*
dürfen	Erlaubnis, Möglichkeit	*Gäste dürfen hier parken.*
wollen	Absicht, Bereitschaft	*Wir wollen die Hose umtauschen.*
mögen	Wunsch, Möglichkeit	*Wir möchten Sie bitten ...*

Modalverben kommen häufig in folgenden Textsorten vor: Anweisungen und Vorschriften *(sollen)*, Gesetze und Regeln *(müssen)*, Appelle *(wollen, sollen)*. Manchmal stehen Modalverben auch allein im Satz, z. B.: *Sie mag seine Bilder.*

6.4 Satzglieder

Satzglieder erkennen: Die Umstellprobe

- **Ein Satz** besteht aus **verschiedenen Satzgliedern.**
- Diese **Satzglieder** können aus einem **einzelnen Wort** oder aus **mehreren Wörtern** (einer Wortgruppe) bestehen.
- Mit der **Umstellprobe** kannst du feststellen, **wie viele Satzglieder** ein Satz hat. Wörter und Wortgruppen, die bei der Umstellprobe immer zusammenbleiben, bilden ein Satzglied, z. B.:

Seit 3000 Jahren	überfallen	auf allen Meeren dieser Erde	Piraten	fremde Schiffe.
Piraten	überfallen	seit 3000 Jahren	fremde Schiffe	auf allen Meeren dieser Erde.
Auf allen Meeren dieser Erde	überfallen	Piraten	seit mehr als 3000 Jahren	fremde Schiffe.

Prädikat

- Der **Kern des Satzes** ist das Prädikat (Satzaussage).
- Prädikate werden **durch Verben gebildet.**
- In einem Aussagesatz steht die **Personalform des Verbs** (der gebeugte Teil) **immer an zweiter Satzgliedstelle,** z. B.: *Oft zeichnen Piraten eine Schatzkarte. So finden sie später ihre Beute.*

Ein Prädikat kann aus mehreren Teilen bestehen.
Mehrteilige Prädikate bilden eine **Prädikatsklammer,** z. B.:

- bei mehrteiligen Verben, z. B.: *ankommen → Die Piraten kommen auf der Insel an.*
- bei zusammengesetzten Zeitformen, z. B. beim Perfekt:
  Die Piraten haben das Schiff überfallen.

Subjekt und Objekte

Frageprobe: Um die Satzglieder in einem Satz zu bestimmen, stellen wir vom Prädikat ausgehend Fragen.

Subjekt

- Das Satzglied, das in einem Satz angibt, **wer oder was handelt,** etwas tut, veranlasst usw., heißt Subjekt (Satzgegenstand), z. B.: *Der Pirat versteckt auf der Insel einen Schatz.*
- Du kannst das Subjekt mit der **Frage „Wer oder was ...?“** ermitteln. *Der Pirat versteckt auf der Insel einen Schatz.*
  → *Wer oder was versteckt auf der Insel einen Schatz?*
- Das Subjekt eines Satzes kann **aus einem oder aus mehreren Wörtern bestehen**, z. B.:
  Die alte, verwitterte Schatztruhe liegt unter der Erde. → *Wer oder was liegt unter der Erde?*
- Das Subjekt eines Satzes **steht immer im Nominativ** (1. Fall, ▸ S. 219).
- Subjekt und Prädikat sind eng miteinander verbunden. Sie stimmen in Person (1., 2. oder 3. Person) und im Numerus (Singular oder Plural) überein, z. B.:
  Viele Abenteurer suchen noch heute nach Piratenschätzen.

  Ein großer Piratenschatz liegt noch immer auf der Kokos-Insel.

Objekte

Ein Satz *(Die Piraten singen)* kann durch weitere Satzglieder (z. B. Objekte) erweitert werden, z. B.:

Die Piraten singen ihrem Kapitän ein Geburtstagslied.

ihrem Kapitän: Wem? Dativobjekt
ein Geburtstagslied: Wen oder was? Akkusativobjekt

- **Akkusativobjekt:** Das Objekt, das im Akkusativ steht, heißt Akkusativobjekt.
  Du ermittelst es mit der Frage: **Wen oder was ...?**
  Die Piraten suchen den Schatz.
  → *Wen oder was suchen die Piraten?*
- **Dativobjekt:** Das Objekt, das im Dativ steht, heißt Dativobjekt. Du ermittelst es mit der Frage: **Wem ...?**
  Die Piraten stehlen ihren Opfern den Schatz → *Wem stehlen die Piraten den Schatz?*
- **Genitivobjekt:** Das Genitivobjekt ist ein Satzglied, das man mit der Frage **Wessen ...?** ermittelt.
  Er wird des Diebstahls angeklagt. → *Wessen wird er angeklagt?*
  Das Genitivobjekt wird heute nur noch selten verwendet. Es gibt nur wenige Verben, die ein Genitivobjekt fordern, z. B.: *gedenken (der Toten gedenken), sich rühmen (sich des Sieges rühmen), sich bedienen (sich einer guten Ausdrucksweise bedienen).*
- **Präpositionalobjekt:** Das Präpositionalobjekt steht nach Verben, die fest mit einer Präposition verbunden sind, z. B.: *lachen über, achten auf, denken an, warten auf.*
  Diese Präposition ist auch im Fragewort enthalten, z. B.:
  *Die Piraten hoffen **auf** eine reiche Beute.* → *Wor**auf** hoffen die Piraten?*
  *Sie fürchten sich **vor** den Piraten.* → *Wo**vor** fürchten sie sich?*
  Nach den Präpositionalobjekten fragt man z. B. mit:
  Wofür ...? Wonach ...? Womit ...? Wovon ...? Worüber ...? Woran ...?

Frageproben für Subjekte und Objekte

Um die Satzglieder in einem Satz zu bestimmen, stellen wir vom Prädikat ausgehend Fragen.

Frageprobe	Satzglied	Beispiel
Wer oder was?	**Subjekt** Subjekt und Prädikat sind eng miteinander verknüpft. Sie stimmen in der Person (1., 2., oder 3. Person) und im Numerus (Singular oder Plural) überein.	*Wer versteckt den Schatz?* *Die Piraten verstecken den Schatz* *Ein Pirat findet einen Schatz.* *Die Piraten finden einen Schatz.*
Wessen?	**Genitivobjekt**	*Wessen wurden sie angeklagt?* *Sie wurden des Raubes angeklagt.*
Wem?	**Dativobjekt**	*Wem hilft er?* *Er hilft seinem Freund.*
Wen oder was?	**Akkusativobjekt**	*Wen oder was finden sie.* *Sie finden einen Schatz.*
Wofür?	**Präpositionalobjekt**	*Wofür dankte er?* *Er dankte der Mannschaft für ihren Einsatz.*
Woran?		*Woran dachte sie?* *Sie dachte an die herrlichen Juwelen.*
Worüber?		*Worüber musste er lachen?* *Er musste über den Witz lachen.*
An was?		*An was dachte er?* *Er dachte an den wertvollen Schatz.*
Auf was? usw.		*Auf was freute sie sich?* *Sie freute sich auf den nächsten Überfall.*

Subjekte und **Objekte** können aus einem oder aus mehreren Wörtern bestehen.

Adverbiale Bestimmungen

- Adverbiale Bestimmungen (Umstandsbestimmungen) sind Satzglieder, die man z. B. mit den Fragen **Wann ...?, Wo ...?, Warum ...?, Wie ...?** ermittelt. Sie liefern zusätzliche **Informationen über den Ort** (adverbiale Bestimmung des Ortes), **über die Zeit** (adverbiale Bestimmung der Zeit), **über den Grund** (adverbiale Bestimmung des Grundes) und **über die Art und Weise** (adverbiale Bestimmung der Art und Weise) eines Geschehens oder einer Handlung.
- Adverbiale Bestimmungen können aus einem oder aus mehreren Wörtern bestehen.
- Durch die Frageprobe kann man ermitteln, welche adverbiale Bestimmung vorliegt.

Frageprobe	Satzglied	Beispiel
Wo? Wohin? Woher?	**adverbiale Bestimmung des Ortes**	*Wo liegt der Schatz?* *Der Schatz liegt hinter der Holzhütte.*
Wann? Wie lange? Seit wann?	**adverbiale Bestimmung der Zeit**	*Wann wurde der Schatz versteckt?* *Der Schatz wurde vor 200 Jahren versteckt.*
Warum? Weshalb?	**adverbiale Bestimmung des Grundes**	*Warum brachen sie die Schatzsuche ab?* *Wegen der Dunkelheit brachen sie die Schatzsuche ab.*
Wie? Auf welche Weise? Womit?	**adverbiale Bestimmung der Art und Weise**	*Wie werden sie die Schatztruhe öffnen?* *Sie werden die Schatztruhe gewaltsam öffnen.*

Adverbiale Bestimmungen können aus einem oder aus mehreren Wörtern bestehen.
Eines Abends fand er die Karte. Schnell lief er zum Boot.

Präpositionalobjekte und adverbiale Bestimmungen unterscheiden

Das Präpositionalobjekt (▸ S. 239 f.) kann leicht mit einer adverbialen Bestimmung (▸ siehe oben) verwechselt werden. Sie stehen **nach Verben, die fest mit der Präposition verbunden** sind. Um ein Präpositionalobjekt handelt es sich immer dann, wenn das Prädikat eine ganz bestimmte Präposition fordert, die auch im Fragewort für dieses Satzglied enthalten ist, z. B.: ***Wo**rauf? **Wo**nach?* etc.

- *Sein Vater wartete **auf** ein Lebenszeichen.*
  → *Wor**auf** wartete sein Vater?* (Präpositionalobjekt)
- *Sein Vater wartete auf einer Bank.*
  → *Wo wartete sein Vater?* (adverbiale Bestimmung des Ortes)

Attribute (Satzgliedteil)

Attribute **bestimmen ein Bezugswort** (meist ein Nomen/Substantiv) **näher.** Sie sind immer **Teil eines Satzglieds** und bleiben bei der Umstellprobe fest mit ihrem Bezugswort verbunden, z. B.:

Der große Mann / stiehlt / die Tasche. *Die Tasche / stiehlt / der große Mann.*

Attribut Bezugswort

Attribute stehen **vor oder nach** ihrem **Bezugswort.** Man kann sie mit **„Was für ...?"** erfragen.

Was für ein Mann? → ein großer Mann *→ ein Mann mit schwarzen Haaren*

Attribut Bezugswort Bezugswort Attribut

Es gibt verschiedene Formen des Attributs	
Adjektivattribut	*die große Tasche*
präpositionales Attribut	*das Versteck hinter dem Baum*
Genitivattribut	*der Komplize des Erpressers*
Apposition (nachgestelltes Nomen im gleichen Kasus wie das Bezugswort)	*Herr Schummel, der Geldfälscher, tauchte unter.*

Das Prädikativ

Das Verb ***sein*** verlangt neben dem Subjekt ein weiteres Satzglied, das Prädikativ.
Das Prädikativ kann ein **Nomen/Substantiv** oder ein **Adjektiv** sein, z. B.: *Sie ist die Klassensprecherin. Ich bin neugierig.* Das Prädikativ ergänzt das Prädikat (Verb) und bezieht sich zugleich auf das Subjekt des Satzes. Weitere Verben, die häufig ein Prädikativ verlangen, sind: *bleiben, werden, heißen,* z. B.: *Sie wird unruhig. Mein Bruder heißt Thomas.*

Einige Satzglieder im Überblick

Subjekt	Prädikat	Dativobjekt	adverbiale Bestimmung der Zeit	Akkusativobjekt
Wer oder was?	Satzkern	Wem?	Wann?	Wen oder was?
Die Eltern	***schenken***	***ihrem Kind***	***heute Abend***	***einen kleinen Hund.***
Artikel Nomen	Verb	Pronomen Nomen	Adverb Nomen	Artikel Adjektiv Nomen

Beachte den Unterschied zwischen Wortarten und Satzgliedern: Einzelne Wörter kann man nach ihrer Wortart (▶ S. 218–229) bestimmen. Satzglieder (▶ S. 238–241) sind die Bausteine in einem Satz. Oft besteht ein Satzglied aus mehreren Wörtern. Man merkt das, wenn man versucht, die Satzglieder eines Satzes umzustellen (▶ Umstellprobe, S. 238). Wörter und Wortgruppen, die bei der Umstellprobe immer zusammenbleiben, bilden ein Satzglied.

Bei der Textüberarbeitung Proben nutzen

Bei der Textüberarbeitung kannst du folgende Proben nutzen:

Proben	Beispiel
Umstellprobe Durch die Umstellprobe kannst du deine Texte abwechslungsreicher gestalten. Du kannst ▪ die Satzglieder so umstellen, dass die Satzanfänge in einem Text nicht immer gleich sind. ▪ einzelne Satzglieder an den Satzanfang oder das Satzende stellen und damit wichtige Informationen betonen.	Ich habe mir in diesem Jahr eine Überraschung ausgedacht. Ich will eine Schatzsuche veranstalten. → In diesem Jahr habe ich mir eine Überraschung ausgedacht. Ich will eine Schatzsuche veranstalten. Ich will eine Schatzsuche veranstalten. → Eine Schatzsuche will ich veranstalten.
Ersatzprobe Mit der Ersatzprobe kannst du Satzglieder, die sich in deinem Text häufig wiederholen, durch andere Wörter ersetzen.	Ich kenne ein Spiel. ~~Das Spiel~~ (→ Es) kommt aus Indien. Zuerst zeichnet man ein Spielbrett. Danach ~~zeichnet~~ (→ erstellt) man die Spielsteine.
Weglassprobe Mit der Weglassprobe kannst du prüfen, welche Wörter in einem Text gestrichen werden sollten, weil sie überflüssig sind oder umständlich klingen.	Als wir den Schatz fanden, jubelten wir vor Freude ~~über den gefundenen Schatz~~.
Erweiterungsprobe Mit der Erweiterungsprobe kannst du prüfen, ob eine Aussage genau genug oder anschaulich genug ist oder ob du noch etwas ergänzen solltest.	↑ Ich wünsche mir ein Buch ↑ . Wann? Worüber? → Zum Geburtstag wünsche ich mir ein Buch über Piraten.

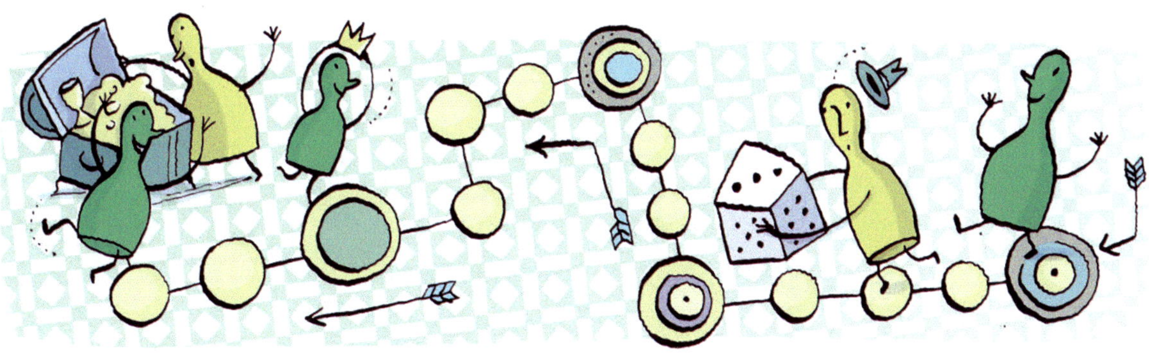

6.5 Satzarten – Satzreihe – Satzgefüge

Satzarten

Je nachdem, ob wir etwas aussagen, fragen oder jemanden auffordern wollen, verwenden wir unterschiedliche Satzarten: **Aussagesatz, Fragesatz und Aufforderungssatz.** In der gesprochenen Sprache erkennen wir die verschiedenen Satzarten oft an der **Stimmführung,** in der geschriebenen Sprache an den unterschiedlichen Satzschlusszeichen: **Punkt, Fragezeichen** und **Ausrufezeichen.**

Aussagesatz

Nach einem **Aussagesatz** steht ein **Punkt.** In einem Aussagesatz wird etwas mitgeteilt oder festgestellt. Wenn man den Satz spricht, senkt sich am Ende die Stimme.

Ich gehe jetzt ins Schwimmbad.

Fragesatz

Nach einem **Fragesatz** steht ein **Fragezeichen.** In einem Fragesatz wird nach etwas gefragt. Die Stimme hebt sich zum Ende des Satzes.

Hast du heute Nachmittag Zeit?

Ausrufe- oder Aufforderungssatz

Nach einem **Ausrufe- oder Aufforderungssatz** steht meist ein **Ausrufezeichen.**

Ich habe gewonnen!

In einem Aufforderungssatz wird eine Bitte, ein Wunsch oder eine Anweisung ausgedrückt, z.B.: *Vergiss die Sonnencreme nicht! Beeilt euch!*

In einem Ausrufesatz kann auch etwas gefühlsbetont und kurz geäußert werden. Dabei wird die Stimme oft lauter.

Die Satzart muss nicht immer mit der Absicht der Sprecherin oder des Sprechers übereinstimmen. Aufforderungen können zum Beispiel mit einem Aufforderungssatz, aber auch mit einem Fragesatz oder einem Aussagesatz ausgedrückt werden. Wie die Sätze gemeint sind, schließen wir aus dem Tonfall oder aus dem Zusammenhang, z. B.:

Beispiel	Satzart	Absicht/Bedeutung
Muss ich dir immer sagen, dass du dir die Zähne putzen sollst?	Fragesatz	Aufforderung: Putz dir die Zähne!

Haupt- und Nebensätze unterscheiden

Ein zusammengesetzter Satz besteht aus mehreren Teilsätzen, z. B.:

Hauptsatz + **Hauptsatz**

Lasse sah am Sonntag einen Film, *er gefiel ihm gut.*

Hauptsatz + **Nebensatz**

Elise konnte ihn nicht begleiten, *weil sie krank geworden war.*

Hauptsatz (Anfang) + **Nebensatz** + **Hauptsatz (Fortsetzung)**

Das Kino, *das es in unserem Ort gibt,* *ist ziemlich klein.*

Nebensatz + **Hauptsatz**

Nachdem wir den Film gesehen hatten, *gingen wir Pizza essen.*

Hauptsatz (Merkmale)

- Ein Hauptsatz ist ein **selbstständiger Satz.** Er enthält mindestens zwei Satzglieder, nämlich Subjekt und Prädikat. — *Tim lachte.*
- Der erweiterte Hauptsatz enthält neben Subjekt und Prädikat noch andere Satzglieder. — *Tim lachte vor Freude.*
- Die **Personalform des Verbs** (das gebeugte Verb) steht im Hauptsatz **an zweiter Satzgliedstelle.** — *Jesko* ***winkte*** *ihm zu.*

Nebensatz (Merkmale)

- Ein Nebensatz **kann nicht ohne** einen **Hauptsatz** stehen.
- Der Nebensatz ist dem Hauptsatz **untergeordnet** und wird oft durch eine **unterordnende Konjunktion** (Bindewort) **eingeleitet**, z. B. *weil, obwohl, damit, dass*. — *(Ruben kauft sich ein Brötchen), weil er Hunger hat.*
- Ein Nebensatz wird immer durch ein **Komma** vom Hauptsatz abgetrennt.
- Im Nebensatz steht die Personalform des Verbs (das gebeugte Verb) an letzter Stelle. — *Wenn heute die Sonne* ***scheint,*** *(will Flora ins Schwimmbad gehen).*

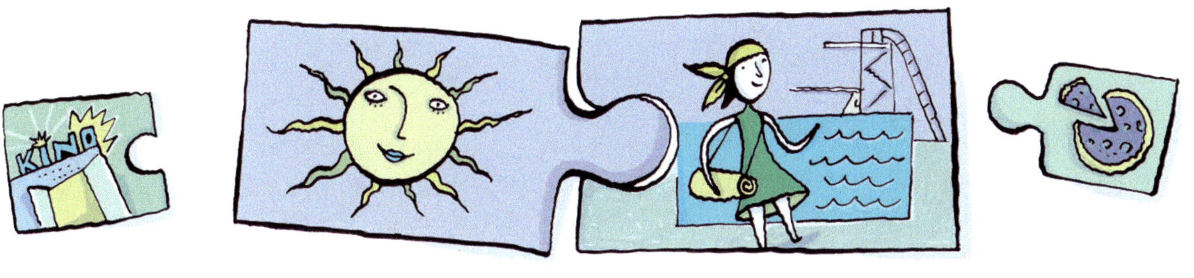

Satzreihe und Satzgefüge

Satzreihe (Hauptsatz + Hauptsatz)

▪ Ein Satz, der **aus zwei oder mehr Hauptsätzen** besteht, wird Satzreihe genannt.	*Anja liest ein Buch, sie ist bereits beim letzten Kapitel.*
▪ Die einzelnen Hauptsätze in einer Satzreihe werden durch **Kommas** voneinander abgetrennt.	*Anja liest ein Buch,* ***doch*** *sie wird langsam müde.*
▪ Häufig werden Hauptsätze durch folgende **nebenordnende Konjunktionen** (Bindewörter) verbunden: *und, oder, aber, sondern, denn, doch.*	*Ich möchte ins Kino,* ***denn*** *heute läuft ein spannender Film.*
Nur vor den Konjunktionen *und* bzw. *oder* darf das Komma entfallen.	*Flora liegt am Strand(,)* ***und*** *Ruben badet im Meer.*

Satzgefüge (Hauptsatz + Nebensatz)

▪ Ein Satzgefüge ist eine **Verbindung von** mindestens einem **Hauptsatz und** mindestens einem **Nebensatz.**	*Es gibt Regen,* ***wenn*** *die Bewölkung zunimmt.*
▪ Der Nebensatz wird **meist** mit einer **unterordnenden Konjunktion** (z. B. *während, weil, obwohl* etc.) eingeleitet.	***Obwohl*** *ich müde bin, komme ich heute zu dir.*
▪ Nebensätze können auch mit einem **Relativpronomen** *(der, die das, welcher, welche, welches)* eingeleitet werden.	*Der Regen,* ***der*** *seit Stunden fällt, war wegen der Hitzeperiode äußerst nötig.*
▪ Nebensätze werden **immer** durch **Kommas** abgetrennt.	
▪ Ein Satzgefüge kann **mehrere Nebensätze** enthalten.	*Als ich sah, dass der Laden, in dem ich einkaufen wollte, geschlossen war, kehrte ich um.*

Formen von Nebensätzen

Nebensätze besetzen oft die **Stelle eines Satzglieds** im übergeordneten Satz, z. B. eines **Subjekts,** eines **Objekts** oder einer **adverbialen Bestimmung.** Deshalb werden Nebensätze auch Gliedsätze genannt. Wie die einfachen Satzglieder (▸ S. 239 f.) können auch die Gliedsätze mit Hilfe der Frageproben erfragt werden, z. B.:

Sie bestätigte, dass sie Bescheid weiß.

In diesem Satz besetzt der Nebensatz die Stelle eines Akkusativobjekts (Frageprobe: Wen oder was ...?). Es handelt sich also um einen Objektsatz. Die wichtigsten Nebensatzarten sind:

Nebensatzarten

- **Relativsätze** (▸ S. 248)
  (Attributivsätze)
  ersetzen ein Attribut
- **Gliedsätze** (▸ S. 249 f.)
  ersetzen ein Satzglied
  - **Subjektsätze** (▸ S. 250)
    ersetzen ein Subjekt
  - **Adverbialsätze** (▸ S. 249)
    ersetzen eine adverbiale Bestimmung
    - **Arten von Adverbialsätzen** (▸ S. 249)
      - Kausalsatz (Grund)
      - Temporalsatz (Zeitverhältnis)
      - Konditionalsatz (Bedingung)
      - Konsekutivsatz (Folge)
      - Finalsatz (Zweck)
      - Modalsatz (Art und Weise)
      - Konzessivsatz (Einräumung)
      - Adversativsatz (Gegensatz)
  - **Objektsätze** (▸ S. 250)
    ersetzen ein Objekt

Relativsätze (Attributsätze)

Relativsätze sind Nebensätze, die ein Bezugswort (Nomen/Substantiv oder Pronomen) im Hauptsatz näher erklären. Sie werden mit einem **Relativpronomen** eingeleitet, z. B.: *der, die, das* oder *welcher, welche, welches.*

Ein Relativsatz wird **immer** durch ein **Komma** vom Hauptsatz abgetrennt. Wird er in einen Hauptsatz eingeschoben, dann setzt man vor und hinter dem Relativsatz ein Komma.

> *Er bekam das Spiel, **das** er sich zu seinem Geburtstag gewünscht hatte.*
>
> *Die Spiele, **welche** heute vorgestellt werden, sind alle neu.*

Relativsätze sind Nebensätze, die oft die Stelle eines Attributs einnehmen. Deshalb heißen sie auch Attributsätze.

> *Die neu erfundenen Computerspiele wurden auf der Messe vorgestellt.*
> Attribut
>
> *Die Computerspiele, die neu erfunden wurden, wurden auf der Messe vorgestellt.*
> Relativsatz

dass oder *das*?

Ein Fehlerproblem ist die korrekte Schreibweise von *das* und *dass.*

- ***das*** **= Relativpronomen:** Das Relativpronomen *das* leitet einen Nebensatz (Relativsatz) ein und bezieht sich auf ein vorher genanntes **Bezugswort.** Es **kann durch *welches* ersetzt werden,** z. B.: *Das Konzert, **das** (welches) ich gesehen habe, war wirklich gut.*
- ***dass*** **= Konjunktion:** Die Konjunktion *dass* leitet einen Nebensatz ein und **kann nicht durch *welches* ersetzt werden,** z. B.: *Ich glaube, **dass** (~~welches~~) viele im Musikgeschäft betrügen.*
  TIPP: Nebensätze, die mit der Konjunktion *dass* eingeleitet werden, stehen häufig nach Verben des Sagens und Denkens, z. B.:
  sagen, hoffen, wissen, merken, meinen.

Mache die Probe (Ersatzprobe):
Kannst du ***welches*** einsetzen, schreibst du ***das.*** Ist dies nicht möglich, schreibst du ***dass.***

Adverbialsätze

Je nach Funktion im Satz unterscheidet man unterschiedliche Arten von Nebensätzen. Nebensätze können die Stelle von Satzgliedern übernehmen. Man nennt sie dann auch Gliedsätze. **Adverbialsätze** sind Gliedsätze, weil sie die **Stelle einer adverbialen Bestimmung einnehmen,** z. B.:

Nach dem Experiment sprachen wir über unsere Beobachtungen.
adverbiale Bestimmung ↓
Nachdem wir das Experiment beendet hatten, sprachen wir über unsere Beobachtungen.
Adverbialsatz

Adverbialsätze werden mit einer **Konjunktion** eingeleitet. Sie können nicht ohne Hauptsatz stehen und werden durch ein **Komma** von diesem abgetrennt. Wie die adverbialen Bestimmungen können auch die Adverbialsätze mit Hilfe der Frageprobe näher bestimmt werden.

Adverbialsatz	Frageprobe	Konjunktionen	Beispiel
Kausalsatz (Grund)	Warum ...?	weil, da	*Weil die Luft entweicht, bewegt sich der Ballon.*
Temporalsatz (Zeit)	Wann ...? Seit wann ...? Wie lange ...?	nachdem, als, während, bis, bevor, solange, sobald ...	*Solange der Luftballon verschlossen ist, bewegt er sich nicht.*
Konditionalsatz (Bedingung)	Unter welcher Bedingung ...?	wenn, falls, sofern	*Wenn der Ballon mehr Luft enthält, legt er eine größere Strecke zurück.*
Konsekutivsatz (Folge)	Mit welcher Folge ...?	sodass (auch: so ..., dass)	*Die Schnur wird gespannt, sodass der Ballon gleiten kann.*
Finalsatz (Absicht, Zweck)	Wozu ...?	damit	*Wir lesen die Versuchsbeschreibung genau, damit das Experiment gelingt.*
Modalsatz (Art und Weise)	Wie ...?	indem, dadurch, dass, wie, als (ob) ...	*Der Versuch wird vorbereitet, indem das Material besorgt wird.*
Konzessivsatz (Einräumung)	Trotz welcher Umstände ...?	obwohl, obgleich, obschon, auch wenn	*Obwohl eine Rakete sehr schwer ist, funktioniert sie nach diesem Prinzip.*
Adversativsatz (Gegenüberstellung)	Was passiert im Gegensatz zu ...?	wohingegen, während	*Ich mache mit der Kamera Fotos, wohingegen du den Ballon mit deinem Handy fotografierst.*

Subjekt- und Objektsätze

Nebensätze können die Stelle von Satzgliedern übernehmen. Man nennt sie dann auch Gliedsätze. **Subjektsätze und Objektsätze** sind Gliedsätze, weil sie die **Rolle des Subjekts** bzw. **des Objekts für den Hauptsatz** übernehmen. Sie lassen sich wie das Subjekt *(Wer oder was?)* oder das Objekt *(Wen oder was?)* mit Hilfe der **Frageproben** ermitteln.

Subjektsatz: Das Subjekt eines Satzes kann von einem Nebensatz gebildet werden, z. B.:
Der interessante Versuch überraschte Ben. → *Dass der Versuch interessant war, überraschte Ben.*
Subjekt — Subjektsatz (Wer oder was überraschte Ben?)

Objektsatz: Das Objekt eines Satzes kann von einem Nebensatz gebildet werden, z. B.:
Amina erklärt den Versuch. → *Amina erklärt, wie der Versuch funktioniert.*
Objekt — Objektsatz (Wen oder was erklärt Amina?)

Subjekt- und Objektsätze können unterschiedliche Gestalt annehmen, z. B.:

	Frageprobe	Einleitewörter	Beispiel
Subjektsatz	Wer oder was ...?	*dass, ob* alle Fragewörter	*Dass der Versuch gelang, überraschte uns alle.* *Wer diesen Versuch erklären kann, hat ihn genau beobachtet.* Satzform: dass-Satz, indirekter Fragesatz
Objektsatz	Wen oder was ...?	*dass, ob* alle Fragewörter	*Er sagte, dass er den Versuch erklären könne.* *Adil ahnte, wie das Experiment ausgehen würde.* Satzform: dass-Satz, indirekter Fragesatz

Subjekt- und Objektsätze werden **auch Inhaltssätze** genannt, weil sie den Inhalt dessen angeben, was man denkt, sagt, fragt, wünscht etc. Sie **stehen oft bei Verben des Sagens und Denkens,** wie *sehen, beobachten, hören, wissen, denken, sagen* etc.

Yanis [weiß / behauptet / denkt / sagt], dass sich heiße Luft ausdehnt.

Infinitiv- und Partizipialgruppen

Infinitivgruppen

- Eine **Infinitivgruppe** besteht aus einem Infinitiv mit **zu** und mindestens einem weiteren Wort, z. B.: *Ich habe vor, heute Fußball zu spielen.*
- Obwohl Infinitivgruppen **statt eines gebeugten Verbs einen Infinitiv mit *zu*** haben, können sie im Satz die Funktion von Nebensätzen übernehmen (z. B. die Stelle von Subjekt-, Objekt- oder Adverbialsätzen). Man nennt sie darum auch satzwertige Infinitive oder Infinitivsätze, z. B.:

Der Weltraum ist voller Geheimnisse, die darauf warten, entdeckt zu werden.
Infinitivgruppe
Der Weltraum ist voller Geheimnisse, die darauf warten, dass sie entdeckt werden.
Objektsatz

Um eine Reise ins All machen zu können, muss man gut vorbereitet sein.
Infinitivgruppe
Damit man eine Reise ins All machen kann, muss man gut vorbereitet sein.
Adverbialsatz (Finalsatz)

- Infinitivgruppen werden wie Nebensätze mit Komma(s) abgetrennt. (Mehr zur Kommasetzung bei Infinitivgruppen auf Seite 211.)

Partizipialgruppen

- Eine Partizipialgruppe wird mit einem **Partizip I** (Partizip Präsens: *gehend*) oder einem **Partizip II** (Partizip Perfekt: *gegangen*) gebildet. Die Partizipialgruppe **bezieht sich auf das Subjekt** des Hauptsatzes, z. B.: *Den Kopf in den Nacken **legend,** genießt er den Fahrtwind.*
- Obwohl Partizipgruppen **statt eines gebeugten Verbs ein Partizip** haben, können sie im Satz die Funktion von Nebensätzen übernehmen. Man nennt sie darum auch satzwertige Partizipien oder Partizipialsätze, z. B.:

Gut vorbereitet, gehört diese Reise zu den großen Abenteuern unserer Zeit.
Partizipialgruppe
Wenn sie gut vorbereitet ist, gehört diese Reise zu den großen Abenteuern unserer Zeit.
Konditionalsatz

- Partizipialgruppen können immer durch Komma(s) abgetrennt werden. (Mehr zur Kommasetzung bei Partizipialgruppen auf Seite 211.)

6.6 Wortbildung

Wortzusammensetzungen

Die **Wortzusammensetzung** ist in der deutschen Sprache eine wichtige **Methode, um neue Wörter zu bilden.** Mit Hilfe dieser neu gebildeten Wörter kann man Dinge und Sachverhalte genauer und oft auch unkompliziert beschreiben, z. B.:

Wortbildungsmöglichkeiten	
Nomen + Nomen	*Kupfer + Kessel = Kupferkessel*
Adjektiv + Nomen	*bunt + Specht = Buntspecht*
Nomen + Adjektiv	*Blitz + schnell = blitzschnell*
Adjektiv + Adjektiv	*tief + rot = tiefrot*
Verb + Nomen	*schneiden + Brett = Schneidebrett*

Die Teile einer **Zusammensetzung** heißen **Grundwort** und **Bestimmungswort.**

- Das Grundwort steht immer an **letzter Stelle,** z. B.: *Suppenlöffel, Teelöffel, Rührlöffel.*
- Das Grundwort wird durch das Bestimmungswort **näher beschrieben.**
- Das Grundwort bestimmt die **Wortart** (und bei Nomen/Substantiven auch das Geschlecht) des neuen Wortes.

Ableitungen

Mit Präfixen (Vorsilben) und **Suffixen** (Nachsilben) kann man aus vorhandenen Wörtern **neue Wörter** ableiten. Diese neuen Wörter haben auch eine **neue Bedeutung.**

- **Neue Verben** bildet man z. B. mit den Präfixen *be-, ent-, er-, ge-, miss-, ver-, zer-*.
- **Neue Adjektive** bildet man z. B. mit den Suffixen *-ig, -bar, -lich, -sam, -isch.*
- **Neue Nomen/Substantive** bildet man z. B. mit den Suffixen *-nis, -heit, -keit, -ung, -schaft, -tum.*

Achtung: Die Suffixe bestimmen die Wortart. Die Groß- und Kleinschreibung kann sich daher ändern.

Präfix	**+ Stamm**	**+ Suffix**	**= abgeleitetes Wort**
	teil	*-en*	*teilen* (Verb)
Vor-	*teil*		*Vorteil* (Nomen/Substantiv)
un-	*teil*	*-bar*	*unteilbar* (Adjektiv)

Wortfamilien

Wörter mit dem gleichen **Wortstamm** (Grundbaustein) sind sprachlich verwandt und werden deshalb Wortfamilie genannt. Es gibt verschiedene Möglichkeiten, Wortfamilien zu bilden.

Möglichkeiten, um Wortfamilien zu bilden:	
Ableitungen mit Präfix	*finden – **er**finden – **be**finden*
Ableitungen mit Suffix	*brauchen – brauch**bar** – Brauch**tum***
Zusammensetzungen	*bilden – **Bild**hauer – Spiegel**bild***

Grammatikfehler vermeiden, den Stil verbessern

1. Auf Übereinstimmung (Numerus und Kasus) achten

- Achte auf **Übereinstimmung (Kongruenz) zwischen Subjekt und Prädikat:** Das Prädikat (das flektierte Verb) muss sich im Numerus an das Subjekt anpassen. Wenn das Subjekt aus mehreren Teilen besteht, die mit *und* verbunden sind, steht das Verb in der Regel im Plural, z. B.: *Die Hose hängt über dem Stuhl. Die Jacke und die Hose hängen über dem Stuhl.*
- Achte darauf, dass die **Adjektive** und adjektivisch gebrauchten Partizipien, die **vor einem Nomen/ Substantiv** stehen, den gleichen **Kasus** haben **wie das Nomen/Substantiv,** z. B.:
  Der erfahrene Modedesigner bemerkte sofort die Trendwende. (Nominativ)
  *De**m** erfahren**en** Modedesigner fiel diese Trendwende sofort auf.* (Dativ)

2. Präpositionen: Auf den Kasus achten

Präpositionen fordern in der Regel einen bestimmten Kasus, z. B.:
bei kaltem Schnee (Dativ), *wegen des Gewitters* (Genitiv).

- **Präpositionen mit Akkusativ:** *bis, durch, für, gegen, ohne, um, wider,* z. B.: *Sie ritten durch den Wald.*
- **Präpositionen mit Dativ:** *ab, aus, bei, dank, gegenüber, mit, nach, nahe, seit, von, zu,* z. B.: *Dieses Werk stammt aus dem Mittelalter.*
- **Präpositionen mit Dativ oder Akkusativ:** Einige Präpositionen stehen je nach Bedeutung mit dem Dativ oder dem Akkusativ, z. B.: *an, auf, hinter, in, neben, über, unter, vor, zwischen.*
  - Bei der Frage „Wo ...?" steht der Dativ, z. B.: *Das Bild hängt an der Wand.*
  - Bei der Frage „Wohin ...?" steht der Akkusativ, z. B.: *Sie hängt das Bild an die Wand.*
- **Präpositionen mit Genitiv:** *anstatt, aufgrund, dank, mittels, seitens, statt, trotz, während, wegen, zwecks,* z. B.: *Wegen des Gewitters blieben wir zu Hause.*

3. Vergleiche mit *wie* und *als*

- Vergleiche mit dem **Positiv** (Grundform eines Adjektivs) werden mit *wie* gebildet, z. B.: *Dein T-Shirt ist genauso bunt wie meins.*
- Vergleiche mit dem **Komparativ** (1. Steigerungsstufe eines Adjektivs) werden mit dem Vergleichswort *als* gebildet, z. B.: *Meine Jacke ist wärmer als deine.*

4. Wiedergabe von Vorzeitigkeit: Auf Tempora achten

- Zur Wiedergabe von Vorzeitigkeit gibt es verschiedene Möglichkeiten, je nachdem, welches Tempus im Hauptsatz verwendet wird.
  Ich kaufe mir eine neue Kinokarte, nachdem ich die Karte nicht gefunden habe.
  Präsens — Perfekt
  Ich kaufte mir eine neue Kinokarte, nachdem ich die Karte nicht gefunden hatte.
  Präteritum — Plusquamperfekt

Bei **Gleichzeitigkeit** und **Nachzeitigkeit** werden in Haupt- und Nebensatz die gleichen Tempora verwendet, z. B.: *Während er das Buch las, regnete es draußen.*

5. Verbstellung in Haupt- und Nebensätzen

- Beachte: Im Nebensatz steht die Personalform des Verbs immer an letzter Satzgliedstelle, z. B.: *Ich richte mich nicht nach Modetrends, weil Kleidung nicht so wichtig **ist.***
  Falsch: ~~*Ich richte mich nicht nach Modetrends, weil Kleidung ist nicht so wichtig*~~.
- **obwohl/trotzdem – weil/denn:** Die Konjunktionen *obwohl* und *weil* leiten Nebensätze ein, die Personalform des Verbs steht an letzter Satzgliedstelle, z. B.:
  *Ich ziehe mir den Pulli an, weil es kalt **ist.***
  Die Konjunktionaladverbien *trotzdem* und *denn* leiten Hauptsätze ein, die Personalform des Verbs steht an zweiter Satzgliedstelle, z. B.: *Ich ziehe mir den Pulli an, denn es **ist** kalt.*

6. Informationen durch treffende Konjunktionen verknüpfen

- Mit Konjunktionen kannst du Informationen verknüpfen und **Zusammenhänge** (Begründungen, Folgen, zeitliche Zusammenhänge, Ursachen und andere gedankliche Beziehungen) **treffend darstellen,** z. B.:
  Das Wasser färbt sich blau, obwohl ich nur einen Tropfen Tinte hinzugegeben habe.
  Damit Pflanzen wachsen können, brauchen sie Licht und Wasser.

7. Falsche Satzverknüpfungen vermeiden

- **wo:** Das Adverb *wo* wird in Relativsätzen in der Regel nur in räumlicher Bedeutung verwendet, z. B.: *Heimat ist überall dort, wo man sich zu Hause fühlt.*
  Falsch: ~~*Ich lese Bücher, wo ich mich frage, ob die Handlung realistisch ist*~~.
  Richtig: *Ich lese Bücher, bei denen ich mich frage, ob die Handlung realistisch ist.*

8. Schachtelsätze vermeiden

- Formuliere **übersichtliche** und verständliche **Sätze.** Löse unübersichtliche Schachtelsätze in mehrere Sätze auf.
- **Vermeide** vor allem die ***dass-wenn*-Kopplung,** da dadurch der Gedankengang für die Leserinnen und Leser sehr kompliziert wird, z. B.:
  Sören behauptet, dass, wenn man das Buch nicht gelesen hat, man wirklich etwas verpasst hat.
  → *Sören behauptet, dass man wirklich etwas verpasst hat, wenn man das Buch nicht gelesen hat.*

9. *dass* oder *das*?

- Die **Konjunktion *dass*** leitet einen **Nebensatz** ein, der durch Kommas abgetrennt wird, z. B.:
  Es ist deutlich geworden, dass er nicht mehr weitermachen kann.
- Das **Relativpronomen *das*** leitet einen Relativsatz ein, der sich auf ein Bezugswort im Hauptsatz bezieht, z. B.: *Das Gewitter, das aufzieht, wird uns Probleme bereiten.*
- Mache die Probe: Lässt sich *das* durch *welches* ersetzen, handelt es sich um das Relativpronomen *das*, z. B.:
  Das Gewitter, das (welches) aufzieht, wird uns Probleme bereiten. → Relativpronomen *das*
  Ich glaube, dass (~~welches~~) ich den Schlüssel vergessen habe. → Konjunktion *dass*

7 Sprachbetrachtung

7.1 Wort und Wortbedeutung

Wer wissen will, welche Bedeutung ein Wort hat, was es bezeichnet oder wie man es sinnvoll verwendet, kann in einem Wörterbuch nachschlagen.

Nachschlagewerke	
Das Rechtschreibwörterbuch	informiert über die Schreibung, die Beugung, über besondere Formen, Ableitungen und Zusammensetzungen eines Worts.
Das Bedeutungswörterbuch	informiert zusätzlich über die Bedeutungen der Wörter.
Das Fremdwörterbuch	informiert über Schreibung und Bedeutung von Fremdwörtern.

Begriffe definieren

Wörter und Begriffe sind für uns dann verständlich, wenn ihre Bedeutung klar ist. Ist die Bedeutung unklar oder uneindeutig, kann es zu Missverständnissen kommen. Wenn wir einen Begriff definieren, versuchen wir, seine Bedeutung festzulegen, z. B.:

- durch **Merkmale,** die ein Begriff aufweist, z. B.: *Ein Dreieck ist eine geschlossene, dreiseitige Figur.*
- durch ein **Beispiel,** das zur Erklärung eines Begriffs herangezogen wird, z. B.: *„Fair Play" bedeutet zum Beispiel, die sportliche Gegnerin/den sportlichen Gegner mit Respekt zu behandeln.*
- durch **Synonyme** (Begriffe, die dieselbe oder eine ähnliche Bedeutung haben), z. B.: *„Motivation" heißt so viel wie „innerer Antrieb".*

Ober- und Unterbegriffe

Ein **Oberbegriff** fasst mehrere Gegenstände, Eigenschaften, Begriffe zusammen, die **gemeinsame Merkmale** haben, z. B.:

Oberbegriff — *Wassersportarten*

Unterbegriffe — *Schwimmen, Tauchen, Surfen, Rudern, Segeln ...*

oft lassen sich die Unterbegriffe weiter unterteilen — *Regattasegeln, Fahrtensegeln ...*

Neue Begriffe bilden

Wenn etwas Neues entdeckt oder erfunden wird, seien es Materialien, Gegenstände, Lebewesen oder Abstraktes, müssen neue Wörter zur Bezeichnung dieser Dinge gefunden werden: Neues braucht neue Namen.

Die **Wortzusammensetzung** (▶ S. 252) ist im Deutschen eine wichtige Methode, um neue Wörter für neue Sachverhalte zu bilden. Durch die Zusammensetzung einzelner Wörter oder Begriffe können die Sprecher/-innen bzw. Hörer/-innen sowie Leser/-innen schnell erfassen, was gemeint ist, z. B.:

- **Ozon + Loch = Ozonloch** (Beschädigung der Ozonschicht über der Erde, durch die etwas wie durch ein Loch eindringen kann)
- **Dosen + Pfand = Dosenpfand** (Pfand auf Getränkedosen)
- **niedrig + Energie + Fahrzeug = Niedrigenergiefahrzeug** (Fahrzeug, das im Vergleich zu herkömmlichen Fahrzeugen einen deutlich reduzierten Energieverbrauch hat)

Synonyme und Antonyme

Wörter mit **(fast) gleicher Bedeutung** bezeichnet man als **Synonyme.** Statt von „Synonymie" kann man auch von „Bedeutungsgleichheit" oder von „Bedeutungsähnlichkeit" sprechen, z. B.:

- *Ehemann – Gatte – Gemahl,*
- *reden – sprechen,*
- *trödeln – bummeln.*

Synonyme helfen uns auch, unsere Ausdrucksweise zu variieren. So können wir z. B. bei einem Aufsatz, einem Brief oder einer E-Mail Wortwiederholungen vermeiden, indem wir ein anderes, bedeutungsgleiches oder ähnliches Wort verwenden.

Für die Suche nach Synonymen kannst du den Thesaurus deines Computers (▸ S. 30) oder ein Synonymwörterbuch verwenden.

Wörter, die **in ihrer Bedeutung gegensätzlich** sind, nennt man **Antonyme,** z. B.:
groß – klein; stark – schwach.

Polyseme und Homonyme

Manche Wörter **lauten gleich,** haben **aber unterschiedliche Bedeutung.** Man kann zwischen Polysemen und Homonymen unterscheiden:

- **Polysemie** liegt vor, wenn ein Wort zwei (oder mehr) Bedeutungen hat, die in einem **erkennbaren Zusammenhang** (Ähnlichkeit) stehen, z. B.: Maus *(1. Tier, 2. PC-Maus).*
- Im Unterschied dazu handelt es sich bei den **Homonymen** um zwei unterschiedliche Wörter, die **zufällig gleich lauten,** z. B.: *Kiefer (Baumart, Körperteil).*

Die Grenze zwischen Polysemie und Homonymie ist nicht immer eindeutig. Im Wörterbuch stehen Homonyme unter zwei Stichwörtern, Polyseme unter einem Stichwort.

Wortfelder

Wörter oder Wendungen, die eine **ähnliche Bedeutung** haben, bilden ein Wortfeld. Je mehr Wörter eines Wortfelds man kennt, desto größer ist der eigene Wortschatz.

sagen

reden · *äußern* · *erzählen* · *darstellen* · *erklären* · *bemerken* · *verdeutlichen*

Denotation und Konnotation

- **Denotation:** Die Denotation eines Worts (lat. *denotare* = bezeichnen) ist die klar definierte Grundbedeutung eines Worts, die man im Wörterbuch oder Lexikon nachschlagen kann.
- **Konnotation:** Die Konnotation (lat. *con* = mit, *notatio* = Bezeichnung, Anmerkung) bezeichnet die Nebenbedeutung eines Worts, d. h. die Vorstellungen, Erfahrungen, Empfindungen und Assoziationen, die wir mit einem Wort verbinden.

Beispiel: *Nacht*

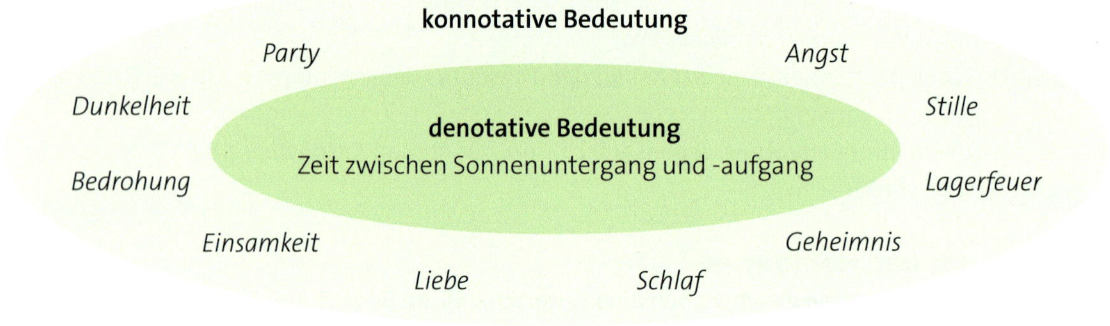

Die Konnotation eines Worts kann bei allen Sprecherinnen und Sprechern einer Sprache sehr ähnlich sein (z. B. werden beim Begriff „Ferien" die allermeisten auch an „Erholung" denken). Es gibt aber auch sehr **individuell gefärbte Konnotationen** wie das Beispiel „Nacht" zeigt. Hier denken einige vielleicht an Romantik und Liebe, andere an Einsamkeit und Bedrohung.
Die Konnotation eines Worts hängt also auch von der individuellen Erfahrung einzelner Menschen oder Gruppen ab, aber auch von Alter, Geschlecht, kulturellem Hintergrund usw.

Euphemismen und Hochwertwörter

- **Euphemismen** sind Ausdrücke, die etwas beschönigen, z. B.: *Versorgungspark* für Mülldeponie, *Freisetzung* für Entlassung von Mitarbeitern, *Seniorenresidenz* für Altenheim.
  Euphemismen werden vor allem in der Politik und der Wirtschaft verwendet, um unangenehme Sachverhalte zu verharmlosen bzw. zu verschleiern.
- **Hochwertwörter** sind Wörter oder kurze Phrasen, die positiv konnotiert (▸ siehe oben) sind, d. h. mit denen **positive Vorstellungen und Empfindungen** verbunden sind, z. B. *Heimat, Mut, Zivilcourage.* Sie sollen bei den Zuhörerinnen und Zuhörern oder bei den Leserinnen und Lesern positive Emotionen hervorrufen und werden gezielt eingesetzt, um für die eigene Position zu werben.

„Unwörter"

Bei der jährlich stattfindenden Aktion „Unwort des Jahres" werden Wörter und Formulierungen aus der öffentlichen Kommunikation gesucht, die sachlich grob unangemessen sind und möglicherweise sogar die Menschenwürde verletzen. Jede und jeder kann bis zum 31. Dezember eines jeden Jahres schriftlich Unwort-Vorschläge bei einer unabhängigen Jury einreichen, die dann aus den Einsendungen das „Unwort des Jahres" auswählt. Im Jahr 2020 wurden ausnahmsweise zwei Unwörter des Jahres gekürt. Beispiele von Unwörtern:

- *Rückführungspatenschaften* (für einen neuen Mechanismus der Migrationspolitik),
- *Pushback* (Zurückdrängen von Migrantinnen und Migranten an der Grenze zu ihrem Zielland),
- *Klimaterroristen* (Abwertung der Klimaaktivisten und deren Protest für mehr Klimaschutz).

Bildlicher Sprachgebrauch

Wir benutzen häufig **sprachliche Bilder,** wenn wir etwas anschaulich mitteilen wollen, z. B.: *auf etwas/jemanden stehen* → etwas/jemanden mögen; *Suppe* → Nebel.

Vergleich

Bei einem Vergleich werden zwei verschiedene Vorstellungen durch „wie" oder „als ob" miteinander verknüpft, z. B.: *mutig wie ein Löwe; weiß wie Schnee; so heiß, als ob Sommer wäre.*

Metapher

Bei einer Metapher wird ein Wort nicht wörtlich, sondern in einer übertragenen (bildlichen) Bedeutung gebraucht, z. B.: *Schnee von gestern* für ein nicht mehr aktuelles Thema.
Man verwendet Metaphern, weil sich zwei Dinge aufgrund einer Eigenschaft ähneln.

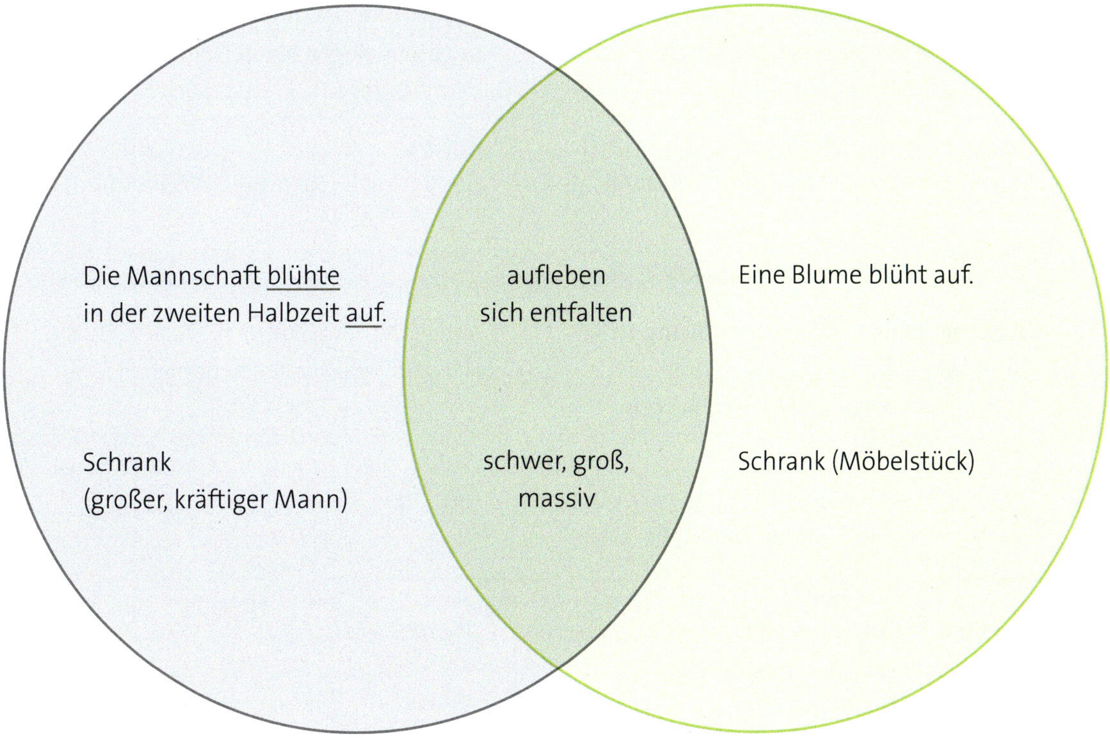

Die Metapher verknüpft zwei Vorstellungsbereiche noch enger als der Vergleich, weil das Vergleichswort „wie" entfällt, z. B.:
Das Schiff verschwand hinter riesigen Wellenbergen für:
Das Schiff verschwand hinter Wellen, die so riesig wie Berge waren.

Personifikation

Die Personifikation (Vermenschlichung) ist eine besondere Form der Metapher.
Leblose Gegenstände, Begriffe oder die Natur werden vermenschlicht, das heißt, ihnen werden menschliche Verhaltensweisen und Eigenschaften zugesprochen, z. B.:

- *Der Alltag zeigte sein mürrisches Gesicht.*
- *Die Stadt schlief noch fest.*
- *Die steigenden Preise verjagen die Kundinnen und Kunden.*

7.2 Sprachlenkung und Sprachkritik

Strategien der Beeinflussung

Wer andere beeinflussen und für das eigene Anliegen gewinnen will, z. B. in einer Rede oder in einer politischen Debatte, nutzt bestimmte Redestrategien, z. B.:

Aufwertung der eigenen Position	Abwertung der gegnerischen Position
Koppelung der eigenen Position an **hohe Werte** durch Verwendung von **Fahnenwörtern** (► S. 261), positiv konnotierte Schlagwörter und Adjektive, z. B.: *Gerechtigkeit, Wohlstand, herrlich, heilig*	**Diffamierung** der gegnerischen Position durch **Stigmawörter** (► S. 261) und negativ konnotierte Schlagwörter und Adjektive, z. B.: *Chaos, Tyrannei, elend*
Bindung der eigenen Person an **positiv belegte Bilder** (Metaphern, Vergleiche), z. B.: *Fels in der Brandung*	Abwertung der gegnerischen Position durch **negativ belegte Bilder** (Metaphern, Vergleiche), z. B.: *Krebsgeschwür, Schmarotzer*
Lob der eigenen Verdienste, z. B.: *Nur durch uns konnte ... erreicht werden.*	**Kritik** und Verleumdung der Gegnerin / des Gegners, z. B.: *Sie führen uns ins Chaos.*

Weitere sprachliche Mittel der Beeinflussung	
Beschönigung und **Verharmlosung** einer Situation, z. B. durch Verwendung von Euphemismen (► S. 258) und Floskeln	*finaler Rettungsschuss* für *Todesschuss* *Wir alle haben Opfer zu bringen.*
Polarisierung und Verdeutlichung der Unterschiede, z. B. zwischen Gruppen (wir – die), zwischen Vergangenheit und Gegenwart (damals – heute)	*Während wir arbeiten, sitzen die faul vor dem Fernseher.*
Persönliche Anrede des Publikums durch das Personalpronomen „ihr" und Verwendung von **Appellen** und **Aufrufen**	*„Ihr sollt stolz ..."*
Herstellen einer Nähe zum Publikum und **Erzeugen eines Gemeinschaftsgefühls** durch die Verwendung von *Wir*-Sätzen	*Wir dürfen nicht aus den Augen verlieren, dass ...*
Gebrauch von **Hochwertwörtern** (► S. 258), die positive Emotionen hervorrufen sollen	*Gerechtigkeit, Solidarität*
Gebrauch von Schlagwörtern und Phrasen, um Sachverhalte überzeugend darzustellen	*geistig-moralische Wende* *Achse des Bösen* *Du bist Deutschland*
Gebrauch von Anglizismen, z. B. um aktuell zu wirken (besonders in der Werbung)	*Service-Center, Service-Point, Meeting, Management, Coffee to go*

Fahnenwörter und Stigmawörter

Unter **Fahnenwörtern** versteht man im politischen Sprachgebrauch Wörter oder Phrasen, die **ausgesprochen positiv konnotiert** (▸ S. 258) sind, weil sie gesellschaftliche Wertvorstellungen zum Ausdruck bringen, z. B.: *Freiheit, Demokratie, Würde des Menschen.* Aufgrund ihrer emotionalen Anziehungskraft besitzen sie ein **großes Überzeugungspotenzial.** Weil es sich bei den Fahnenwörtern in der Regel um abstrakte Begriffe handelt, die keine klar definierte Bedeutung haben, können sie beinahe beliebig eingesetzt werden. Was man im konkreten Einzelfall z. B. unter „Demokratie" versteht, ist abhängig vom jeweiligen politischen System. Fahnenwörter heißen sie, weil man mit ihnen für die eigene Sache „Flagge zeigen" kann. **Stigmawörter** sind dagegen negativ konnotiert und dienen dazu, die politische Gegnerin / den politischen Gegner bzw. deren/dessen Standpunkte zu diffamieren, z. B.: *Überwachungsstaat, Raubtierkapitalismus.*

Framing

Als **Framing** bezeichnet man die **sprachliche Einordnung eines Themas oder Sachverhalts in einen** bestimmten **Deutungsrahmen** (engl. *frame:* Rahmen). Durch die Wahl des Rahmens wird eine bestimmte Interpretation, Bewertung oder Handlungsweise nahegelegt. In der Kommunikation in Firmen etablieren z. B. Begriffe wie *Herausforderung* (statt *Problem*) oder *Arbeitsvorrat* (statt *Aufgabenliste*) einen Deutungsrahmen von Handlungsbereitschaft und Optimismus.

Sprachliche Diskriminierung

Unter sprachlicher Diskriminierung wird eine Form des Sprachgebrauchs verstanden, bei der andere Personen oder Gruppen bewusst oder unbewusst herabgesetzt, abgewertet, beleidigt oder angegriffen werden. Sprachlich diskriminiert werden kann man auf der Wort- oder Begriffsebene durch die Verwendung von **Namen, Bezeichnungen und Begriffen, die Geringschätzung zum Ausdruck bringen,** z. B.: *Tippse* statt *Sekretär/-in, Weichei* für einen emanzipierten Mann.

Political Correctness

Der Begriff der „Political Correctness" (politisch korrekter Sprachgebrauch) bezeichnet das Bestreben, Menschen in unserer Sprache nicht aufgrund ihres Geschlechts, ihrer Herkunft, ihrer sexuellen Orientierung oder ihrer Behinderung zu diskriminieren, z. B. durch:

- **geschlechtergerechte Formulierungen** (z. B.: *Schülerinnen und Schüler*),
- **Verwendung von Eigenbezeichnungen** bei Angehörigen bestimmter Ethnien (z. B.: *Inuit* statt *Eskimo*),
- **Verwendung von neutralen oder positiven Ausdrücken** (z. B.: *Menschen mit Behinderung* statt *Behinderte*).

Sprachliche Trends: Anglizismen

Viele Fremdwörter übernehmen wir gegenwärtig **aus dem Englischen** (Anglizismen), vor allem aus den Bereichen der Informationstechnik *(Software, WLAN),* der Musik *(Rapper, Boygroup),* der Mode *(Jeans)* und des Sports *(Inlineskates).*

- Englische Wörter werden zum Teil übernommen, weil sie etwas bezeichnen, für das es kein oder kein einfaches deutsches Wort gibt, z. B.: *Scanner, Chips.* Zum Teil gehören diese Wörter zu Bereichen, in denen Englisch die internationale Verkehrssprache oder Fachsprache ist.
- Es werden aber auch englische Wörter aufgenommen, für die es deutsche Entsprechungen gibt, etwa um modern und aktuell zu wirken, z. B: *Service-Point* statt *Auskunft/Information.*

7.3 Kommunikation und Sprachfunktion

Inhalts- und Beziehungsebene der Kommunikation

Der Kommunikationswissenschaftler **Paul Watzlawick** (1921–2007) meinte: „Man kann nicht nicht kommunizieren.“ Das heißt also, dass sogar unser Schweigen auf eine Aussage hin eine Form der Kommunikation ist, nämlich auf der Beziehungsebene. Folgendes Beispiel kann das erläutern: Zwei Männer begegnen sich auf einem Parkplatz. Der eine sagt zum anderen: „Ist ihr Auto neu?“

- Die **Inhaltsebene** ist sofort ersichtlich: Es wird um eine Auskunft gebeten.
- Die **Beziehungsebene** ist vielschichtiger.
  Die Frage könnte – je nach Sprechweise – auf der Beziehungsebene Folgendes ausdrücken:
  → Gib nicht so an mit deinem Auto! (Konkurrenz)
  → So ein tolles Auto hätte ich auch gern! (Neid oder auch Bewunderung)
  → Alle wissen doch, dass du dir nichts Neues leisten kannst. (Abwertung – der Satz wäre dann ironisch aufzufassen)

Jede **Kommunikation** hat eine **Inhalts-** und eine **Beziehungsebene.** Auf der **sachlichen Ebene** werden die **Informationen** mitgeteilt: Sachverhalte, Fakten, Beobachtungen, Erlebnisse, Erinnerungen, Vorstellungen, Meinungen, Wünsche usw. Über die Inhalte hinaus spielt bei der Kommunikation auch eine Rolle, welche Beziehung die Kommunikationspartner/-innen zueinander haben, welche Absichten sie verfolgen, welche Erwartungen sie aneinander haben und in welcher Situation das Gespräch stattfindet. Die **Beziehungsseite** einer Aussage kann z. B. durch die **Betonung,** die **Stimmlage,** die **Lautstärke** sowie die **Gestik** und die **Mimik** zum Ausdruck gebracht werden. Missverständnisse, Verletzungen und Streit kann man vermeiden, wenn man sich bewusst macht, welche Absichten, Interessen und Gefühle das Gesprächsverhalten beeinflussen.

Kommunikationsmodelle (Schulz von Thun)

Zur Erklärung und Beschreibung von Kommunikation wurden verschiedene Kommunikationsmodelle entwickelt. Das bekannteste Modell ist das Kommunikationsquadrat von **Friedemann Schulz von Thun** (*1944).

Das Kommunikationsquadrat Schulz von Thuns ist auch als „Vier-Ohren-Modell" oder „Nachrichtenquadrat" bekannt. Jede meiner Äußerungen enthält gleichzeitig, ob ich will oder nicht, vier Botschaften und kann auf vier unterschiedliche Weisen (mit vier Ohren) verstanden werden:

- einen **Sachinhalt** (worüber ich informiere),
- eine **Selbstkundgabe** (was ich – auch unbewusst – von mir selbst preisgebe),
- einen **Beziehungshinweis** (einen Hinweis, wie der Sender zum Empfänger steht und was er von ihm hält),
- einen **Appell** (was der Sender beim Empfänger erreichen möchte).

Auf der Ebene des **Sachinhalts** geben wir Sachinformationen, also Daten und Fakten, an den Gesprächspartner weiter. Der Empfänger muss hier z. B. entscheiden, ob der Sachinhalt wahr oder unwahr, relevant oder irrelevant ist.

Bei jeder Botschaft, die wir äußern, geben wir auch Gefühle, Werte und Ansichten von uns preis. Diese **Selbstkundgabe** kann explizit als Ich-Botschaft formuliert sein *(ich fühle mich ...; ich sehe das so, dass ...)* oder implizit und unbewusst geäußert werden. Der Empfänger bildet sich mit seinem Selbstkundgabeohr eine Meinung von seinem Gegenüber.

Auch der **Beziehungshinweis** kann entweder explizit kommuniziert werden *(du bist eine gute Freundin)* oder er teilt sich eher versteckt durch Mimik, Gestik oder die Art des Sprechens (Tonfall, Lautstärke) mit. Der Empfänger kann sich durch die auf dem Beziehungsohr eingehenden Informationen entweder wertgeschätzt und respektiert oder abgelehnt und kritisiert fühlen.

Fast alle Äußerungen dienen dazu, den Empfänger zu veranlassen, etwas Bestimmtes zu tun, zu lassen, zu denken oder zu fühlen. Die **Appellseite** drückt diese Einflussnahme auf den Empfänger aus. Der Appell kann offen *(Hol mir etwas zu trinken)* oder verdeckt *(Ich habe Durst)* gesandt werden. Mit dem Appellohr fragt sich der Empfänger: Was soll ich jetzt (nicht) machen, denken oder fühlen?

Eine Äußerung wie z. B. „*Hast du zehn Euro?*" kann also gleichzeitig vier Botschaften enthalten:

- **Sachinhalt**, z. B.: *Hast du zehn Euro?*
- **Selbstkundgabe,** z. B.: *Mir fehlt Geld, ich benötige zehn Euro.*
- **Beziehungshinweis,** z. B.: *Wir sind befreundet, deshalb frage ich dich, ob du mir Geld leihen kannst.*
- **Appell**: *Gib mir bitte zehn Euro!*

Oft beeinflussen die non- und paraverbalen Ausdrucksmittel wie z. B. Mimik, Körperhaltung oder Stimmfärbung, wie eine Nachricht interpretiert wird. Je nach Situation und Gesprächsteilnehmern dominiert meist eine der vier Botschaften.

Kommunikationsanalyse in literarischen Texten

Wenn ein literarischer Text unter dem Aspekt der Kommunikation untersucht werden soll, werden – je nach Aufgabenstellung – meist einige der folgenden Teilaspekte betrachtet:

1 **Gesprächsverlauf**
   - Wie verläuft das Gespräch?
   - Gibt es Phasen, Wendepunkte oder Brüche?

2 **Rollenverteilung und Rollenwechsel**
   - Gibt es im Gespräch eine klar erkennbare Rollenverteilung? Verändert sich diese?
   - Ist die Kommunikation gleichberechtigt oder dominiert eine Figur, z. B. durch Status, Redeanteile usw.?

3 **Non- und paraverbales Verhalten**
   - Welche nonverbalen (Gestik, Mimik, Körperhaltung) und paraverbalen Signale (Lautstärke, Intonation, Sprechtempo, Pausen usw.) der Figuren sind aufschlussreich?
   - Wie deutest du dieses Verhalten?

4 **Kommunikationsquadrat (Vier-Ohren-Modell) Schulz von Thuns** (▶ S. 262 f.)
   - Welche Information wird auf der **Sachebene** mitgeteilt?
   - Welche Aussagen werden auf der **Beziehungsebene** gemacht?
   - Wo geben die Sprecher/-innen – bewusst oder unbewusst – etwas von sich preis und offenbaren sich **(Selbstkundgabe)?**
   - Welche offenen oder versteckten **Appelle** sind erkennbar?
   - Welches der „vier Ohren" hat eine Gesprächspartnerin / ein Gesprächspartner an welchen Stellen besonders offen?

5 **Metakommunikation**
   - Gibt es Textpassagen, in denen die Kommunikation selbst zum Gegenstand des Gesprächs wird?
   - Wozu dient diese Metakommunikation?

Wichtig: In der Analyse geht es nicht darum, Kommunikationsmodelle (▶ S. 262 f.) vollständig auf den literarischen Text anzuwenden. Die Modelle liefern nur die Fachbegriffe, mit denen die Kommunikation im Text klarer beschrieben werden kann.

Wenn die Kommunikationspartner/-innen über die Art ihrer Gesprächsführung sprechen, nennt man dies **Metakommunikation.** Beispielsweise kann die Metakommunikation eine Kritik enthalten *(„Ich habe den Eindruck, du vergreifst dich im Ton!")* oder eine Lösung anbahnen *(„Wenn wir uns nur anschreien, kommen wir nicht weiter")*.

7.4 Sprachvarietäten

Innerhalb einer Sprache gibt es unterschiedliche Varietäten (Formen oder Ausgestaltungen), zwischen denen die Menschen wechseln können. Man spricht dann von einer **inneren Mehrsprachigkeit**. Die Varietäten lassen sich beispielsweise so systematisieren:

	Sprachvarietäten neben der Standardsprache	
Geografisch variiert: **Dialekte, Regiolekte** wie Bairisch, Ruhrdeutsch	**Sozial** variiert: **Soziolekte, Gruppensprachen** wie Jugendsprache, Gamersprache	**Funktional** variiert: **Fach- und Sondersprachen** wie Medizinersprache, Juristensprache, Leichte Sprache

Von einer **äußeren Mehrsprachigkeit** spricht man, wenn man neben seiner Muttersprache eine oder mehrere Fremdsprachen so gut beherrscht, dass man sie sprechen und verstehen kann.

Standardsprache

Die **Standardsprache** (auch: Hochsprache) ist die allgemein verbindliche Form unserer Sprache, wie sie besonders im Schriftlichen, z. B. in der Schule, verwendet wird.

Umgangssprache

Die **Umgangssprache** (Alltagssprache) wird bei der alltäglichen mündlichen Kommunikation verwendet. Sie orientiert sich an der Hochsprache, wendet deren Regeln und Normen aber nicht streng an. Typisch für die Umgangssprache sind z. B. unvollständige Sätze (*Du auch?*).

Jugendsprache

Die Jugendsprache verändert sich schnell und unterscheidet sich durch bestimmte Wörter, Wendungen oder den Satzbau von der Standardsprache, z. B.: *lost* (Jugendsprache) = *ahnungslos* (Standardsprache). Sie ist sehr unterschiedlich, denn je nach Jugendgruppe finden sich ganz verschiedene Äußerungsformen, z. B.: die Sprache der Computerfreaks, der Skater/-innen usw.
Die Jugendsprache ist durch bestimmte **sprachliche Merkmale** geprägt, z. B.:

- Anglizismen (Übernahmen aus dem Englischen), z. B.: *chillen, Connections,*
- bildliche Ausdrücke/Metaphern, z. B.: *Alugurke* (für Fahrrad),
- Neologismen (Wortneubildungen), z. B.: *Smombie* (Koffer- bzw. Schachtelwort aus „Smartphone" und „Zombie"),
- Abkürzungen, z. B.: *Bro* (für Bruder), *yolo* (für „you only live once"),
- Wortverstärker/Übertreibungen, z. B.: *krass, mega.*

Fachsprachen

Fachsprachen sind typisch für ein bestimmtes Berufsfeld, eine bestimmte Wissenschaft, ein Schulfach, ein Hobby oder ein bestimmtes Wissensgebiet. Sie beinhalten oft Fachbegriffe sowie Fremdwörter, die außerhalb des Fachgebiets sehr ungebräuchlich sind, und arbeiten häufig mit Abkürzungen, z. B.: Biologie *(Photosynthese, Ökosystem)*, Medizin *(Diagnose, Anästhesie, EKG)*, Werbung *(Eyecatcher, Slogan, Branding)*, Germanistik *(Metapher, Sonett, Konjunktiv)*.

Dialekte

Dialekte (auch Mundarten genannt) sind Sprachvarianten, die an eine bestimmte geografische Region gebunden sind und von der Standardsprache (auch Hochdeutsch genannt) abweichen. Zu den deutschen Dialekten gehören u. a. Berlinerisch, Sächsisch, Bairisch.

Bildungssprache

Die **Bildungssprache** ist eine **besondere Form der Standardsprache** und wird z. B. im Unterricht verwendet. Merkmale sind z. B. vollständige Sätze, korrekte Grammatik, Verwendung von Fachbegriffen/Fremdwörtern, z. B.: *Die Bildungssprache ist eine Sprachvarietät.*

Netzsprache

Die **Netzsprache** spielt zum Beispiel beim Chatten eine Rolle. Sie enthält Anteile der gesprochenen Sprache. Merkmale sind:

- **Abkürzungen / verkürzte Sätze,** z. B.: *bb (bye-bye), komme bald!,*
- **Emoticons,** z. B.: ☺,
- **Leetspeak,** z. B.: *n8* (Nacht!),
- **Kleinschreibung** und **Imitieren von Mündlichkeit,**
- **Buchstabenwiederholung** oder **Großbuchstaben,** z. B.: *eeeecht GUT!!!*

Je nach Gesprächssituation und Adressat/-in wechseln wir zwischen den Varietäten einer Sprache, z. B. zwischen Bildungs- und Alltagssprache. Man nennt das **Codeswitching** oder **Registerwechsel.**

7.5 Sprachgeschichte

Sprachwandel

Sprachen haben sich in einem jahrtausendelangen Prozess entwickelt und **unterliegen einem ständigen Wandel.** Das mittelalterliche Deutsch war zum Beispiel ganz anders als unser heutiges Deutsch. Es wurde nicht nur anders geschrieben und ausgesprochen, sondern viele Wörter hatten auch eine andere Bedeutungen als heute.
Aber auch zur Zeit Goethes wurde noch anders geschrieben und gesprochen, was du an dem folgenden Auszug aus dem Briefroman „Die Leiden des jungen Werthers“ sehen kannst.

Johann Wolfgang Goethe: Die Leiden des jungen Werthers (1774)

Die Sonne war noch eine Viertelstunde vom Gebürge, als wir vor dem Hofthore anfuhren, es war sehr schwühle und die Frauenzimmer äusserten ihre Besorgniß wegen eines Gewitters, das sich in weisgrauen dumpfigen Wölkchen rings am Horizonte zusammen zu ziehen schien. Ich täuschte ihre Furcht mit anmaßlicher Wetterkunde, ob mir gleich selbst zu ahnden anfieng, unsere Lustbarkeit werde einen Stoß leiden.

Dieser Sprachwandel kann alle Bereiche einer Sprache erfassen:

Bereiche des Sprachwandels	
Rechtschreibung	Hofthore, schwühl, Besorgniß, zusammen zu ziehen, anfieng
Lautung der Wörter (▶ Lautwandel, S. 269 f.)	Das mittelhochdeutsche Wort *hûs* wird im Neuhochdeutschen zu *Haus*.
Bedeutung der Wörter (▶ Bedeutungswandel, S. 271)	Das mittelhochdeutsche Wort *hôchgezîte* hatte die Bedeutung *kirchliches* oder *weltliches Fest*. Heute bezeichnet das Wort *Hochzeit* nur noch das *Fest zur Eheschließung*.
Stil und Ausdrucksweise	Im 19. Jahrhundert redete man seine Eltern noch mit *Sie* an.
Wortschatz: Wörter kommen außer Gebrauch, neue Wörter kommen hinzu	Es gibt Wörter, die nur noch selten im aktiven Sprachgebrauch auftauchen. Es können Modewörter sein, die sich inzwischen überlebt haben, z. B.: *dufte* oder *knorke,* oder Wörter, die in Vergessenheit geraten sind, weil die Dinge, die sie bezeichnen, aussterben, wie *Wählscheibe* oder *Bandsalat*.

In einem Bedeutungswörterbuch kannst du die Bedeutung von Wörtern nachschlagen (▶ S. 255).

Zur Geschichte der deutschen Sprache

Die germanischen, die romanischen und die slawischen Sprachen sowie weitere Sprachgruppen entwickelten sich alle aus dem Indoeuropäischen (5./4. Jahrtausend v. Chr.). Noch heute sind verwandtschaftliche Beziehungen zwischen den einzelnen Sprachen erkennbar:

Deutsch (Germanisch):	Italienisch (Romanisch):	Russisch (Slawisch)
drei, Mutter	***tre, madre***	***три [tri], мать [mat']***

Die deutsche Sprache gehört zur Gruppe der germanischen Sprachen.

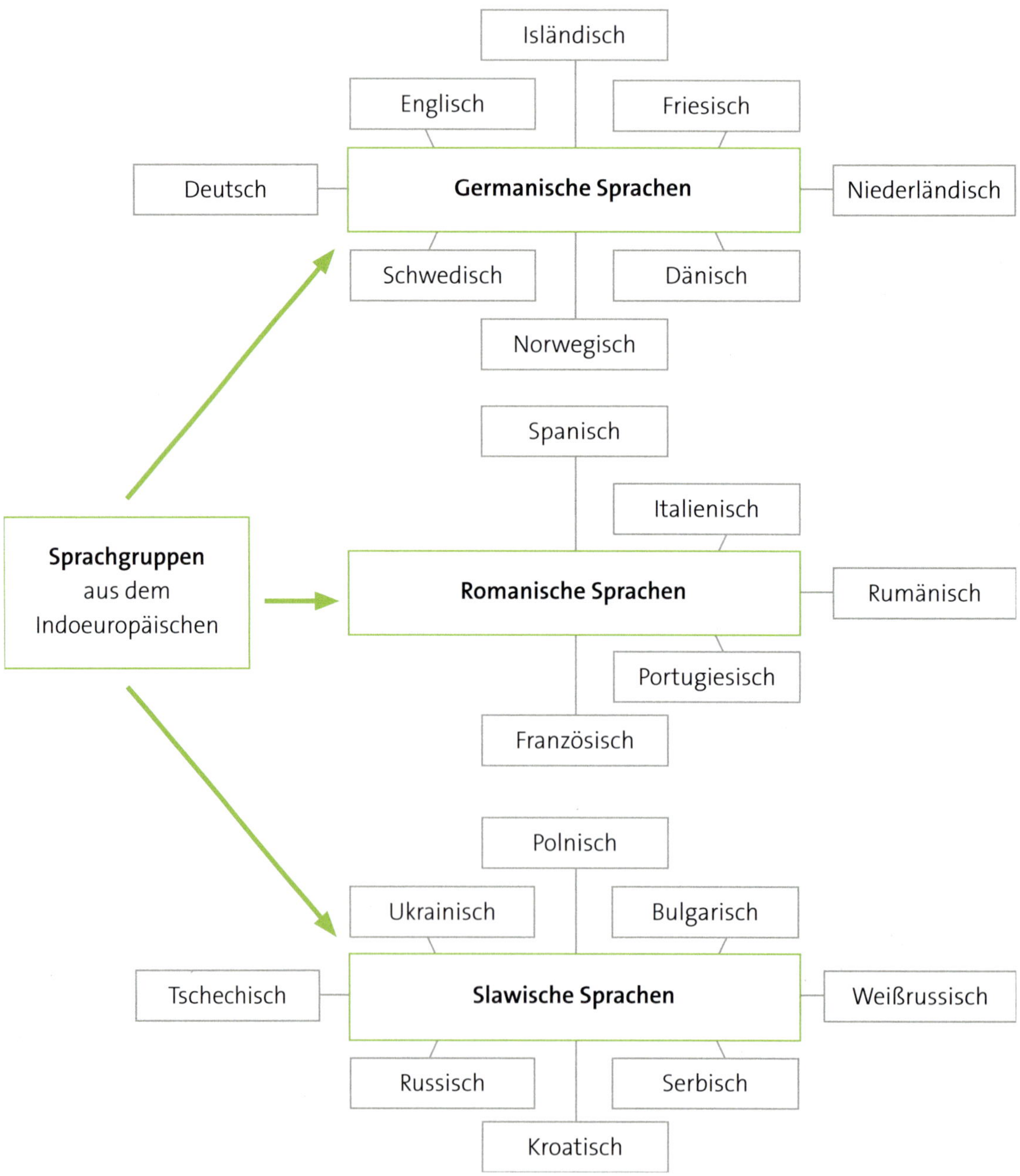

Die Entwicklung der deutschen Sprache: Lautwandel

Erste Lautverschiebung (ca. 6 Jh. v. Chr.): Germanische Sprachen

Die **germanischen Sprachen,** z. B. Deutsch, Englisch, Isländisch, Friesisch, Niederländisch, Dänisch, Norwegisch, Schwedisch, haben sich langsam **aus dem Indoeuropäischen** heraus entwickelt. Der Prozess begann wohl im Laufe des 1. Jahrtausends v. Chr. und war ca. 600 v. Christus abgeschlossen. Entscheidend für die Entwicklung der germanischen Sprachen aus dem Indoeuropäischen waren sprachliche Veränderungen. Man nennt diese Veränderungen erste Lautverschiebung (auch: germanische Lautverschiebung).

Zweite Lautverschiebung (ca. 400–600 n. Chr.): Althochdeutsch

Zwischen dem 4. und dem 6. Jahrhundert n. Chr. kam es zur zweiten Lautverschiebung (auch: hochdeutsche Lautverschiebung), durch die sich das **Althochdeutsche** aus dem Germanischen heraus entwickelte. Althochdeutsch ist die **älteste überlieferte deutsche Sprachstufe.** Man fasst unter diesem Begriff verschiedene Dialekte zusammen, die von **ca. 750 bis 1050 n. Chr.** im deutschen Sprachraum gesprochen wurden. Schriftliche Zeugnisse existieren aus dieser Zeit nur wenige. Bei den meisten handelt es sich um **geistliche Texte** wie z. B. Gebete oder Taufgelöbnisse.
Man nimmt an, dass sich die zweite **Lautverschiebung von Süden nach Norden** ausgebreitet hat, etwa bis zu einer Linie Köln – Kassel – Berlin, sodass Teile Norddeutschlands nicht mehr von ihr erfasst wurden. Die zweite Lautverschiebung betrifft besonders die **Veränderung bestimmter Konsonanten.** Die Spuren dieser Lautverschiebung kann man heute noch deutlich erkennen, z. B. wenn man hochdeutsche Wörter mit verschobenen Konsonanten, wie *Pfund, Wasser, Tag,* mit den Wörtern im Niederdeutschen und Englischen vergleicht, wo die zweite Lautverschiebung nicht stattgefunden hat: *pound* (engl.), *pond* (niederl.), *water* (engl.), *water* (niederl.), *day* (engl.), *dag* (niederl.).

zweite Lautverschiebung	Englisch und Niederländisch	Deutsch
	unverschobener Konsonant	verschobener Konsonant
p → pf, p → f	niederl. *pond, helpen* engl. *pound, to help*	dt. *Pfund, helfen*
t → ts*, t → ss/s	niederl. *zetten, water* engl. *to sit, water*	dt. *sitzen, Wasser*
k → (kch), k → ch	niederl. *breken* engl. *to break*	dt. *brechen*
d → t	niederl. *dag* engl. *day*	dt. *Tag*
th → d	engl. *that*	dt. *dass/das*

* geschrieben tz/z

Mittelhochdeutsch (ca. 1050 –1350 n. Chr.)

Auch das Mittelhochdeutsche war noch **keine überregional einheitliche Sprache,** sondern geprägt durch dialektale Unterschiede. Überliefert ist es vor allem als die **Sprache der höfischen Dichtung** zur Zeit der Staufer. Bedeutende Dichter waren z. B. Walter von der Vogelweide und Wolfram von Eschenbach (▸ S. 144). Der auffallendste Unterschied zwischen dem Althochdeutschen und dem Mittelhochdeutschen ist die Schwächung der Vokale **a**, **i**, **o**, **u** zum unbetonten **e**: ahd. *gilaubiu* → mhd. *geloube*; ahd. *almahtigon* → mhd. *almechtigen*; ahd. *erda* → mhd. *erde.*

Frühneuhochdeutsch (ca. 1350–1650)

Etwa um die Mitte des 14. Jahrhunderts setzte die **Entwicklung zu einer deutschen Standardsprache,** d. h. einer einheitlichen Schriftsprache, ein. Zwei Faktoren haben besonders zu dieser Entwicklung beigetragen: die Erfindung des Buchdrucks (Johannes Gutenberg) und die Übersetzung der Bibel durch Martin Luther (1483–1546), denn aufgrund der weiten Verbreitung der Bibel, ermöglicht durch den Buchdruck, glichen sich Rechtschreibung und Aussprache in vielen Teilen Deutschlands aneinander an.
Die wichtigsten Veränderungen in der Lautung und Schreibung vom Mittelhochdeutschen zum Neuhochdeutschen sind die **Monophthongierung** und die **Diphthongierung.**

Veränderungen	Mhd.	Nhd.
Monophthongierung		
ie → i	*liebe* (gesprochen li-ebe)	*liebe*
uo → u	*guote*	*gute*
üe → ü	*brüeder*	*Brüder*
Diphthongierung		
î → ei	*mîn*	*mein*
iu → eu	*niuwez*	*neues*
û → au	*hûs*	*Haus*

Auszug aus dem Nibelungenlied, einer mittelalterlichen Heldensage:

Nibelungenlied (um 1200)
Uns ist in alten mæren / wunders vil geseit / von helden lobebæren, / von grôzer arebeit, / von freuden, hôchgezîten, / von weinen und von klagen, / von küener recken strîten / muget ir nu wunder hoeren sagen.

Übersetzung:
Uns wird in alten Geschichten viel Wunderbares berichtet: von ruhmreichen Helden, von großer Mühsal, von glücklichen Tagen und Festen, von Schmerz und Klagen und vom Kampf tapferer Recken: Davon könnt ihr jetzt Wunderbares berichten hören.

Aus dem Frühneuhochdeutschen entwickelte sich im 18. und 19. Jahrhundert eine gesamtdeutsche Nationalsprache. Bis heute wandelt sich unsere Sprache in der Aussprache, Rechtschreibung, Grammatik, im Wortschatz und in der Bedeutung einzelner Wörter (▸ S. 271). Auch nimmt der Einfluss aus anderen Sprachen, z. B. dem Englischen, zu.

Bedeutungswandel

Im Laufe der Zeit haben sich nicht nur die Schreibweise und die Aussprache der Wörter verändert, sondern häufig auch deren Bedeutung. Verändert ein Wort im Laufe seiner Geschichte seine Bedeutung, nennt man das **Bedeutungswandel.** Will man wissen, welche Bedeutung ein Wort ursprünglich hatte, nimmt man ein Herkunftswörterbuch (etymologisches Wörterbuch) zu Hilfe (▸ S. 255).
Die Etymologie (griech. *étymos* = wahr; *logos* = Wort) gehört zur Sprachwissenschaft und befasst sich mit der Herkunft und der Geschichte unserer Wörter.

Die Bedeutung eines Worts kann sich in unterschiedlicher Weise verändern:

Mittelhochdeutsch	frühere Bedeutung	heutige Bedeutung	Bedeutungswandel
Muos (Mus)	alle Arten von Speisen	breiartige Speisen	Bedeutungs-**verengung**
vrouwe (Frau)	adlige Dame, Herrin	erwachsene, weibliche Person	Bedeutungs-**erweiterung**
marschalc (Marschall)	Pferdeknecht	hoher militärischer Rang	Bedeutungs-**verbesserung**
mehre (Mähre)	Pferd	altes, abgemagertes Pferd	Bedeutungs-**verschlechterung**
virabend (Feierabend)	Vorabend eines Festes	Freizeit nach der Arbeit	Bedeutungs-**verschiebung**

Unser Wortschatz: Erbwort – Lehnwort – Fremdwort

Jede Sprache, auch der Wortschatz des Deutschen, besteht aus Erbwörtern, also Wörtern, die dem heimischen Sprachbereich entstammen, sowie aus Lehnwörtern und Fremdwörtern, die aus anderen Sprachen übernommen wurden.

- **Erbwörter** sind Wörter, die in der heimischen Sprache selbst geprägt worden sind. Diese Wörter hat das Deutsche aus dem Germanischen (▸ S. 268) geerbt, man nennt sie deshalb Erbwörter, z. B.: *Brot, Regen, trinken.*
- **Lehnwörter** sind Wörter, die zwar aus fremden Sprachen stammen, sich aber in der Aussprache und Schreibweise so stark an die deutsche Sprache angepasst haben, dass sie als deutsche Wörter betrachtet werden können, z. B.: *Fenster* (lat. *fenestra*), *Maske* (franz. *masque*) oder *Streik* (engl. *strike*).
- **Fremdwörter** haben im Unterschied zu den Lehnwörtern ihre fremde Gestalt beibehalten. Sie haben sich in der Aussprache, in der Betonung oder in der Schreibweise nicht der deutschen Sprache angeglichen, z. B.: *Team, Handout, Garage, Niveau.*

Sachregister

Textquellenverzeichnis

S. 13: © dpa Deutsche Presse-Agentur GmbH, Julia Ruhnau: Vertrauter und Lehrer zugleich: Haustiere tun Kindern gut.
S. 48: Mark Twain: Die Abenteuer des Tom Sawyer. Übersetzt von Ulrich Johannsen. Dressler Verlag, Hamburg 1999, S. 70 f.
S. 50: Botho Strauß: Rückkehr. Aus: Mikado. Carl Hanser Verlag, München/Wien 2006, S. 13
S. 51: „Es ist eh alles zu spät" – Weltklimarat empfiehlt Menschheit, einfach fette Abschiedsparty zu feiern (2021), https://www.der-postillon.com/2021/08/weltklimarat-abschiedsparty.html [10.10.2024]
S. 92: Aus: Hermann Schreiber: Die Welt in der Anekdote. Arena Verlag, Würzburg 1964
S. 93: Äsop: Der Wolf und das Lamm. In: Alverdes Paul (Hrsg.): Das Hausbuch der Fabeln. Ehrenwirt, München 1990, S. 9
S. 94: Aus: Ludwig Aurbacher: Erzählungen, Lieder und Sprüche aus dem ‚Allerley'. https://gutenberg.spiegel.de/buch/erzahlungen-lieder-und-sprüche-aus-dem-allerley-2000/1 [11.10.2023]
S. 95: Siegfried Lenz: Die Nacht im Hotel. Erzählungen. Hoffmann und Campe Verlag, Hamburg 2006, S. 38–41
S. 96: Heinz Janisch: Der Ritt auf dem Seepferd. Neues von Münchhausen. Mit Illustrationen von Aljoscha Blau. Aufbau Verlag, Berlin 2007
S. 97: Jacob und Wilhelm Grimm: Prinzessin Mäusehaut. Aus: Kinder- und Hausmärchen von Jacob und Wilhelm Grimm. Denkimpulse Verlag, München 2010
S. 98: Theodor Fontane: Unterm Birnbaum. Große Brandenburger Ausgabe. Hrsg. v. Gotthard Erler. Das erzählerische Werk, Band 8, editorische Betreuung Christine Hehle. Aufbau Verlag, Berlin 1997, S. 5–7
S. 99: Franz Kafka: „Aufbruch". In: Sämtliche Erzählungen. Hrsg. von Paul Raabe. Frankfurt a. M.: Fischer 1970 (u. ö.), S. 320 f.
S. 100: Jenny Valentine: Das zweite Leben des Cassiel Roadnight. Übersetzt von Klaus Fritz. München: dtv 2011, S. 7–15
S. 101: Homer: Odysseus in der Höhle des Kyklopen Polyphem. Aus: Auguste Lechner: Die Abenteuer des Odysseus. Eine Neubearbeitung des Sagenstoffes für die Jugend. Arena Verlag, Würzburg 1998
S. 102: Auszug aus: Harald Martenstein: Gemüse. In: ders.: Wachsen Ananas auf Bäumen? Hamburg: Hoffmann und Campe 2001
S. 103: Hermann Bote: Ein kurzweiliges Buch von Till Eulenspiegel aus dem Lande Braunschweig. Hrsg., in die Sprache unserer Zeit übertragen und mit Anm. vers. von Siegfried H. Sichtermann. Insel Verlag, Frankfurt a. M. 1999
S. 105: Michael Gerard Bauer: Nennt mich nicht Ismael! Carl Hanser, München 2008
S. 105: Federica de Cesco: Spaghetti für zwei. Aus: ders.: Freundschaft hat viele Gesichter. Rex Verlag, Stuttgart 1986
S. 105: Julia Franck: Streuselschnecke. Aus: Bauchlandung. Geschichten zum Anfassen. DuMont Verlag, Köln 2000
S. 106: Myron Levoy: Ein Schatten wie ein Leopard. Arena Verlag, Würzburg 1989
S. 106: Helga M. Novak: Schlittenfahren. Aus: dies., Geselliges Beisammensein. Luchterhand, Neuwied 1968
S. 106: Patrick Süskind: Das Parfum, Diogenes, Zürich 1994
S. 107: Wladimir Kaminer: Schönhauser Allee im Regen. Goldmann Verlag, München 2001
S. 107: Arthur Schnitzler: Leutnant Gustl. S. Fischer, Frankfurt a. M. 1914
S. 107: Daniel Kehlmann: Die Vermessung der Welt. Rowohlt Verlag, Reinbek 2005
S. 118: Aus: Georg Bydlinski: Wasserhahn und Wasserhenne. © 2002 Dachs Verlag GmbH, Wien
S. 119: Johann Wolfgang Goethe: Mailied
S. 119: Uwe Greßmann: Moderne Landschaft. In: Nachtbus nach Mitte. Berliner Gedichte von heute. Hrsg. von Martin Jankowski und Birgit Hoyer. Berlin: vbb 2016, S. 16 – Dort zitiert nach: Der Vogel Frühling. Gedichte. Halle (Saale): Mitteldeutscher Verlag 1966, S. 100
S. 120: Die schlesischen Weber, Heinrich Heine: Historisch-kritische Gesamtausgabe der Werke. Hrsg. von M. Windfuhr. Band 2. Hamburg: Hoffmann & Campe 1976, S. 225
S. 120: May Ayim: sehnsucht; Dito. In: dies.: Blues in Schwarz-weiss. Berlin: Orlanda Frauenverlag 1995
S. 121: Ingeborg Bachmann: Reklame. Aus: Anrufung des großen Bären. Gedichte. Piper & Co, München 1967, S. 177
S. 122: Theodor Fontane: Die Brück am Tay. Aus: Große Brandenburger Ausgabe, Gedichte I. Hrsg. v. Joachim Krueger und Antia Golz. Aufbau Verlag, Berlin 1995
S. 124: Issa Kobayashi: Haiku. Hrsg. von Shōzō Miyawaki, Horst Hammitzsch. Ostasien-Verlag, Berlin 1981
S. 124: Hamburg in seiner fürchterlichen Unglückszeit, den 5., 6. und 7. Mai 1842, Hamburg 1842
S. 125: Arne Rautenberg: Wenn der Hahn den Mond ankräht. Aus: Edward van de Vendel und Natalia Tornai (Hrsg.): Hier wohnt mein Glück. Bloomsbury, Berlin 2012, S. 110
S. 125: Ernst Jandl: Laut und Luise. Neuwied: Luchterhand 1971
S. 126: PMS Musikverlag GmbH, Berlin/Farin Urlaub
S. 126: Oliver Tietze: See in der Großstadt. In: Gespräch über Bäume. Moderne deutsche Naturlyrik. Hrsg. von Hiltrud Gnüg. Stuttgart: Reclam 2013, S.129. – Dort zitiert nach: Jahrbuch der Lyrik 2006. Hrsg. von Christoph Buchwald und Norbert Hummelt. Frankfurt a. M.: S. Fischer 2006, S. 35
S. 128: Hugo von Hofmannsthal: Die Beiden
S. 132: Joseph von Eichendorff: Frische Fahrt

S. 140: Johann Wolfgang Goethe: Faust. Der Tragödie Erster Teil
S. 166: © dpa Deutsche Presse-Agentur GmbH, Tornado in der Eifel – Zahl der Verletzten steigt auf fünf, 14.03.2019
S. 167: Am Wasser gebaut. Aus: Süddeutsche Zeitung, von Verena Mayer vom 07.05.2016. Zit. nach: https://www.sueddeutsche. de/leben/reportage-am-wasser-gebaut-1.2978089 [11.10.2024]
S. 169: „E-Scooter – Eine gute Alternative?" von Hendrik Lüneborg (https://www.ndr.de/nachrichten/hamburg/Kommentar-EScooter- eine-gute-Alternative, hamburgkommentar370.html)
S. 170: „Der Selfie-Stick: Ich, ich, ich!" von Tina Stommel vom 26.09.16 (https://www.general-anzeigerbonn. de/news/digitale-welt/der-selfie-stick-ich-ich-ich_aid-43047759)
S. 225: EMI Music Publishing Germany GmbH, Hamburg/Arthur Freed
S. 232: Lakeworth Music Publishing/BMG Rights Management GmbH, Berlin SMPG Publishing (Germany) GmbH, Berlin/Sebastian Krumbiegel
S. 267: Johann Wolfgang Goethe: Die Leiden des jungen Werther

Bildquellenverzeichnis

S. 13: Shutterstock.com/Soloviova Liudmyla; **S. 17:** Shutterstock.com/Franco Volpato; **S. 19:** dpa Picture-Alliance/REUTERS/Action Images; **S. 20:** mauritius images/alamy stock photo/Dom Slike; **S. 21:** Leipziger Städtische Bibliotheken; **S. 24:** Shutterstock.com/Dilok Klaisataporn; **S. 28:** stock.adobe.com/Robert Kneschke; **S. 29–33:** © Microsoft Corporation. Benutzeroberfläche aus Microsoft Word für Mac, 2018; **S. 36:** stock.adobe.com/Janni; **S. 49:** akg-images, © Succession Picasso/VG Bild-Kunst, Bonn 2024; Pablo Picasso: Harlekin und seine Gefährtin, 1901; **S. 53:** Shutterstock.com/apple2499; **S. 54:** stock.adobe.com/saslanmagics; **S. 55:** Shutterstock. com/Tereshchenko Dmitry; **S. 57:** akg-images/Hieronymus Bosch, Der Taschenspieler, St-Germain-en-Laye, Musée Municipal; **S. 90 unten:** stock.adobe.com/phant, **oben:** stock.adobe.com/nickjene, **Mitte:** stock.adobe.com/Olivier Rault; **S. 135:** Imago Stock & People GmbH/United Archives; **S. 136 unten:** bpk/Gerda Goedhart, **oben:** © Barbara Braun/drama-berlin.de; **S. 142:** Salzburger Landestheater/Christina Baumann-Canaval; **S. 144 Mitte rechts:** Bridgeman Images/Buyenlarge Archive/UIG, **rechts:** Bridgeman Images/Buyenlarge Archive/UIG, **links:** Bridgeman Images/De Agostini Picture Library/Universitätsbibliothek, Heidelberg, **Mitte links:** Bridgeman Images/Buyenlarge Archive/UIG; **S. 145 rechts:** mauritius images/alamy stock photo/IanDagnall Computing, **links:** akg-images/AndreThevet: Les vrais Pourtraits et Vies des Hommes illustres; **S. 146 unten links:** akg-images/Hugo Bürkner, Sammlung Archiv für Kunst und Geschichte, Berlin, **oben:** akg-images/Pieter Claesz, Haarlem, Frans Hals Museum, **unten rechts:** interfoto e.k./Sammlung Rauch; **S. 148 unten:** interfoto e.k./Granger, NYC, **oben:** mauritius images/H.-D. Falkenstein; **S. 149:** stock. adobe.com/I-pics; **S. 151:** interfoto e.k./Sammlung Rauch; **S. 152:** bpk/Die Weber, Gerhard Hauptmann, Karlheiz Martin; **S. 153 Mitte rechts:** bpk/D'Ora-Benda, **rechts:** akg-images/Ricarda Huch, Akademie der Künste, Georg-Kaiser-Archiv, Berlin, **Mitte links:** akg-images/Hugo v. Hofmannsthal, Porträt/Foto um 1925, **links:** akg-images/Heritage Images/Mithra-Index; **S. 155:** Bridgeman Images/Private Collection, © The Heartfield Community of Heirs/VG Bild-Kunst, Bonn 2024; John Heartfield: Deutschland, Deutschland über alles, Plakat, Titelgestaltung für Kurt Tucholsky, 1929; **S. 156:** Erich Kästner: akg-images, Kurt Tucholsky: interfoto e.k./Granger, NYC, Erich Maria Remarque: dpa Picture-Alliance/IMAGNO/Austrian Archives, Alfred Döblin: bpk/Atelier Jacobi, Mascha Kaléko: dpa Picture-Alliance/B0329_Röhnert, Bertolt Brecht: bpk/Münchner Stadtmuseum, Sammlung Fotografie/Konrad Reßler, Thomas Mann: akg-images/Fritz Eschen, Ödön von Horváth: bpk; **S. 157:** bpk/Heinz Kiwitz; **S. 158:** akg-images/Voller Ernst/Chaldej; **S. 159 Mitte:** mauritius images/alamy stock photo/Keystone Pictures USA, **links:** imago/Sven Simon, **rechts:** dpa Picture-Alliance/Keystone; **S. 160 links:** akg-images/Dieter Andree (Berlin), **rechts:** dpa Picture-Alliance/ZB/Klaus Morgenstern/Deutsche Fotothek; **S. 161:** bpk/Klaus Lehnartz; **S. 166:** Shutterstock.com/J. Bicking; **S. 167:** Shutterstock.com/Simon Annable; **S. 169:** Shutterstock.com/Axel Bueckert; **S. 178:** stock.adobe.com/Rasulov; **S. 183 rechts:** stock.adobe.com/Zamrznuti tonovi, **links:** Bridgeman Images/United Archives/Roba Archive; **S. 190:** © www.gute-botschafter.de/Brot für die Welt; **S. 266 unten:** stock.adobe.com/lyastokiv, **oben:** Cornelsen/Werkstatt für Gebrauchsgrafik, Berlin

Deutschbuch

Gymnasium
Berlin, Brandenburg, Mecklenburg-Vorpommern,
Sachsen, Sachsen-Anhalt, Thüringen

Orientierungswissen

Teile einiger Kapitel wurden erarbeitet von:
Gerd Brenner, Christine Eichenberg, Dietrich Erlach, Ute Fenske, Agnes Fulde, Christoph Fischer, Heinz Gierlich, Inga Graf, Cordula Grunow, Robert Herold, Katharina Jansen, Alexander Joist, Stephanie Kroesen, Markus Langner, Sebastian Lippert, Manuela Meyer-Pfeil, Angela Mielke, Deborah Mohr, Christoph Oldeweme, Norbert Pabelick, Gerda Rubel, Diana Sackmann, Christoph Schappert, Frank Schneider, Marlene Stahl-Busch, Klaus Tetling, Angelika Thönneßen, Andrea Wagener, Linda Walbergs, Robert Will

Redaktion: Christian Köpcke, Hamburg
Illustrationen: Uta Bettzieche, Leipzig (S. 2–11, 14–16, 18, 22, 27, 28, 38–48, 50, 51, 56, 59–89, 92–131, 138, 139, 170–176, 193–265, 267–271); Christiane Grauert, Milwaukee, USA (S. 182–184); Susanne Kuhlendahl, Tönisvorst (S. 187–189); Barbara Schumann, Berlin (S. 52)
Umschlaggestaltung: Corinna Babylon und Jule Kienecker (Berlin) unter Verwendung einer Illustration von Christiane Grauert, Milwaukee, USA
Layoutkonzept: werkstatt für gebrauchsgrafik, Berlin
Technische Umsetzung: graphitecture book & edition

www.cornelsen.de

Soweit in diesem Lehrwerk Personen fotografisch abgebildet sind und ihnen von der Redaktion fiktive Namen, Berufe, Dialoge und Ähnliches zugeordnet oder diese Personen in bestimmte Kontexte gesetzt werden, dienen diese Zuordnungen und Darstellungen ausschließlich der Veranschaulichung und dem besseren Verständnis des Inhalts.

Die Webseiten Dritter, deren Internetadressen in diesem Lehrwerk angegeben sind, wurden vor Drucklegung sorgfältig geprüft. Der Verlag übernimmt keine Gewähr für die Aktualität und den Inhalt dieser Seiten oder solcher, die mit ihnen verlinkt sind.

Dieses Werk berücksichtigt die Regeln der reformierten Rechtschreibung und Zeichensetzung.
Bei den mit [R] gekennzeichneten Texten haben die Rechteinhaber einer Anpassung widersprochen.

1. Auflage, 1. Druck 2025

Alle Drucke dieser Auflage sind inhaltlich unverändert und können im Unterricht nebeneinander verwendet werden.

© 2025 Cornelsen Verlag GmbH, Mecklenburgische Str. 53, 14197 Berlin, E-Mail: service@cornelsen.de

Das Werk und seine Teile sind urheberrechtlich geschützt. Jede Nutzung in anderen als den gesetzlich zugelassenen Fällen bedarf der vorherigen schriftlichen Einwilligung des Verlages. Hinweis zu §§ 60 a, 60 b UrhG: Weder das Werk noch seine Teile dürfen ohne eine solche Einwilligung an Schulen oder in Unterrichts- und Lehrmedien (§ 60 b Abs. 3 UrhG) vervielfältigt, insbesondere kopiert oder eingescannt, verbreitet oder in ein Netzwerk eingestellt oder sonst öffentlich zugänglich gemacht oder wiedergegeben werden. Dies gilt auch für Intranets von Schulen und anderen Bildungseinrichtungen.

Der Anbieter behält sich eine Nutzung der Inhalte für Text- und Data-Mining im Sinne § 44 b UrhG ausdrücklich vor.

Druck und Bindung: Mohn Media Mohndruck, Gütersloh

ISBN 978-3-06-200096-6
ISBN 978-3-06-200102-4 (E-Book zum Buch)

PEFC
PEFC/04-31-1033

PEFC-zertifiziert
Dieses Produkt stammt aus nachhaltig bewirtschafteten Wäldern und kontrollierten Quellen
www.pefc.de